海天译丛

Les yeux
de Mona

眼睛的莫娜

[法]
托马·施莱塞
Thomas Schlesser
— 著 —

余宁　黄雅琴　程静
— 译 —

深圳出版社

图书在版编目（CIP）数据

莫娜的眼睛 / (法) 托马·施莱塞著 ; 余宁, 黄雅琴, 程静译. -- 深圳 : 深圳出版社, 2024.7
（海天译丛）
ISBN 978-7-5507-4019-8

Ⅰ.①莫… Ⅱ.①托… ②余… ③黄… ④程… Ⅲ.①儿童小说－长篇小说－法国－现代 Ⅳ.①I565.84

中国国家版本馆CIP数据核字(2024)第087626号

版权登记号 图字：19-2024-068 号
Originally published in France as:
Les yeux de Mona by Thomas Schlesser
© Éditions Albin Michel - Paris 2024

莫娜的眼睛
MONA DE YANJING

出 品 人 聂雄前
责任编辑 邱秋卡
责任校对 万妮霞
责任技编 梁立新
封面设计 日光

出版发行 深圳出版社
地　　址 深圳市彩田南路海天综合大厦（518033）
网　　址 www.htph.com.cn
订购电话 0755-83460239（邮购、团购）
设计制作 深圳市龙瀚文化传播有限公司 0755-33133493
印　　刷 中华商务联合印刷（广东）有限公司
开　　本 787mm×1092mm　1/16
印　　张 25
字　　数 336千
版　　次 2024年7月第1版
印　　次 2024年7月第1次
定　　价 68.00元

献给世上所有的祖父母

目　录

第二部分　奥赛博物馆

目录

序　幕

再也看不见了

一切都变暗了。就像穿上了黑色的丧服。然后，到处光影闪烁。仿如你紧闭双眼徒劳地盯着太阳，或攥紧拳头以抵抗痛苦、克制情感，就是那种感觉。

当然，她根本不会这样描述。10 岁孩子的语言，纯真，不安，把困境表达得直截了当，不带任何修饰或情感。

"妈妈，都是黑的了！"

莫娜哽咽着。抱怨？确实是，但又不仅如此，她的话还无意中带着些羞愧，卡米耶每次听出这种语气，都会严肃对待。因为，如果说有什么东西是莫娜从不假装的，那就是羞愧。羞愧之情只要流露在莫娜的言语、态度和声调中，那便确定无疑：一个令人不快的事实已经侵入她的内心。

"妈妈，都是黑的了！"

莫娜失明了。仿佛无因之果。并未发生什么特别的事，她安静地做着数学题，右手握笔，左手按着作业本。桌子的另一边，卡米耶在往肥美的烤肉里塞大蒜。莫娜正小心翼翼地摘下脖子上的吊坠，她养成了弯腰写字的坏习惯，吊坠恰好悬在纸页上方晃来晃去，干扰了她。突然，她感到一层厚重的阴霾蒙住了自己的眼睛，好像她的大眼睛因为如此湛蓝、如此纯净而要遭受惩罚。翳障并不像通常夜幕降临或剧院灯光变暗时那样来自外部，而是从她自己的身体、从她的内部挡住了她的视线。一张不透明的布渗入她的体内，将她与作业本上描画的多边形隔开，与棕色木桌和稍远处的烤肉隔开，与系着白围裙的卡米耶和铺着瓷砖的厨房隔开，也隔开了坐在隔壁房间的爸爸和蒙特勒伊市普拉塔内大街的公寓，遮蔽了笼罩在街道上空的铅灰色的秋日天空，遮蔽了整个世界。莫娜像中了魔咒，陷入黑暗。

卡米耶惊慌失措地打电话给家庭医生。医生问她是怎么回事，她含糊地说，莫娜的瞳孔被蒙住了，她十分确定女儿看起来没有出现任何语言障碍或行动不便。

"像是短暂性脑缺血。"医生脱口而出，但并没有解释得很清楚。

他立即给她开了大剂量的阿司匹林，并告诉她，最重要的是必须马上把莫娜送到主宫医院去，他会拜托那里的一位同事进行紧急处理。那位同事可不是随便想到的什么人，而是一位出色的儿科专家，一位享有盛誉的优秀眼科医生，还是一位天才催眠治疗师。家庭医生最后说，失明时间通常不会超过 10 分钟，然后便挂断了电话。此时距莫娜第一声报警的尖叫声，已足足过去了一刻钟。

在车上，小女孩一边哭一边捶打着太阳穴。妈妈紧紧抓着她的胳膊肘，但其实她也想敲敲这个圆乎乎的脆弱的小脑袋，就像对着一台坏掉的机器敲敲打打，妄想让它重新启动。保尔开着他那辆摇摇晃晃的老式大众汽车，想抓住这个令他女儿受苦的恶魔。他也很生气，因为他坚信厨房里发生了什么事，有人没有说实话。他反复排查了所有可能的原因，从一股滚烫的蒸汽到一次不当的摔倒。但是一无所获。莫娜说了 100 遍：

"就是无缘无故地发生的！"

保尔根本不信："人不会就这样失明的！"

然而，事实确是如此。有人"就这样"失明了，证据就在眼前。而今天的这个人，就是 10 岁的莫娜。恐惧的泪水肆意流淌 —— 或许她正期待着泪水能洗去这团在 10 月的星期天的夜幕时分粘在她瞳孔上的烟炱。刚刚到达西岱岛临近巴黎圣母院的医院门口，她就突然止住哭声，停下脚步：

"爸爸，妈妈，我又能看见啦！"

她站在寒风呼啸的马路上，前后摇晃着脖子，以帮助自己的感知回流。挡在她眼前的黑纱，就像帘子一样，被拉开了。线条重新出现，接着是脸部的轮廓、相近物体的形状、墙壁的纹理以及色彩的差异，从最鲜亮的到最晦暗的。孩子重新看到了妈妈纤细的身影、天鹅般的脖颈和柔弱的手臂，看到了爸爸魁梧的身躯。最后，她还瞥见远处有一只灰鸽在飞翔，这让她感到十分欣喜。失明抓住了莫娜，然后又放过了她。它穿透她的身体，就像子弹洞穿肌肤，从身体的另一侧射出，当然会造成伤害，但身体也会自行愈合。"真是个奇迹。"保尔想，他认真计算了黑暗袭击莫娜并持续的时间：63分钟。

在主宫医院眼科部，在做完一系列检查、诊断并开出处方之前，医生是不会让莫娜离开的。焦虑延迟了，但并未完全消除。一名护士把他们带到医院二楼的一个房间，就是家庭医生推荐的那位儿科专家的诊室。凡·奥斯特医生是个混血儿，过早秃了顶。他的白大褂熠熠生辉，与墙壁病态的暗绿色形成了鲜明对比。灿烂的笑容在他脸上刻下了细细的笑纹，让他看起来和蔼可亲，但众多的悲剧都是由他来处理的。他迎上来，用被烟草熏得沙哑的声音问：

"你多大啦？"

＊

莫娜今年10岁，是一对恩爱夫妻的独生女。妈妈卡米耶年近40岁，个子不高，性格坚毅，留着一头蓬乱的短发，言语中带着些许市井的戏谑。正如她丈夫所说，卡米耶的魅力在于"轻微的破坏性"，也在于她的坚决果断：在她身上，无序与权威始终交织在一起。她在一家临时职业介绍所工作，是个勤勤恳恳、热心肠的好员工，至少上午是这样的。下午则是另一番景象，她被自己的善举累得筋疲力尽，从看顾独居老人到照料被虐待的动物，她做的所有事情都是出于好意。至于爸爸保尔，他已年过 57 岁，卡米耶是他的第二任妻子。他的第一任妻子和他最好的朋友一起失踪了。保尔总是系着领带，以遮掩磨损的衬衫衣领。他是一个小旧货商，尤其痴迷 1950 年代的美国文化：点唱机、弹球机、海报……这一切都始于他十几岁时收藏的心形钥匙圈，他拥有成套的钥匙圈，数量极多，但他并不想卖掉它们，再说，这些东西也不会引起任何人的兴趣。随着互联网的发展，他位于蒙特勒伊一隅的那间旧货店几乎濒临倒闭。于是，他也开始在网上推广自己的艺术品鉴赏知识，不断更新网页，并将其翻译成英文。尽管几乎毫无商业头脑，他还是招揽了一群客户，那些热心的收藏者经常将他从毁灭中拯救出来。今年夏天，他修复了一台 1955 年版的戈特利布"许愿井"弹球机，从这台精美的机器上赚了 10000 欧元巨款。在经历了几个月的歉收之后，这真是一笔令人欣慰的交易……然后，他又开始颗粒无收，所谓的"危机"又来了。他每天都要在店里喝完一瓶红酒，然后把酒瓶像战利品一样挂在瓶架上，刺猬形的酒瓶架传承了马塞尔·杜尚[1]的风格。保尔独自举杯，从不怨天尤人。他在脑海中向莫娜敬酒。祝她永远健康。

*

当护士带着莫娜穿梭在医院迷宫似的科室、走廊，做各种检查时，凡·奥斯特医生坐在一把宽大的扶手椅里，给了保尔和卡米耶第一个诊断：

"是 TIA，也就是短暂性脑缺血发作。"

1　马塞尔·杜尚（1887—1968），法国艺术家，20世纪实验艺术的先锋，被誉为"现代艺术的守护神"，是达达主义及超现实主义的代表人物和创始人之一。

意思是器官暂时停止供血，现在必须找出造成这种功能障碍的原因。但是，他继续说，莫娜的情况令他感到困惑：一方面，对她这个年龄的女孩来说，这种情况十分罕见，在他看来程度太厉害了，因为莫娜的双眼都受到了影响，而且持续了一个多小时；但另一方面，她又完全没有丧失行动和说话的能力。核磁共振无疑会告诉我们更多信息。必须做好最坏的打算，他补充道，说的时候似乎有些不忍心。

莫娜不得不平躺在检查床上，被送进一个可怕的机器里，她乖乖听话，一动不动。医生让莫娜摘下吊坠，但她拒绝了。那是一个小贝壳，用一条细细的鱼线拴着，是她外婆留下的东西，能给她带来好运。莫娜一直戴着它，她心爱的外公也佩戴着一个同样的东西。她想，这两件东西将他们联结在了一起，她不愿意因此被迫与外公分开。由于吊坠不含金属，医生也就由她留着了。然后，她的脑袋，那颗漂亮的小脑袋，脸上有浅粉色的小雀斑，留着半长的、泛着浅褐色光泽的棕色头发，嘟着一张可爱的圆圆的嘴，被装进一个吃人魔盒似的东西里，盒子里像工厂那般嘈杂。在长达15分钟的折磨中，莫娜一直靠唱歌来抵抗它，试图给这个"棺材"注入一点幽默和生机。她给自己唱了一首傻傻的摇篮曲，那是妈妈在给她盖被子时哼唱的；接着又给自己唱了首流行歌曲，一段在超市里循环播放的旋律。她很喜欢这段满是头发油亮的年轻男孩的MV。她哼了好些萦绕心头的广告配乐，还唱了《一只绿色的老鼠》，记得有一天为了激怒爸爸，她大声咆哮着这首歌的歌词，虽然最后没有成功。

核磁共振的结果出来了。凡·奥斯特医生把备受折磨的卡米耶和保尔叫了进来，让他们放心，什么事都没有。绝对没问题。横截面图像上，大脑的解剖结构显示，各区域都很正常，没有肿瘤。他还让莫娜做了其他检查，没完没了，持续了整整一夜，从瞳孔深处到内耳，血液、骨骼、肌肉和动脉，这些都查了，也没有任何发现。暴风雨后的宁静。暴风雨真的发生过吗？

主宫医院走廊上的挂钟显示现在已是凌晨 5 点。卡米耶脑海中浮现出儿歌中的一个画面，她疲惫不堪地对丈夫说：好像有个恶魔偷走了莫娜的两只眼睛，然后又把它们还给了她。"它似乎弄错了对象。"保尔补充道。又或许，这只是个信号，一个警告，恶魔准备再次下手，他们俩沉默无言地思考着。

*

铃声响了，孩子们在哈吉夫人的带领下回到三楼。老师告诉五年级的学生，万圣节返校之前，他们不会再见到莫娜了。她也是刚刚知道的，卡米耶打电话向她解释了那个可怕夜晚发生的一切，或者说是几乎所有的情况，没有隐瞒情况的严重性。同学们自然会问东问西。难道莫娜就能因此比大家提前一周放假吗？

"她有点不舒服。"哈吉夫人没有直说，她自己也不太满意这套说辞。

"有点不舒服，她可真是幸运！"坐在第三排的迭戈高声喊道，尖锐的声音获得了全班的赞同。

因为大多数孩子都觉得生病是通往自由的钥匙……

教室角落里，就在落满粉笔灰的窗帘旁边，莫娜最好的两个朋友，莉莉和玉儿，更是艳羡不已，她们熟悉莫娜房间的每一处角落。哦，她们多想和她在一起啊！"有点不舒服？"好吧，莉莉想，但她肯定会天天待在爸爸的旧货店里。而玉儿呢，她凝视着莫娜留下的空位，开心地把自己想象成莫娜：在乱七八糟的杂物中玩各种游戏，编造各种故事。在那里，那间不大的房间里，堆满了美国味儿的老物件——那些闪闪发光、有趣而神秘的物件，孩子们做梦都想拥有。但莉莉不同意这种说法：

"不，不，她生病的时候，外公会来照顾她。我很怕他。"

玉儿露出一丝嘲笑，表示没有什么能吓倒她，就算是莫娜的外公也不行。然而，在内心深处，她还是不得不承认：是的，看到那个高高瘦瘦、脸带伤疤、声音低沉的老人，她也会提心吊胆。

*

"喂，爸爸，是我。"

正午时分，四肢麻木的卡米耶决定给父亲打个电话。亨利·维耶曼拒绝使用手机，总是用座机接听电话。他简单生硬地问："有什么事吗？"几乎没有热情可言。卡米耶不喜欢他老是这样说话，每次打电话给他都会怀念妈妈还活着的时候，那时总是说个不停。

"爸爸，我必须告诉你，昨晚发生了一件可怕的事。"

她有条不紊地把事情从头到尾讲述了一遍，极力控制住自己激动的情绪。

"然后呢？"亨利急切地问。

卡米耶在讲述时一直强忍泪水，一阵巨大的抽泣让她直起身体，差点窒息，她没办法回答爸爸的追问。

"然后呢，亲爱的？"父亲催促道。

这突如其来的"亲爱的"给她注入了一股氧气，她恢复了呼吸，轻声说：

"没什么！暂时没事。我觉得没事。"

亨利如释重负，长长地叹了一口气，然后仰起脖子，抬着头，看着装饰着的丰硕果实和春花绿叶图案的天花板。

"让我和她说句话。"

但莫娜正蜷缩在客厅的扶手椅里，披着红格毛毯打瞌睡。

诗人奥维德[1]把意识入睡的阶段描述为进入一个巨大洞穴的入口，里面住着倦怠慵懒的睡神。作者想象的是一个太阳神阿波罗无法进入

1　奥维德（前43—约17），古罗马诗人，代表作有《变形记》《爱的艺术》等。

的山洞。莫娜从外公那里得知，人类不可避免地要前往那些神秘而多变的地方旅行……因此，最好不要忽视这些我们一生都在其间不断行走的土地。

*

接下来的几天，主宫医院的凡·奥斯特医生又给莫娜做了新的检查，结果仍然没有发现任何异常。那 63 分钟的失明始终无法解释，以至于他不想再使用"短暂性脑缺血发作"这一说法，因为这意味着血管受损，而他现在并不能完全确定。在没有明确诊断的情况下，他建议莫娜和她父母试试催眠治疗。这让保尔目瞪口呆。至于莫娜，她并不清楚这是什么。她把这个词等同于在学校里隐约听说过的"围巾游戏"[1]，觉得很可怕。为了纠正这种错误想法，凡·奥斯特医生解释说，只要让莫娜处于催眠状态，他就能让她暂时受到自己的引导，可以让她回到过去，回到视力丧失前的那一刻，重温当时的情景，这样就有可能找出失明的原因了。保尔表示反对。不行，这太危险了。医生没有坚持，患者必须在完全信任的情况下才能被有效地催眠。然而，莫娜的偏见和她父亲愤怒的过度反应已经把信任破坏了。卡米耶一言不发。

于是，凡·奥斯特医生为这位小患者制定了一套传统的诊疗法：每周进行血液和动脉检查，去眼科就诊，并休养 10 天。他嘱咐保尔和卡米耶留意"任何症状性主观体征的出现"，这意味着他们必须格外关注孩子的感受，他还建议他们去咨询一下儿童心理医生，并安慰说：

"这只是日常预防，而不是严格意义上的治疗。"

1　围巾游戏，在青少年中非常流行的游戏，玩法是用围巾勒住脖子直至失去知觉，游戏者在晕倒前可能会产生幻觉。这个游戏具有一定的危险性。

保尔和卡米耶对他的建议感到些困惑，他们心里只想着一个问题："莫娜会失明吗？"奇怪的是，凡·奥斯特医生自始至终也没有提过可能复发的危险，父母也想回避这个话题。他们甚至告诉自己，不管怎么样，如果医生避而不谈，那就是没有必要讨论这个问题。

亨利·维耶曼和女儿面对面聊了这件事。无论事情多么可怕，他都不会回避。平时，除了接听莫娜的电话，他很少打电话。但在万圣节前的这一周，他增加了打电话的频次，热切地缠着卡米耶：他心爱的外孙女，他生命中的宝贝会不会失明？亨利还坚持要见莫娜，卡米耶没有拒绝的理由，便建议他万圣节那个周日来，正好是间歇性失明发生的一周之后。猜到谈话内容的保尔暗暗同意了，几乎一口干掉了一杯涩口的勃艮第红酒。在亨利面前，他觉得自己蠢得可怜。莫娜知道这个消息后，迫不及待地跳了起来。

莫娜很爱这位阅历丰富、精力充沛的外公。她也欣喜地看到，每一个熟悉他或者初次见到他的人，都会被他高大的身材和那副厚重、近乎方形的粗框眼镜吸引。和他在一起，莫娜有一种被呵护的感觉，她为亨利总是把她当成大人一样说话而感到高兴。是她要求这种与自己年龄不相称的相处方式的，她乐在其中，觉得好玩。她从不担心听不懂，错了或者误解了，都可以一笑了之。她也会因此留心自己说的话，显然这里面游戏的成分要多于对严肃问题的探讨。

亨利不想把她变成一个鹦鹉学舌般的小孩，他也不想成为那种可笑的外公，揪着年轻人的缺点，一味学究气地纠正他们。他不是那样的人。他从不逼她写作业，不管她学习成绩是好是坏。更何况，他喜欢莫娜说话的方式。不仅如此，他还着迷于她的言辞。为什么？他也不得其解。他想不明白。一直以来，他都被她童言中的某些东西吸引着，并对此念念不忘，但他无法回答这个问题。是多了某些东西还是少了某些东西？是优点还是缺陷？更令人不解的是，这种印象并不是最近才有的。莫娜那"小音韵"一直是个谜，亨利下定决心，有朝一日一定要仔细聆听，一探究竟。

卡米耶有时对这种被她形容为"好得难以置信"的关系感到惊讶，但她承认这样很好，而且女儿也因此感到幸福。亨利喜欢引用维克多·雨果[1]《做祖父的艺术》一书，提醒愿意听他说话的人，传播的一个基本原则是，能否立即理解别人所说的一切并不重要，就好像不能苛求每个新词都是一棵在大脑的果园里开着花的树。只要犁沟已经开好，种子已经播下，时机成熟时，花朵自然就会绽放。

这些犁沟和种子，就是亨利·维耶曼丰富的语言和值得信赖的话，一开口就能抓住你的心，让你欲罢不能。他的言辞简单，但涉猎广博，令听者兴奋。讲述时，他的语速时快时慢，语气充满温柔，像是一台经验丰富、沉稳的压路机。

因此，莫娜与外公之间，有一种特殊的关系。通常，从祖父母到孙子孙女，或从孙子孙女到祖父母，他们之间会产生一种神奇的联系：老人能通过一条生命曲线，从年龄高峰上重新下来，找回青春的感觉，比任何人都能更好地抓住生命的春天。

亨利·维耶曼住在莱德鲁·罗林大道上一套漂亮的公寓里，就在画家小酒馆的楼上。这家餐吧模仿新艺术风格，地方狭小，装饰都是木质的。亨利每天早上都会来这间店，这是他的习惯：一杯咖啡加一个羊角面包，看看报纸，与其他顾客或闲着的服务员随便聊聊天。他觉得自己属于一个旧世界，习惯慢慢地走，不知不觉就到了巴士底广场。他喜欢打量圣安东尼街商店橱窗里的家具，再走回共和国广场，经过里夏尔·勒努瓦大道上的土台，回到伏尔泰大街。傍晚时分，他就在家里翻阅堆到天花板的艺术书籍。亨利比戴高乐将军还高出一厘米，无须台阶或梯子就能够到最难拿的书。奇怪的是，他总是被这类书吸引。他的记忆力惊人，尽管得区分他喜欢谈论的是自己所知道的事情还是他保护得很好的个人记忆。莫娜了解这个规则。外公唯一的禁忌，就是提及 6 年前让他成了鳏夫的柯莱特。卡米耶和父亲一样，

---

1 维克多·雨果（1802—1885），法国作家，19世纪浪漫主义文学的代表人物。

对此也只字不提。莫娜经常徒劳地试图打开一个缺口，可得到的只有无语的缄默。柯莱特，大家都不谈她。从来不谈。这一禁忌的唯一例外，是亨利脖子上挂着的护身符，是对他已故的妻子的纪念。那是穿在鱼线上的一只蟹守螺，1963 年夏天——他记不清具体是哪一天了，只记得当时天气非常炎热——他和她一起在海边捡的，他还对柯莱特发了很多誓。莫娜也戴着一个同样的吊坠，这吊坠继承自她的外婆。

每个人都有自己的发誓方式。亨利·维耶曼则经常以"世间的美"来起誓。这句话让莫娜感到惊讶，每次听到，她总是耸耸肩，困惑地笑笑：世间的美，就是什么都有一点，又什么都没有。然后她又想，她崇拜的外公，是否也是其中的一点。亨利年轻时显然是个有魅力的男孩，总是气宇轩昂、优雅迷人、出类拔萃。他那张 80 多岁的脸庞，如今依旧瘦削坚毅，散发出诱人的活力和智慧的光芒。但他脸上带伤，一道疤痕爬过他的右脸，从颧骨一直延伸到眉毛。伤口当时一定很疼，除了撕掉一块皮肤，还撕掉了一块角膜。这是一段战争的记忆。可怕的记忆：1982 年 9 月 17 日，亨利在黎巴嫩为法新社做摄影报道，一名长枪党人为了阻止他前进，给了他一刀。他当时正在接近夏蒂拉难民营。据说，那里在进行大屠杀，巴勒斯坦难民未经审判就被任意处决，这是对巴希尔·杰马耶勒总统被暗杀的报复。他想去核实情况，见证事实。可去路却被极其粗暴地挡住了。亨利流血过多，一只眼睛也因此失明。这一残疾加上他多年来越来越消瘦的体型，使他的外表有着超自然的味道。这位酷似埃迪·康斯坦丁[1]的英俊记者成了传奇人物。

1　埃迪·康斯坦丁（1917—1993），美籍法国演员。

*

万圣节那天，莫娜心情很好。她的父母想尽办法让 11 月的阴沉气氛变得令人欢欣鼓舞。莫娜的两个好朋友，玉儿和莉莉，来家里和她一起看了部《玩具总动员》，动画片里的玩具活灵活现。女孩们开心地打闹着。尤其是玉儿，她是个漂亮调皮的小女孩，有着欧亚混血儿机智的眼神，肤色较深，头发梳得整整齐齐，活泼可爱，她还有个惊人的爱好：扮鬼脸，能把自己匀称的脸变成一个机灵、疯狂的剧场，大胆诙谐的表情远远胜过狂热的喜剧演员。莫娜开心得不断要求再来一个。

晚上 7 点，对讲机响了。保尔抿紧嘴唇，扬了扬眉毛。卡米耶按下按钮：

"爸爸？"

正是他，他转眼就到了门口。保尔和他打了个招呼，就去送玉儿和莉莉回她们各自的家了。其间，莫娜、妈妈和外公三人留在房间里。一阵难以抑制的喜悦之后，莫娜向外公细细讲述了自己 63 分钟的磨难和在医院里经受的考验。她并没有将这些不幸遭遇告诉她的两个好朋友。卡米耶没有打断她。

亨利一边听莫娜滔滔不绝地诉说，一边以做临床检查般的姿态审视着莫娜生活的场所。她的房间里尽管有很多五彩缤纷的东西，但看着还是很难受。花团锦簇的墙纸、镶着心形或动物形状亮片的小摆件、粉色或棕色的毛绒玩具、那些比孩子大不了多少的明星的怪诞海报、塑料首饰、动画片里公主的家具仿件……这些乱七八糟的东西色彩不对，让他如鲠在喉。在这些品位庸俗、极度肤浅的东西里，只有两个漂亮的物件。一盏 1950 年代的美国工业大灯，带有关节臂，是保尔淘到之后送给莫娜的，放在她的小书桌上。另一件，是一张展览海报，装在床头的镜框里。海报上是一幅画，色彩细腻，色调冷峻，可以看到一个裸体女子的侧面，她身体前倾，坐在嵌着白布的凳子上，左脚踝放在右膝盖上。画的一角，可以看到这几个字："巴黎奥赛博物馆——乔治·修拉[1]（1859—1891）。"

尽管有这两个例外，亨利还是痛心地承认：最常见的情况是，童年大多充斥着肤浅丑陋的东西。莫娜也不能幸免。美，真正的艺术之美，只有在潜移默化中才能学会欣赏。这绝对是正常的。亨利想：品位的提高和感觉的培养要假以时日。唯一的问题是——一想到这儿，亨利就几乎窒息了——莫娜差点失明了，如果在未来的几天、几周或几个月，她的眼睛永远看不见了，那么在她最遥远的记忆深处，她所记得的就只有这些热闹而庸俗的东西。在黑暗中度过一生，精神层面却由世界上最糟糕的东西所构成，而这些东西，大脑将永远不会忘记。不行，这太可怕了。

在整个晚餐过程中，亨利沉默寡言，显得很疏离，让卡米耶感到很不高兴。等到莫娜终于上床睡觉，卡米耶果断地把老式镀铬唱片机播放的科特兰[2]萨克斯乐曲的音量调大，用以掩盖他们谈话的声音，确保莫娜什么也听不见。

"爸爸，莫娜眼下似乎能很好地接受（她犹豫了一下，纠结自己的用词）……刚刚发生的事情。但医生还是建议她去看看儿童心理医生。这对她来说可能有点奇怪，我想你能不能送她去，这样她会感到比较放心……"

"心理医生？他能阻止她失明吗？"

"这不是问题所在，爸爸！"

"我觉得，只要你不敢问，那这就是个问题！那个医生叫什么名字？"

"凡·奥斯特，他很不错。"保尔笨拙地说，加入了对话。

1　乔治·修拉（1859—1891），法国后印象派及新印象派画家，以点彩画闻名，代表作有《大碗岛的星期天下午》。

2　约翰·科特兰（1926—1967），美国萨克斯演奏家、作曲家。

"爸爸，等等，"卡米耶接着说，"听我说。保尔和我会尽我们所能确保莫娜平安无事，听明白了吗？但她才 10 岁，我们不能假装什么事都没有发生。医生说她的心理健康是首要的，所以我想问问你能不能帮忙，我知道莫娜信任你。你听明白了吗，爸爸？"

亨利听得很清楚。但是，就在那一刻，一个理想化的念头在他的脑海中瞬间闪现，他小心翼翼地把这个想法藏在心里。他不会带外孙女去看心理医生，不会的……相反，他会对她进行一种性质完全不同的治疗，这种治疗可以弥补她童年时的审美缺陷。

莫娜对他充满了信任，这种信任是她对任何其他成年人都没有的，他要带莫娜去参观博物馆，那里保存着世界上最美丽、最具人文气息的东西。万一哪一天，莫娜不幸地永远失明了，她至少可以利用大脑里的储藏库，从中汲取视觉精华。外公由此制定了计划……他将按照每周一次这雷打不动的频率，牵着莫娜的手，带她去欣赏一件艺术品——一周就一件——先是长时间的静静观察，让色彩和线条的无限乐趣渗透到外孙女的脑海中，然后跳出简单的视觉享受，用语言解释，让她明白，艺术家是如何向我们讲述生活，又是如何照亮生活的。

为了他的小莫娜，他想到了比医学更好的妙药。那就是先去卢浮宫，再去奥赛博物馆，最后去蓬皮杜艺术中心……在这些地方，是的，在这里，在这些致力于保存人类最大胆、最美丽的作品的地方，他将为外孙女找到一剂良药。亨利不是那种自我陶醉的艺术爱好者，置身于世界之外，只满足于拉斐尔[1]画作中肌肤的光洁或德加[2]笔下线条的韵律。他喜欢艺术作品中火一般的特质。他有时说："艺术，就是火药，或者是风。"他喜欢一件作品，一幅画、一件雕塑、一张照片，整体或局部，喜欢它们身上能激起存在意义的部分。

---

1 拉斐尔（1483—1520），意大利文艺复兴盛期画家、建筑师。
2 埃德加·德加（1834—1917），法国印象派画家、雕塑家。

在卡米耶向他求助的那一刻，亨利就被成百上千的图像包围了：《蒙娜丽莎》身后的岩石、米开朗琪罗[1]《垂死的奴隶》背面所雕的猴子、《贺拉斯兄弟之誓》右边那个金色鬈发孩子惊恐的表情、戈雅[2]《羔羊头》中被冻结的奇异的肾脏、罗莎·博纳尔[3]《纳韦尔人的耕作》中的土地、惠斯勒[4]在他的母亲肖像画中使用的蝴蝶签名、梵高[5]摇摇欲坠的教堂祭台……还有康定斯基[6]的色彩、毕加索[7]的碎片或苏拉热[8]的"黑画"。这一切，如同呼唤他的众多符号，喷涌而出，要求被看到、被听到、被理解和被喜爱。它们就像一道防火墙，抵挡着威胁莫娜眼睛的烟灰。

亨利露出了灿烂的笑容：

"好吧，我每周三下午会带莫娜去看心理医生。从现在起，由我，我一个人，来负责心理问题的后续事宜。这是我和莫娜两人之间的事。你同意吗？"

"爸爸，你会找个靠谱的人吧？你会向你的老朋友们征询意见吧？"

"你同意我的做法吗？我会负责的，不会让任何人乱来。"

"但你不能随便找个儿童心理医生，听到了吗？你要非常认真对待。"

"你相信我吗，亲爱的？"

"当然，"保尔不容置疑地说，以消除卡米耶的一切犹豫，"莫娜崇拜您、尊敬您，她爱您胜过任何其他人，所以我们相信您。"

---

1 米开朗琪罗（1475—1564），意大利文艺复兴时期雕塑家、画家、建筑师、诗人。

2 弗朗西斯科·德·戈雅（1746—1828），西班牙画家，画风奇异多变。

3 罗莎·博纳尔（1822—1899），法国19世纪著名的风景画家、动物画家，尤擅再现真实的乡村景色。

4 詹姆斯·惠斯勒（1834—1903），美国画家、蚀刻家，深受日本绘画影响，唯美主义代表画家之一。

5 文森特·梵高（1853—1890），荷兰后印象派画家。

6 瓦西里·康定斯基（1866—1944），俄罗斯画家、美术理论家，抽象艺术的先驱。

7 巴勃罗·毕加索（1881—1973），西班牙画家、雕塑家，西方现代派绘画的主要代表，当代西方最有创造性和影响最深远的艺术家之一，20世纪最伟大的艺术天才之一。

8 皮埃尔·苏拉热（1919—2022），法国画家、雕塑家。

卡米耶没有对丈夫的坚定做任何补充，只是温柔地点了点头。亨利感到他那只看得见的眼睛中掠过一道略微潮润的光亮。科特兰的萨克斯曲让墙壁泛起了涟漪。莫娜在房间里睡着了，乔治·修拉在一旁看护着她。

第一部分

卢浮宫

1

桑德罗·波提切利[1]
学会接受

玻璃大金字塔吸引了莫娜的注意。它从卢浮宫的砖石围院中异军突起，亮闪闪的，映着 11 月寒冷的阳光，令莫娜着迷。外公话不多，但莫娜还是看出他兴致很高，因为他不但灵活地摆动着双臂，还温柔地牵着她的小手，这是幸福的证明。尽管沉默着，他却像孩童一样散发着喜悦。

"金字塔可真漂亮啊，外公！像顶大斗笠。"莫娜一边穿过广场上的人群，一边赞叹。

亨利笑着，看到她这样，又不禁怀疑地努努嘴。这副怪表情把小姑娘逗乐了。他们进入玻璃建筑，通过安检，乘坐扶梯一下子就来到了如火车站和机场一般大的巨型大厅，接着走向了德农馆一侧。这里拥挤得令人窒息。没错，窒息，因为涌进知名博物馆的游客大多并不清楚自己的目的，于是形成了停滞、犹豫甚至有些慌乱的人群，结果阻碍了自己的脚步。

亨利在一片嘈杂中弯下细长的双腿，与外孙女平视。有重要的事要告诉莫娜时他总会这样。他浑厚低沉的嗓音清晰地盖过了周围的吵

1　桑德罗·波提切利（1445—1510），15世纪末佛罗伦萨的著名画家，欧洲文艺复兴早期佛罗伦萨画派的最后一位画家，意大利肖像画的先驱。

闹，要说这嗓音使整个宇宙的争论与怨言都归于平静也不为过。

"莫娜，我们俩以后每周都来博物馆看一件展品，每次只看一件，不多看。你看身边的这些人，他们想一次性看完全部，所以失败了，他们不懂得量力而为。我们会做得更聪明、更有技巧。我们每次从一件作品开始，起初我们不交谈，看过几分钟后，我们再来交换想法。"

"是吗？我还以为我们要去看医生。"（她差点就要说出"儿童心理医生"来，但又怕记错了词。）

"告诉我，莫娜，你想去看心理医生吗？这对你来说很重要？"

"你完全说到我心里去了！什么都比看医生好！"

"那好，小宝贝，如果你用眼睛好好看我们说的这些展品，就根本没必要去看其他的什么。"

"真的吗？难道不是必须去看……（她还在纠结这个词，只好选了个保守的）……医生吗？"

"不用去看。我以世间的美起誓。"

*

在楼梯上绕了好大一圈之后，亨利和莫娜来到一个不大的展厅，经过这里的人虽不少，却几乎没人停下来看一看挂在这里的作品。亨利放开外孙女的手，极其温柔地对她说：

"现在，莫娜，你好好看看。花上几分钟，爱看多久就看多久，用心地看一看。"

莫娜有些惊慌地站在这幅受损厉害的画前。画上有几处缺损，好多地方有严重的裂痕，一眼看去，感觉这幅画在向现在讲述它已经褪色的遥远过去。亨利也在看画，不过他更多是在观察外孙女的反应。只见她一会儿皱皱眉毛，一会儿又强忍笑意。他知道，一个10岁的小女孩，即便像莫娜这样活泼好奇、聪明敏锐，要她立刻就为文艺复兴时期的大师作品心醉神迷，也是不可能的。他知道，与人们广泛接受的观点相反，领略艺术的深度需要时间的积累，这是长期的练习，是无法顿悟的。他还知道，因为是外公的要求，所以莫娜一定会严守规则，即便有些困惑，她依旧不会敷衍，必定在认真地观察那些形状、颜色和材料。

画面简单分为几部分。左侧似有一座喷泉，喷泉前面有四位年轻女子，她们如柱子般站着，有着卷曲的长发，长得非常相似。她们手挽着手，仿佛交缠成用人组成的花环，其衣着颜色不一：第一位是绿色加淡紫色，第二位是白色，第三位是粉色，第四位是橙黄色。这支队列似在前行，在队伍前方，也就是画面右侧，第五位年轻女子独自站在素色的背景中，她极其美丽，身着精致的大红色垂褶衣裙。她似乎也正向前走去，仿佛在迎接前方的这支队列。她手臂前伸，把一块布举到对面的粉衣女子胸前，布里面小心翼翼地藏着什么东西。是什么东西？不得而知。画面上的这部分图案不见了。在近景的一角，还有一个金发的小男孩，他侧向而立，面带微笑。装饰部分整块脱落了：右侧的场景几乎缺失，只有半截褪色而模糊的柱子，与左侧的喷泉相对应。

莫娜坚持看着，但6分钟已是极限。在一幅残蚀的画前盯6分钟可真是从未有过的痛苦体验啊。于是她转向外公，用自己独享的任性率先开口：

"外公，这幅油画太破烂了！你的脸跟它一比，都是崭新的了……"

亨利看了看画作上饱经风霜的所有痕迹，蹲了下来。

"你可要好好听着，不要在这里乱说……你说这是一幅'油画'？错了，莫娜，这可不是'油画'。这是一幅'壁画'。你知道什么是壁画吗？"

"我想我知道……但我忘了！"

"壁画就是画在墙上的画，它非常脆弱，因为一旦墙损坏了——墙极易随着时间而风化——画也就损坏了……"

"那为什么艺术家要把画画在墙上呢？因为这里是卢浮宫吗？"

"并不是你想的那样。艺术家的确想在卢浮宫画壁画，因为卢浮宫是全球最著名的博物馆，他们自然很希望把自己的作品直接画在这里，成为建筑的外皮。但是，莫娜啊，卢浮宫一开始可不是博物馆，它成为博物馆只是近 200 年的事。以前，这里是城堡，住着国王和他的侍从。这幅壁画的作者大约在 1485 年创作了这幅作品，不是在卢浮宫的墙壁上，而是在佛罗伦萨一座别墅的墙上。"

"弗洛朗丝[1]？（她不自觉地摸了摸脖子上的吊坠。）我记得这是你未婚妻的名字，在外婆以前的未婚妻，是不是？"

"我倒不记得了，不过也并非不可能！现在听好啦。佛罗伦萨是意大利的一座城市，准确地说，是托斯卡纳大区的一座城市。那里是我们所说的文艺复兴的摇篮。15 世纪时，佛罗伦萨变得非常活跃，因商业和银行业的发展，这座城市大约有 10 万居民，异常繁荣。于是，社会上层的宗教人士和政治权贵，甚至是一些普通市民，他们都希望通过扶持同代人的创作来进行投资和彰显威望。他们就是伟大的赞助者。随后，画家、雕塑家和建筑师们受此感召，接受他们的委托，创作出异常美丽的画作、雕塑和建筑。"

"这些艺术品都是由黄金打造的，我敢打赌……"

"不完全是。在中世纪，确实有一些绝美的画作覆着大量金箔。这既赋予了作品价值，又象征着圣光！但到了文艺复兴时期，艺术家们已由追求金色画面带来的冲击力，过渡到如何更好地展现画中景象的真实性，比如人物的神态或小动物，运动中的生灵、事物或海与天。"

1　在法语中，佛罗伦萨（Florence）与弗洛朗丝（Florence）发音一样。

"就是说更爱大自然了，对吗？"

"非常正确。人们开始热爱自然。但注意，我们这里所说的自然，并非只限于那些从土地生长出来的东西。"

"哦，那还有什么？"

"还包括更抽象一点的人性。所谓人性，就是我们深层的内在，兼有我们的阴暗面和光明面，我们的缺点和优点，我们的恐惧和希望。艺术家希望去加以改善的，正是这种人性。"

"那该怎么做呢？"

"如果你有花园，你就会知道该如何善待天然，让它百花盛开。这幅壁画就是在尽力展现人性，它在向你传达一些浅显却本质的东西，你应该终生牢记，莫娜。"

但莫娜捂住耳朵，闭起双眼，好像要与老人对着干一样，既不想听也不愿看。几秒钟后，她悄悄睁开一只眼睛，偷看外公的反应。老人漫不经心地笑着。于是，她停下了小动作，调动起全部精力。因为她感到，在经历了这漫长几分钟的沉默、思考和讨论后，经历了在眼前这幅受损的画中所展开的小小旅程后，外公终于要向她透露深藏于心底的秘密了。

亨利示意她看向画面上一块模糊的区域，那里似乎有什么东西，被右侧的年轻女子捧在手里。莫娜照做了。

"左侧队列中的四个女子分别是维纳斯和美惠三女神，她们是慷慨的神明。她们送给右侧的少女一件礼物，看不出是什么，因为那部分画面不在了。莫娜，美惠三女神是一种寓意，她们在现实生活中并不存在，你永远不会遇到她们，但她们代表了重要的价值。她们代表了我们成为善于交际和热情好客的社会生灵的三个阶段，也就是我们成为真正的人类的过程。这幅壁画讲述了这三个阶段是多么重要，它试图深入我们每个人的内心。"

"三个阶段？是哪三个阶段呀？"

"第一阶段是懂得给予，第三阶段是懂得回报。在这两者之间还有一个阶段，缺了它就什么都不可能，它就像拱门正中的拱心石，支撑起全部的人性。"

"那它是什么，外公？"

"你看一下，右侧的年轻少女，她在做什么？"

"你跟我说过：她很幸运地得到了一份礼物……"

"没错，莫娜。她得到了一份礼物。这是最重要的事情：'学会接受'。这幅壁画所表达的是，我们必须'学会接受'，为了成就伟大而美丽的人性，就必须准备好接受：接受他人的好意，接受他人释放出善意的渴望，接受自己未曾拥有或还未成为的样子。接受的人总会有回馈的时候，但为了回馈，也就是说再次给予，他必须先学会接受。你懂了吗，莫娜？"

"你的故事真复杂，不过，我想我懂了……"

"我知道你能懂！你看，这些女士如此美丽，这样的画面如此柔和优雅，这条不间断的线没有任何障碍、没有任何游移，它表达了这种连续的重要性，这条线连接了人类彼此，改善着人性：给予、接受再回馈，给予、接受再回馈，给予、接受再回馈……"

莫娜不知道该说什么好。她尤其不想让外公失望。她已经在之前的对话中耗尽了才智，此时不敢再吭声，生怕再暴露自己过于天真的想法，因为她很清楚，外公对她所讲的，包括带她来这座大博物馆的原因，都是为了让她变得更成熟一点。此刻她只觉得迫切，因为这种对成长的呼唤，这份探索新世界的狂热，对她有着极大的牵引力，尤其是因为这种呼唤来自亨利，她敬仰的亨利。然而她内心深处有种可怕的预感，那些离去的东西再也不会复返。童年的结束尽管还很遥远，她却能真切地体会到那种鲜活的遗憾，令她揪心。

"我们走吗，外公？出发吧？"

"好的，莫娜！走吧！"

亨利重新牵着她的手，两人慢步离开了卢浮宫，一路上没再说话。外面，夜幕开始降临。亨利并非不知道外孙女内心的动摇，但也绝不认同虚假的美化，拒绝只谈论人生幸福、圆满和快乐的时刻。不，他很清楚，生命在崎岖的部分才能彰显其意义，这些崎岖，一旦经过时间的筛选，就会变成珍贵而丰富的材料，美丽且有益的养分，使生命真正地成为生命。

不过，出自儿童的天性，莫娜的烦恼并未持续多久：回家的路上，她一边轻盈迈步，一边哼唱起来。亨利没有打断她，对他来说，这些都是动人的时刻。快到家的时候，莫娜突然停了下来，又想起他们为逃避看儿童心理医生而进行的密谋。她睁着大大的蓝眼睛，调皮地歪过小脑袋，为他们欺骗父母的恶作剧而大笑。

"外公，万一爸爸妈妈问起来，今天去看的医生叫什么名字，我该怎么说？"

"就说他叫波提切利医生。"

2

列奥纳多·达·芬奇
笑 对 人 生

　　万圣节假期很快就过去了，莫娜也返校了。卡米耶在上午 8 点左右就提前到了学校，灰暗的操场棚外飘着烦人的秋雨。她把女儿托付给哈吉夫人，向她简单解释了恢复期和随后的治疗，包括每周三去看儿童心理医生的事。她坚持认为：老师当然得关注莫娜的情况，但绝不是把她当作特殊看护对象，她和其他学生没有任何区别。

　　莫娜的成绩恢复得很快，她赶了上来，没有抱怨语法课新学的直接宾语，以及数学课上的三角图形。她和玉儿、莉莉一样，等着看选戈抢话插嘴，坐第一排的他不会放过任何能用他的尖嗓门把女老师气个半死的机会。三个小伙伴总是被他逗得大笑。当哈吉夫人问是谁建造了埃菲尔铁塔时，他回答快得堪比火箭，连手都没来得及举：

　　"巴黎迪士尼乐园。"

　　老师每次都会因这家伙的蠢话瞪大双眼，分不清这是一个拙劣的答案还是一个精彩的玩笑。顺便说一下，他自己也不知道。

　　奇怪的是，莫娜、玉儿和莉莉在课间休息时过得最不自在，因为天气不好，所有的学生都挤在操场的棚下活动，空间根本不够玩。碰到纪尧姆的风险也随之增大。纪尧姆是谁？他是对面教学楼一个五年级的坏小子。纪尧姆有一头漂亮的金色鬈发和具有欺骗性的温柔眼神，嘴巴总是抿着，因为留级了，他在那些小他一岁的同学中显得异常高大。他就像小学生里的初中生，操场上突变的巨人。他有时很凶，还挺吓人的。一点小事就能让他突然暴怒，变得咄咄逼人。

莫娜既怕他，又觉得他挺帅的。周三中午，她在校门口等外公来接时，远远就看到了纪尧姆。他一个人蹲在那里，用手掌拍着地面。这可真怪：难道他在拍蚂蚁吗？巴黎的学校在 11 月份这么清闲的吗？这时，他抬起鬣狗般灵活的脑袋，刚好对上了莫娜的目光。她一想到自己的举动可能被当成偷窥就惊慌失措，于是喘着气、不自觉地握住了吊坠。纪尧姆脸上的表情好像在众多情绪间犹豫不决。突然，他站起身，大步走了过来。莫娜感到一只手握住了她。外公到了。

"你好呀，我的宝贝！"

在深爱的外公身边，她大大松了一口气。

*

他们通过透明金字塔再次进入卢浮宫，乘扶梯去往博物馆内部，莫娜透过玻璃屋顶看了看 11 月厚重的积云以及敲打在玻璃窗上的雨滴。不知道为什么，她联想到了巨大的瀑布，必须穿过它才能钻进山洞，走向隐秘和令人不安的深处。

"莫娜，你还记得我们上次看了什么吗？"

"波提切利医生。"她笑了。

"没错，正是波提切利的《维纳斯与美惠三女神》。今天，我们要见一位和你同名的人。你知道是谁吗？"

"哎，外公。"她答道，脸上带着那种小孩常有的、不想被继续当作孩子对待的表情，"等等，我们说好了要像大人那样交谈的！是《蒙娜丽莎》！"

于是他们手拉着手，一起来到卢浮宫最负盛名的大厅，这里的游客最多，他们惊慌地寻找激动人心的东西，但往往寻而不得，因为缺少一把能真正进入它的钥匙呀。亨利心想。他知道，这幅名画被复制在数以百万计的载体上，每次它都要迎接巨大的期待，相应地，也免不了面对同样多的失望。为什么会这样？遭受打击的观众们心想，最著名的艺术作品，不是应该好评最多、最具感染力的吗？为什么我会毫无感觉呢？鼓起的蛋奶酥塌掉了。身为艺术爱好者的亨利，对《蒙娜丽莎》和它那动荡的历史非常熟悉，知道这幅画最初是由佛罗伦萨的大布商弗朗切斯科·德尔·乔孔多于 1503 年委托列奥纳多·达·芬奇创作的，但画家并未按照约定交付这幅关于商人的妻子丽莎·盖拉尔迪尼——我们熟悉的"蒙娜丽莎"正是意大利语里"丽莎夫人"的简称——的肖像，因为他一直没能完成。亨利知道，这幅画后来随画家来到了法国，当时的国王弗朗索瓦一世邀请达·芬奇到克洛吕斯城堡定居。他还知道，这幅画在很长一段时间里，口碑并不比达·芬奇的其他作品更好或更差，直到 1911 年，它才变得家喻户晓：这一年，卢浮宫的门窗装配工维琴佐·佩鲁贾瞄准闭馆日，把这幅画从长 77 厘米、宽 53 厘米的杨木画框里取下，塞到自己衣服里，把这幅国宝顺回了家，随后又将其带往意大利。亨利还查询到不少奇谈，其中最疯狂的是关于这幅画的主题本身：有人怀疑人们看到的画只是一个幌子，真正藏于其后的是蛇怪美杜莎的脸；也有说画上的其实是个男子的面孔，说不定是乔装打扮后的达·芬奇本人……另外还有人说，在厚厚的防弹玻璃后展出的这幅画其实只是件复制品，真品则藏在博物馆的库房里。亨利觉得必须抛开这些奇谈怪论，他希望莫娜能沉浸地欣赏达·芬奇的这幅名画，不被任何杂念左右，只观察眼前所看到的东西。

这是一位端坐着的女子的半身像，四分之三侧脸，身材紧致，左臂搁在一把椅子的扶手上，但椅子的其余部分均未出现在画面中。女子右手轻轻搭在左手腕上，整个身体微微地转动，这使画面的运动感不仅体现在空间上，还体现在时间上。她身穿一件暗色的刺绣衣裙，

027

衣服的颜色与裸露的脖颈和脸部的亮色皮肤形成对比。她头戴薄纱，中分的鬈发垂至胸前。女子面孔略微圆润，两颊坚毅，额头宽大，下巴小巧，鼻子挺直，栗色眼睛微微转向左侧，看向画外的观众，薄薄的嘴唇似翘非翘，露出淡淡的微笑。眉弓上的眉毛被拔去了。女子背后有一堵凉台的矮墙，墙后很远很远的地方，似乎铺展开一片充满奇幻色彩的景色。画的左侧，一条蜿蜒的道路穿过平原，通向地势较高的一些岩石堆。它毗邻一个湖泊，四周围绕着高大、陡峭的山脉。右侧能看到类似的构图，也有岩石、土地和水，只不过另有一处与蜿蜒的道路相对称的建筑物。那是一座横跨河面的五孔桥。

莫娜很幸运，因为她身材娇小，周围拥挤的人群都不太敢推挤她。最重要的是，她在画作前表现得非常专注，用审视的双眼仔细观察，不禁吸引了周围人甚至《蒙娜丽莎》里主角的目光，一些游客甚至偷偷从背后拍她，把她融入了这幅杰作的中心。保安很纳闷，为什么一个孩子会如此细心地研究这幅画呢？通常情况下，参观者都是匆匆而来，就像坐一圈旋转木马一样，瞥上一眼就奔赴出口。

莫娜观看达·芬奇的油画时，比上一周观看波提切利的壁画时遇到的困难稍稍少一些，但12分钟后，她还是缴械投降了，疲惫地去找站在稍远处的外公。

"怎么样，莫娜，你看到了什么？"

"你曾对我说，列奥纳多·达·芬奇发明过降落伞，但画里的天空什么都没有！"

"如果你花了十几分钟才发现这一点，我可不会夸你！"

"我还在找藏起来的飞机，因为你说过他曾设想……"

"是啊，这倒没错。作为一名工程师，达·芬奇在这方面的成就并不比绘画方面的少。他为君主出谋献策，整治河流，规划土地，巩固城防以抵御外敌……他非常聪明，且好奇心极强，亲自研究人体，为了弄清其中的运作机理，甚至会解剖死尸。"

"那他一定读了不少书吧……"

"要知道，达·芬奇生活在 1500 年前后，那时的书籍还很少，印刷术刚刚发明。他的藏书室里收藏了 200 来本书，这已经算海量了。独居的他著述颇多，关于各类学科的文章写满了成千上万张纸。他写的远比他画的多。目前已知的出自他手的画作只有十几幅，而且还不能确定都是真迹。"

"那这一幅为什么到处都能看到呢，外公？我记得外婆吃早餐用的大杯子上就有。我倒希望她把它留在碗橱里。"

"为什么？"

"因为早餐应该是愉快的。可是这幅画，它给人的感觉……有点悲伤。"

"是吗？是什么地方让你感觉悲伤？"

"它的背景……太昏暗了，而且很空旷。"

"说得没错。但不要忘记，这是一幅古画。背景中风景朦胧的颜色，正像旧报纸变色那样。原因很简单，因为用于保护颜料涂层的清漆会随着时间老化，老化后就会呈现一种忧郁的旧色调。但可以肯定的是，这些自然景色包括画面上的山峰、蜿蜒的道路、广阔的湖泊和空旷的天空，最初几乎都是明亮的电光蓝色。"

"电光？你在说什么呀，外公？那时人们只能点蜡烛吧！"

"感谢你的提醒，莫娜……要知道，这并不能阻碍艺术家们去寻求能量的来源。电就是一种能量，它产生热、光和运动。深知这一点的达·芬奇也在自己的画中寻找一种能量，而它也会让你产生力量。"

"让我？这可好玩了，因为我正定定地站在画前呀！"

亨利笑起来。看到他笑，莫娜也笑了起来。就是在这里，在此刻，他想为她讲述哲学家阿兰·巴迪欧[1]在《幸福散论》中的看法。阿兰说，那些拼命去争取幸福的人值得一枚勋章，一枚公民勋章，因为

1　阿兰·巴迪欧(1937—　)，法国作家、哲学家。

他们想得到快乐和满足的决心，有时会转变为强大的意志力，从而感染他人，就像笑声会产生连锁反应一样。根据巴迪欧的说法，寻求幸福不是个人发展或小我的追求，而是形成了一种政治美德。他说："幸福，是对他人的一种责任。"毫无疑问，这些道理，对此刻的莫娜来说还太难理解。不过，这必要的一课，已经由达·芬奇的《蒙娜丽莎》通过另一种方式填补了。

"你看，让你觉得悲伤的这些景色，实际上都在运动，被生命之力和某种原始的律动激励着。尽管如此，你也并没有说错：它的确令人不安，因为它没有章法。看右边这座桥，周围没有树木，没有动物，没有人类。薄雾笼罩中的背景，广阔的灰蓝色天空占据了大部分空间，显得既宏伟又荒凉。达·芬奇花费数年，细心地在画面上添了一些淡色，这是透明的颜料涂层，可以为画面增添密度和深度。他一层一层地涂，历时太久，以至于从未真正完成过。这些涂层还让材质产生了一种波动的效果。意大利语叫'sfumato'（阴影）。'阴影'会削弱事物，同时也会把它们连接起来。"

"是的，但她为什么笑得怪模怪样的？我总觉得很奇怪！"

"她露出了非常浅的微笑。她身后的广阔背景仿佛宇宙的初始，臣服于能量的混沌和冲撞——既迷人又恐怖的混沌状态。但她只是带着精准的甜美在那里微笑着，不卑不亢。这种微笑无限宁静、亲切，她也在邀请你和她一起微笑。"

"那我们也来对她微笑吧，外公！"

"我想你明白了……达·芬奇通过绘画产生了一种镜面效果：打哈欠的肖像使人打哈欠，好斗的肖像使人好斗。而一幅微笑女子的肖像，笑得这样不设防，是在邀请你展露同样的笑容。这就是他在画中隐藏的能量：向生活敞开心扉，笑对生活，即便面对缺失和痛苦，即便面前是模糊和不确定，是一个荒凉而混乱的世界，因为这是向生活注入幸福秩序的最好办法。这种伟大而神秘的方法，并非只对一位背靠凉台的文艺复兴时期的女子奏效，同样也适用于全人类……"

　　莫娜也想嘴角上扬，像蒙娜丽莎那样微笑。但外公讲解后留下的沉默，他传递过来的那种 —— 她真实感受到的 —— 大爱，他用庄重的声调向她讲述的美的感染力，使她的心飞翔起来。她心潮澎湃，眼角涌出一滴小小的泪珠，一瞬间模糊了卢浮宫的灯光。

3

拉斐尔
超脱一点

已经很晚了，但莫娜还没睡。厨房时不时传来嘈杂的吵闹声，让她一直无法入睡。一记响亮的撞击声过后，墙那边传来了妈妈尖利的嗓音。

"见鬼，保尔，我真不敢相信！"

莫娜爬下床，透过门缝偷偷往外看。卡米耶刚刚发现丈夫趴在桌布上，他右手拿着酒杯，桌面像台风过境一样，散落着满是表格和数字的纸张。刚才那声响动，原来是酒瓶滚过桌子、重重砸在地上的声音。在旧货店里，保尔至少还能把酒瓶插在他那个生锈的铁刺猬瓶架上，不至于把它摔碎。

卡米耶对他很生气。他没有向她求助，却选择用酒精来麻痹自己。保尔定期喝得烂醉的原因，不是因为破产或被追债，也不是因为与他人的纠纷。他真正害怕的，是失去莫娜非常喜欢的小旧货店，这样一来，他在女儿面前的最后一点尊严也会崩塌。卡米耶可谓斗士，亨利·维耶曼也是条硬汉，但保尔知道，自己比不上他们，虽然他为作为莫娜的父亲而感到骄傲。假如他被债务缠身，不得不放弃旧货店，失去这个可以让他做做梦的殿堂，那可怎么办？

卡米耶收拾好散落的纸。莫娜大气不敢出地缩在阴影里，看到妈妈准备把爸爸拖到床上，她赶紧轻手轻脚地溜回床上。

早上，直到莫娜喝第二杯巧克力，爸爸才出现。看着他愁云满面地吻了吻自己的额头，莫娜觉得他一定有烦心事。于是，她问爸爸今天感觉如何。这使他立刻僵在原地。因为孩子问成年人"过得怎么样"是一件非常古怪且令人震惊的事。关心是年龄的产物，只有当孩子心底那种根深蒂固的自我中心消失之后，它才会出现。更令他欣慰的是，莫娜完全没有被他糟糕的情绪影响，自始至终都面带微笑地看着他。于是他紧锁的眉头、试图掩盖的宿醉、他的不安和忧虑，全都在她快乐的小脸所释出的无尽善意中消失得无影无踪。在几分钟的沉默后，他终于问出了他本该问的问题：

"你呢，宝贝，你好吗？"

"特别棒，爸爸！今天是周三呢！"

＊

亨利第三次带着莫娜在博物馆中穿行，一路上，他注意到莫娜会关注沿途经过的雕塑和绘画。很多时候，他甚至发现她的脚步慢了下来，她的小手从自己的手中滑出，好像被什么东西吸引了。这对想把世上最美最深刻的精华介绍给她的亨利来说是件好事，这也意味着莫娜为此感到兴奋，而非无趣。但必须坚守原则：一周只看一件作品，可不能让别的东西来抢占精力呀。

但这并不容易，因为这个原本连接着卢浮宫和杜伊勒里宫的大画廊，现如今可是世上最大的展厅。今天要看的画作尽管有 1.2 米高，却丝毫没显示出雄伟的气派来。相反，它散发的是一种审慎的节制和内敛的平衡。

田园风光的背景里，一位女子坐在略微泛黄的花草之间，几乎完全遮住了身下的大石头。她身穿一件露出颈背的黑边红裙，占据着画面的正中心，只露出一只衣袖，左臂的衣袖闪着黄色的缎光，与她的发髻相呼应。另一侧的衣袖和双腿则盖着蓝色的披风。她的脸看向右侧，只看得到四分之三侧脸，那里有一个金发的裸体小男孩，站着靠在她身上。他三岁左右，左手搭在年轻女子手中，但更像是去抓取女子放在膝上的一本书，我们只能看到书的金边。画面右下方画着另一个和他年龄相仿的男孩，单膝跪地，衣衫简单遮体，肩上扛着几乎与自己等高的十字架，是用两条细木枝做的。他完全转向侧面，专注地看着对面的男孩。三个人的头顶都有光环。远处背景里可看到稀疏的树木，以及村庄的尖塔钟楼。更远处有一片湖面，周围都是些灰灰绿绿的小山，拱形的天穹下飘着几朵云，天空是渐淡的蓝色，上深下浅，到地平线处几乎全为白色，地平线正好位于年轻女子胸口的高度。整个画面置于无可挑剔的透视构图中。

与前两次相比，莫娜这次注意到更多的细节。但奇怪的是，她坚持的时间却更短了，几分钟后，她的注意力就分散了。最多不过 5 分钟吧，这对她来说已经显得无比漫长了。

我们的眼睛真的已经失去欣赏拉斐尔的耐心了，亨利这样想着，并没有责备外孙女注意力没能坚持多久。这个时代过于推崇所谓的"决裂"，以至于无法面对拉斐尔这样的艺术家，他那完美的和谐、精准的平衡和匀称的比例使他们坐立不安。老人挥去脑中的愤愤不平，重新回到这幅画上。

"你不喜欢这幅画吗，莫娜？"

"怎么说呢，但……《蒙娜丽莎》比它更有趣。"

"你忘了，上周的《蒙娜丽莎》也不是一下子就让你觉得有趣的！"

"确实是，但……你明白我意思的，外公。"

"我想我明白，但你还是说出来吧！"

"就是，《蒙娜丽莎》里好像有一些运动，但在这里，一切都是凝固的。就像上数学课时，我一直在等迭戈插一些俏皮话。"

"但没等来俏皮话，对吗？"

"外公给我讲一个吧！"

"不，莫娜，现在可不行。而且，你刚才说的困惑，也的确有理……因为拉斐尔，就是你眼前这幅画的作者，他和波提切利、达·芬奇同为意大利人，他只信奉绝对的完美，认为画面绝不可出现任何偏差或意外，不然就会破坏构图、线条和色彩间的平衡。"

"那他得花多久才能完成这么大的工程啊？"

"很久。非常久。但他不是一个人，他所处的那个时代，也就是16世纪初，必须靠多人合作才能完成创作，所以形成了真正的小型画室。大师只负责牵头和作画——他不必一切都亲力亲为，只需要偶尔画画人物，把风景或其他不如面孔那么重要的一些细节交给助手——他手下有很多打杂的，负责置办用品、配制颜料、刷抹涂层。像拉斐尔这样年少成名，又受到当时佛罗伦萨的商人和银行家们爱戴的画家，是有雄厚实力来创办画室的。就在他画这幅画的时候，希望恢复罗马和梵蒂冈昔日艺术荣光的教皇儒略二世亲自聘请他来绘制梵蒂冈的壁画。年仅23岁的拉斐尔接下委托，一腔热血地找来10个、20个、50个帮手！他雇佣最好的画师，待他们亲如兄弟或儿子。随后，他试尽配方以获得他想要的珠光色调和反射效果；他创作了大量壁画、挂毯，并制作雕版，以复制和传播自己的画。因为他，当时被认为是简单手工劳动的绘画艺术获得了空前的地位。拉斐尔成了明星中的明星。据说，他因疯狂爱慕一位女子，于37岁生日这天死于高烧，当时他的财产足有16000枚金币，一笔巨款！"

"爸爸说，我们越是富有，就越凶恶……他还说他非常非常友善。"莫娜笑了起来。

"生活总有例外，莫娜，否则就太无趣了！拉斐尔是一位既富有又非常绅士的好人。他病逝几年后，有一位非常重要的人物，名叫乔尔乔·瓦萨里，他开始着手记载文艺复兴大师们的故事。他把这部作品叫作《艺苑名人传》。我给你讲的波提切利和达·芬奇的故事，还有今天拉斐尔的故事，都是在他的作品中读到的。瓦萨里说，拉斐尔凭借魅力、善良和慷慨，把所有人聚集在身边，在他们当中唤起和谐与友爱：不光人类爱戴他，连动物也亲近他，他就像神话中的俄耳甫斯一样！"

"俄耳甫斯？你讲过这个人吗？"

"别担心，莫娜，我改天再给你讲俄耳甫斯的故事。现在好好欣赏这幅画。之前通过波提切利和达·芬奇，我们看过了被称作'非宗教画'的作品，它们并非取材自《圣经》。但眼前的这幅不一样。文艺复兴时期的很多作品是以宗教为主题的，装饰在教堂的小礼拜堂内，起着传播教义、教化信徒的作用。画中的这三个人物都是圣人。你认识他们吗？"

"我觉得是圣母玛利亚和耶稣……另一个有点野性的男孩看着也挺有趣的。"

"他是有点野性，因为这是施洗约翰，是预言基督到来的一位先知。他在犹太旷野中布道，所以画家们才把他的穿着画得这么简单。正如你所看到的那样，他背着十字架。你知道是为什么吗？"

"这是耶稣的十字架，对吗？"

"没错，这是耶稣将被钉在十字架上的隐喻。耶稣就在左边：他还是个孩童，试图抓住圣母玛利亚手中的书。这显然是《福音书》，在基督徒眼中，这部书既宣告了'喜讯'——因耶稣的牺牲，世界得拯救，又带来了最可怕的噩耗——在绝望无力的玛利亚眼前，耶稣死于最残忍的酷刑。这就是为什么她身着红色，血的颜色，还有蓝色披风，是天空也就是天主的蓝色。"

莫娜皱起眉头。她很难理解眼前的温馨场景和如此残忍的命运这种奇怪的结合。（一个母亲怎么能目睹自己的孩子被处死呢？她觉得太可怕了。）亨利看出了她的困惑，留给她很长的时间去思考，因为她正深入画作的中心。

"可是外公，如果母亲已经知道儿子会死，她为什么还会笑呢？"莫娜不解地问。

"这些仅仅是象征，莫娜，不是真的。如果圣母当真存在，想必她在这温存的此刻，得知30年后儿子将死在十字架上这一消息时，一定笑不出来。《福音书》宣告了他的受难，而小耶稣试图抓住那本书，也象征着他迎向自己的命运。拉斐尔想告诉我们的是，面对命运，需要培养'超脱'。"

"'超脱'？这是什么意思？是牵绊的反义词吗？是爱的反面吗？"

"不，莫娜，并不完全是这样。这是一种不被情绪奴役，并知道如何与之保持一定距离的能力。你看，拉斐尔虽然贵为众星之星，但他对自己的声望保持超脱，始终简单、和蔼、亲切。他在画中耗费了大量精力，但他的画散发着一种无比轻松的美。同样，面对最残酷的命运——孩子死于十字架上这件事，究竟该算作荣耀还是惨剧，其实没法绝对说清，这就引出了意大利人所说的'顺其自然'这个概念。'顺其自然'是名士交往时的一种从容，不会被任何好或坏的情况左右。这种超脱并非意味着我们没有感觉，莫娜，但它能让我们保持客观、节制和优雅，不浪费所谓的恩赐。"

莫娜仍旧有些困惑，因为这番解说在很多地方都挺晦涩的。但不管怎样，她多少有所收获，也理解了一些东西。外公坚持把她当作成年人来对话，这些好意便是收获。莫娜从最初的无法欣赏渐渐变得享受，不过这次，她没有立刻拉上外公的手离开博物馆，而是继续注视着这个神圣的家族，尤其是母亲，《花园中的圣母》是这幅画的名字。这位置身于花圃中的美丽女园丁，异常平静地散发着光芒，她专注的侧脸映着那场灾祸的阴霾。然后，莫娜被自己想到的俏皮话逗笑了，说：

"想超脱它，真的很难啊。"

4

提　香[1]

发挥想象力

　　与凡·奥斯特医生的每次会面都是场景重现。莫娜随妈妈进入诊室，同医生交换意见，做一些检查。看诊过程大约持续 20 分钟，不会超过这个时间。医生时常用沙哑的大嗓门讲些笑话，试图缓解莫娜的焦虑，但她发现那些笑话其实并不好笑。卡米耶坐在办公桌旁观察女儿，满脸难以形容的紧张。随后莫娜出去，在一条冷清的走廊里继续等待，母亲则留下来和医生讨论。等待的时间特别难熬，因为走廊里回声很大，那些噪声在莫娜脑子里嗡嗡作响。为了安下心来，她抓住脖子上的吊坠，低声哼唱着。

　　这一天，莫娜发现妈妈的表情有些古怪。她很惊讶，但没开口问，一句话也没说。卡米耶出来后变得很高兴，来到阿尔科勒街上，她在两个小破纪念品店之间的小饭馆给莫娜买了一个酥皮巧克力面包。这时手机响了，卡米耶盯着屏幕哀叫一声。她犹豫了一下，最终还是接了。

　　"是的，"她说，"当然，我没问题。好的，明白……"

　　随后，她拨通了一个电话。

　　"对，我是卡米耶。是这样的，我很抱歉，明天下午，我不能去

―――――――――

1　提香（约1489—1576），意大利文艺复兴盛期画家，威尼斯画派的重要代表人物。

你们那儿帮忙了……非常抱歉，老板通知我值班。我周五早上去，一定……我知道来不及，但……听我说，我非常抱歉，这段时间我真的很难……嗯，爱你。"

莫娜看着妈妈的憔悴面容以及脸上的眼袋和嘴角的皱纹，发现她的一头短发比平时更蓬乱。她觉得妈妈从今天早上开始就心事重重，妈妈希望有更多时间来参加志愿活动，却总是泡汤，因为来自那个"老板"的催逼总在加码。她还想到，明天妈妈去上班的时候，她可以和外公一起去卢浮宫。

市政厅广场上铺了一块溜冰场，莫娜很想去看别人滑冰。卡米耶机械地拉着她的手往前走，突然停了下来。

"等一下，宝贝。"

她蹲下来，用戴着蓝色连指手套的手把女儿的脸转过来。莫娜以为妈妈要亲吻她，便冲她笑。但妈妈没吻她，而是看着她，或者说，看着她的眼睛。她们之间没有语言交流，眼神里也没有情感的流露，只是卡米耶的眼珠难以察觉地在女儿的眼睛四周扫视，好像正在那里搜寻什么东西……

莫娜感到一阵恐惧席卷了自己，但由于感觉到母亲也同样恐惧，她便告诉自己，这种恐惧没有任何好处，只会加剧母亲的恐惧，于是便装作毫不知情。

"你真是个漂亮的小宝贝！"卡米耶对她说。

这么没有新意的夸奖此时却让莫娜很高兴，她没能掩饰住自己的快乐。

＊

亨利对威尼斯一直情有独钟，不但了解它的全部历史和错综复杂的水陆街巷，而且在游人还未涌入这座总督之城的时候，就曾和自己的一生挚爱在那里度过了绚烂的夏日。不过比起里亚托桥和圣马可广场，他们更多是去不太受欢迎的阿森纳军械库街区，在那里仍能碰到一些真正的本地劳工。《田园合奏》被认为是提香的作品，像威尼斯画派的所有杰作一样，站在这幅画面前，亨利会感到它在喃喃低语，它想讲述这个非凡之地，尤其是在 16 世纪权力动荡的关键时期的一切。威尼斯在 18 世纪末没落以前，是引领欧洲外交与艺术的先锋之一，远不是今日靠重操狂欢节来吸引游客在水上巴士上吐得昏天黑地的样子。

画面中心是两个 20 岁上下的男子，他们坐在绿色的草地上，正在就各自的演奏交换眼神。左侧的青年蓄着黑色短发，头戴丝绒贝雷帽，身着华贵的红色灯笼袖绸披风和双色紧身长裤。他弹奏鲁特琴。右侧那位有一头浓密的鬈发，光脚，穿着一件乡村常见的褐色皮上衣。画布靠近外侧的位置，有一位与他们做伴、背对观众的裸体女性，她健康丰腴，头挽发髻，手持一根笛子，笛身指向地面，没有放在嘴边吹奏。画布左侧也有一位裸体女性，装束与前面那位女性类似，观众可以看到她的脸，她站在画面最左侧的井边，手撑在井沿上，正将玻璃瓶中的水倒入井中。她扭着上身，与腿部的扭转构成双重反向的动态曲线。这四个人物占据了画面近景，处于离我们最近的层次。中景，靠右边的地方，一个羊倌正领着一群绵羊绕过橡树林。更远处的景色中有座小山，山顶能看到几栋房子。再远处，似乎有条被瀑布截断的河。起伏的地势一直延展到天际，略有些云的天空里映照着夏日傍晚偏斜的日光。

"一动不动地坚持看了 12 分钟，莫娜进步了！"

"外公，今天你才是那个一直动个不停的人！害我老是分心，不得不一次次从头开始！"

"这个从'头'开始，具体是从哪里开始呢？"

"从哪里开始，"小姑娘犹豫了好长一会儿才回答，"很难说，外公，因为我好像迷失在画里了。画的中间有两个穿衣服的男人，他们旁边是两个没穿衣服的女人，远处还有个羊倌……我好想知道他们在做什么！（莫娜装出淘气的样子）得是大人才能知道的事吧？"

"放心吧，大人也未必说得清。不过，你倒是提了一个好问题！没错，这种组合有点奇怪。为什么两名男士穿戴整齐——一个城里人服饰，另一个乡村人打扮——可他们身边的两名女子却赤身裸体呢？这正是我们想知道的……"

"对当时的人来说，这会更容易懂吗？"

"当然会更容易些，因为象征和典故会逐渐发生变化，尤其是有不少文艺复兴时期的习惯早已被我们遗忘了。听好了，16 世纪初的威尼斯艺术界，画师总喜欢给自己的作品披上一层浓厚的神秘色彩……首先，画作都没署名。在作品上署名（通常是在某个角落）这种做法，是在 17—19 世纪才流传开的。正因如此，我们现在很难确定这幅画的作者。"

"我知道，"莫娜得意扬扬地查看卢浮宫的展品介绍卡片，"这个人叫……提齐亚诺·韦切利奥。"（她拼读得乱七八糟。）

"小莫娜，等你意大利语拼读得好一点了，我再表扬你会看介绍牌……这个提齐亚诺·韦切利奥（亨利着重示范了辅音的读法），也就是我们法国人所说的提香，他实际上是一个叫乔尔乔内的人的学生。很长一段时间里，我们都认为《田园合奏》是后者的作品，因为他首创并发展了我们眼前看到的这种令人不安的主题：大自然中的裸体女子。"

"那为什么今天又说是提香创作的呢？"

"这有点像是拼图游戏：历史学家在提香的作品中发现了一些已经出现在这幅《田园合奏》中的元素。这算是一些线索，但都不是确凿的证据。无论如何，我们都可以说这幅画充满乔尔乔内的风格，因为即便是提香所画，在他刚满 20 岁的 1509 年，他仍在乔尔乔内开设的画室中受熏陶，这位大师死于 1510 年的鼠疫。"

"现在我们可以讲讲穿衣服的两个男人和裸着的两个女人了吧？"

"等一下，我先来揭示第二个谜团……穿着优雅、怀抱鲁特琴的年轻男子，和他左侧的一个乡村小伙肩并肩地坐在一起，你不觉得奇怪吗？"

"确实有点奇怪……"

"提香试图营造一种和谐的、连续的整体效果。景色中的山谷、溪流、房屋和树木，驱赶牲畜的牧人，画面中心的两名男子——分别来自城市和乡村——仿佛都在黄昏的氛围中融为一体，这要归功于画面中绝美的黄昏色调。如果说把城市和乡村的人放在一起而没有彼此相斥的话，那是因为提香完美地调和了其中的矛盾感。动听的声音、优美的旋律。没错，这迷人的田园合奏把这个小团体完全连接在一起。"

"你忘记那两个裸体女子了，外公。其中还有一个拿着笛子参与演奏吧？"

"确实可以这样认为。但这种可能性极小。与其说吹笛和向井中倒水的裸女是真实陪在两名男子身边的，不如说是他们想象的产物。这就是解谜的关键。优雅的城市青年与乡下小伙共奏一曲，歌唱两位年轻姑娘，于是姑娘们出现在他们脑海中。这位城里人，英俊的贵族之所以会跑到这片田园风光的大自然中，也是为了释放他的诸多情怀，品诗、吟唱，还有——我刚才说过的——想象……文艺复兴时期的人用一个好听的词来称呼它：'幻想'，'幻想'也因此经历了一段前所未有的、真正的黄金时代。"

"艺术家是想表现爱情吧……"

"倒也不无道理。提香画中的两位女子确实是美丽而性感的，认为这幕幻想与爱欲不无关系也实属合理。我却觉得这并非关键。持笛和持水罐的女子寓意着创作与诗意。这场田园合奏就如一连串想象出来的活动，而它本身又激发着新一轮的想象。因为想象永远可以催生出更多的想象，它以自己的活动为养料而螺旋前进。这幅画告诉我们，对事物进行更深层次的想象能带来奇妙的激励，它邀请我们相信这种神奇的力量，通过想象，无形可以化作有形，不可能可以变为可能。"

莫娜皱皱眉，眯起眼睛向左上方看了看，示意外公悄悄扭头。亨利心领神会地转过身。起初没注意到什么，但显然，有一位上了年纪的女士，穿着绿斗篷，脸上浅浅扑了一层粉，在他们身边站了好一会儿，偷偷听他们的对话……然后她红着脸咳嗽了一声，急匆匆走开了。

"她准是爱上你了，外公！"

"你想象力过于丰富了，莫娜……"

5

米开朗琪罗
从肉体中解放

迭戈真是个十足的傻子，他总是像从魔术盒里突然蹦出的小丑，没法好好回答问题，引得全班哄堂大笑。这次，他非常认真地听老师训话，哈吉夫人说他在 10 点 30 分铃声响起时，没有来操场上排队。

"你该及时停止玩耍，迭戈。"她威严地斥责道。

迭戈对这种严厉而确凿的批评作出了回应。当然不是恶意的，而是真心的好奇，只不过方式太笨拙了，让哈吉夫人当场暴怒。

"哦，"他回嘴道，"那您是什么时候停止玩耍的呢？"

他直接被拎到了校长办公室，泪流满面，坚信自己不该受到处罚。

漫长的午休时间，玉儿和莉莉邀请莫娜一起玩被她们称作"狂欢会"的游戏——她们要扮演音乐圈的人。一般来说，由一个人扮演制作人，她拿出手头的古怪服饰，让另一个扮演者演唱或弹奏吉他。第三个人则假扮狂热的粉丝或者冷酷的批评家。不过这一次，莫娜没有附和。没心思。她正想着别的事，失去了她一贯的热情。她还在想上午迭戈的那件事。她意识到他并没有出言不逊。迭戈只不过真诚地问出了心中的疑惑："一个人什么时候会停止玩耍？"有限期吗，有时效吗？编造故事的兴趣、怀着真心自发传播它们的兴趣，有一天会结束吗？这种自由自在地进入另一个世界，把周围的一切改造成城堡、西部草原或宇宙飞船的快乐，会渐渐消失吗？迭戈和莫娜突然看见了这种奇怪的前景，仿佛他们已经预见在某一天，或许很快了，他们也将不可避免地失去那片流动的疆域，玩耍将不能再自然而然地比理性的抉择占据更高的位置。是什么时候呢？这种告别到底发生在什么时候？

莫娜思绪翻飞，在操场上一动不动，其他同学却活蹦乱跳。突然，一个沾满脏水的足球，不知从哪儿飞了出来，重重地砸在她的头上。她跌倒在地，感觉泪水在眼眶里打转。她使劲压了下去，恼怒之余看到一个男生跑来，正是鼎鼎大名的纪尧姆，那个她讨厌的帅气留级生。他追到球后，竟然像什么事都没发生一样地跑回去继续比赛了。没有一句道歉、一个表示或一个眼神。幸好莉莉和玉儿赶了过来，把朋友扶了起来，她们再次提出那个建议：

"来玩'狂欢会'吧！"

莫娜这回同意了。她召唤还未枯竭的想象力，扮演起一位流行天后，玉儿是疯子经理人，莉莉则一人饰演 10 万名观众。淡淡的阳光在她们脸上舞动着。

*

这周，亨利带莫娜去的展厅透着一股威严的冷峻，里面没有立刻吸引眼球的绘画。这里位于德农馆一侧，游客不多，亨利一直觉得它吃了两个大亏：一来它更像一段通道，来访者常匆匆而过；二来这里采光通透，这几乎是致命的。不过这只是针对此处的展品——雕塑——而言，尤其是意大利文艺复兴时期的雕塑，它需要展现阴影——青铜是深色的阴影，大理石则是浅色的。

莫娜乖巧地跟在亨利身边，朝一尊浑身战栗的石像走去。走近的时候，大厅里的吵闹声震得她耳膜嗡嗡作响，原来是有个小男孩在大叫，他骑在一个淌着汗水的大个子男人 —— 显然是他父亲 —— 肩上。莫娜不禁想起，在不久远的过去，她也喜欢爬到大人背上玩。于是她向高大的外公请求，如果还不太费力的话，能不能再背她一次。这操作并不简单，不过亨利同意了，他弯下瘦削的身躯，用惊人的腰腹力量，把莫娜托向天花板，于是小姑娘来到距地面 2.5 米的高度，几乎正对着这张大理石面孔，不像其他游客那样，只能从下方观看。

这张面孔双眼紧闭，丰满的嘴唇也紧抿着，鼻子小巧直挺，五官线条完美，一头浓密的鬈发分成两半。头歪向右肩，但没有碰到，右侧肩膀下柔韧结实的手臂在肘部向内弯，厚实的右手掌抵着胸膛，或者更准确地说，手掌覆在心脏的位置上，指尖摸索着把身体一分为二的中轴线，也就是胸骨。一件薄薄的衣服在胸前被卷起，除此之外，这个年轻人全身赤裸，能够清晰地看到他的阴部没有毛发，左侧的腿放在一整块石基上，这条腿向右微微弯曲，也带动了胯部的运动，形成了一种清晰而轻柔的摆动。为了加强这种视觉，他的左臂也向后伸出，停在脖颈上方。总的来说，这就像一个人在半睡半醒的状态中伸展身体，只不过是站立着的。模特脚边的石头基座呈现出不规则的形状，海浪般卷起，直到大腿背面。在这块没怎么修饰的基座顶部，有一个神秘莫测的猴子脑袋，几乎看不出轮廓。

这一回，一言不发、细细审视作品的莫娜没有喊累，反倒是肩上承受着她重量的外公先受不了了。他把外孙女送回地面，莫娜于是开始从更低的视角观看。她把视线从雕像的私处移开（因为凸起的性器官令人很尴尬），盯着雕像的脸。她突然觉得这张脸很高、很远。

"外公，这个人是觉得快乐还是悲伤呢？"

"你觉得呢？"

"我觉得都有一点……从他的肩膀上方近看时，我觉得他很享受，但现在从这里看，又觉得他好像有点痛苦……总之，当我哪里疼痛时，我也会像他这样……扭来扭去的！"

"实际上，关于这尊雕像，人们至今仍有很多不懂的地方，它身上充满了矛盾。不过可以确定的是，作者米开朗琪罗·博纳罗蒂几乎是有史以来最伟大的艺术家，这个异常古怪的奇男子，因其才华和激烈的性格，在佛罗伦萨一带成名以后便立刻招致同代人的嫉妒。据说他的艺术奇才和无礼言语曾激怒过一位同行，那人让他的鼻子狠狠吃了一拳。所以米开朗琪罗尽管长寿，却终生带着歪掉的鼻梁。变丑之后，他越发不招人喜欢了……"

"丑？你也有一条大伤疤，谁敢说你丑，我肯定第一个揍他！"莫娜噘起嘴，调皮地撒娇，"你可帅啦，外公。"

"你品位不错……米开朗琪罗的父亲认为当雕塑家有失体面，因为在当时，这个职业被当作下等劳动者，类似于裁切石块的手艺人。但米开朗琪罗对自己的使命坚信不已。他还是文人、诗人，也是古典学说'新柏拉图主义'的信奉者。这个学派以希腊哲学家柏拉图的名字命名，认为尘世和人的躯体都是囚笼，必须予以摆脱才能升华至彼世，进入精神、概念与想象的领域。佛罗伦萨以高雅品位著称的君主，人称'华丽者'的洛伦佐·德·美第奇也是一位新柏拉图主义者，他是米开朗琪罗的早期仰慕者，曾委托他创作了大量作品。"

"你带我来看的就是这位君主的雕像吗？"

"不，在你面前的这位并不是洛伦佐·德·美第奇……事实上，在16世纪初，面对佛罗伦萨的优美与强大，另一座城市，意大利和欧洲基督教的摇篮，嫉妒这种光芒，想要与之一较高下。"

"我知道。这座城市就是罗马。爸爸常拿它取笑，故意把'条条大路通罗马'说成'条条大路通朗姆'……每次我都会笑，但这只是为了让他开心……"

"暂时把你爸爸和他的俏皮话放一边吧，我们先讲讲罗马。当时有一个非常富有的教皇，他非常仰慕米开朗琪罗的才华。他叫儒略二世，准备斥巨资来装点这座城市……"

"哦，"莫娜插嘴，"就是雇佣拉斐尔的老板！"

"记得很清楚嘛！米开朗琪罗也为他工作，因此挣了不少钱，但仍旧过着简朴的生活，甚至可以说是穷苦，而且始终独自一人。据说他床下堆满了没来得及花的金币。后来，儒略二世想设计自己的陵墓……正是为了这次的委托，米开朗琪罗创作了这尊以及旁边的那尊雕像（他指着展厅中与《垂死的奴隶》成对摆放的《被缚的奴隶》）：这两尊雕像都是教皇陵墓的装饰品。"

"你是说埋葬儒略二世的地方吗？想象一个人的死亡真是悲伤……"

"是的，莫娜。对相信永生和复活的教皇儒略二世来说，这项工程不该成为某种绝望的产物，而应是幸福与不幸、永恒荣光与无尽哀悼的微妙结合。米开朗琪罗深谙这一点……作为杰出的诗人，他曾写过如下诗句：'我的喜悦是一种忧伤。'"

"那与米开朗琪罗合作应该很辛苦！"

"正因如此，所以即便在那些庞大的工程中，比如之后的西斯廷教堂壁画的任务，他也总是独来独往，拒绝他人的友谊，无论如何都无法与同事或助手共用他神圣的工作室。不过米开朗琪罗与儒略二世倒蛮处得来的，因为两人性格类似，都脾气火暴，没有丝毫妥协精神，对他人的目光不管不顾，眼里只有自己和自己追求的东西。人类历史上从未有人像米开朗琪罗一样，如此强烈地追求着美。这种美并非拉斐尔追求的那种柔和典雅之美，与之相反，是一种充满生命力的激烈之美，人们称之为米开朗琪罗式'恐怖'。"

莫娜抓住外公的手腕，他嗓音那么深沉，听起来竟有点吓人。老人用另一只手在空中做了个螺旋形的转圈动作——类似于舞者的舞姿，模仿雕像上波纹般的起伏。

"莫娜，这个雕像身上具有青年人的完美恩赐，优雅结实、发育成熟，享受着快感的战栗，同时又承受着痛苦的折磨。作品名叫《垂死的奴隶》，细看他极度矛盾的表情，能感受到一种冲突。这实际来自艺术家的理念，他一直用双手雕琢石块，或以画笔操纵色彩。他认为，应该摆脱物质的束缚，脱离看得见摸得着的世界。莫娜，这具身体震颤着，从尘世的不完美到达彼世的理想境界，也从奴隶身份变为自由的人类，从大理石石块变成雕塑艺术品所代表的美之精神。这三个过程 —— 都摆脱了世界的粗鄙、沉重与充满束缚的物质 —— 同时发生在恐怖而崇高的运动中，交织着痛苦和快乐。这是一种解放。"

亨利不再说话，让莫娜绕雕像转了好几圈，直到她注意到石基的左侧，问出了他期待已久的问题。

"这里为什么有猴子的头呢？"

"我很高兴你问了这个问题……也许是因为猴子滑稽地模仿人类和艺术家 —— 艺术家模仿自己所见的东西，笨拙地模仿自己所遇到的一切。你看：它困在这块未成形的粗坯中，象征世间物质水平低下，达不到彼世的高度。知道吗，莫娜？米开朗琪罗总喜欢说，形象早已存在于石块中，只需揭示它，使它从原石中露出来。精神与理想，那是最纯粹的作品，它们已经藏身在各种物质的混杂中。"

听了这番话，莫娜最后看了一眼《垂死的奴隶》，然后跟随外公离开画廊。走到门口时，她停了下来，再次转向雕像，不禁学着猩猩的样子向它告别：她弯曲膝盖，一边挠着腋窝，一边发出三声呼叫。亨利正犹豫着是否要像莫娜那样模仿动物，一眼看到展厅的保安暴跳如雷的样子像极了狗熊，立即放弃了这一念头。

6

弗兰斯·哈尔斯[1]
重视小人物

意志力已然崩溃。保尔借酒浇愁——结果越借越多。他垂头丧气，结结巴巴地跟卡米耶说起他所谓的"物质困难"，但表示这种困难决不会影响和削弱他对家人的爱。卡米耶不安而勇敢地听着。但当晚，面对女儿和桌上空了又续的酒杯，她直截了当地对他说，她不知道他这样借酒浇愁是否真的跟这种"物质困难"没有关系。

"你会知道，这破事是不是像你说的那样，是一种'物质困难'。"

保尔见自己当着莫娜的面被揭穿，恼羞成怒，他试图逃跑，乘怒摔砸东西，干什么都行，只要发出的声音够大。只是他没有勇气付诸行动。他在这种事情上也同样缺乏毅力。卡米耶立刻后悔没有避开女儿，自己或许也有些偏颇……但已经来不及了。

莫娜先是被眼前的冷暴力吓坏了，随后做出了出人意料的举动：她伸了个懒腰，放松地轻叹一声，仿佛在尽量拉长自己的身体，给它更多的空间，让它有伸缩性，变得更大，尽量摆脱小孩的外衣，决定进入她刚刚被排斥在外的成人世界。放松身体的同时，她也在缓和着周围沉重的气氛，然后，她笨拙又勇敢地模仿着大人，用坚决而沉稳的口气说：

1　弗兰斯·哈尔斯(约1580—1666)，荷兰肖像画家，荷兰现实主义画派的奠基人。

"听我说，妈妈，爸爸总有一天能解决自己的物质困难（听到这个词，保尔全身抖了一下，不过并没有打断女儿的话），他会把这事变成一个美好的故事！书和电影里的故事也经常出现痛苦和不幸，但只要讲述得当，总能收获圆满的结局……"

保尔和卡米耶足足愣了10秒钟，莫娜没再说话，甚至没讲今天班上的趣事，她让自己一直保持任务已经完成的那种镇定和沉默。晚餐很快结束了，莫娜吃完一小份奶油摩卡果冻后就溜回了房间。

"保尔，你在听我说话吗？"

"嗯。"

"那个心理医生是不是把莫娜弄疯了？"

"嗯……有点吧。不过，明天又是咨询日了。"

*

绿灯变红了。莫娜松开外公的手，一蹦一跳地准备过马路，刚踏上人行道，又立刻转身回到慢步前行的老人身边，再次握住了他的手。真是个小回旋镖……

"你知道，莫娜，我不喜欢你这样飞来飞去的！"

"哦，外公！我会注意的！而且我一直回头，看你有没有跟上来。"

"小心点，总有一天你会把我变成幽灵的。"

这个说法——真是吓人——让莫娜大吃一惊。变成幽灵？为什么？不过亨利指的是三周前看拉斐尔的画时，他答应给她讲的俄耳甫斯的神话。

"俄耳甫斯是位诗人，善弹竖琴。他的歌声动听，连动物都为之着迷。"

"这真的可能吗？"

"反正俄耳甫斯做到了。他的歌声引来狮子和马、鸟和爬虫、啮齿类动物和大象！他的魅力无人可挡。后来，俄耳甫斯爱上了一位名叫欧律狄刻的仙女，并与她结婚了。不幸的是，新娘被蛇咬伤身亡。悲痛万分的诗人下到冥界试图带回自己的妻子。冥王哈迪斯被他纯净的歌声打动，允许他将妻子带回人间。但哈迪斯有一个条件：回到人间以前，无论发生什么，俄耳甫斯都不能回头看他的爱人。然而，在差几步就要回到地面的时候，俄耳甫斯突然感到一阵不安，因为他听不到欧律狄刻的脚步声了。他急切地回头看了一眼。欧律狄刻立刻化为一团水汽，永远消失在黑暗中了……"

"外公，这故事太悲伤了！"

去往卢浮宫的路上，莫娜像只受惊的小动物一样，紧紧贴在亨利身边，跟着外公的脚步，死死拽着他的衣服，尽情吸着他身上古龙水的味道。最重要的是，她提醒自己，必须时刻"直视前方，直视前方，直视前方"。当她站到一堆 17 世纪的荷兰藏品前，这好歹帮她集中起精神来面对今天要看的画。

这是一幅尺寸不大——高略长于宽——近乎正方形的女子半身像，画中女子丰满但不肥胖，褐色头发，四分之三的侧脸转向画框右侧。她微笑着露出上齿，沉重的眼皮因迷醉和快活而半闭着。瞳孔的指向让人不禁觉得她正饶有兴致地看着画外的某物。微胖的脸上两颊绯红，皮肤白皙紧致，画家充满立体感的笔触增加了脸庞的厚重感，与头发的轻盈刚好相反。她虽然戴着发箍，一头鬈发却蓬乱地披在肩上，透出平民阶层的朴素感，典型的农妇装扮。还有她束紧的丰满胸部，敞开的领口边缘可以看到一对乳房紧贴在一起，白衬衣外面套着珊瑚红色的罩裙。背景是棕色和灰色的，不确定作者想表现什么，也许是粗糙的岩石，也许是北方阴沉的天空，又或许，正因为没有具体景物，观者才能将更多的注意力集中在这位自由、快乐和不羁的年轻姑娘身上。

莫娜看了差不多有 20 分钟，才看着介绍牌皱了皱眉。

"这上面写的《吉卜赛女郎》是什么意思啊，外公？"

"老实说，莫娜，这幅画完成于 1626 年，那时的人们也不太能说得清……吉卜赛人是个神秘的民族，来自异域，习俗和行为都与我们不同。他们是流浪者，也就是说从不会在同一个地方停留太久，他们居无定所，永远在旅途中，也不从事传统行业。这当然有点令人不安，但从另一方面讲，他们也代表着自由，具有一种特殊的魅力。吉卜赛人素以音乐才能见长，据说还会魔法，能通过各种方式预知未来，如塔罗牌、水晶球和看手相。"

"预知未来？那，外公，能给我看看吗？"

莫娜伸出手来。这个问题背后透出的无奈刺痛了亨利……他从中听到了外孙女对于失明的忧虑，对被困于永恒的黑暗和没有星月的长夜的担忧。会那样吗？真的会那样吗？莫娜看着自己的手掌，在粉红的皮肤纹路上搜寻征兆、信息，或一点指引的亮光。她收拢手指，攥紧拳头。太令人心碎了。亨利感到心被揪成一团，陷落到身体深处。但他又想到，正因为黑暗有可能遮住外孙女的双眼，所以他此刻才必须意志坚定地带她完成自己的计划。

"莫娜，我倒特别想听听你对这幅《吉卜赛女郎》的看法……"

"哦，外公，这很难说。你带我来卢浮宫，是为了看一些漂亮的男男女女的，对吧？总之，我是这么想的……波提切利的女神、达·芬奇的贵妇、米开朗琪罗的奴隶，每一件作品都令人不禁'哇'地眼前一亮。但这幅，我可能会惹你生气，我觉得她一般般（莫娜沉默了好一会儿），而且……"

"嗯？"

"而且，既然画家画了她，那他肯定觉得她是美的，对吧？"

"当然。我不知道画家是否会用'美'这个词，但你说得没错，无论如何，他在这位女郎身上发现了某样东西，所以才给她画了肖像。莫娜，你需要了解一件事：自 15 世纪文艺复兴以来，越来越多的人开始为自己画像。他们——往往以高价——聘请艺术家画下自己的面貌，通常都会要求画得外形优美，掩盖掉缺点，把一个人最佳的年华和状态呈现出来：衣着光鲜，举止气派。这些人一般都是上层社会的富人。他们用肖像来巩固自己的形象、地位和权力，所以卢浮宫的过道里才会有这么多国王和贵族的肖像。"

"虽然如此，还是有一些平民的画像的。我还记得提香的那幅画：乡村小伙子和一位穿着华丽的小少爷一起演奏音乐！"

"没错，但准确来说，那并不能算是肖像画。你想想，除了那个小伙子，提香还画了不少别的东西。用美术术语来说，这种画叫作'风俗画'，描绘普通人的日常生活场景和活动。而肖像画里面没有真正的动作：一切都凝固在永恒中。"

"嗯，可我感觉，这个吉卜赛女郎也在动，甚至，甚至像在转身……就像你讲的俄耳甫斯那样……"

想到这个，她扮了个鬼脸。

"说得好，莫娜，她正在转向画框外的某人或某物：虽然不知道具体是什么，但无疑吸引了她的注意，让她露出微笑。事实上，这幅画捕捉的正是她某个行为的瞬间……"

"什么行为？"

"这很难说清，但画家是荷兰人，他叫弗兰斯·哈尔斯。在 17 世纪初的荷兰，人们非常喜欢描绘平民大众娱乐时欢快的场景：舞会、宴会、露天或酒馆里的庆典。这些表现日常趣事的风俗画洋溢着真实热烈的喜悦。"

"就像我和玉儿、莉莉一起庆祝生日那样！"

"把葡萄酒和啤酒换成果汁、汽水的话，的确差不多，莫娜……现在，我们仔细看看弗兰斯·哈尔斯是怎么做的。他把吉卜赛女郎从所在的场景中分离出来，单独放在画框里，因此这幅画介于风俗画与肖像画之间。或者换一种说法，通过取景，把风俗画变成了肖像画。解读这幅画的关键也正在于此：这位披散着头发、脸色红润、可能有点醉酒的年轻姑娘，属于社会边缘群体——吉卜赛人——享有了传统意义上只属于权贵阶层的待遇。我们当然无法知道她是谁：她永远是吉卜赛人中的一员，但弗兰斯·哈尔斯试图为她和她的群体争取关注。"

"弗兰斯·哈尔斯也是吉卜赛人吗？"

"不。他为各行各业的人都绘制了肖像。最为人所称道的是他的那种笔触，除了视觉效果，仿佛还有触感，好像他的画不仅是材质延续的幻象，更建构起了一系列动态跳跃的色块。这样的技法或许显得突兀，甚至过于直接，但重要的是，它为画面注入了活力，肖像也因此变得更加生动。"

"好像人物是活的一样，我们甚至可以摸到他们！"

"没错，所以弗兰斯·哈尔斯在他所居住的荷兰哈勒姆城特别出名：富商、富豪和达官贵人都想找他画像，委托人数量众多，来自各行各界。不仅如此，尽管没人资助，但出于对小人物的尊敬和爱，哈尔斯自愿为普通人画像，以展现他们的品质。他的人物经常带有'红脸庞'，表情甚至被认为过于粗俗或过度夸张。他歌颂平凡人强烈真实的情绪，而非以往肖像画上那种摆出来的不凡。"

"明白了……外公，所以今天的主题是？"

"很简单。弗兰斯·哈尔斯告诉我们，尽管不完美，既有缺陷又粗俗，族人的名声也不好，这位吉卜赛女郎却和其他贵族名流一样值得敬重，所以弗兰斯·哈尔斯才在画布上刻画她，尽管他不是吉卜赛人。但只要身为艺术家——这是他悄悄告诉我们的——就要尊重小人物。"

"我懂了，外公……"

亨利·维耶曼身后，一位满脸雀斑、戴着红框大圆眼镜的年轻女游客目不转睛地听着。她旁边的男生，一绺长发飘扬，好似有风吹在脸上。他好像因刚刚听到的谈话而目瞪口呆，感到既惊讶又钦佩。

"打扰了，先生，"他大着胆子说，"请问这是您的孙女吗？你们是祖孙？"

"是的，没错，我年轻的朋友，我也斗胆问下，这是您的未婚妻吧？"

"这还不好说。"他们羞怯地异口同声道。

"那就好好考虑一下吧。祝你们愉快！"

离开卢浮宫的路上，亨利陷入了沉思。究竟是什么促使年轻人上前搭讪的？显然，那个年轻人不相信这些丰富而有深度的知识能由一个博学的老人传达给小孙女。亨利深信如此，所以回顾了一下自己与莫娜的谈话。他们今天都说了什么？是文艺复兴以来肖像画的演变史、17世纪荷兰的社会生活，以及绘画的厚涂技法吧。小莫娜或许没办法全部掌握——这很正常——但她那种不愿漏掉任何细节、想全部吸收的愿望，本身就已经很棒了。然而在亨利看来，真正厉害之处不在于此，而在别处，至少存在于她孩童的语言中，存在于她的"小音韵"中，这些可能与什么非常独特的东西产生了共鸣。到底是什么呢？他始终不得而知，于是他放开想象，自由地联想，想了很久，还是没有找到答案。在这个星期三，除去被吸引的那个青年，是否还有其他人，通过仔细地倾听莫娜所说的每一个词、每一句话，能替他解开这个谜……有。或许有，或许没有。另外，这是真实存在的谜题，抑或只是他的臆想呢？

至于莫娜，她或多或少有意识地，沿着直线一直往前走。她还没忘记俄耳甫斯、欧律狄刻和冥府的故事。"往前看！往前看啊！"她想着诗人在命运的指使下转头的那一刻，心中不断默念。

"外公，求你告诉我，俄耳甫斯为什么偏要转身呢？这可太傻了！"

"有一天你会明白的，莫娜，等你坠入爱河的时候就知道了。"

7

伦勃朗[1]
认识自己

卡米耶下定决心：这一次，在凡·奥斯特医生检查完后，她无论如何都要问清楚，莫娜究竟会不会再度丧失视力，或者说，会不会彻底失明。一个半月以来，这个问题每小时都会出现在她的脑海里。她会因此出神几分钟，一直想着最可怕的结局，根本集中不了精神继续进行停下来的工作。自从发誓绝不在网上乱看以后，日子越发难熬，为抵抗这种冲动而加强的意志力最终压垮了她。卡米耶期望医生的意见多少能缓解这种忧虑。她领着女儿在夏特莱地铁站的过道里快步走着，脑中反复出现两个问题："莫娜会失明吗？可能性有多大？"

经过站内无数灰色的走道后，当卡米耶再度迈开脚步时，莫娜猛地拉住了她。焦躁而坚决的卡米耶忽略了周围的人潮和嘈杂，沉浸在自己的思绪里，突然感到脚被一个东西绊住了，摔了一跤。是躺在地上的流浪汉伸出的一条腿，卡米耶极度烦躁地大叫：

"能不能小心点，该死的！"

那个男人很窘迫，几乎还没反应过来，只是尴尬而礼貌地答道：

"女士，我看不见。"

卡米耶这才发现乞讨纸板上的一堆潦草字迹，上面写着大大的

1　伦勃朗（1606—1669），荷兰画家，擅肖像画、风俗画、宗教画等。

"盲人"，她还看到了在碰撞中掉在地上的墨镜，以及站在旁边的莫娜的蓝色裤子。就在她忧心忡忡地带女儿去医治眼睛的当口儿，她却在地铁站里辱骂了一个失明的流浪汉！一阵巨大的战栗让她僵住了。她一言不发，随后几乎惊慌失措地起身，带着莫娜冲出地铁站。她假装看了一眼手机，然后以公司有急事为借口，对莫娜说：

"宝贝，今天不能去看医生了。我得回家一趟。"

一个中世纪的波斯故事是这样的：一天早上，一位大臣在巴格达的市场遇到了死神，死神瘦骨嶙峋、衣衫褴褛，大臣又年轻又健壮，但他非常害怕，因为死神向他做了一个手势。大臣找到哈里发，说自己必须马上出发去往撒马尔罕城，以逃离这一死亡威胁。哈里发同意了，于是大臣策马出发。哈里发尽管感到不安，但还是召来死神，问他为什么要在巴格达市场上威胁一位身强力壮的英勇大臣。死神回答说："我并没有威胁他，只是做了一个惊讶的手势！我提前遇到了他，他竟然在巴格达的市场中央，这让我非常惊讶，因为我们本来今晚要在撒马尔罕城相遇的……"

卡米耶回想起这个一直令她害怕的故事，感到任何试图挣脱命运的努力都是徒劳的，或者说，笨拙地带女儿驱赶不幸是徒劳的。因为取消医生的预约等于逃避诊断，这毫无道理，根本不能阻止任何厄运的降临。她致电凡·奥斯特医生的诊所，有礼貌地更改了诊疗时间，推迟到很久以后。挂完电话后，她发现莫娜脸色阴沉。

"你还好吗？"

"还好……"

"我知道，莫娜，你很不开心。但我们改天会去看医生的。你放心，没事的。"

"妈妈……是你在地铁里对待那位可怜的先生的态度……"

莫娜说得对。卡米耶羞愧地折返回去道歉，想问问那位可怜的先生的情况，但他已经不在那里了。

*

　　孩子们从小就知道，说谎是不好的。但莫娜知道，她每周都在父母面前装作去看儿童心理医生，其实却和外公一起去逛博物馆。她向外公说了这件心事，还提到匹诺曹……她每周三都欺骗父母，身上会不会像说谎精一样，慢慢发生了变化？亨利刮了刮她的鼻子：不管怎么说，现在一切都没有变化呀。他向莫娜保证，随后开怀大笑。不过他也不愿意简单地为这种隐瞒找借口，即便出发点是好的。这事在道德方面很棘手，很难立即解决。怎么样才能让一个从小就被教育要诚实的好孩子明白，这是介于对与错之间的复杂问题呢？如何调和非黑即白的观点，同时又不令她伤心、困惑和失望呢？这是个难以解决的问题，亨利非常清楚，只有生活经验才能进行这种调节；拔苗助长只会阻碍莫娜的成长。他这样一边想着，一边来到了卢浮宫，心想，是时候上德农馆的三楼了。他要引出光与影的概念……

　　一米高的画布上有一个成年男子的四分之三侧身坐像，他头戴一顶白色的居家便帽，被来自画面左上角的一道光照亮。鼻子圆圆的，上方的两只眼睛看向观众，流露出迷茫与忧伤，沧桑的皮肤垂在红润的两颊上，泛着一抹柔光；额头上有岁月的皱纹，嘴角边的皱褶虽然更细，讽刺意味却更浓；未经打理的胡茬和一头鬈发都已花白，头部以下的色调要暗得多。这位模特身上的大衣没有与深色的背景融为一体，至少给人一种努力脱离甚至迷失其中的感觉。画面在腰部位置再度明亮起来，男子一手拿着画杖——绘制细节时为手部提供支撑的木质杖杆，另一只手抓住抹布、笔刷和排列了三种颜色的调色盘：朱红、黄铜和中间掺了一点黑色的白色。最终，画面右侧出现了一块木质画板的边缘。那是画中人正在绘制的一幅画的背面。

"又是一幅肖像画，"莫娜看了 11 分钟，开口说，"和《吉卜赛女郎》一样，这幅画也能明显看到绘制的痕迹：我的意思是，涂层很厚。吉卜赛女郎挺快活的，这个人看起来却很伤心。不过两者总感觉有什么相似之处……"

"莫娜啊，我对你刮目相看了！这还只是我们看的第 7 幅画，你就已经独具慧眼了。《吉卜赛女郎》是弗兰斯·哈尔斯的作品，而这幅是画家伦勃朗为自己画的肖像：是自画像，也就是说，是一种新的类别，它诞生于 1500 年前后。自画像在当时是比较新的流派，画家要在自家画室里自己画自己。这幅画就是这样诞生的，伦勃朗在 54 岁时画下了它。他比弗兰斯·哈尔斯晚出生 20 年——准确地说，他出生在 1606 年——不过这两人彼此认识并有交集，就像你认识同校的学生那样。他们同为 17 世纪的荷兰人。弗兰斯·哈尔斯的职业生涯都是在哈勒姆市度过的，而来自莱顿大学城的伦勃朗很快就搬到了阿姆斯特丹，当时著名的繁忙港口，接收着全世界的物资，是艺术家的圣地。不过你在他的画里看不到城市，伦勃朗从青年时期到 1669 年去世，所创作的 40 多幅自画像中，往往都身着东方服饰——这些小配件是他在集市或拍卖会上买来并收藏在自己家中的。"

"伦勃朗可以成为爸爸的好买家！"

"没错。而且，伦勃朗和你爸爸一样，也是个商人。他在阿姆斯特丹犹太区的大宅底层开了一家店铺，出售自己的画作和其他艺术家的作品。现在那里已经成了博物馆。"

"我真想去看看啊！"

"会有机会去的，莫娜，耐心点。你去了就会看到：阿姆斯特丹到处都是运河，城市好像漂在水上一样。冬天一片雾气，充满了神秘感。我们经常能在北欧画家的作品中见到这种神秘的调调。伦勃朗的画作尤其如此。"

"我觉得我能懂，外公！阿姆斯特丹又湿又冷，天很早就黑了……所以那里的画家的创作风格就像他们所居住的城市一样。这也是为什么伦勃朗的这幅画看起来迷迷蒙蒙的样子……我说得对吗？"

"满分 10 分的话，我给你打 8 分，莫娜。"

她很满意这个分数。

"不过我们不能就此认为风景和气候等地理因素决定了画风。事实上，人们经常会拿意大利文艺复兴艺术中那种阳光灿烂与荷兰艺术阴沉的冷漠气质做比较。这不能说错，但问题的关键在于色调。伦勃朗深受一位意大利画家的影响，此人也是一位善于运用暗影的大师，叫卡拉瓦乔。1610 年去世的卡拉瓦乔，一生短暂而激烈，充斥着众多丑闻——他因违法犯罪蹲过几次大牢——不过最著名的还是他震动画坛的全新创举：在构图中运用强烈的对比。明暗对比。"

"哦！这个词真好听！"

"在意大利语中更好听：il chiaroscuro。（莫娜默念了几遍，想记住它。）明暗对照法认为：黑不再是色彩的损失，也不是对色彩的否定；它成了色彩的扩音器。于是黑色开始侵占画布，吞噬画面。"

这话好像在记忆中打了一道霹雳，她看着伦勃朗的自画像，突然颤抖了一下。莫娜缩到外公身旁，后者缓和语调，继续讲述：

"伦勃朗在开始作画前，会先抹一层均匀的褐色涂层。这是底色。然后他选定亮部的位置，听说早在绘出形象之前，他就让那部分的画布闪出强光。随后的绘制就像一种对主题的缓慢揭示，正如我们面前的这个人物从黑暗中浮现出来一样。不过明暗两者——光影的妙处也正在于此——并不是平等的关系：构图中突出的亮部，表现力和穿透力都更为强烈。"

"我发现画中最亮的地方是他自己的脸。他一定很爱自己！"

"别急，听我说下去。回想一下我讲过的拉斐尔：他是众星之星，欧洲画家的地位因文艺复兴而得到提升。17 世纪的伦勃朗在这种全新的理念中继续演进：他不再被视为一个身负专业技能的手工匠人，而成了人们眼中有思想、有才能的独特艺术家。因此，伦勃朗决定绘制自画像，他满心期待自己作为阿姆斯特丹大红人的画像会被收藏者们追捧。"

"伦勃朗也像拉斐尔一样富有吗？他的画室也雇了很多人？"

"伦勃朗确实有过不少合作者，也不缺钱花。但正如你所看到的那样，画中是一个潦倒的人，准确地说，他在 1656 年宣布破产了。"

"'破产'！"这个词对莫娜来说并不陌生，她听过，它像热水壶吐蒸汽一样从爸爸的嘴里冒出来。

"伦勃朗是怎么破产的呢？"

"他最初取得了巨大的成功，从大行会即行业协会那里收获了大量订单：医生、法官、军人……但他性格比较倔强，并不愿意总是讨好恩主，甚至会苛待出资人，比如要求他们长时间地为画像摆姿势，或者，只要画得不满意，就擅自拖延交货时间，有时甚至拖上好几年！你想一想，在人的寿命远不及今日的那个时代，一些顾主会多么愤怒，他们不时把他告上法庭！但伦勃朗丝毫不向商业利益妥协：他的每一幅画都按照自己的意愿来。也是从这时起，他的生活方式为他带来了债务，终于有一天，他不得不宣布破产。他变卖了——以非常低的价格——自己的所有财产，搬离了豪宅，官司缠身。他还遭遇了人生的轮番打击：首先是三个孩子的离世，在 1642 年又失去了他的妻子萨斯基娅，但磨难并未就此结束，他之后的伴侣亨德里克耶也被瘟疫夺去了生命。还有他的儿子蒂图斯……"

"经历了这么可怕的人生怎么还能坚持作画呢？"

"确实，莫娜，这幅自画像铭刻了他身上荣耀与不幸的跌宕起伏，流露出一种深深的忧郁，其中的明暗对比，通过色的通道和暗的黑洞，展现了伦勃朗对岁月流逝的深刻认识。他不仅把自己暴露出来，还敢于毫无保留地展示已然失去的东西以及生与死之间的较量。莎士比亚曾在悲剧中借哈姆雷特之口说出'生存还是毁灭'。半个世纪之后，伦勃朗的自画像也低吟着同样的主题。不仅如此，还有其他……"

"还有什么，外公，他还说了什么？我想知道……"

"伸长你的耳朵，莫娜。Gnòthi seautón。"

"这是什么意思？"

"Gnòthi seautón……在古希腊语中是'认识你自己'的意思，这一铭文刻在德尔斐神庙门口，古代哲人苏格拉底喜欢重申这句话，以便更好地指出人类自身位置……人类是众神模糊的影子，却自以为是与太阳比肩的星辰。认识自己，不仅包括认识自己的力量，更要认清自己的弱小与局限，认清自己的位置，知晓自己的脆弱与渺小。伦勃朗知道自己的才能，他展示画架前的自己，把头部、手部和调色盘置于高光中。他也是一位受尽磨难的基督信徒，承认自己是个需要怜悯的可怜人。你看，莫娜，在这个小小的色盘上 —— 画家们以后才会使用更大的调色盘 —— 有朱红、铜黄和白色，这些是绘画肉体、肌肤和皮囊所需要的颜色。伦勃朗坚持如此。他画的，首先是他的躯体，他在 17 世纪初出现的巨大的平面镜中 —— 镜子是由镀有水银的抛光玻璃制成的 —— 一再观察、审视着这具惨败的身体。他画的，是他无常的真实。'认识我们自己'……"

室外，冬日的黄昏已融入夜晚的黑。冬至马上就要到了。从那一天起，占上风 6 个月之久的黑夜将重新让位给白昼。光会逐渐侵占影。莫娜希望能从中看到一些隐藏的信息，毕竟，光总是获胜。因为巴黎的圣诞节，一直都装饰得闪闪发亮……

8

约翰内斯·维米尔[1]

无限小，无限大

假期即将结束。平安夜也过得很乏味。令莫娜惊讶的是，她竟然不像往年那样，期待从圣诞树下掏出礼物并当场打开。再说了，礼物里也不会有小动物，没有猫也没有狗，不像莉莉，她父母送了她一只小猫咪。为了补偿莫娜，保尔和卡米耶允许她邀请最好的两个朋友来家里过新年，而且可以晚睡，以庆祝世界的重生和全新的开始，只要她们不累，她们就可以在房间里一直玩到天亮。玉儿主持整个夜晚的活动，因为她有一种罕见的才能，从小就懂得活跃气氛，不会让大家陷入冷场。玩了好久以后，她们决定尝试一个叫"真心话大冒险"的游戏。玉儿声称去年夏天已从表哥们那里得到真传。但这是假的：她去年根本没参与，只是作为观众，目睹了一场一群人从兴奋到恐慌的闹剧。对那种简单粗暴却行之有效的游戏规则，她又惊又喜，一直想着有朝一日在自己的朋友面前亲自露一手。玩法如下：参与者轮流接受二选一挑战，或按其他游戏者的要求，做一件有违社会常规的、尺度极大的事，或对被问的问题如实招供。

莉莉兴致很高，莫娜排在她后面。玉儿开始发问：

"真心话还是大冒险？"

1　约翰内斯·维米尔（1632—1675），荷兰风俗画家，"荷兰小画派"的代表画家。

莉莉嚷着：

"大冒险！"

她被要求用鼻子吸一段挤在勺子上的芥末。她勇敢地完成了任务，随即感到鼻腔燃烧起来，通关成功。挑战一项项继续下去：向窗外扔灌满水的气球、随机打一个电话并向对方说"新年好！"、敲响已经睡下的父母的房门……她们大笑不止。很快，用不着说出来，三个女孩都感到在这场疯狂的比赛中，脱缰的破坏欲即将冲破某种界限，对羞耻的挑战将取代游戏，甚至更糟，成为游戏的目的。

最终，轮到莫娜接受挑战。

"真心话还是大冒险？"莉莉气喘吁吁地问。

"真心话。"莫娜握紧外婆的护身吊坠。

停顿了片刻，玉儿和莉莉开始窃窃私语，商量想从同伴身上挖出什么深藏不露的惊天大秘密。她们有点不好意思，也有点兴奋，最后吃惊地发现，两人想问的竟是同一个问题。

"你喜欢学校的哪个男生？"

头脑几乎像肌肉反射般地做出了反应。莫娜脑海中浮现的名字和面孔吓了她一跳，画面、情节和闪回反复出现，她甚至没费精力去想。但莫娜不愿意就这样轻而易举地说出来，而是逼自己做出努力，显出诚意。她喉咙发紧，一番搏斗之后，才不安、心慌但自豪地承认：

"纪尧姆。"

"纪尧姆，那个留级生吗？"玉儿有点不信。

"对。我很讨厌他。但……但……没错，是他，是纪尧姆。"

*

童年时期，有些东西从未让莫娜产生过兴趣，其中就有圣诞老人。从记事起，她就一直觉得这个人为制造的、到处送礼物的胖老头形象诡异而可悲。她从没觉得街上和商店里那些怪模怪样的人物可爱，这些用来逗小孩的庸俗打扮和白胡子也太假了。每次看到他们，她都把目光移开，因为担心自己会怜悯这些通过化妆让自己变老或变丑的人。或许也是因为外公，他那瘦削的身材和干净的下巴与这愚蠢的商业发明有着天壤之别。外公长得不胖，也没胡子，但和圣诞老人一样慷慨大方。这个周三，他打算向莫娜介绍维米尔的画。

这是一幅小尺寸的作品，长宽略有不同，接近于正方形，侧向画了一个男子人像，他面朝画面左侧，坐在——或者说从木椅上微微站起——研究室里。这位年轻学者留着一头栗色长发，右手触碰着写字台上的一个天球仪，手掌打开，拇指与食指、中指像罗盘分开的指针，似乎在沿着天球仪的曲线移动，上面画着一些神秘的标识。他穿了一件说不准颜色的大衣：颜料的绿色因时间的侵蚀似乎变成了蓝色。除了天球仪，桌面上还铺着一块厚重的异域绣花织物，布料鼓起的褶皱后面露出半个星盘。桌上还摆放着一本摊开的书，正对着学者。画面左侧的墙上有一扇方形的窗，北方明媚的阳光从窗外照进来。与它成直角的墙上，距人物大约一米远的地方，立着一个高柜，上面摆满了书，正面挂着一张图纸。最后，画面右侧尽头的墙上，有一幅带框的画，上面灰色的轮廓几不可辨——一幅画中画。

这是莫娜第8次参观卢浮宫，她站在维米尔的《天文学家》前，第一次真切地沉浸在真正的感官享受。此前，她主要是在履行与外公的约定，在一来一往的对话中——虽然也很开心——收获快乐。她没有告诉他，这一次，即便独自一人，她也能专注于这幅小画，对里面的一众物件看得津津有味。她默默看着《天文学家》中沉思的学者和那道柔和的日光，忘了待会儿要讨论，都没有好好思考。亨利注意到了。看到这孩子醉心于与低龄娱乐毫不沾边的事物，他非常高兴，并为此感到骄傲，但内心深处也有一丝苦涩，因为他预知自己将缺席这不同寻常的时间。

"这个地球仪很奇怪……"莫娜终于开口了，"一般来说，我们应该能看到国家，但这上面只有一些动物。太奇怪了……"

"这不奇怪，因为这是天球仪，是天文学家绘制星图的球体，上面用图案代表了相应的星座。所以当然看不见地面的海岸和边境！你眼前的这幅《天文学家》还有一幅姊妹画，也是张小画，叫《地理学家》，很可惜没被卢浮宫收藏。你会在里面发现同一个小伙子，他面容清秀，留着长发，五官有一种女性的柔美。但在《地理学家》中，画家画的是一个地球仪。"

"外公，我喜欢历史，地理倒还好……"

"那你可就错了，莫娜，因为史地从不分家。我想和你讲讲这幅画创作的时代背景，也就是 1660 年代末，以此来证明这一点。在北欧，有两大势力在激烈对抗。第一大势力是佛兰德斯。这个国家大致对应今天的比利时，在 17 世纪受制于欧洲大陆最强家族 —— 哈布斯堡王朝的统治。哈布斯堡信奉天主教，不惜一切代价来巩固自身的王权与信仰，希望展现天主教的不败形象，与基督教百年前诞生的另一分支 —— 新教（也被称为改革宗）进行了长期的血腥斗争。为对抗新教，天主教发起了名为'反宗教改革'的运动，随后引发了大规模的激烈内战，几乎使欧洲四分五裂。反宗教改革的艺术家中，最著名的当属鲁本斯。1640 年去世的他，在安特卫普拥有一间巨大的画室。他创作的那种庞大、宏伟与壮观的作品，可说是承自米开朗琪罗。鲁本斯是一个非凡的人，想象一下，他同时拥有艺术家、学者、外交官和商人的身份。"

"为什么突然讲到这个人？我们正站在其他作者的画前呀，你是不是走错了展厅，外公……"

"不，宝贝，我没弄错。很遗憾我们不能一起把卢浮宫看个遍，但我想先和你讲讲佛兰德斯，以作对照，帮你理解他们的邻国荷兰的风格。荷兰是一个思想自由，对所有宗教 —— 包括新教 —— 持开放态度的共和国，经济势头强劲，城市也在不断发展。维米尔不像他的先辈鲁本斯那样是政治或宗教事业的旗手，他更像是日常生活的细致传达者，这种生活没有任何苦难——远非如此——也没有任何史诗般的壮丽。我们对他知之甚少，几乎一无所知：关于他的个人信息少——只知道他有 11 个孩子，住在代尔夫特，但不知道他的样子；他的传世作品少——勉强有 30 来件——涉及的主题少，而且尺寸也不引人注目。"

"那为什么我们对有些画家了解很多，比如伦勃朗，而对另一些就了解很少呢？"

"要知道，想了解一位艺术家，就需要史料和证明：书信、日记、买卖记录。当然，维米尔毫无疑问是当时著名的画家，被收藏家欣赏：他一幅画的售价相当于一个泥瓦工或铁匠好几年的收入，只有富人才买得起，可以看出他受到人们的喜爱和追捧。但他又不是那种大红大紫的大名家。他在画家中属于不声不响的那类创作者。他喜欢在别人看来并不新鲜的主题：亲密、温馨氛围中的居家生活，一至两人的独处空间，还有一堆通常非常精致的摆设。有人推测他使用了一种叫'暗箱'的光学构件，这是现代相机的前身，他用它来捕捉缩小尺寸的图像，调整焦距，然后再把透明纸张覆在毛玻璃的对焦屏上进行描摹，以此来确定画面的基础框架和透视结构。同样在 17 世纪初，伦勃朗已拥有豪华画室，鲁本斯建起真正的超大工作坊，几十位行家里手在各道工序上忙活着，从磨颜料到制挂毯，都有专人负责！维米尔却始终独自一人，满足于描画他在代尔夫特家中各个房间的场景。他就这样安于平凡的生活，直到去世，几乎没有留下任何关于自己的档案资料。要我说，想完全公正地评估他的价值，识别他真正独特的品质，除了时间，还需要有远见的鉴赏者。眼光敏锐的观众正是成就天才的伯乐啊，莫娜！"

"就像我们这样，外公！"

"特别是像你这样的！不过说到这个话题，就不得不先介绍一位

19世纪的艺术评论家泰奥菲勒·托雷，他在1849年因政治立场被判死罪后逃离了法国，这才有机会研究起了维米尔。他逃往比利时和荷兰，在那里开始研究维米尔，并发掘了他的好多画作……真是一段传奇！"

"可是画里的那个人，他对着天球仪在做什么呢？"

"我们只能猜测，他应该是在根据书中的数据进行核实和测量。他在绘制宇宙……你知道，莫娜，16世纪和17世纪，尽管哥白尼、开普勒和伽利略这些伟大的科学家的工作证明了日心说，推翻了地心说，教会仍然坚持人类为一切之中心这种教条主义。不过，在维米尔所处的那个繁荣与开化的社会，这种信仰被削弱了。人们想以严谨而精确的方式揭示宇宙的奥秘。探险家们在大洋上探索，而研究室里的科学家们则用计算与设想在太空中开疆拓土。其实，早在维米尔之前就有人描绘过这种天文学家了，比如他的同行莱德·赫里特·道。只是，赫里特·道画笔下的天文学家在夜里手拿着蜡烛，更像是占星师，甚至像炼金术士，算是某种巫师。而维米尔让天文学家沐浴在日光中，想借此表明，此人从事的是一种理性的工作。"

"后面的那幅画是什么呀？"

"这就无从猜测了。维米尔没有提供任何线索，不过艺术史学家通过比对和推演，认定它为《摩西获救出水》，表现伟大的先知摩西逃过一死并成为族人救星的那场奇迹。你可以从中看到某种象征，莫娜。对我来说，我认为画中的这个出自《圣经》的故事是在提醒人们精神修行的重要性。它将让我们避免误解，把画变成对理性的巨大赞美，赞美它战胜了信仰……这些装饰——天球仪、星盘、书籍——都在用各自的刻度与要素丈量世界。这块小画布上充满了丰富的笔触，细致的点线、细小的微光、精细的运笔，它在狭小的空间里展现了宇宙的缩影。巨大无限的世界在这些微小的细节中无处不在。随处闪烁的这种无穷无尽，挑战着我们的认知，激发着我们的想象。"

亨利还要不要补充说，次年，也就是 1669 年，布莱瑟·帕斯卡[1]的遗著及其他著作片段出版，他在《思想录》一书中思考了无限大和无限小这两个问题呢？他看到莫娜已经晕头转向了，于是决定就此打住。对于这颗小小的脑袋来说，今天所讲的已经够宏大了。帕斯卡的事不着急……他的小外孙女此刻需要的，是一杯铺满浓浓泡沫的热巧克力。

1　布莱瑟·帕斯卡（1623—1662），法国数学家、物理学家、哲学家。

9

尼古拉·普桑[1]

无所畏惧

保尔的店铺在年底假期间基本没卖出东西，要么就是少到可以忽略不计：他决心甩卖他珍藏的电影海报，其中有一张本来能卖几百欧元，现在却以几十欧元出售，安德烈·塔可夫斯基[2]的《潜行者》海报，保存极好，上面还有画师的亲笔签名。海报上三个小人儿站在沙丘中一道硕大的门前，门里探出一张动物的脸，可能是狗或者狼。他因不得不忍受由买家主导的无趣的讨价还价而感到痛苦，不过他还是坚守着岗位。另一方面，当卡米耶提出收购他收藏的大批33转的黑胶唱片时，他并没答应，推说想把它们留给一些同好。保尔完全能体会到妻子对他的爱，但同时也难以忍受其中的怜悯。

财务每况愈下，他决定削减一切开支。尽管冬天很冷，他还是坚持不开取暖器，只留下最基础的照明灯。不过他喝起红酒来倒是不含糊，因为它能带来舒适的发热感。其实保尔知道，酒精对血管的扩张作用只是一时的，具有欺骗性，尤其不能指望用它来有效地对抗严寒。但他对此毫不在意……

放学后，莫娜来到旧货店，因为今天卡米耶要去蒙特勒伊的巴拉

1　尼古拉·普桑（1594—1665），法国巴洛克时期重要画家，古典主义绘画的奠基人。
2　安德烈·塔可夫斯基（1932—1986），苏联电影导演、编剧。

街，为"马里无证移民之家"从属的保护协会做会计。莫娜喜欢像个小大人一样帮忙，而保尔为了逗她开心，也会交给她一些小任务，她都完成得很好。她迫不及待地投身于"大人"的生活，并为此感到很骄傲，她不理解为什么父母会怀念童年和上学的时光。

旧货店里有两个让莫娜害怕的东西：一个是会让她隐约觉得像个大怪物的、张牙舞爪的铁刺猬酒瓶架，另一个是通向黑黑的大地窖的活板门。然而，她对自己被关在店铺里间不能出去却没有任何排斥，她经常在这里为保尔从四处搜集来的一些美国旧杂志抄写相关信息。那些英文标题散发着一种奇异的魔力。这些小簿册时常会发霉，不过爱好者可以说遍布全世界——爸爸总是如此自信地说。在保尔清洁一台笨重的点唱机时，她会像抄经员一样小心翼翼地进行自己的工作。旧货店内循环播放着弗朗丝·加尔[1]昔年的流行金曲，当《塞尚在画画》这首歌响起时，灰尘让莫娜猛地打了一个喷嚏，她身体向后倒，撞上了身后的架子，一个大盒子掉下来，当场摔开了。莫娜没有叫爸爸过来，而是检查起滚落在《生活》杂志堆上的东西，显然，这几十个铅制小人像早已被遗忘。尽管小店内照明不足，但指尖的触感让她感觉到了它们迷人的精致轮廓：这些小人像是装饰品吗？她摩挲着一个击钹的小人像，感叹上面纹理刻画之细腻，以及珠光闪闪的色彩，尤其是那顶红色的帽子。这种美让她决心把它放在店里的展示架上，空旷大厅里某个默默无闻的角落。莫娜觉得爸爸无论如何都不会注意到这么小的一个人像，但反过来，它却可以守着他，在昏暗中用小小的身影多少填补一下他的孤单。

1　弗朗丝·加尔（1947—2018），法国著名流行乐女歌手。

*

外面刮着风，温暖的卢浮宫像巨大的丝绸外衣呵护着馆内的参观者。莫娜穿着一件巨大的连帽外套和露出白毛的毛皮靴子。她的装束和外公带她来看的这幅画形成了强烈反差，因为画中是春天的景象。

原野上，四个牧羊人围绕着一座灰色石墓，石墓位于画面中心。参照人物的身高，能看出坟墓大约有一米五高。四人中有三名是男子。石墓左边站着一人，手拄一根长棍，手肘搭在石墓顶上。这个年轻人身披泛红的白色布料，鬈发上戴着常春藤花环，看向身边用衣衫简易遮体的第二位牧人。后者蓄着褐色胡须，应该更为年长，正蹲伏在地上，辨认石墓上铭刻的一句话。石墓右边上的第三位男子与前面两位相对而站。他十分年轻，身穿红色的衣料，穿着白色凉鞋的脚踏在一块方石上，身体前倾，用食指指着墓上的字，转过头来看着第四人。最后一位是唯一的女性，她手扶第三个男子的肩膀，身穿黄色和蓝色的衣服，头上缠着头巾，面露微笑，也可能是在强忍笑意。四人的身影清晰明亮。唯一朦胧的是石墓上雕刻的 14 个字母。它们原本有些模糊，又多少被阴影或屈膝弯腰的两位牧人的手脚遮住了。远处有两棵树，近景则有众多树干和枝叶。能看到天际上有陡峭的山峰，山上是布满云彩的蓝天。画面尽管明亮，却已是暮色霭霭。

"好了，莫娜，你已经埋头看画 15 分钟了，一动不动的，像块木头。小心点呀，背一直这么弓着会坏掉的……"

"哦，外公！再等一会儿……"

亨利看着莫娜在这幅《阿卡迪亚的牧人》前努力观察，一如画中的牧羊人在石墓前努力辨认铭文。画外的她与画内的人物之间产生了惊人的呼应。亨利还想起他读过的有关这幅杰作的介绍，众多的假设一个比一个更深入，尤其是埃尔文·帕诺夫斯基[1]的解读。啊！帕诺夫斯基！艺术史殿堂中的这个名字完全不为大众所知，但亨利尊敬他，就像原子专家敬重爱因斯坦一般。而且，正如爱因斯坦渴望找到统一物理学四大定律的基础定律一样，帕诺夫斯基也在寻找某种视觉和图像的终极法则，当然没有完全成功。这令亨利着迷，因为通过眼睛来认知世界似乎是再明显不过的事，却又难以把握……

"好吧，外公，我认输了。"莫娜突然说，"这石头上究竟写着什么？我发现那上面的内容非常重要，因为它是画中所有人关注的焦点。可我真被难住了！"

"是吗？这是个挺简单的拉丁短语……"

"可拉丁语对我来说太难了啊，外公！"

"我知道，我就是在逗你。其实我现在也不太会说拉丁语了，不过这句话我还是认得的，意思是'我也在阿卡迪亚'。"

"那是什么地方？"

"阿卡迪亚，现如今仍是伯罗奔尼撒半岛的一个地区，位于希腊的中心。对于17世纪有修养的人士来说，知道它在哪儿并不困难，因为那时的人们会大量阅读古代文学。不过，在神话中，比如据生于公元前1世纪的维吉尔和奥维德所写，那里是牧羊人之地，那里的生活有极度甜蜜愉快之美誉。阿卡迪亚是幸福之土。"

"所以画家向我们展示的是那片乐土……"

"是的。尼古拉·普桑从未去过希腊，但展现在他画笔下的却是这个充满田园魅力的美丽国度。而且，在他漫长的生涯中，他的全部主题以及所有对于自然的描绘都表现了这种阿卡迪亚式的理想：极致安逸与极度简单之间的平衡。没有什么是多余的，也没有什么是不足的。只有一种绝对的必要，既无重负，也无缺失。"

"我嘛，你知道，每当爸爸妈妈游山看景时，我总会产生其他想

1　埃尔文·帕诺夫斯基(1892—1968)，西方艺术史学家，发展了图像学理论。

法。有时，我甚至必须承认和他们一起散步真的很闹心，尤其是当他们爱意绵绵地叫我自己去旁边玩一下时……"

亨利想到了画家弗朗西斯·毕卡比亚[1]的这句话："面对静止不动的乡野，我烦躁得甚至想愤而吃树。"不过没必要进一步带偏莫娜，他默默在心里记下一笔，继续讲解。

"自然并不完美，因此需要画家来修正。17世纪，一个叫洛马佐[2]的人用意大利语写的一部重要著作流传开来。洛马佐曾说，艺术家在表现自然时，应在三个层面进行修正：不同区域间留出足够的间隔，注意彼此的占比，合理分配调色盘上的各种颜料。线条要恰到好处，颜色也要恰到好处。"

"普桑遵循这个规则了吗？"

"是的，但他做得比这更多。多得多。普桑异常朴实，他追求稳定，在手法上表现出极大的克制。从这种意义上说，这种风格倒蛮像17世纪的'古典主义'，与之相对的是一种被人们戏称为'巴洛克'的风格，这个词原本指'奇形怪状的珍珠'。普桑笔下的一切都是规整有度的。所以现如今看，他的画少了一些迅速直观的魅力，冲击力不如同时代的鲁本斯和西蒙·武埃等人，他们凭借作品中的动态、激情以及旋涡状对比反差，激发了人们的想象力。我们在讲伦勃朗时曾简要提到意大利的光影大师卡拉瓦乔，普桑对他也有所评价，称他是为'摧毁绘画'而来到世上的！"

"普桑一定会讨厌我们今天的动作片……"

"很有可能！况且他偏好小幅的画，尺寸不大，画面紧凑简洁，他不喜欢充斥着场景和人物的巨幅画卷。"

"我觉得这幅画里的几个人物看上去有点像雕塑……"

"你说对了。普桑虽然不是雕塑家，但他的创作方法是先制作一

---

1 弗朗西斯·毕卡比亚（1879—1953），法国画家，达达主义艺术家。
2 乔万尼·保罗·洛马佐（1538—1600），意大利画家，此处著作指的是《关于绘画、雕塑、建筑艺术的论述》。

些小蜡像，把它们放在封闭的盒子里，侧面上开一个观察孔和几个透光用的洞，这其实是在为自己的平面画构建立体模型。这个微型剧场能帮他捕捉到最合适的打光，当然，角色的站位和演绎也都服务于作品的主题。"

"普桑很有名吗？"

"这个人的一生很传奇。他早期在法国时并未获得相应的认可，1624 年，他前往罗马发展，凭借深刻的寓意画在那座永恒之城赢得巨大声望，1642 年被路易十三召回法国，担任'国王的首席画师'。这当然是份殊荣，但并不适合他。正如我刚才所说，普桑最擅长的，是在精心构思的小尺寸画幅——也就是小幅画上从容不迫地作画。然而在当时，担任重要职务的画家必须依托一个画室，为君主创作歌功颂德的巨幅作品——壁挂画、装饰画等——以用于政治宣传。从某种程度上来说，画家必须是一位实干家，但普桑不是这样的人。这段法国经历很快就结束了，他再次出走意大利，并在那里走完了人生旅程。他去世时 71 岁，这在当时，算很长寿了……"

莫娜没有说话，看着外公正狡黠地冲她笑。外公早已过了 71 岁。在她眼中，外公是不朽的。

"外公，你喜欢法国还是意大利？"

"我喜欢阿尔卑斯山，宝贝。（孩子没能明白这句巧妙的回答。）不过，这幅画确实是在意大利画的，就在他启程前往法国之前不久。你看，这三个牧羊人和仙女都很好奇。他们看到了石墓上的这句铭文——'我也在阿卡迪亚'。艺术史学家对于这个'我'争论不休，是指墓中说这话的人吗？如果这样理解，那它就像是一位逝去的牧羊人以墓志铭的形式忏悔，告诫他的阿卡迪亚后辈人生短暂。还是指死神本人呢？如果是这样的话，则意味着死亡无所不在，哪怕是在时间永恒、无人消逝的田园仙境。这幅画的寓意十分清晰：阿卡迪亚的牧人们发现，他们的生活无忧无虑、欢愉无比，但也终有尽头。这幅画就是所谓的——memento mori，莫娜，又是一句拉丁谚语，意思是：

‘记住你终有一死’。”

“旁边的女人为什么在笑呢？”

“因为没有任何事情，哪怕是死亡，值得人们畏惧。普桑不刻画戏剧冲突，而是赋予角色大理石雕像般的肃穆伟大，使看画者的道德得以升华，达到消除一切精神狂热的高度。”

“我觉得我明白了，外公。确实，普桑的风格很平静，很沉着，因为他希望他的画能够让……（她在总结时卡壳了。）”

“……让道德升华（莫娜郑重地点点头，一副严肃的样子）。我还要告诉你，普桑年轻时，曾在罗马的一次争斗中伤到了右手，差点要截肢……你肯定能想象得到，如果这样的话，他的艺术生涯将多么悲惨吧？但麻烦还不止于此，他后来在书信中透露，自己患上了一种可怕的疾病。到 1642 年，他承认自己的手会控制不住地发抖……这恐怕是多种疾病的影响，甚至还有可能是因为当时医疗条件不好。这种情况一直在恶化，直到他去世。但他在 20 多年里克服病痛，不惜花费更多的时间与精力，赋予作品相当稳定的美学价值。他的画中丝毫没有显露出他动作不便的痕迹。你发现这种悖论了吗？即便止不住颤抖，普桑也没有向任何困难低头！他的画告诫我们要保持这种尊严。”

“外公，想到死亡时，你会害怕吗？”

“在想到自己的死亡时，我从不曾发抖。”

“那……你也信上帝吗？”

“没有怀疑就无所谓相信，莫娜。”

“你的意思是说……”

“是说我对上帝有很多怀疑……”

10

菲利普·德·尚帕涅[1]
永远心怀希望

凡·奥斯特医生在新年的首次问诊中，向莫娜母女表达了最美好的祝愿，但并没有提到康复的问题。他还说，距离上次给莫娜检查已经过去一个半月了。

"好久不见。"他咕哝道。

气氛令莫娜有些紧张。当医生试图观察她的眼睛时，她看到他的眉毛因专注而皱起，不自觉地也绷起脸，这影响了检查。她知道，尽管大人们保持沉默，但最终的坏消息随时可能到来。已经过去两分钟了，她因害怕而发抖，难以保持应有的姿势。

"想点别的事吧。"凡·奥斯特用催眠师的语气暗示道。

大脑中有什么秘密机关能让我们"想点别的事"吗？"别的事，别的事。"莫娜想着……她终于扳动思维的杠杆，进入奇异的头脑冒险，一系列画面在她的想象表层轰炸：爸爸店里找到的小人像、玉儿扮的鬼脸、弗兰斯·哈尔斯《吉卜赛女郎》里的笑容、外公的伤疤、纪尧姆的头发……她的思绪无法集中在任何事情上，内心的不安促使她不由自主地用眼睛去察看四周，最后回忆起自己在操场被又重又黏的球打中头部，这令她非常难受，她不由得紧紧闭上双眼。凡·奥

1　菲利普·德·尚帕涅（1602—1674），法国画家，擅作肖像画。

斯特医生的办法以失败告终。

　　眼看女儿挣扎着配合检查，卡米耶想尽快结束。她突然怨恨起医生，然后又怨恨自己这样怨恨医生。她正想介入，刚一开口，莫娜立刻以一个坚定的手势无声地让她"等等"。小姑娘深吸一口气，最终控制住了自己的身体，不是想着某件令人安慰的事情，而是凭坚强的意志坚持着。凡·奥斯特医生终于得以用检测灯细致地检查了瞳孔的每一个小角落。筋疲力尽的莫娜游魂似的只听到了母亲与医生之间的只言片语："有五成吧。"

＊

　　莫娜愁眉苦脸地和外公一起走向卢浮宫，心中全是对看诊的疑虑。这些表情瞒不过亨利，他看着莫娜低垂的脑袋，又哀伤又心疼。她这副样子让他想起卡利梅洛，那个头戴蛋壳帽、顶着两只硕大眼睛的动画形象。在一窝黄毛小鸡中，只有卡利梅洛是黑色的，对它来说，生命"当真不公"，这个周三，莫娜的嘴角也感叹着同样的命运。亨利伸手抱住外孙女，就像有个小孩紧紧地抱着一只小猫咪那样，他平时不这样的。莫娜非常吃惊，但很开心，振作起来准备再次参观博物馆。亨利并未就此止步。凭借他一贯的经验，尤其是他对莫娜的了解，他决定本周将推进在古典主义领域的旅程：这一次将少一些田园色彩，多一些肃穆。

　　画面上是两个正在祷告的修女。她们处于一个灰色调的空间里，能看到木地板和开裂的墙壁。准确地说，这里应该是小室的一角，右侧简单挂了一个没有基督像的巨大十字架。在它的正前方，画家以柔和精确的笔法画了一位半卧半坐的年轻女士。她背靠在椅子上，双脚却伸直了，架在铺有蓝色垫子的脚凳上。可以猜出她们的身份，因为这位鹅蛋脸的女士双手交握，呈祈祷状——但指向地面——灰袍罩

079

身，外套圣衣，上面缝有红色的大十字；另一位略为年长，穿戴得如出一辙，跪在旁边。她同样在祈祷，脸上带有微笑。两个人仿佛沐浴在一束光下，光线左侧延伸至年长者的下巴处，右侧则照到年轻女性膝上的一件物品上：一个打开的圣盒。画面左边写着一段长长的拉丁文，开头的两行字是："Christo uni medico / animarum et corporum."

"外公，上周你已经带我看过一幅带有拉丁文的画了。"莫娜静静地看了 12 分钟后说。

"读不懂可不是你偷懒的理由，"亨利打趣道，"这句话的意思是：'基督，灵与肉唯一的医者。'"

"说到医生，我已经有凡·奥斯特医生了，还有我的'心理医生'……不过这是咱们的小秘密！"

"没错，这是咱们的秘密，所以你可得保密啊！"

"我以世间的美起誓，外公。"

"好啊。这次我们要看的是一幅作于 1662 年的画，那是路易十四漫长统治的初期，他是一位被很多……（他停顿了一下）矛盾的野心和欲望驱使的君主。这位太阳王真心希望艺术与知识得到繁荣，他创立并发展了科学、文学和绘画学院，订购了大批作品，以显示自己是有史以来最伟大的国王，显示法国是崇高、优美和荣耀的国家。在他推崇的艺术家中，就有我们面前这幅画的作者，菲利普·德·尚帕涅。"

"那么是国王让画家画的这幅画喽？你喜欢它吗？我觉得画面太灰了！"

"这幅《还愿》不是路易十四订购的……情况有些复杂。（莫娜皱起眉头。）我刚才说过，这是一位充满矛盾的国王。除了喜好艺术，他还是一位绝对的君王，不容威望有任何损害。我举个例子：路易十四有个大臣叫尼古拉·富凯，因为非常富有，成了极有实力的资助人。富凯在子爵领地建了一座城堡，极尽奢华，笙歌鼎沸，到处都是艺术精品，排场堪比王宫。国王心生嫉妒，于是下令逮捕富凯，把他送上法庭，关进监狱，直到他死去……"

"只是因为他家比王宫更漂亮？这国王太可怕了，外公！"

"是啊，这就是绝对的专制啊。你看，这幅画画于1662年。菲利普·德·尚帕涅在尼古拉·富凯被捕的几个月后创作了它。不过，画布上所描绘的这处地点不像表面看来那么简单。它就像富凯的子爵堡一样，在讽刺至高无上的路易十四。"

"我认出来了，外公，这是修道院嘛！这里面也在举办宴会吗？但我看到的好像是别的事哎……"

"准确来说，这是位于塞纳河左岸的国王港修道院。路易十四忌惮那里。那可是他喜欢不起来的一个地方！"

"可国王为什么要怕一个做祷告的地方呢？修女嬷嬷们都很好的呀。这画里有一位老一些，另一个躺着，看上去像是生病了……"

"没错，你猜得对！不过，如果说路易十四畏惧修女的话，那是因为他不喜欢她们的一些想法。她们信奉一个叫冉森的神学家提出的教义。冉森死于1638年，路易十四正好在那一年出生。这个冉森主张要完全依靠上帝，不相信人的力量：他既不信人可以凭自己的意志做出决定，也不信一个人可以对另一个人行使自主权。可以想象，路易十四和其后的君主有多么警惕冉森教派！他们的担心在于，这个教义一方面以宗教权威作为基础，一方面又否认国王作为政治化身的身份。对君主来说，这种反对是不可容忍的，必须予以驳斥、镇压，甚至迫害。换句话说，修女们更爱上帝，而不是国王。身为路易十四治下的冉森教徒是需要勇气的。"

"画面左边这个正在祷告的老嬷嬷，我打赌她是个管事的！"

"这位老修女是'阿涅斯·阿尔诺嬷嬷'，正是国王港修道院的院长。你看，我们仿佛和这两名修女一起置身于修道院的房间中心。右边这把由木头和麦秆做的简陋的椅子上有一本祈祷书，你似乎可以走过去坐下，和她们交谈，来到这位躺着的修女身边。"

"艺术家是在她们身边作画的吗？"

"不，他是不能进入修道院的。不过他非常熟悉这位年轻的模特，这个躺着的修女叫卡特琳娜，正是他的女儿。这个脸色苍白、神情谦卑的生病女子是他的亲生骨肉。菲利普·德·尚帕涅那时 60 岁，已经在漫长的艺术生涯中画过最显要、最杰出的人物，比如，他是唯一有权为红衣主教黎塞留绘制肖像的画师。而这一次，专门为王公显贵作画的艺术家画了这世上对他来说最重要、最珍贵的人：远离一切、生活在国王港修道院里的他柔弱的女儿……"

"啊！你是说他很难见到她，所以要把她画下来以作思念？"

"这个假设不错，但故事比这更悲伤。1660 年秋，在不明原因的情况下，卡特琳娜突然感到右肢麻痹，一股撕裂般的疼痛，之后就再也不能走路了。这种病痛一直持续着。就这样，她在 24 岁时变成了一个残疾人。当她父亲菲利普去修道院的会客室见她时，修女们不得不像抱孩子一样抱着她，她们找不到任何医治的办法。画中躺卧的这具躯体和脚凳上呈现的这种僵硬状态，反映了当时医生们的束手无策……"

"哦，太可怜了！真令人揪心。"

亨利沉默着。他本可以告诉莫娜，医生时常犯错，他们甚至给可怜的卡特琳娜修女放血，这在不知不觉中加重了她的病情，但他更愿意继续讲述他对画的理解。

"是的，但你看落到两人身上的这道光，就是基督徒所谓的恩典时刻。画中仿佛有两种光，一种属于我们的宇宙，它使物体可见，在空间中切割出体积和颜色：修女们象牙色的裙袍、石头砌的墙壁、褐色的椅子……还有一种来自另一个宇宙的光，它是未知且超能的。基督徒所说的恩典时刻，本质上就是指这第二种神圣之光干预人类命运的时候。所有基督教绘画都面临着这一挑战：如何将自然与超自然以一种连贯且可信的方式融合在同一幅艺术作品中。"

"但这里到底有什么超自然的事呢？"

"这个嘛，虽然医生已经放弃医治，卡特琳娜的病似乎再无转机，但左边这位著名的阿涅斯嬷嬷仍然相信这具身体还有痊愈的希望。她加倍为卡特琳娜祷告，吹响精神的号角。这里画的正是她的其中一次祷告，时间是 1662 年 1 月 6 日。"

"神迹降临了，是吗？"

"是的。这正是这幅画所呈现的主题，无须信仰上帝就能发现这种神圣。在这里，上帝的回应化成一道柔和的光，代表所祈求的奇迹。第二天，1 月 7 日，卡特琳娜感到身体恢复了活力。举行弥撒时，她起身，走路，靠自己的力量跪了下来。听闻奇迹发生，菲利普·德·尚帕涅乐坏了，当即着手绘制这幅'还愿画'，意思是奉献给上帝之物，以表感激。"

"可是外公，我觉得比起画 1 月 6 日，他更应该画 1 月 7 日这一天！真正神奇的难道不是卡特琳娜修女重新站起来的那一刻吗？"

"你在那个时代能成为很棒的艺术家，你的主题也会很完美！但我不想让你生气，这种处理确实符合期待，因为人们常常要求作品展现最精彩感人的画面。可菲利普·德·尚帕涅恰恰打破常规，反其道而行之。他描绘了一个极其微妙的时刻，朴实无华，连颜色都只在黑白灰之间变化。这种克制表达出冉森派所珍视的顺从上帝的精神，与路易十四彰显的王权形成了鲜明对比。"

"所以要始终相信奇迹喽，外公？"

"画中所传达的是这个意思，莫娜。我还想补充一点，这个故事中更妙的，是阿涅斯坚信卡特琳娜身上会有奇迹发生，而非卡特琳娜自己相信奇迹会发生。"

莫娜合拢双手，笑着将其高高举起，好像在模仿画中人的祷告，然后又看了一眼画作，没有松开交握的双手。

"外公，放在卡特琳娜腿上的东西是什么？"

"啊！很细心嘛。还不能确定它是什么。画面左侧的拉丁文记述了卡特琳娜的故事，却没有提到它。肯定是用于存放圣物的小盒子，类似于耶稣戴过的荆冠的残片 —— 有人这样猜测！ —— 具有保护和疗愈的功效。"

亨利其实很清楚，这件著名的圣物曾在卡特琳娜事件的前几年引发了另一桩神迹。1656 年，布莱瑟·帕斯卡的侄女因碰触了耶稣荆冠，治愈了一只病变的眼睛……但亨利不想告诉外孙女这些，觉得与她关系太过明显。

莫娜松开手，再次本能地抓住吊坠，紧紧地握着，好像想让它窒息。

11

让-安托万·华托[1]

欢庆背后有忧伤

哈吉夫人和全班同学一起笑了起来。她刚刚解释了何为"杂食动物"，但迭戈心不在焉，听错了这个词，结果在黑板上写下"人食动物"。他以为像熊、猩猩、狐狸、野猪，还有松鼠、耗子、刺猬，当然还包括自己在内的人类，都是以"人"为食的。他刚一露出震惊和厌恶的表情，那驴唇不对马嘴的反应立刻引来一片嘲讽。声浪淹没了他，把他给羞哭了。哈吉夫人这才看出了他的窘迫。玉儿推波助澜地耍坏，学起抽泣声来。教师厉声喝止：

"都停下来！"

课堂瞬间安静下来，只剩下迭戈吸鼻子的声音。

下午的课上，要抽签决定期末作业的分组，两个人为一组，合力选一个地点，并依此精心搭建一个模型。班上有 33 个学生，莫娜在头脑中算着，她有 1/16 的概率抽到玉儿或莉莉。她信心满满——奇迹发生了！——她抽中了莉莉。而玉儿在看到自己的名字和迭戈凑成一对时，不禁崩溃了。

"咱们做月球的模型吧！"他冲她大叫。

玉儿觉得迭戈简直没心没肺，她本想不惜代价为自己的卧室做一

1　让-安托万·华托（1684—1721），法国洛可可时代的代表画家。

个模型。她不由得又气又恼。比起这份晦气，她更气的是看到自己另外两个好朋友抽到了同一组。

"会顺利的，玉儿。"莫娜好心宽慰，"迭戈能信得过。他挺有想象力的，月球模型是个不错的主意！"

"你说得倒轻松，反正你都和莉莉一组了。"玉儿不领情，"可我要一直忍受到学期末，和这么个'活宝'（她刻意强调了这两个字）一起，你根本不在乎！"

若是不久之前，莫娜可能真的会嘲笑玉儿运气太差，但现在情况不同了。

"这样，你来，和我一起握住吊坠。"她说。

玉儿愣了一下，喘了口气，终于握住了莫娜的护身符，莫娜也伸出手，把朋友的手握在自己手中。

*

啊！亨利心想，夏尔·勒布伦[1]笔下有好些伟大的战役可看哪，弥漫的硝烟、驰骋的战马、高举的利剑，还有众多扭曲的面孔，都令他想起自己在前线报道的岁月 —— 只不过勒布伦的画上没有一滴血，也没有画任何残肢内脏，他描绘的是干干净净的屠杀。但总要做出取舍，为了莫娜的眼睛，亨利轻快地越过了路易十四的辉煌，来到一幅摄政时期的作品前。他喜欢这一历史时期社会的宽松 —— 经历了前朝太阳王集权的紧张和疲惫后，突然获得喘息、释放、生长，还有哀叹……

这是一幅写实的肖像画，一个褐色头发的年轻人僵硬地站着，双臂下垂。这个人并非站在这幅画的中心位置，而是稍稍偏向左侧。一

1　夏尔·勒布伦（1619—1690），法国宫廷画家。

顶圆帽和圆边帽檐在他头发外围形成一道光晕。他眉毛上扬，目光低垂，眼里闪着微光。面颊和鼻子红红的，双脚叉开，拖鞋上的蝴蝶结也是同样的粉红色。他穿着一身又大又厚的白缎服装，裤子只到小腿肚处，上衣由十多颗纽扣整排系住，肩肘部之间的衣料呈褶皱鼓起。在他身后，距近景一米远的画面下方，有五个身影。这些人在干什么呢？很难猜出来，因为他们只露出上半身，头顶也仅到主角的大腿高度。画面最左的地方，一个露出了四分之三侧脸、穿着皱领黑衣的男人咧着嘴冲观众笑着。他骑着一头毛驴，能看到缰绳和半个驴头：一只竖起的长耳和一只黑眼睛，亮闪闪的目光同样盯着观众。另外三人位于画面右侧，虽形成一个小团体，彼此之间却没有交流。其中一人正好到主角的膝盖高度，只不过位置靠后，他戴着大大的火焰形头饰，一脸惊讶地看着镜头外的某个东西。最靠近近景的那个人也只露出侧脸，身穿红色制服，戴着贝雷帽，脸色同样微微泛红，露出防卫的表情，看起来比较冷漠；他手中显然正攥着牵毛驴的缰绳。这两个男人中间，有一个眼神温柔、身材丰腴的少妇，红色的头发挽成发髻，脖子上系着一条围巾。最后，在画面右端，散乱的植物当中，一尊农牧神的石制胸像俯瞰着一切，后面极低的地平线上方是晴朗的天空。

莫娜立刻被眼前的画惊呆了：画中这个高个男孩酷似她的同班同学迭戈。真的像极了迭戈，仿佛就是他，两人的年龄差距——画上男子怎么也应该有 17 岁了——显得微不足道。她太震惊了，没怎么顾得上看画里的其他细节。最后，她既不安又满怀希望，不禁想知道，生命结束后，究竟有没有可能在历史中重现？在某个博物馆的某个角落会不会也有一幅画，画着生活在别的国家、别的时代的一个人，那个人身上也有她的影子？这种想法太天马行空了，她没法告诉外公。

"你开始神游了，莫娜，我看出来了……"

"其实，外公，我在'思索'。"她着重强调了这两个字，对自己的用词很满意。

"这样啊，那不如一起思索吧，宝贝！画里都有什么？这是让-安托万·华托的一幅作品，他37岁便英年早逝，短暂的一生充满了谜团。我们不知道他是在什么情况下完成这幅画作的，完成后又是谁、在何时、出于什么目的多次对边框进行切割。总之知之甚少就是了！"

"或许就是因为裁切了，所以人物才偏离画面中心吧？"

"你看得很仔细，莫娜。画中的主要人物，也就是那个高个小伙子，其实微微偏向左边，这种取景意外地产生了一种游离感，甚至使画面有些不和谐。有可能是因为裁边造成的偶然效果，但也不能说这其中全无华托的大胆之处，他不仅仅是暗示，更有可能别出心裁。除了主角，还有四个人，他们全都跟他一样，来自'即兴喜剧'[1]。"

"也就是说，他们在表演戏剧咯！"

"没错，我承认我不太喜欢戏剧……但'即兴喜剧'不一样！这种传统源自意大利，演员要不停地做出各种动作，用夸张的肢体语言进行表演。这种滑稽又残酷的表演方式在18世纪非常流行。它带有狂欢性质，当时的社会发生了翻天覆地的变化，底层扬言要打倒权贵阶层。"

"这个男孩应该是什么人的肖像吧。"莫娜试探道，希望外公可以透露某个秘密身份，让她可以把迭戈的影子寄托在他身上。

"好吧，这次可不是，莫娜。我们不知道他是谁。在很长时间里，人们都称这个角色为吉勒，后来也叫他皮埃罗。这种混淆也情有可原，因为在当时的表演中，吉勒和皮埃罗这两个角色功能相似，甚至可以互相替换。他们都出身卑微，秉性天真——尽管偶尔也会要花招——有点像杂耍小丑。"

---

1 原文为意大利语"commedia dell'arte"，意为"即兴喜剧"。

"我想象的皮埃罗应该涂着一张大白脸，画着黑色的大块浓妆。"

"是的，但这种搽白粉、化浓妆的皮埃罗到 19 世纪才开始盛行。不过你看，画家为了表现他几近透明的单纯，在服装的色调变化上下足了功夫。他用的是铅白，这种颜料含铅量高，因此毒性很大。有人猜测华托是吸入太多有毒挥发物才早亡的……"

"左后方的这个人，与皮埃罗相反，阴森森的，正嘲笑我们呢！"

"没错，这两个人确实形成了鲜明的对比！年长的这个是医生：即兴喜剧中一个自负的滑头角色，喜欢吹嘘自己所谓的才智，其实他比自己骑的驴子强不了多少。华托告诉我们，学者的权威不过是一桩闹剧！另一边，是目瞪口呆的莱昂德尔和他形影不离的迷人女友伊莎贝尔。他们在即兴喜剧中是一对恋人，不过华托没有在画中表现他们对彼此的爱意。值得一提的是，靠近他们的那个角色，丑陋的军官，傲慢虚荣，狡诈胆小，头上的帽子令人想起鸡冠，而他手里的绳子正紧紧勒住可怜的毛驴。这些角色都自带神秘感，代表着冲突、阴谋、结局，美妙的跌宕起伏和既定的助兴对白。从这个角度来看，这幅画很可能像海报一样，是在为剧团打广告，宣传剧场的剧目。"

"如果是广告，想必大家都很熟悉它喽！"

"不……恰恰相反，这幅画在当时默默无闻，而且消失了一段时间，在华托去世一个世纪后才重新出现在巴黎市中心骑兵广场一个叫默尼耶的商人手中。为吸引主顾，这个二手商贩用粉笔写下一句时兴的歌词作为口号：'如果皮埃罗能取悦您，他会很高兴。'结果，一个叫维旺·德农的人路过并看上了忧伤的小丑，只花了 150 法郎就把它买走了。那是 1802 年。同一年，维旺·德农被拿破仑·波拿巴任命为卢浮宫博物馆馆长，他也是卢浮宫史上的首任馆长……"

"真有趣，外公，好像这幅画又为自己做了一次广告。"

亨利点点头，为进步神速的外孙女感到骄傲。他带她转过身，将《皮埃罗》附近的另一幅画指给她看。

"你再瞧瞧华托的这幅与《皮埃罗》同时期的画。画的是一群优雅的上流人士快乐地前往基西拉岛朝圣的情景——这个希腊岛屿以崇拜爱神阿弗洛狄忒闻名。这幅画在华托短暂的一生中至关重要。它作于 1717 年，是华托进入皇家绘画和雕塑学院的入院作，也就是说，是他进入这座享有盛名的古典机构的能力证明，意味着他从此获得了官方认可。但这幅画同时也开启了一种新的体裁，即'游乐画'，画中世界仿佛进入一种松弛的状态，沉浸在情感与享乐的愉悦中。"

说到这里，亨利不禁想到 1960 年代对于博爱、迷幻和诗歌的热衷，同样源于对摆脱束缚的渴望。嬉皮士们在怀特岛上不知不觉地重演了基西拉岛的巡礼。对他们来说，在户外进行大型集会，关乎卸掉身上的历史锁链。他想起杰斐逊飞机乐队，1968 年首届怀特音乐节上的热门乐队以一架飞机为名绝不是巧合。歌曲《白兔》的低音符飘过他记忆的天空。毫无疑问，这种在电吉他音中追求涅槃的意愿与华托的视觉盛宴如出一辙，与斯卡拉蒂的歌剧或巴赫的康塔塔……也相去不远。华托笔下在灰色、蓝色或绿色中闪烁的点点亮粉，表明他已经知道这种升华的快乐，即所谓的"灵魂出窍"。

"你神游了，外公。"

"不，我在思索！"

"给我讲讲那时的事吧。大家都像路易十四那个入狱的大臣一样喜好聚会吗？"

"是啊，对了，发明香槟酿造法的修道院院长唐·培里侬，在路易十四去世两周后也去世了……我们将那个时期称为摄政时期，因为当时的路易十五年纪太小，不仅管理不了国家，甚至还在流口水。摄政时期很有意思，社交活动开始在凡尔赛宫廷之外的地方进行，遍地开花，促进了解禁时代的到来。"

"'解禁'指什么，外公？就是解放吗？"

"是的，它指从身体和思想两方面获得解放，反对教条式地遵从教会，意味着给当下的快乐留出更多的空间，而非给宗教规定的道德规范。你看，华托的艺术似乎忠实地表现了这种无拘无束的精神状态，充满各种休闲活动：化装舞会、高级沙龙、音乐会、讲演赛、各式各样的游戏——从槌球到双陆棋——还有宴会和酒会。不过……皮埃罗的面孔和下垂的双手难道没有在诉说别的什么吗？"

"我觉得，他有点忧伤是因为他必须快乐。"

"说得好，莫娜……皮埃罗是个诚实善良的角色，他的职责就是逗乐，却似乎有点心不在焉。所有的台前都有幕后；我们正位于幕后的中心，他已经心力交瘁了。哎！他不堪重负。不过画家描绘的也并非什么凄惨的苦难，只是一副厌倦了取悦他人的茫然神情。永远手舞足蹈的即兴喜剧突然间僵住了。欢庆也有它的失败之处，所以我们要保持警惕，尤其当欢歌笑语已经僵化，变成一项社会义务时。华托觉得，喜剧、游戏、享乐和玩笑——会带来忧伤的余味，因为身体已经极度疲劳，又不可能禁止快乐。"

"如果人们也能像我们这样看待华托，这事就能终止了！"

亨利大笑起来，心想自己对谜团的偏好似乎借《皮埃罗》的讲解抒发过多了。

"别担心了，继华托之后的画家主要在作品中表现纵欲和轻佻，且不带任何负面的忧伤，其代表是弗朗索瓦·布歇。十八世纪四五十年代著名的女赞助者，路易十五的情妇蓬巴杜夫人，尤其喜欢这类轻浮的主题。直到法国大革命前夕，这种流于表面的喜庆、略微肤浅的审美才终于成为陪衬，不过这又是另一个故事了……"

"外公，这幅《皮埃罗》看起来太可怜了……他的脸和鼻子都红红的，他好像很伤心……怎么样才能让他知道我们爱他呢？"

"用你的方式看他就好。"

12

安东尼奥·卡纳莱托[1]

让世界暂停

莫娜在店里写作业，爸爸在一旁拼命捣鼓一台老式拨盘电话。他想把这老物件改装一番，好让它连上智能手机。他已经两天滴酒不沾了，因为瓶架快满了，地窖也快空了，他再无积蓄，收银机和口袋里都空空如也。正当他准备关店时，一个男人哼着小曲走了进来。保尔虽然不认得每位顾客，但他很确定自己从未见过这个人。此人应该有80岁了，光头，一双蓝灰色的眼睛，脸上挂着灿烂的笑容，绿色和米色相间的西装显然是用考究的粗花呢量身定做的。他身上透出与（戴着厚眼镜的）亨利截然不同的气质，属于另一种上了年纪的人群，其男性的自信和充沛的活力给人一种压迫感。

"先生，有什么我能帮您的吗？"

"一般情况下我不需要任何帮助，不过这次我想问问这尊铸像的价格。我很喜欢韦尔蒂尼[2]的小铸像，而且我发现您的摆放方式很有趣，就单独一个！啊！这孤单的小家伙！"

莫娜从作业本里抬起头来。是她的小铸像！她早已把三周前找到

1　安东尼奥·卡纳莱托（1697—1768），意大利风景画家，尤以描绘威尼斯风光而闻名。
2　古斯塔夫·韦尔蒂尼（1884—1953），法国雕塑艺术家，从雕塑和历史绘画中汲取灵感，创作了由数百名历史人物组成的系列小铸像作品。

它这件事忘得干干净净了。至于保尔，他知道有人愿意花钱买心爱之物，但店里并没有什么铸像……然而，他又不得不承认，烟灰缸旁边确实有一个几厘米高的铅人小像，仿佛在一边击钹，一边耐心地等待买者上门。

"真好看。"来人又说，"您开价吧！"

"这个铸像……"保尔笨拙地临时出价，"卖……卖10欧元……"

"这么好的韦尔蒂尼才卖10欧元？嗨，您如果不是想送我人情，就是不知道它的价值。无论如何，我都是稳赚，可您就亏了。但我不喜欢欺负人，尤其是本来就已经过得够苦的人。拿着，朋友，这是50欧元，它至少值这个价。我不喜欢刷卡，钱包里只有这张纸币了。"

"我……您要……"

"不不不，不必包装了……当然是要立刻把玩起来喽！"

他继续哼着进来时哼的那首曲子，心满意足地走了。莫娜一言不发地拉起爸爸的袖子，把他拽到店铺后面的里间。在一堆旧纸箱中躺着那天打翻的盒子，她还是没有说话，默默指给爸爸看，盒子里还有好些这样的小铸像。保尔大吃一惊，他既不记得它们从何而来，也不知道这些东西的价值。但它们突然就出现了，还成了值钱的宝贝。保尔很久没有这么高兴过了，特意找出剩下的陈酿准备晚餐时庆祝一番。

回家路上，他一手抱着酒瓶，一手牵着莫娜。莫娜左右为难，一方面她想痛痛快快地和父亲分享幸福的时刻，可看着爸爸手里的酒瓶，她心情又沉重起来。最终，她还是扫兴地开了口：

"爸爸……"

"说啊，莫娜！"

"爸爸，今晚，我们换种方式庆祝好不好……"

保尔看了酒瓶一眼，冷静下来。他明白了，转身返回店里，把酒放回了酒窖。他度过了第三天禁酒的日子。

*

1 月的最后一个周三来了，莫娜漫步在卢浮宫时，产生了一种奇怪的感觉。外公感受到了外孙女的拘谨，带着她来到玻璃金字塔底下，然后穿过叙利馆，心里多次自问，是什么让她那么不自在。

莫娜终于承认，她觉得博物馆里有人跟着她……跟踪？看来我外孙女产生妄想了，亨利心里直乐。他深知这里堪比每日客流量 2 万人的体育场，每年接待近 1000 万游客：这么说来，感觉有人跟在身后，倒也不奇怪……他亲了亲外孙女以作安抚，然后把她带到一幅画前，画中一条巨大的水道在林立的宫殿之间流淌。

200 来米的码头，停满了船只，还有一条船首特别精美的优雅小艇。蓝天上飘着白雾，一座钟楼巍峨耸立。几栋豪华的石头建筑高度不一，但不是三层就是两层，面对着河口，倒映在水中。其中最为壮观的是一栋兼具哥特式风格与文艺复兴风格的建筑。它集精致——雕着大理石花边——与坚固于一体，楼层雄伟，红墙屋顶，正好位于画面中线的屋脊将两道可见的立面一分为二。向左纵深的那一面，面向一个广场，从色块的分布上可以辨认出，人们正在两根柱子下忙碌，一根柱子栖着飞狮[1]，另一根则是屠龙的圣人[2]。更远处能看到大教堂的圆顶群。但这幅画的主要动态位于近景，那些漂在水面上的小吨位木舟。画布长 81 厘米、宽 47 厘米，尽管画面突出了全景的拉伸感，但视角被抬升至港湾中心，俯瞰着水手、渔民和贡多拉船夫这一片繁忙的景象。他们彼此呼唤，或划桨或泊船。极其细致的笔触不仅使人物清晰可辨，背景的节奏也非常分明，拱洞和阳台一个接着一个。哪怕对最严苛的人来说，每朵浪花的涟漪都是无可挑剔的。

1　指圣马可狮，象征威尼斯的其中一个守护者圣马可，耶稣的门徒之一。
2　指屠龙圣人圣狄奥多，威尼斯的另一个守护者。

"想学点意大利语吗，莫娜？"

"我已经知道怎么问好了，外公！"

"好吧，那我再教你一个词：'veduta'，意思是'风景'，指名胜古迹处的景色，那是 18 世纪威尼斯流行的题材。"

"那它应该是明信片的始祖了。"

"你这么想也可以！不过，擅画此类题材的画家的作品可比明信片要卖得贵。总之，其中最著名的是安东尼奥·卡纳莱托。"

"哈！'卡纳莱托'这个词是'运河'[1]的意思，我无比确定！"

"差不多。安东尼奥的父亲叫贝尔纳多·卡纳莱（Canal），这才是'运河'的意思。这种姓氏与威尼斯家族的传承有关，因为威尼斯有条大运河穿城而过，眼前所画的水湾就是河口。加上后缀 etto，卡纳莱托（Canaletto）的意思其实是'小运河'，主要为表示安东尼奥是贝尔纳多的后裔，确保父大于子。安东尼奥在父亲的指导下从事大型舞台布景的制作，他们曾一起为名人维瓦尔第的歌剧服务过。那是一段极好的经历。但卡纳莱托很快就厌倦了只做一个执行者，于是年纪轻轻便独立出来，寻找自己的路。"

亨利挥舞着细长的手指，转身背对画作，面对着外孙女继续讲道：

"1719 年至 1720 年间，卡纳莱托离开故乡，跋涉 400 公里去往罗马。路上，他遍览了年久破败的建筑、爬满杂草和常春藤的废墟。最终到达目的地时，他看到了旧日荣光与现代都市的完美结合。罗马之行是梦想之旅，作为新手布景师的卡纳莱托从中汲取了动人的图景，迫不及待地想按自己的方式进行重新组合。他首先在纸上细致地记下一系列图案——柱廊、宏伟的建筑、丛生的树木……于他而言，这些就像基本的词汇；然后，他根据灵感，在画布上重新排布这些元素，构建出外表真实、实则源于个人想象的图景。意大利语称此为

1　在法语和意大利语中，"卡纳莱托"（Canaletto）与"运河"（canal）发音相近。

'capriccio'：随想。"

"那这幅画上的景色究竟是真的，还是想象出来的呢？"莫娜对自己的问题很满意。

"不是想象出来的，这确是一幅真实的风景画……熟悉威尼斯共和国[1]的人能够轻易认出画上的地点。威尼斯是一小块鱼形的土地，漂在潟湖之中，无数水道穿城而过。威尼斯城正是以岸上这处圣马可广场为中心建成的。圣马可广场或许是世上最有名的建筑群，相当于建筑界的《蒙娜丽莎》，这幅《圣马可码头风光》从左到右依次刻画的是：造币厂、公共图书馆、圣马可广场圆柱雕像、总督府、稻草桥、监狱。远景是钟楼，当然还有大教堂。这里汇集了权力的所有要素，包括金融、商业、知识、政治与司法以及宗教。卡纳莱托的视角位于水中，从南侧望向城市大门，蜿蜒四公里的大运河在画外的左侧，从上空俯瞰的话，运河呈镜像倒转的S形。他这样的处理是为了描绘来往于水上或载客或运货的众多船只。"

"看来他对财富和商人心怀敬意呢。"

"事实上，码头景象展示的是这座城市的经济魅力和生机。这也取悦了收藏家，他们通常都是些银行家或大金融家……"

"但是，欣赏'风景'的话，还是实地实景比较好吧！如果收藏家住在威尼斯，只需跑去相关地点就可以了呀，为什么还要特意买画呢？"

"首先，卡纳莱托画作的收藏者并非全都是威尼斯人。他有不少英国客户，他们都希望能在家里观赏潟湖风景。而且，就算你到了当地，眼前所见也永远不会这么美……我们的水平视野没有那么广，视角广度大约为180度。相比之下，猫的目力所及则超过了280度！更不用说苍蝇了，它们甚至能同时看到身前身后发生的一切。为了超越人类的这种局限，卡纳莱托首先使用了我们在维米尔那节课上所提

1　威尼斯共和国（687—1797），意大利北部城市共和国，以威尼斯为中心，为中世纪和文艺复兴时期重要的金融和海运力量。

到的'暗箱'，以进行精确的研究。他的暗箱可以随身携带，在旱路水路上都能随时观看。卡纳莱托非常聪明，他把装置带在身上，固定在船上，用笔在纸上记下家乡的建筑影像。他移动取景窗，画下连续的草图，把它们首尾相接，这样就能得到全景图。简单来说，他拓展了空间。理论上，你的眼睛无法把面前的全部建筑看得如此清晰。要么转头，要么移动目光，每看清一部分新的，就要损失一部分旧的。可在画中，一切都同时涌现——时间仿佛也停止了一般。"

莫娜心想，多亏了卡纳莱托，她才能拥有猫的视野……她看着画布上零星的漫步者和贡多拉船夫。

"之前你给我看的画里，人物总是大大的，并且位于中央。这次画里的人可真小啊。当然，近景中互相打招呼的人和泊船的船夫要大一些，但仍然给人一种不太重要的感觉。"

"你发现了艺术史上的一个基本趋势，那就是人物逐渐缩小，让位给周围的景色。等我们看到透纳、莫奈和塞尚的时候再具体来讲。现在，你只需要知道，卡纳莱托画的这些人物叫'陪衬'，指在画上添加一些并无象征意义的额外小人儿。这样可以平衡色彩，尤其是能衬托出晴朗天空的黄色、白色和蓝色。现在，你仔细看看远景中的那个大广场。"

"这里细节真丰富，甚至可以说是单独的一幅画！让人忍不住想象他们的身份，想和他们一起散步。他们看起来都很幸福！"

"你说得对。这里的气氛如此愉快，人们都会以为这个广场只是一个漫步嬉戏的地方；如今，游客也能在此地无忧无虑地观光。但不要忘记，画面正中的这栋总督府是审判和宣判的地方，有时审判的还是重罪。人们在栖着飞狮和圣狄奥多的两根门柱之间，用绞绳或斧头处决叛徒、强盗和异教徒。谁也不能侵扰'尊贵的共和国'威尼斯……"

"我知道过去杀人相对容易（说这话时，莫娜装出博学者那副严肃的样子）……但我坚信画家在这里只是想表现生活。因为到处都是温柔和令人安心的光线，感觉很平静。"

"说得没错。卡纳莱托总让自己的画沐浴在和谐的光线中，这样可以弱化明暗对比，使阴影中的区域也能鲜活起来。从技术上讲，他用淡色的颜料成片涂抹，让画面铺上一层均匀的透明层，这样即便背光的总督府西墙也是明亮清晰的。再看水面的处理：所有的白色水纹都是由用细毛笔尖画的小短弧线组成的，使水面呈现出某种矿石晶体般的硬质感。"

"就好像用遥控器把威尼斯定格在这一刻一样！"

"太对了！商业的繁忙、黎明到黄昏的自然流转以及我们一刻不停的思绪，全都凝固、冻结在这理想的景致中了。卡纳莱托使世界暂停了，并邀请我们一起沉浸其中。不是让我们从中抽离出来去冥想或祈祷。他的画中没有什么神秘之物，但他提醒我们，要懂得让世界停下来，避免成为它的附庸，要主宰它，才不会受制于层出不穷的随想。"

当亨利终于在画前沉默下来时，莫娜觉得有人正悄悄地从他们背后溜走。她转过身。难以置信！是那位绿斗篷女士！在他们讨论提香的《田园合奏》时偷听的那个人……莫娜确信，她一定是偷偷尾随他们来到卡纳莱托这里的。出于什么目的呢？这很难说……小姑娘长长地叹了口气。

13

托马斯·庚斯博罗[1]

表达情感

卡米耶和莫娜在凡·奥斯特医生的诊所里一般很少等待。但这次，诊所前台告诉他们，由于医护人员罢工，大量患者积压在诊所里。卡米耶虽然支持一切社会抗议，却也不禁抱怨。她试图获得破格优待，遭到断然拒绝。她插上耳机，盯着手机的小小屏幕，没去管莫娜。她像患有强迫症似的浏览了一系列电视辩论的短视频，参与者就一切话题进行唇枪舌剑。这些被称为"冲突"的片段被认为是民主辩论的精粹。莫娜抱着手臂，静静坐在一边，思考着上次问诊时医生说的那句话："有五成吧。"她当时很想问妈妈这是什么意思，却又不敢插话。两人呈现出一种有趣的组合。大人不停刷着流媒体，从一个视频跳到另一个视频，就像一根根地抽烟。莫娜感受到妈妈的焦躁，用悲伤的眼神看着她。她没有出声，而是拉拉妈妈的衣袖，没打招呼就将手指放在触摸屏上，暂停了正在播放的视频。卡米耶抬起头，吃惊地转向莫娜。与此同时，一位护士焦头烂额地走了进来，用程式化的口吻解释说：

"十分抱歉，今天医护人员太少，只够处理紧急病例。我们不得不请您先回家，改日再来。"

1　托马斯·庚斯博罗（1727—1788），英国肖像画家、风景画家。

进地铁后，莫娜注意到妈妈没有再摸手机，便问：

"妈妈，我们很着急吗？"

卡米耶解释说，不急，复诊罢了。莫娜放心地捋了捋头发。

"这就算是我治疗中的一次暂停。"她小声说。

*

亨利带着外孙女去卢浮宫时，想到那些因病痛而取得崇高艺术成就的画家们：他已经跟莫娜讲过普桑的手疾了，改天还准备告诉莫娜，戈雅丧失了听力，还有图卢兹－劳特累克的残疾和酗酒问题；抑或是抽象画家汉斯·哈同[1]，因参军失去一条腿后，他发明了独创的技法和手绘方式。他尤其想到了一些眼力随时间变弱甚至最终全盲的艺术家，比如鲁道夫·托普弗，身为画师之子，他本该拥有大好前程，小时候却诊断出是色盲。托普弗于是放弃颜料，以铅笔进行大量速写，用全新的方式不断绘制短幅小故事。他也因此在 19 世纪上半叶成了漫画的发明者。亨利当然不会漏掉克洛德·莫奈[2]，在几近半盲的晚年，他画出了吉维尼地区完全碎块化的纷繁复杂的景致——不但没有走下坡路，反而成就了印象派的巅峰……以此类推，他想带莫娜观看罗萨尔巴·卡列拉，这位与华托和卡纳莱托同时代的威尼斯女画家，她对粉彩画的掌握在当时无人能出其右，命运却来了个大反转：在接受了危险而痛苦的白内障手术后，她于 1749 年陷入了彻底的黑暗……这当然是一种让人悲伤的嘲弄，但至少她在视力消退以前饱览了世上最美的一切。亨利越想越急，不禁加快了脚步。一定要让莫娜了解罗萨尔巴的作品和故事，他心想。但在通过卢浮宫博物馆的安检口时，莫娜突然说：

"外公，我们今天去看些恋人吧！"

1　汉斯·哈同（1904—1989），战后西方最伟大的抽象主义大师。

2　克洛德·莫奈（1840—1926），法国画家，印象派代表人物和创始人之一。

　　这个要求，既出乎预料又让人无法拒绝，如箭般飞射而来。亨利动容了，领着莫娜走向了英国艺术区。

　　这幅画并不是特别大：高不过 75 厘米，宽还要更窄一点。室外场景中，一对年轻男女似乎正在交谈。青年转向女伴，向她张开一只手，以配合自己的讲述。两人并肩而坐，占据了画面的一大块地方：正好是高度的一半。但这并不妨碍作品表现出的强烈空间感，这来自画中一一推进的五个层次。首先是两位主角。他们坐着的长凳紧挨画面左侧一丛多刺的灌木。随着植物向后方延伸，我们看到第二层次中更茂密的绿色和橙色枝叶，这里有几棵树，枝繁叶茂，又细又高，上端足以伸出画框外。第三层是位于画面右侧的一片水域，岸边有一些树木，还有一座柯林斯柱圆亭——这是第四层。最后，透过右侧景物的空隙，可以看到远处被云朵遮蔽的天空以及灰色的日光。光线给景物染上一层银色，更衬出人物服饰的精美。青年位于圆亭和水面前，身着耀眼的红装，里面是黄色背心。他有一张圆脸，没有胡须，头戴黑色三角帽，右手捏着一本书，搭在交叉的双腿上。作者还一笔画出了他挂在腰间的剑。年轻女子穿着一件非常宽大的粉色撑裙，卷起的裙摆下露出一点蓝绿色衣料。手中展开的折扇放在腿上，姣好的面容笼在软帽下的鬈发中。她盯着画外，没有看身边正朝她说话的男伴。

　　"他们太美了。"莫娜上来就说，甚至没有花时间静静看画。
　　"哦不，你等等！我们要遵守规则：先看，不说话。不评价。"
　　15 分钟过去了，其间莫娜激动不已，她跺着脚、抓住亨利的手，指甲都快抠进去了。她不想提问，而是想说话。外公感觉到了，便让她先说。
　　"外公你看，快看：他爱她。这个小伙子手里拿着书，对她说着动人的情话。也许是首诗。也许他想借书中的诗抒发自己的感情，因为他担心自己说不清楚。你看，他爱她，向她的脸伸出手，想用手指抚过恋人的下巴，或者解开她帽子下的系带，或者给自己的话语增添力量，自己的情话或诗句。你看，他爱她……她也爱他，但她藏起了自己的爱。因为她转向我们，看着我们。"

"你说得对，她没有流露出来，而是想通过这种默契的表情邀请我们入画。这类人物被称为'邀请者'；鉴于此人是个女子，我们得称她'女邀请者'……啊！如果是在电影院里，我们就可以说是'看镜头'的人，也不需要用这么令人费解的词了。不过莫娜，既然她表现得对我们更感兴趣，你又凭什么认为她爱他呢？"

"但是外公，她肯定爱他呀！你看她的裙子，不但是粉红色的，而且像极了一颗硕大的心，一颗充满了爱的心！她笑起来的时候就像达·芬奇的《蒙娜丽莎》！还有，这把扇子是用来扇风的，以免自己的脸太红了！哦！你看她的脸，她掩饰得也太差了！虽然他们的身份是未知的，但我向你保证，这两人绝对是相爱的！"

"很有可能。"亨利轻轻带过，对外孙女的热情感到惊讶，"至于说到他们的身份，最主流的观点是，画中的年轻人是画家本人。这幅《园中会话》的作者是当时还不到20岁的英国青年托马斯·庚斯博罗，而在他身边的，是他新婚不久的妻子玛格丽特·伯尔，一位公爵的私生女。庚斯博罗在伦敦跟一位叫格拉沃洛的法国版画师学习手艺，但他主要还是靠自学成才的。他出身于英国东部萨福克郡一个没有背景的家庭，绘画天赋完全是天生的，这种人每一代出不了一两个。更出色的是，他作品的特点恰恰在于真情流露。因此，原本充满程式符号的规制寓意画、僵硬的夫妻肖像或诙谐逗趣的讽刺画，在这位艺术家笔下摇身一变，成了鲜活动人、爱意绵绵的生活瞬间。这类题材的绘画在18世纪的英国很有代表性，被称为'社交画'——描绘人的交流或交往……"

"记得在看《花园中的圣母》时，你说过，拉斐尔付出了非常大的努力才使画面给人一种轻松感。这里也是这样吗？"

"不太一样。你看第二层次里的这些树，有秋天渐变的红色和闪亮的绿色，它们焕发着勃勃生机，因为庚斯博罗的激情也体现在触感上。我说'触'，是因为庚斯博罗有时会丢掉笔，只用一截海绵擦拭，或直接以手指涂抹。据当时的在场者说，庚斯博罗作画很快，非常快，而且也很感性。他还喜欢闻那些色彩的味道。感受一下，莫娜！这些叶子的红色上既有所画的潮湿木头的气味，也有画出它的赭石颜料的味道！"

莫娜闭起眼睛，握紧拳头，深吸了一口气。她既没有闻到湿木头的气味，也没有闻到赭石土的味道，只闻到外公身上的古龙水味——这隐隐唤起了她对外婆的记忆。这种个人化的情感让她更觉得这幅画亲切。

"太浪漫了，外公，尤其是画中的背景，那水面，还有后面的小圣堂！"

"准确地说，那不是真的圣堂，莫娜，而是18世纪出现的'点景'，或称'假景'，这种小建筑用来丰富园林，给它带来奇幻感或戏剧感。那时的园林追求并模仿自然的曲折和不规则，而不是试图消除它们——这也是路易十四时期的园林设计师勒诺特的理念。贯彻这种极致景观理念的英式花园给庚斯博罗带来了很大的启发。在那里，他还感受到生命的动力和心情的写照。这位如此年轻却如此早熟的画家想告诉我们，无论如何，表达情感都至关重要。交谈不是小事，而是重中之重。看，这个青年佩着一把剑。这是英国贵族的象征，一个与我们现如今大不相同的世界，受到传统和众多规则的影响和管束，事事充满克制。庚斯博罗没想唾弃或反对这样的社会，但他想让我们相信情感，并懂得如何表达。我不知道这是不是今天所说的'浪漫'，但它肯定是50年后在全欧洲兴起的'浪漫主义'流派的起源。"

"外公，庚斯博罗和玛格丽特，他们有孩子吗？"

"有两个宝贝女儿，庚斯博罗经常把她们画入画中。此外，他还为很多年纪非常小的孩子作画。这一做法自 1760 年代起为他赢来了极大成功。要知道，人们从那时起才终于开始关注儿童，并更加尊重孩子，关心他们自身的感受，而不再不惜一切代价把他们当成小大人。这场真正的革命是由著名哲学家让 - 雅克·卢梭发起的。"

"但你知道，外公，我之所以喜欢跟你在一起，正是因为你把我当大人来说话……"

"等一等，我们不要偏题！正如我说的那样，庚斯博罗在 1760 年代声名鹊起，在 1770—1780 年代达到顶峰。当时他为王室工作，乔治三世治下的英国正处于工业革命的开端，他与作为官方机构的皇家艺术学院却关系紧张，他觉得自己的画被挂得过高，离观众太远。这也是他更愿意在家中展示作品的原因：展览环境更个性、更自由。因为他所有的画都试图让观者注意到纹理、厚度、颗粒这些最小的细节，有点像玛格丽特在寻找我们的目光。这是一幅在呼唤手与指端的画作——它想被碰触，不亚于想被观看……"

莫娜想起那次她爬上外公的肩膀，从另一个角度欣赏米开朗琪罗雕塑的美好时光。那是一种全新的感官冲击，这一次，她也特别想近距离地接触这幅画。于是她请亨利去和展厅的保安搭话，以引开他的注意力。老人明白她的小伎俩，但还是决定帮她，因为外孙女很可能再也没机会这么近距离地观看托马斯·庚斯博罗的作品了，为她留下这段难忘的记忆是值得的。于是，莫娜避开一切监视，鼻尖凑近画中裙子的粉红色褶皱和那泛着白色闪光的蓝色高跟鞋。那种美太过震撼奇妙，她不禁把手伸到脸前，轻轻地，非常轻盈地，想象着那遥远的时代，想象自己正在画家的工作室，她用手指掠过裙摆最下端尖尖的织物，就像野玫瑰的花瓣擦过泥土小径。她轻抚下去。

卢浮宫展厅里响起了警报声。

14

玛格丽特·热拉尔[1]
性别没有强弱之分

尽管哈吉夫人屡次让大家保持冷静，孩子们今早仍旧兴奋异常，因为一位农艺师来课堂讲课，还答应午餐时让大家品尝时令水果和蔬菜。迭戈冲向食堂时，已经在想象熟透的甘薯、羽衣甘蓝和蔓越莓了，在他心中，这些头回听说的名字就像麦当劳的"千倍开心乐园餐"一样，这是他对食物的最高评价。孩子们的热情在餐桌上急转直下：蒸蔬菜并没有被立刻吃光，反而像黏在餐盘上。莫娜一边数着吃了几口，一边偷瞄着垃圾桶。至于迭戈，他虽然没觉得配餐有多惊艳，但出于信任和非常希望快乐的愿望，他大口咀嚼着，每吃一口都大声赞颂："好吃！"

这副美食家的夸张做派激怒了一位同学，可怜的迭戈还来不及反应，只见一个高大的男生立在身前，凶巴巴地叫他闭嘴，并朝他的下巴丢了一瓣橘子。迭戈没有反抗，忍着眼眶里的泪水，默默吃完午饭，去操场里发呆了。

莫娜目睹了一切。欺负迭戈的是那个该死的留级生。她心烦意乱，对纪尧姆可恨的迷恋让她感到羞愧。午餐后，她第一次特意转悠

1　玛格丽特·热拉尔（1767—1837），18世纪末19世纪初最有成就和情趣的艺术家之一，擅作肖像画和家庭场景画。

到踢球的同学身边。在混乱的喊叫声和推搡中，橡皮球从一人传给另一人。她看着纪尧姆，那么野蛮那么讨人厌，可又那么阳光。在两次传球之间，他停下对她说：

"怎么？你还想在头上再来一下？"

莫娜没感到害怕，只是觉得惊讶。她没料到，冷酷无情的纪尧姆竟然会记得两个月前的一个意外。她没来由地鼓起一股勇气。

"纪尧姆！"她大声叫出他的名字，"纪尧姆，"然后又重复了一遍，吓得对方呆立在原地，"我看到你在食堂对迭戈做了什么。这事只有我们知道，因为我讨厌告密。但你做得很过分。我相信，你比表现出来的要好得多。"

纪尧姆目瞪口呆，因控制不住情绪而颤抖，他走近骄傲挺立的小女孩，不知所措，于是做了一件蠢事：他抓住莫娜的吊坠，猛地一拽，但吊绳是用鱼线做的，不会轻易被拉断。莫娜还了他一巴掌。围观者立刻鼓起掌来。纪尧姆面红耳赤，灰溜溜地后撤，跑回了赛场……

*

亨利向自己保证，这一次，没有任何事能阻碍他的计划。上周，他没有带外孙女去看女画家罗萨尔巴·卡列拉的作品，因为莫娜想去看"恋人"，而庚斯博罗比这位威尼斯的粉彩艺术家更符合要求。卢浮宫最近成功购得了玛格丽特·热拉尔的一幅小尺寸油画，这是一位远被低估的女画家。去看看这件新馆藏品想必会有双倍乐趣，不仅能给外孙女介绍画家的复杂与奇妙，而且能亲眼看看新画，他也能顺便得到满足。

这是一幅人物侧像画，一位鬈发的年轻女子，头上绑着发带，身穿宽松的白色缎面撑裙，坐在一张小凳上。她朝向画面左侧，托起臃肿裙身的凳子位于画面右下角。一只查理王骑士犬趴在垂着流苏的蓝丝绒垫上。凳子底下有只猫，在横档里灵活地钻来钻去，逗弄着小狗的尾巴。女子正在察看一幅很大的带框版画。这幅画以四分之三的角度侧向观众，画中两人奔向由一群小天使高举的杯子。画框的玻璃上还映出了女子坚实的手臂。她全神贯注，与画室内的杂乱形成鲜明的对比。背景墙上挂着几幅画，但光线太暗了，难以看清。女子两侧都有家具。离她最近的，是一张路易十五风格的小圆桌，沐浴在光线下，上面铺着金色饰边的纯红色锦缎。堆起的织物上有一条不太引人注目的珍珠项链，不过最显眼的是一对小天使雕像，他们抵着彼此的肩膀，正在争夺脚边一颗跳动的心脏。两人头上盖着一顶过于宽大的羽毛帽。背景更深处，有一张大理石饰面的写字台，在阴影里能看到两个彩色小塑像，一只小盘上放着一个小碗，碗边露出几瓣橙色的花瓣，还有一张卷起来的很大的纸。仔细看画中不太显眼的地方时，还能发现这里一张螺旋脚凳、那里一个画夹，纸张散落得到处都是……不过，最抓人的细节，是左下角一个闪亮的球体，与嬉闹的猫狗相对，好像在旁观画中的一切。这是织花地毯上一个沉重的金属球，映照出观众看不见的那部分画室。当然，球被一张版画纸和折起的地毯遮住了一点，但露出的球面仍然清晰地映出了画室另一头的微缩景观：阳光从窗口照进来，洒在画架前的一位女画家身上，她的身边有一条蹲在地上的狗、另一位坐着的女子，还有两位站立的男子，其中一位正在看女画家的画。

　　莫娜在这幅画前站了 15 到 20 分钟，尽管有中心人物以及迷人的倒影，她却无法把注意力从那只猫身上移开。不过，根据她对外公的了解，她完全能猜中这节课的初衷，于是一针见血地开始了谈话。

　　"外公啊，我差点就以为卢浮宫里只有男艺术家！直到 1787 年，可算出现了一位女生……"

　　"看来你从介绍牌上知道了作者是谁，小莫娜。你说得对，玛格丽特·热拉尔在由男性统治的世界里打开了一道缺口。作为女性，她不仅创作了非凡的作品，更通过作品的主题，提升了公众对女性的关注度。"

莫娜一边思索着作品名——《有趣的学生》，一边忍不住细看这幅画，她发现在外公的指导下，她也在学着判断和分析图像，就像画里那位身穿缎面长裙的女主角一样。

"她穿得有点像我们上周看的庚斯博罗的妻子……她是谁？"

"没错，莫娜。画中并没有明确模特的具体身份。当然，通过细致的调查考证，我们现在确信她是某位叫谢罗的小姐。但她是谁并不重要。严格来说，玛格丽特·热拉尔画的不是肖像画，就像弗兰斯·哈尔斯的《吉卜赛女郎》一样，她画的也是风俗画。"

"啊，我想起来了，这种画表现的是日常生活！"

"她在画面中心画的是一位运用专业技能来评估作品的女性。她可以是任何一位具有这种技艺的女性。"

"也可以是我，有你教我，或许有一天我也能像她一样！"

"你现在就是了！你也算是我'有趣的学生'！不过，你可不准像这位学生一样触摸版画……总不能每周都让卢浮宫响起警报吧？唔……既然你也算半个专家了，说说你的看法吧。"

"我想到了维米尔……但你说他早已被人遗忘了……"

"确实，他被人遗忘很久了。1780 年代对 17 世纪的荷兰艺术非常推崇，但维米尔是个例外，所以你的思路是对的。尤其在法国，人们重新发现了这些北方的前辈。玛格丽特·热拉尔毫无疑问就深受其影响。她延续了荷兰的艺术风格，尤其是细节和织物的堆积质地以及奇妙的光学现象。比起因画风深刻玄奥而被人忽视的维米尔，她更多被拿来与赫拉尔·特博赫[1]进行比较。哦！如今人们几乎不知道赫拉尔了，但他自 1630 年代在阿姆斯特丹开始职业生涯，直到 19 世纪末，

1　赫拉尔·特博赫（1617—1681），荷兰17世纪重要的风俗画与肖像画艺术家。

都是一位伟大的艺术典范哪……玛格丽特·热拉尔的画就可与他的画媲美。"

"她是历史上第一位女艺术家吗，外公？"

"好在不是。由于文化约束非常严格，以至于直到 19 世纪甚至是 20 世纪初，人们都没有意识到这是个问题。我来给你讲一些不公平的典型案例：在整个文艺复兴和古典主义时期，教会都禁止画室里男女混杂，只要有男性学徒或模特，女性就不能进入，除非是自家亲戚。此外，由于习俗要求女性保持娇弱，她们因此只能从事清洁或其他不具危险性的工作，自然也就无法成为雕刻家。而当她们获得一定名望后，重大的主题——比如军事场景——又总是把她们排除在外，于是她们的创作主题只能局限在一些琐事上，而且几乎永远都在练习。这一切都源于女性是弱势性别这种偏见。她们柔弱，容易感情用事；她们柔弱，所以要保护她们，让她们远离天下纷争，比如战争。那些史上留名的女艺术家，例如 17 世纪意大利的阿尔泰米西娅·真蒂莱斯基[1]，1770 年代伦敦的玛丽·莫泽[2]，她们属罕见的个例，也是先驱和英雄。"

"你是说玛格丽特·热拉尔是个英雄？"

"她在以自己的方式战斗，因为她从不屈服。当时不都说女性是'弱势性别'吗？就算是吧！只有 26 岁的她便加倍努力！看看她是怎么画这幅画的。首先，围绕主题——细心鉴定版画——安排了许多附题：两只嬉闹的动物、温情与爱的暗示、静物的活力以及画架上的另一幅画。尽管有这么多细节，图像分配和光线分布却非常平衡，使作品保持了完美的和谐。其次，她从闪亮的刺绣表面到大理石颗粒质感的人体肤色，呈现了多种不同的材质。最后，再看看她对画中画的

---

1 阿尔泰米西娅·真蒂莱斯基（1593—1652），意大利女性画家，受美第奇家族赏识，成为宫廷画师。

2 玛丽·莫泽（1744—1819），18世纪英国女性艺术家，英国皇家艺术学院唯二的女性创始成员，另一位是瑞士新古典主义画家安吉莉卡·考夫曼（1741—1807）。

变形处理：版画按透视法等比例缩小，并在表面映出了褶皱；地毯的花纹和揉皱的画纸，金属球的凸面照出画面外的微缩人物。这样的手法不只是熟练，而是炉火纯青。这证明性别是没有等级之分的。"

"但是外公，我始终感到困惑。（她挠着头，停顿了半天。）这幅画叫《有趣的学生》……那这位穿长裙的女子，到底是学生还是老师呢？"

莫娜以直白的率真提问，触及了这幅画的核心之谜。亨利很欣赏这个问题，他以缓慢的语速娓娓道来。

"就目前为止，我们都认为位于画面中央察看版画的女子应该就是画名所指。同意吗？"

"同意。"

"那我们可没仔细观察哪……"

"什么意思呢，外公？我仔细看了呀！"

"我也有啊，莫娜。我还看到画里面的确有一位老师。"

"啊？他在哪儿？"

"他名叫让－奥诺雷·弗拉戈纳尔，人称'圣手弗拉戈'。他是华托的后继者，18 世纪最伟大的艺术家之一，主张在绘画中尽情放纵。这个弗拉戈纳尔就在这幅画里。"

"到底在哪儿呢？"

"首先要注意，画面正中的这幅版画实际上是弗拉戈纳尔作品的一件蚀刻复制品，他最美的寓言画之一，1785 年的《爱之泉》。一对恋人跑向一群小天使，急切地去喝他们杯子里的泉水。虽然版画中的小天使难以辨认，但把他们立体化后就是圆桌上那两个扣着大帽子、憨态可掬的小天使的样子。此外，莫娜，我们还没有细看左边金属球上的小倒影呢。（他停了很长时间。）你仔细看：这里能看到画室的另一边。除了有只狗坐在这儿外，还能看到四个人影。正在画画的当然是画家本人，玛格丽特·热拉尔。旁边坐着她的姐姐，细密画家玛丽－安娜·热拉尔；她的哥哥，出色的蚀刻家亨利则立于群影右侧。

最后，站在画架和女画师身后的，是玛丽－安娜的丈夫，也就是玛格丽特的姐夫和老师。这位就是弗拉戈纳尔本人，他正在指导他的学生……你明白这其中的含义了吗？"

"就是说，《有趣的学生》其实是这幅画的作者，而我们只能看到她小小的倒影……"

"没错，莫娜。你解开我们的谜题了：身为老师的弗拉戈纳尔认为眼前的学生玛格丽特很'有趣'……此外，这位老师和他非凡的学生极其默契，他拿过笔来，在画上添了一个图案……所以他的名字和作者的名字一起出现在展签上。画中有一个细节出自弗拉戈纳尔之手。你能猜到是哪个吗？"

"给我点提示吧。"

"是你圣诞节想要的一个小礼物哦……"

"喵！是猫！弗拉戈纳尔画了一只猫！"

15

雅克-路易·大卫[1]
借古"奉"今

　　韦蒂尼铸像收藏家再也没来过旧货店。这不免遗憾，因为保尔已经大致清点了那只旧盒子，从 329 个小铸像中挑出 15 个摆在店里。在莫娜的建议下，他特意把它们打散摆放，每尊占据一个独特位置，而不是把样子差不多的商品放在一起。

　　星期天，莫娜做完作业后打算和爸爸继续布景。她让一尊男性铸像单独躺在凳子上，并试图将一道灯光打在它身上，营造出在夏日午睡的效果。为了做到这一点，她必须稍微移动悬挂的灯带。这就得打开折梯并爬上去，再用锤子将钉子敲入墙内。已然尝试过的事，再做就很容易；完全没有接触过的事，会因未知而带着高威胁性，生怕受到伤害。保尔温柔地提醒女儿，他是家里的技术工，该由他来操作。莫娜拒绝得很明确，几乎是断然拒绝的。

　　梯子不稳，锤子很沉。尽管缺乏经验，莫娜却表现得非常出色。就在这时，意想不到的事情发生了：当锤子最后一次敲击钉帽时，她感到有什么东西断开了。出于莫名其妙的巧合，几天前被纪尧姆拉拽过、挂着吊坠的那根鱼线松脱了。贝壳如在慢镜头中缓慢坠落，碰到

1　雅克-路易·大卫（1748—1825），法国著名画家，新古典主义画派的奠基人，画风严谨，技法精工。

她脚下踩着的踏板，滚了出去，掉进了通风口的格子窗里。莫娜心急如焚，大叫起来。保尔吓了一跳，一把把她抱了下来，以为她砸到了手指。他足足问了五秒钟她也不回答，最后蹲下来说了声："外婆！"这话令人费解，甚至有些滑稽，但保尔立刻明白过来。吊坠掉了，很可能是丢了。但他下一刻就被眼前的一幕惊呆了。吊坠落入的通风口处有一个极其笨重的铸铁栅栏，足以让最强壮的囚犯望而却步。但莫娜不顾这些，她二话不说，拿出囚徒那样的决绝，把手伸了进去。一下、两下、三下，足足五下，手腕都要断了。第六下时，栅栏松动了。莫娜将手探进黑暗的洞穴，整条小胳膊都探进去了，终于取回了护身符。这时，她才如释重负地扎进爸爸怀里，泪流满面。

晚餐时，她向妈妈讲了这件事，没过多强调，也没夸大事实。她没怎么吃甜点就上床了。一躺在床头的修拉海报下面，她就开始纠结：到底该不该告诉父母，就在心跳加速的那漫长的几秒里，无数黑点再次夺去了她的视力？

＊

亨利发现，这周三就要轮到旧制度[1]时期的最后一幅画了。该死！已经 2 月中旬了，他不禁感叹时间过得真快，怎么也要带莫娜看一幅君主正式订购的作品，而不是小幅画了。同时，他也意识到，为这孩子勾勒的艺术全景很有可能被计划之外的一些特殊作品影响。那也没办法！他们今天要看一幅大画作。这位以傲气著称的创作者在 1783 年接受委托，两年后交出的作品竟然比国王建筑总监规定的尺寸还要大！这难免令人不快……更妙的是，这幅画虽是为路易十八所做，回溯起来，却被认为代表了历史上撼动大地的那场大起义前的隆隆雷声……这些都要向莫娜解释清楚，而莫娜正犹犹豫豫地跟在后

1　旧制度，指中世纪晚期到法国大革命之间（约1500—1789）法兰西王国实行的政治和
　　社会制度。其间，法国由瓦卢瓦王朝和波旁王朝先后统治。

面，似乎在担心着什么。

这是一个集体宣誓的瞬间，地点和服装都表明是在古代。地板由灰色的石板方砖铺就，稍微有些磨损，背景的多立克式柱上架着三道连拱门，它们打开了一片半明半暗的深厚空间，侧墙由规整的石块砌成，围住中间的场景，而对对称布局的追求，还有从左向右射来的强烈光线，也使场景变得更戏剧化。画面的动态也沿着这个方向，与三道连拱门对应。首先看到三个年轻男子，他们紧贴在一起，身形彼此重叠，在纵深上排成一列。他们头戴鸡冠式头盔，脚穿系带凉鞋，身披红色、蓝色和白色的袍子。他们姿势相同，双脚叉开60度，一手笔直伸向前方，与目光齐平，掌心朝向地面。第二人右手扣在第一人穿着盔甲的腰部，第一人另执一根长矛，长矛底部抵在自己的小腿肚上。三人伸出的手臂全都朝着另一位男子在他们面前举起的三把利剑。这位男子须发灰白，棱角分明的脸和高挺的鼻子在迎面射来的光线中显得尤为突出，他两眼转向高处，死死地盯住光的来源。最后，与三个男人、三把剑和三道连拱门形成视觉呼应的，是坐在另一侧的三个女人，她们正被无声的痛苦压倒，瘫坐着，神色忧伤。靠后的那个女人用双臂和蓝色的衣裙搂着两个小孩，其中一人——年纪较大的一个——正注视着画面中心的人群。另外两个女人则把头靠在一起，互相分担哀痛。整幅画精雕细琢，没有一丝造作，即便在最小的细节上也能看出线条与表现手法极其准确，无论是脚面偾张的微小血管，还是拱石砖块上陈旧的灰浆。

"外公，我知道你看过很多战争，可我对战斗和武器这类事物的兴趣很小……"

"我也不喜欢，莫娜。而且，没有人真的热爱杀戮和死亡……事实上，你眼前的这一幕发生在公元前7世纪，当时相邻的两座城市，阿尔巴和罗马之间爆发冲突，人们不希望过多的流血牺牲。为了不让杀戮发生，两座城市最终决定各派出三名最强的战士，根据他们之间的胜负来判定城市的胜败：贺拉斯兄弟代表罗马阵营，库里亚斯兄弟代表阿尔巴人。这是一个异常悲痛的献身时刻，因为这两个家族关系十分亲密。看看右侧的这两个女人。其中一个是萨比纳，贺拉斯大哥的妻子，库里亚斯兄弟的姐妹；另一个是卡米尔，贺拉斯兄弟的姐妹，许配给了库里亚斯兄弟中的一人。无论哪一方获胜，这场战斗的结果都注定是难以忍受的痛苦。然而，贺拉斯的三个儿子在此向父亲郑重宣誓：要么胜，要么死！一种超越自身的事业激励着他们。"

"这太可怕了，画这个场面太残忍了！"

这么说也没错，老人心想，但他保持着沉默。当然，他原本是想讲讲这幅画的作者大卫的，这位当选国民公会的议员，对已经沦为公民卡佩的路易十六[1]该不该上断头台这个问题，毫不犹豫地投了赞成票。他支持恐怖的血腥统治，对曾经的同僚和雇主在公共广场被处斩首没有一丝犹豫。必须补充说明的是，到了1794年底，轮到他为自己担心了，为了不让断头台的"凉风"吹到脖子上，他可悲地背弃了友人罗伯斯庇尔[2]。尽管他对民主充满热情，信奉"人民之友"马拉[3]的价值观，把他画成牺牲在浴缸里的烈士，却在10年后轻轻松松地投靠了皇帝拿破仑。但要解释这复杂的命运，就必须即刻谴责此人的卑劣——在莫娜看来，这人相当可怕——亨利不愿那样，因为这会盖住画家传达的信息，而这信息非常重要。

"我不认为他喜欢残忍。你不妨记住这点：大卫是一个反抗者，主张与自由放纵的风气作坚决的斗争。"

"啊，我想起来了！在华托的作品前面，你跟我说过，对吧？"

"没错。路易十五时期盛行的放纵精神到路易十六时期仍不减分

1　路易十六于1792年被废黜，1793年以路易·卡佩之名被判处死刑，是法国历史上唯一被执行死刑的国王。
2　罗伯斯庇尔（1758—1794），法国大革命时期政治家，雅各宾专政时期的最高领导人。
3　让-保尔·马拉（1743—1793），法国政治家、医生，法国大革命时期民主派革命家。

毫，代表人物是小说家和冒险家贾科莫·卡萨诺瓦，在绘画界则是我们上次提到的'老师'弗拉戈纳尔，尤其是著名的弗朗索瓦·布歇。在大卫刚过青春期、布歇迈向死亡前，他们曾有过短暂的交集。老人给了青年慷慨的建议，算不上是他的老师，也来不及看他成为那个时代最杰出的艺术家。这对布歇来说无疑是件好事，因为照维克多·雨果所说，大卫最终将布歇'送上了断头台'。这当然是种比喻！但受到公众爱戴与学生崇拜、逐渐无所不能的大卫，确实成了洛可可风格的无情掘墓人。这种反抗就体现在这幅《贺拉斯兄弟之誓》中：从严谨的几何构图到主角们坚毅的姿态，一切都肃穆、清晰、有序，有种英雄主义的基调。庚斯博罗《园中会话》的那种审美已经远离……"

"华托可怜的《皮埃罗》，恐怕得跌入沟底了……"

"敏锐的见解！还记得我和你说过，维旺·德农在1804年就任卢浮宫首任馆长时，机缘巧合下买入了《皮埃罗》吗？想象一下，大卫曾为此激烈地指责他！"

"这个大卫听起来挺吓人的，好像是专为争斗而生的。你也是这么认为的吧！"

"不。我很钦佩大卫。他的画体现了所谓'启蒙主义'理想的顶点，这种理想呼吁理性，提倡公民意识和人人平等，反对自私自利、专制权力以及宗教教条的愚民政策。这幅《贺拉斯兄弟之誓》就在歌颂这种价值观。看这三位战士，高举的手臂和腿部的站姿表明了他们不屈不挠的决心，扣在腰部的手标志着他们的团结。你看大卫对人体的描绘多么精确，他让每块突起的肌肉都能凸显出动态感。他在准备和研究阶段先画了模特的裸体，以把握人体的每一个细节。不过他也没有完全以写实手法进行创作，比如稍稍拉长了某些部分，以让整体画面变得更有力量感。"

"这些人看起来有点像雕塑……"

"没错。虽然大卫不是雕塑家，但他画中的人物具有强烈的雕塑感。他给角色穿上冷色调的服装，如果仔细观察他们的皮肤，可以发现肤色既有石头的灰色又有肉体的红色。至于光线，则一直在突出人物的棱角和立体感。他们的身姿就像不朽的历史瞬间。必须说明的一点是，在大卫出生的 1748 年，人们进行了大规模的考古发掘，发现了庞贝城遗迹。封存的历史当真重见天日了！"

"所以他才描绘古代的战争场面？"

"可以这么说。尽管前有文艺复兴时期对古代的广泛推崇，18 世纪却再度经历了新一轮的尚古热潮。大卫时常阅读普鲁士人约翰·约阿希姆·温克尔曼的著作，后者博学广识，遍访希腊和意大利的古城遗迹与废墟，还对它们的风格进行了分类。温克尔曼 50 岁时在旅馆中惨遭谋杀。无论如何，大卫拥护他提出的'新古典主义'学说：古代风格是无法被超越的。"

"意思是说，大卫比较喜欢生活在古代咯？"

"不是那样的……我曾说过，大卫是一个反抗者，而具有抗争精神的人是不会沉迷于旧世界的。他认为我们的任务是了解过去，以获得启发，并从中汲取价值，以构建理想的未来：这是启蒙主义的理想。现在我们来看看画中那个金色鬈发的孩子。他躲在痛苦的祖母怀里，被保护起来。这并不是一个无关紧要的细节，远非如此。他脸上透出担忧了吗？毫无疑问，是的！不然还能怎么样呢？他还只是个孩童，却目不转睛地盯着贺拉斯兄弟宣誓的场面。大卫以这个细节来象征人们面对未来和新天地的紧张心情，以及下一代人的希望，这种希望超越了眼前的悲剧。面对此情此景，孩子心里不禁升起对贺拉斯兄弟的钦佩，这种激动、纠结和痛苦，本身就已经是一种反叛了。"

"你说服我了，我对你的大卫稍微产生了些好感……"

"那就再好不过了。这件作品标注的时间是 1795 年。那么你能告诉我，四年后的 1789 年 7 月 14 日发生了什么吗？每次路过七月纪念柱和它顶上的'自由之神'像时，我都跟你讲的……"

"攻占巴士底狱！就在你住处的附近。"

"完全正确。在此之前还有另外一件事。1789 年从 6 月 20 日开始，议会的一次全体会议在凡尔赛的网球厅宣誓通过了一项决议，要求制定一部更公平的宪法。这个反对专制的议会，代表所谓的第三等级，即除贵族和神职人员之外的所有人民。从某种意义上来说，这是法国大革命的开始。想象一下大卫受命描绘这一历史时刻。他展开巨幅画布，但从未真正完成，然而不管怎样，宣誓本身已经取得了极大的成果：同年8月4日废除了特权，8月26日又通过了《人权和公民权宣言》。这份文件声明，无论你还是我，人人生而自由，并享有平等的权利。你看，这正是人们期待已久的启蒙运动的理想成果。所以，抗争还是非常值得的。"

莫娜和亨利离开了卢浮宫。莫娜在这个下午似乎大受震撼。走到巴拉街拐角处蒙特勒伊的家门口时，她看着外公，那专注的神情让人想起大卫笔下的金发男孩。她问外公，自己是否也在抗争。

外公笑了，感到比以往更爱她。

"不，莫娜，你在进行的，是革命。"

16

玛丽-吉耶曼·伯努瓦[1]
消除一切歧视

　　"M——R——T——V——F——U——"右眼功能正常。"E——N——C——X——O——Z——"左眼功能也正常。莫娜的视力在凡·奥斯特医生这里表现得非常出色，令卡米耶惊喜。距离那件事已经过去四个月了，看着女儿站在那么远的地方辨认字母，她感到了久违的平静。当然，孩子没向任何人吐露10天前在旧货店失明短暂复发的事。莫娜对通过测试自信满满，甚至宣称能看见挂在测试表旁不远处的小布告。凡·奥斯特医生觉得有趣，便请她完成自己提出的挑战。莫娜似乎能看清黑色字母上的每一个笔画，字正腔圆的拼读让墙上的文字在诊所内回响："《希波克拉底誓言》。获准行医之际，我承诺并宣誓，以荣誉与正直为准绳。我的首要任务是在所有层面上恢复、保持和促进健康，无论肉体的或精神的、个人的或社会的。我尊重每一个人，尊重他们的自主权和意愿，不因他们的身份或信仰而有任何歧视。如果他们的人身及尊严受到剥削、伤害或威胁，我将出手干预并对其进行保护。"卡米耶和凡·奥斯特向莫娜表示祝贺。在有过暂时失明的可怕经历后，这么好的视力令人震惊。凡·奥斯特又让

1　玛丽-吉耶曼·伯努瓦（1768—1826），19世纪法国女画家，人称伯努瓦夫人，主要创作历史系列画作及家族肖像。

莫娜测了一遍，距离保持不变，但换了一张测试纸。莫娜依旧通过了。太不可思议了！

"需要进一步评估，但她的视力至少有18。"医生承认。

"你听到了吗，莫娜？18/20！"卡米耶激动地说。

"不不不，太太，不是18/20，"凡·奥斯特澄清，"是18/10。莫娜的视力达到了18/10。这是狙击手级别的……"

检查结束后，她们来到巴黎拥挤的街道上，卡米耶比往常高兴多了，开始和女儿说笑。

"宝贝，你的视力是从哪儿继承的？肯定是从你爸爸那儿！反正不是我！狙击手？亏医生说得出来。不过说不定你能成为空军表演队的飞行员呢？那样的话，国庆日我就能在香榭丽舍大街的游行队伍中向你招手了，而你也能从空中一眼认出人群中的我。"

"妈妈，"小女孩有点儿心不在焉地说，"那些文字是什么啊？"

"文字？什么文字，宝贝？"

"嗯，就是墙上那个，我读的……"

"啊……那应该是《希波克拉底誓言》。"

"希波克拉底是个人吗？"

"是医生的始祖。在古代，他是第一个定义行医行业准则的人。一些医生会把他的话贴在自己的诊所里，因为这对他们来说意义重大。"

"这段文字真美……以后，我也想给人治病。"

*

亨利有多么欣赏贝聿铭设计的金字塔造型，他就有多么厌恶卢浮宫附近庸俗的商廊。当莫娜被某个广告或小玩意儿吸引时，他便想到自己计划的迫切性，要把艺术品所能承载的最美、最有意义的东西留在她的记忆中。这周三，他们经过一家连锁餐厅。为招揽顾客，餐厅在门前摆了一个两米高的热狗造型。竖直的香肠夹在两片面包中，这条香肠还长着腿和脸，正从一个瓶子里挤出一层厚厚的芥末酱。它用舌头舔着嘴唇，仿佛正享受着吃掉自己的快乐。亨利心想，这真是当代社会所能造出的最令人厌恶的事物的集大成者，但它把莫娜看饿了。亨利只好投降。不过他还是催促莫娜尽快吃完三明治。心满意足的小女孩随口问起外公今天的安排。他们要去看蒙娜丽莎的妹妹。

这是一位年轻的黑人女子的肖像，四分之三侧身，面向画面右侧。她的头转向我们，目视前方。画面左侧能看到她所坐的扶手椅露出一小块椅背——因为实在太小了，只能看到一点木框架和一些闪亮的铆钉，其余部分都被一条蓝布遮住，它从椅背顶一直铺至扶手。半身像只画了女子大腿以上的部分，看不到小腿，无从判断它们是什么样的。女子身穿的裙子从肩膀处滑落，堆在胸部下方，腰上系了红色饰带，看上去像盖了一条宽大的白色床单。她的左臂几乎弯成直角，手指合拢；右臂则平放在腹部。模特虽然是坐着的，却隐约给人一种卧床并挺直上身的错觉，吸引了他人的目光。她胸部半裸，肩膀纤长，人体轴线在画面正中画出一道优雅的斜线。女子是鹅蛋脸，脖颈细长，头上包着一块很大的平纹织巾，垂下来的一角以其透明质地衬托出背景简单的米灰色。几缕头发垂在前额和太阳穴处。右耳戴一枚亮晶晶的金耳环，然而让她黝黑皮肤焕发出活力的高光层更明显地分布在四个地方：裸露的前胸、肩头三角肌、锁骨和面部。合拢的嘴唇上方，一道巧妙的光驱散了阴影，也突出了鼻梁，更照亮了其中一只又大又圆的黑眼睛。由于背景是中性色调，画面可能会显得缺乏纵深，但实际上，世界的全部深度恰恰栖身于这颗轮廓分明的立体眼球中，上面的眉毛仿佛给它戴上了一项桂冠。作品署名是"拉维尔·勒鲁尔·F. 伯努瓦"。

细细看了15分钟后，莫娜指着签名念道："拉维尔·勒鲁尔·F. 伯努瓦。"名字是分两行写的，莫娜觉得它又长又复杂，尤其对它在画中的位置感到惊讶。

"很长一段时间里，在作品上署名既无惯例也无要求。当然，文艺复兴以来，把名字签在画作上已成为常见的做法，这既能帮画家进行宣传，也能证明作品的真实性。尽管如此，这事直到 19 世纪还存在不确定性：签不签都行，签哪儿也全无所谓。在这幅画上，署名在空白背景处，又是一串长长的草体字，所以就显得格外醒目，也突显了画家的个性。它的位置正好位于攥起的拳头上方，这就值得说道了。这很可能表示画与被画者之间存在某种象征关系。不过让我们先来解释一下这位女画家是谁：'拉维尔·勒鲁尔'是她婚前的姓，'伯努瓦'则是她丈夫的姓，她婚后随夫姓。事实上，在这一长串称谓的背后仅有一个女人：玛丽－吉耶曼。"

"她很有名吗？"

"鲜有人知。还记得我告诉过你的玛格丽特·热拉尔的事吧，对女人来说，那个时代充满了障碍和偏见，玛丽－吉耶曼也不能幸免。她嫁给了昂热的伯努瓦。但在 1793 年，她丈夫因卷入商业黑幕而不得不逃往瑞士，玛丽－吉耶曼发现，自己被一些危险人物盯上了。因为丈夫的丑闻，她只能靠拼命画些小道德画来赚取家用。1814 年，她丈夫被任命为参议员，重返政治舞台时，他要求玛丽－吉耶曼中断绘画事业。她服从了，心也死了。尽管如此，她在当时仍能画出如此独特的肖像。女人使女人成为焦点，这已经不算小事了。然而还有更不寻常的呢……"

"哦，外公，你就别卖关子了！我早看见了，到目前为止，我们看的所有画中都只有白人。这是我们第一次看到黑皮肤的面孔。"

"这是因为在旧制度下，黑人的地位被无情地贬低，他们在殖民地沦为奴隶。这种情况在大革命期间有所改变：共和二年雨月 16 日[1]，

---

1 即1794年1月16日。根据法国大革命时期使用的共和历法计算，以法兰西第一共和国建立之日（1792年9月22日）为历元，将12个月依次定为葡月、雾月、霜月、雪月、雨月、风月、芽月、花月、牧月、获月（或收月）、热月、果月。

奴隶制被暂时地废止——不到 10 年后又被拿破仑恢复了。在 1797 年和 1798 年，一位叫吉罗代的艺术家展出了一幅原籍为西非戈雷岛的黑人国民公会议员的肖像。玛丽-吉耶曼挑战了审美禁忌，因为根据当时的理论，在画布上描绘黑色皮肤是对眼睛的污染，这当然是种族主义的一些白痴言论。学院表示，这是'对绘画的背叛'。简直毫无道理：这位黑人女性身上的一系列色调，脸与胸部的明亮渐变、从乌木色到古铜色的微妙过渡，这些远比描绘传统模特的苍白皮肤更见功力。另外，画中黑色的皮肤也因与白布料形成反差而更具冲击力。"

"我觉得你有时只看自己想看的地方！这里还有块蓝布……"

"当然，莫娜。那你有没有注意到模特腰间还有一点红色呢？蓝、白、红……这是暗示 1794 年由雅克-路易·大卫确定的法国三色国旗。"

"呀，外公！你又提到他了！看《贺拉斯兄弟之誓》时，我总感觉冷冰冰的。虽然我之前保留了意见，但这幅画也给我类似的感觉……"

"你尽管说。我们看艺术品时，绝不能压制自己的感受或不说出自己的意见。相反，我们必须依靠它来探寻原因。不过毫无疑问，这幅肖像画确实透着一定的冷淡。这恐怕是因为玛丽-吉耶曼·伯努瓦在 1786 年去了大卫的工作室。她接受了新古典主义风格，请记住，它主张摈弃过于欢快的美。背景空空如也，模特也没有任何脂粉华饰，只戴了一只金耳环。她姿态自然——从她肩膀放松的线条就能看出来，脸上没有明显的表情。黑皮肤女子带有异国情调，能激发人们对热情与激情的想象。但玛丽-吉耶曼·伯努瓦不受这些刻板印象的影响，她避免绚丽，也不屑做作。这种清醒的距离既给模特带来了雕塑感，又赋予了她高贵的气质。这种冷淡就是尊严。"

"外公，"莫娜笑着说，"你知道，我现在长大了嘛，看到她袒胸露乳的，多少有点……"

"啊，我明白你想说什么了。没错，露出胸脯或许带有一点情色意味，目的是吸引男性收藏者的目光。但从隐喻的角度来看，丰硕的乳房也象征着富饶。如果你允许我再进行一些女权主义的猜测，它也可能暗示古代的亚马孙女战士，她们为了能把弓挎在身上，会切掉右边的乳房。是的，你没听错，她们会切掉它。"

这个想法不禁让莫娜龇牙咧嘴，每当她意识到自己充满孩子气的反应时，她就会抱住外公的腰。亨利任凭她抱了一会儿，然后蹲了下来，换了更轻更缓的语调，给她讲述后面的故事。

"你知道，莫娜，17世纪中叶以来，有一个非常重要的官方活动，类似于今天的博览会，艺术家可以在活动期间向观众展示自己的作品。这就是我们所说的'沙龙'[1]——因为最早在卢浮宫的'方形会客厅'举办。我以后会经常提起那个地方。这是一个关键时刻，人们可以亲眼观赏画家和雕刻家创作的最美的东西。墙上展示的通常是显赫人物的肖像，他们往往是些贵族，还有一些具有政治和道德价值的历史场景。因此，沙龙是一处享有盛誉的象征性空间。1800年，玛丽-吉耶曼·伯努瓦的画也来到了这里。你明白吗？一个女艺术家，敢于把一幅黑人女性肖像画挂在艺术之巅的墙上。她打破了种族等级制度，驱除了种族隔离的魔鬼，还以此向玛德莱娜致敬。"

"玛德莱娜就是画中的这位女士吗？"

"是的，这是模特的名字。她来自安第列斯群岛，是女画家婆家的帮佣。200多年来，这幅画挂在卢浮宫里，没人觉得需要了解她是谁。但艺术史学家后来终于做了调查，也改了作品的名字，过去它叫《黑人女子肖像》，现在叫《玛德莱娜肖像》。"

"外公，这太奇怪了吧，起名是这么随便的吗……"

"对于比较古早的画来说，这还挺常见的。跟我们刚提过的署名情况类似，长久以来，作品名好像并不太重要，可能会随着时间而

---

1 "沙龙"一词最早源于意大利语单词"Salotto"，是法语"Salon"的音译，原指法国上流人士住宅中的豪华会客厅。

进行变更，或许是因为作者对命名犹豫不决，又或许是画名的意思不明确。尽可能清晰地记住名字的演变尤为重要，否则就是对历史的背叛。"

离开卢浮宫时，莫娜显得闷闷不乐，甚至有些羞愧。亨利心想，会不会是今天在审美和抽象层面的晦涩让她犯愁了呢？莫娜终于开口，外公翻了个白眼。不，她根本没有什么困扰，她只是又想吃热狗了……当然，亨利再次投降了，目光中充满了爱。

17

弗朗西斯科·德·戈雅

妖魔无处不在

莫娜狠狠抽了可恶的纪尧姆大嘴巴子这件事并没有真正改变操场上的势力分配。踢球的男孩子仍旧是霸主，他们扬言，谁要是离得太近，就用球砸谁的脸。这种无礼让莉莉越来越生气。一天，当脏兮兮的足球滚到她脚边时，她一把把球抱在胸前，大喊：

"操场是大家的！"

一帮人吵了起来，但她坚决不退让，玉儿和莫娜也赶去帮她。莉莉借机说她可以从纪尧姆手中进球。她宣布，如果女孩子得分了，男孩子就必须与她们分享场地。新一轮的嘲讽爆发了。纪尧姆对自己的技术很自信，他接受了挑战，站到两根门柱之间，对手则站在五米开外准备射门。唉，莉莉在抬腿时犯了错误，过早地停止了跑动，结果身体失去平衡，非常可笑地仰面摔倒了。她的笨手笨脚更让人确信了男孩子会胜利，他们因为她的出糗又开始起哄。但玉儿说莉莉并没有碰到球，因此这次不算数。看到躺在地上的莉莉被围观嘲弄，她又提出来，由她来代表女生队。随便，无所谓。傲慢依旧的纪尧姆大喊道：

"非洲人懂哪门子足球！"

这句带有种族侮辱的话显然是针对玉儿的眯缝眼而说的，但她来自乌兹别克斯坦，实际是中亚人的长相特征。她早已饱受这类攻击，所以忍住怒火，没有急躁。她把肩膀对准球门，上身挺直，动作干脆利落，把球踢了出去。球即刻飞起，在地面上方画出一道轻微弧线，砸在门柱上，弹向纪尧姆的小腿肚，纪尧姆没料到冲击力那么大，弯了一下膝盖。等他转过身时，球已入了网。

就像特雷泽盖[1]在2000年欧洲杯决赛中踢出出奇制胜的一球，玉儿欣喜若狂地投入队友们的怀抱，和她们一起狂欢。莉莉已经忘记自己摔倒的事，用抑扬顿挫的声音高唱："我们赢了！"男生围着门柱，研究球在上面回弹的角度，反复演练。这时，玉儿产生了胜利者的那种想作恶的冲动。

"出去，留级生！"她冲还没从失败中醒过来的纪尧姆喊道。

莫娜由衷地为女生的获胜感到高兴，但她不由得看到另一幕，就像慢镜头一样，那句残忍的"出去，留级生"对那个男孩打击巨大……他向操场外跑去。纪尧姆在比他小的同学中高人一头，本来应该在初中念书的。这真令人难以忍受。玉儿这一招太准了，真是太准了。纪尧姆躲进厕所哭了，巨人歌利亚[2]在牧童大卫前落败。他恨自己，他在这所学校里将失去立足之地，要么也会遭受他之前所施的那种暴力。莫娜溜进厕所，敲着传出抽泣声的那扇门。

"出来，你这傻子。"她冲他大喊，"都说了，操场是大家的，当然也是你的。"

*

亨利带着外孙女从黎塞留通道的拱廊下穿过时，感到有人拍了拍他的肩膀。他吃惊地转过身。

---

1 达维德·特雷泽盖（1977— ），法籍阿根廷职业足球运动员，在2000年的欧洲杯决赛中打进金球，为法国队捧得欧洲杯冠军。

2 歌利亚，《圣经》中的巨人，非利士人的首席战士，带兵进攻以色列，后被牧童大卫用投石弹弓打中脑袋并割下首级。大卫日后统一了以色列，成为著名的大卫王。

"先生，您还记得我们吗？"

老人挑挑眉，扶了扶眼镜，做出否认和疑惑的动作。莫娜却认出了这两张脸。

"记得记得！看弗兰斯·哈尔斯时见过！"

这正是三个月前听亨利和莫娜聊《吉卜赛女郎》的那两个年轻人。亨利终于想起了他们，于是舒展眉头：

"当然了，一对不自知的爱人嘛！你们的认知自那以后有进展吗？"

二人手牵着手，一同露出既幸福又傻气的笑脸。

"这都要感谢您，先生，"小伙子说，"上次您的一席话真是让我们受益匪浅。不过今天就不多打扰了，我们要去看美索不达米亚！"

莫娜觉得这词太复杂了，没什么吸引力，让她联想到某种厚甲四蹄的大型动物。

"那就以美酒敬恶神帕祖祖[1]吧，"亨利对他们说，"我和外孙女准备去看戈雅。"

画中展示了一只死去动物的几块躯体，置于灰白色的木头台面上，背景只有黑色，没有任何装饰。画布长62厘米、宽45厘米，不算大，是典型的静物画尺寸。画面左侧的案上放着一只羔羊的头，脸朝向右边，眼睛虽然睁着，眼皮却似乎很沉重，唇下露出三颗牙。是不是头被切下来导致的？羊头部分被剥了皮，使皮下组织直到头顶都在抽搐颤动，而其他部分仍留有白色皮毛，尽管沾了些血污。另有两块肋排内部朝外，弯曲而肥厚。其中一块竖直放在画面中央，脊肉在下，上面是排列整齐的7根肋条；第二块肉排在它后面，摊在桌上。一系列酱红、觅红和紫红的色调让肉看起来即便没有发臭，至少也不太新鲜了。除大面积的红色外，画面还有不少白色，有些地方略带灰

---

1 帕祖祖，美索不达米亚与亚述的恶魔之神，卢浮宫藏有帕祖祖的青铜像。

黄，这当然是骨头的颜色。但仍有两个凝胶状的球形肾脏，富含油脂，通过一根黏糊糊的绳子状的东西连在肉躯上。整幅画用笔厚重，这张草图旨在表现震慑力，而非完成后的平静。

莫娜感到说不出来的别扭，只看了 10 分钟就停下了。她不知道该如何表达。想到最后，也没有找到合适的词语来形容此刻的心情。本该赞颂美的绘画，为什么非要画被切成三块的可怜动物呢？亨利早就想到了这种抵触。要让如此年幼的灵魂感受戈雅是一种巨大的挑战。

"首先，莫娜，这是一幅静物画，通常被认为是艺术水平最低的绘画类别。当然，人们一般认为，表现一些无生气的物体可以显示画家的技巧，并揭示日常事物之美。不过，人们也声称，这类作品无法传递道德价值，对提升公众意识也毫无帮助。戈雅很少画这类画，因为这既不符合他的追求，也不符合他在西班牙宫廷的大师地位，国王卡洛斯四世和费迪南七世都十分喜爱他。因此，这幅静物画在他的绘画中非常罕见，也非常具有独创性。"

"外公，你说静物画应该表现我们日常生活中的美，可这幅画里的东西真的很吓人……"

"但这也和别的静物画不同。你看出区别了吗？"

"啊，我还在想！画表现的可能是厨房，有人准备把这些肉做来吃吧。"

她只是勉强应付，不像平时那么热衷。

"有可能。不过，如果按屠夫的标准来说的话，这还只能算是初步的切割。因为肾脏——切割后就变成了腰子——还连在肋脊上。戈雅还在羊头画了很多黄色的细线，表明皮毛仍留在皮肉上。根据轮廓的厚度来看，那两块羊排应该也是如此，表面似乎仍覆盖着皮毛。羔羊肉如果未经剥皮就被分切，既不卫生也不健康。在我们面前泛着红色的畜肉当然是用来吃的，但它也像是人类自己的碎块。这是肉还是尸体？两者皆有可能。"

听到这样不加掩饰的话，莫娜更不自在了。连亨利也在犹豫要不要停止看画，但他也意识到，如果说有一天，莫娜注定会失明，那么历史上的这位艺术巨匠就只能给她留下扭曲和不愉快的印象了，于是他更为谨慎地继续介绍画家生平。

"要理解戈雅，就必须熟悉他的一生。他靠着自身努力成为红人，收取高额委托金。他不单是王公贵族的肖像画师，也是享有盛名的宗教画家。然而，大约在 45 岁或 50 岁时 —— 原本可以靠名声吃饭的年纪 —— 他突然改换道路，开始探索人性的阴暗面。"

"是发生什么事了吗？"

"戈雅出生于 1746 年。这种转变发生在 1792 年之后，他在加的斯得了一场大病，应该是疟疾。他连续好几周一直高烧大汗，几乎命悬一线。虽然最后逃过死亡，但留下了严重的后遗症，丧失了听力。更糟的是，他的头脑里开始出现嗡嗡声！他变成了聋子，又被脑子里永无休止的噪声侵扰。"

"啊，那他是疯了吗？"

"不，但他的画渐渐偏向文明中的幽暗与磨难。他开始挑战一切经典与神圣的准则。看，画中发生的正是这样一幕：羔羊在犹太人和基督徒的传统中象征信众和救世主的献身。然而在这里，它却因残酷的肢解而具有一丝被亵渎的意味。一般来说，人往往在年轻时激烈，随着时间的推移会趋向温和，到一定年纪后就会寻求安逸。戈雅则正好相反，他年轻时勤奋苦干，成熟后却转而追求动荡。"

莫娜不确定自己有没有听懂，但她确实比平时好奇了一些。亨利扶住她的肩膀，蹲下来，保持与她齐平的高度，与她一同注视着血腥的画面，用最热烈的语调说道：

"戈雅的世界幻灭了。你还记得我讲过的启蒙主义精神吗？他正是一位赤诚的追随者。他忠于君主制，却也十分赞同西班牙的大思想家们，比如加斯帕·梅尔乔·德·霍韦亚诺斯和马丁·萨帕特尔，他们都希望摆脱宗教禁锢，打破教条，鼓励自由。但这种追求进步的崇高愿望遭遇挫折，戈雅和他的朋友们也愤愤不平。他目睹了不良后果，看到呼吁公正沦为砍头的借口，大革命最终助推了拿破仑的上台。"

"但拿破仑是一个英雄吧？"

"这完全取决于你所处的阵营。对法国来说，他是个英雄。但对于欧洲其他国家来说，尤其是对戈雅来说，他是个嗜血的征服者。1808年5月3日，拿破仑最忠诚的军官约阿尚·缪拉在马德里未经审判就枪杀了那里的西班牙抵抗者。想象一下，戈雅当时就在场。他根本无法接受，于是在6年后画下了这场可怕的屠杀。至于这幅静物画，它刚好可以追溯到同一时期，即1808年至1812年之间。画面充满了暴力。他还在羊脸流下的血泊中用小字写下自己的名字，以表明自己就是那只可怜的动物。他把自己当作掉了头的人。注意看这只眼睛左下角的一抹浅色，上面泛着光亮，就像一滴泪。这幅画给人以荒谬和灾难的感觉。"

莫娜没有说话，内心纷乱无比。外公让她再靠近些，细看这些就像是用刮刀涂抹出来一般的笔触。老人的声音缓慢而温柔：

"戈雅的画告诉我们，恶魔无处不在，隐藏在司法、军事和巫术中，在古老信仰和现代诉求中，在笑容后，在歌词中，在聚会上，在月光下和阳光里。戈雅的画告诫我们，无论如何，人类都会且永远会做出可怕的事情来，它是一台会制造妖魔的机器。虽说吓人，但戈雅的画也教会我们要承认它、面对它，清晰地看到自己的阴暗面。好就好在，一旦吸取了这个悲惨的教训，我们就能对内心的怪物进行改造，不再惧怕它。戈雅有一幅非常著名的版画，画的是一个男子伏在桌案上，被一群夜行猛禽压迫侵扰。这幅画的西班牙语名是'El sueño de la razon produce monstruos'[1]。其中的 sueño 可以有多种理解，可以指理性睡着了，因此孕育出怪物，这很合理：关闭理性思维就等

1　即戈雅于1799年创作的名画《理性的沉睡催生怪物》。

于向恶敞开大门；它也可以指理性在做梦，怪物由此诞生。从这个意义上来说，大脑的愿望——它的理想——就是按自己的幻想创造恶魔。现在，莫娜，你再看看这些肾脏……"

"你说得对，外公，这真像怪物！好像肉长出了眼睛一样……"

她用手挡住眼睛。亨利没再说什么，只想停留在这一画面中，因此无视了她的金句"好像肉长出了眼睛一样"。这句话的节奏酷似波德莱尔的亚历山大体[1]诗句。是诗啊。亨利琢磨着是否该就此探寻莫娜在语言方面的潜能，灵光一闪的独特表达尚无法定义。他只是稍微想了一下就作罢了。她那种"小音韵"的秘密不在于玄妙与高明的隐喻。仍需进一步观察研究，外公乐于暂且放下来。

两人筋疲力尽地离开了。亨利还从未在一幅画前如此逼迫莫娜，但这对进入19世纪的"疯狂"是必不可少的，他为他们两人的表现感到骄傲。然而走上巴黎街头时，他仍觉得有必要改善一下这位西班牙画家刚刚因《羔羊头》留下的不良形象。他要告诉她戈雅是一位嗜巧克力如命，甚至不惜吃到吐的艺术家。

"哈！我差点忘记告诉你戈雅最爱吃什么美食了……"

"羊肉吗？"

1　亚历山大体，法国诗歌中的一种常用体裁，起源于12世纪中期一部名为《亚历山大的故事》的诗作，诗句每行均有12个音节，故得名"亚历山大诗体"（alexandrin）。莫娜说的"On croirait voir des yeux pousser sur de la viande"这句话正好有12个音节。

18

卡斯帕·大卫·弗里德里希[1]
闭上身体的眼睛

保尔小腿交叉，醉醺醺地坐在一张椅子上。他上身侧向一边，抱着头趴在书桌上。他的身体在旧货店里画出一条斜线，像坐着，又像躺着。暮色慢慢地笼罩在身边，点唱机里放着大卫·鲍伊的音乐《影子人》。痛苦的一天结束了。莫娜独自陪着他，心想不知他会梦到什么，但又明白他不过是个睡着的醉汉。保尔最终会醒来，看到脚边的金属酒瓶架塞满了空酒瓶。啊！莫娜一直非常讨厌这个酒瓶架。应该说，这个喜爱动物的小女孩独独害怕刺猬。每次她到乡下去的时候，总觉得会在遇到的第一堆土石块里就能看到一只……于是，这种勇猛的动物被拿来指代眼前的物体。

爸爸打呼噜时，莫娜开始在旧货店里不安地徘徊，自己也不知道为什么，没来由地钻进店铺里间，翻腾那里的木箱，找到了多得不得了的心形钥匙圈，是保尔从年轻时起就开始收集的宝贝。莫娜突发奇想，随意捡了50来个，然后回到父亲身边。保尔睡得更香了。

莫娜不是特别喜欢电了游戏，不像莉莉和玉儿那样经常坑。但她也知道，在众多挑战中有一种所谓的"大 BOSS"，意味着终极的敌

1　卡斯帕·大卫·弗里德里希（1774—1840），德国早期浪漫主义风景画家，其作品常带冷寂虚幻的情味和神秘的宗教气息。

人，比其他敌人都厉害，通常也很吓人。要想打败这个"大BOSS"，就必须在躲开它进攻的同时，运用适当的战术对其进行接连打击。那就来吧！莫娜会战胜刺猬，这就是她要面对的"大BOSS"！为避免吵醒熟睡的爸爸，莫娜悄悄接近她最厌恶的酒瓶架，接近它支支棱棱的生锈骨架，它的刺，它的爪，它上面像发炎的肿块一样丑陋的玻璃瓶。然后，她全神贯注，仿佛生命就在此一举，或抓住瓶口或握住瓶身，开始扒光这只野兽，最后把从里间找来的50多个心形钥匙圈全套了上去，以作为替代。虽然彻底改头换面，这东西在莫娜眼中仍旧怪模怪样的，一棵挂满金属器官的星座树。但恐惧总归消失了，最重要的是，她向爸爸传递的信息很美。

*

亨利想让外孙女做好心理准备，因为继戈雅的静物画之后，这次他们还要去看一幅具有19世纪特有的阴暗面的残酷作品。莫娜对此倒是没什么意见，但她想问外公一个难题。

"当你以'世间的美'起誓时，你会想到戈雅吗？"

"当然，怎么了？"

"那你以'世间的美'起誓时，偶尔也会想到我吗？"

"也会呀……那样起誓时，我经常会想起你。"

"也就是说，对着我的脑袋发誓和对着牛头发誓是一样的喽！"

"首先，那是羊头而不是牛头，其次，两者完全不一样……"

"是吗？那我为什么要相信你呢，外公？"

"嗯，就凭我是以世间的美来起誓呀。"

他吻了吻她的头发。莫娜忍住没笑，看起来很满意。外公棱角分明的瘦长手指正攥在自己手中，她在上面亲了一下。两人一起转向一幅小尺寸的风景画，与上周看的画大小差不多。

映入眼帘的是一处荒冢。仔细观察背景，会觉得这里似乎位于绝壁之上，土丘的轮廓仿佛是突向天际的海角边缘。它像舌尖一样伸出，而我们似乎是从它嘴里向外看，能看到上面生长着草和蕨类植物。也可以把它看作一艘大船，我们站在船上，面前是翘起的船头，只不过这个船头是陆地的制高点。近景中，一棵橡树蜿蜒在一堆残根败枝之中，占据了画布的很大一片区域。树干扭曲干枯，折断了几处，伸开的枝条上覆有青苔，稀疏的红叶挂在颤动的枝头上。画面左侧，一截树桩抽出了新芽。透视效果下的远景勉强可见一片暗淡的空旷区域，绿色的地方可能是乡村，更远处的蓝色与紫色应该是大海。地平线在画面高度的五分之二处，被中间的土丘顶挡住了。地平线左端纵深处有两段长长的悬崖，由于太远，因此显得很小。地平线右端只能看到一团迷雾，但也可能是一片朦胧的树冠。地平线之上首先是一层橙色，然后在画面的中心变成了浅黄，把落日的惨淡倾注到破碎的云中。最后，终于出现了比例确定的参照物，一点点生命，丰富的象征意义，大量黑色的鸟。有的在树木周围飞行，落在枝头上，另一些则成群高高地盘旋在晨雾当中。

莫娜似乎能无限期地保持注意力的集中。她现在已经习惯了这个要求。亨利换上戈雅那一课结束时的语调，打破沉默。

"这是卡斯帕·大卫·弗里德里希的风景画，里面只有自然，草木代表植物，乌鸦是动物。远景的悬崖则是矿物。还能找到四种元素：隆起的山丘、火红的晚霞、广阔的大海、虚缈的空气。当然，还有这棵光秃秃的老树，它的形态和枝杈都在诉说一场搏斗。橡树如闪电一般弯折，抵御着狂风与四季的流转，也因此被塑造、压弯和扭曲。还记得我讲的普桑和他永远平静的阿卡迪亚乐土吗？这里的世界则完全相反。这棵树形象地解释了这句口号：Sturm und Drang[1]！德语的字面

1　原文为德语"Sturm und Drang"，指狂飙突进运动，德国18世纪70—80年代兴起的文学运动，因德国作家克林格尔的剧本《狂飙突进》而得名。

意思是'风暴与激情'。德国是 19 世纪浪漫主义的诞生地。"

"我知道，外公，有一次我说画上的恋人很'浪漫'，你还纠正我来着。"

"你是说庚斯博罗吧？这是因为我们现在所说的'浪漫'有点宽泛，差不多把一切迷人或动人的事情都包含进去了。"

"就像爸爸妈妈共进烛光晚餐那样！"

"算是吧……没有不尊重你父母的意思，我很爱他们。但浪漫主义艺术家们的野心要比情侣的烛光晚宴大得多，也更具颠覆性。他们认为，一个人可以按自己的意愿来生活，哪怕是最暴力最疯狂的举动或最糟糕的趣味，而不必屈从于教会、君主和社会规范。他们还主张回归自然的力量，无论它是庇护所还是不安的来源，就如画中猛禽侵袭枯树那样。"

"如果这个弗里德里希算是浪漫派的话，那是不是也意味着他很孤僻啊？"

"甚至可以说他是个厌世者。他承认自己不大喜欢与人来往，以免憎恨他们……但要把他当作一个完全与世隔绝的讨厌鬼，倒也不对。比如 1810 年，他 36 岁时在柏林学院展出了一幅绝美的作品，画中描绘的是一位修士在海边的小小剪影。这幅画被国王腓特烈·威廉三世亲自收藏了。不过除去个别例外，弗里德里希的作品在他生前并未像今日这样得到认可。喜爱他的人越来越少。哦！在他去世 6 年前，法国著名雕塑家大卫·德昂热去他位于德累斯顿的简陋画室拜访了他……这也算是个小小的安慰吧！"

"为什么这么说？"

"大卫·德昂热认为弗里德里希绝对是一位非凡的艺术家，说此人的画提供了'一种通向悲剧风景的旅程'。但这并不够。弗里德里希被人遗忘了，无人问津的他于 1840 年去世。50 年后，在他生活了大半生的城市德累斯顿的博物馆里，没人还记得他或他的作品。他的画尘封于储藏室里。后来，多亏一些执着的艺术史学家，他的作品才得以重见天日，人们也开始认识到他的重要性。"

"这真悲伤，他原本应该过上自己应有的生活……"

"画布上的这棵孤树是他自身命运的写照。它像是一具狂舞的骷髅，又像是裂痕织就的一张网。弗里德里希的一生遭遇过众多创伤，他很小的时候就失去了母亲与姐姐，又目睹了弟弟溺水而亡——可能是滑冰时遇险，也可能是掉进了积水沟——具体情况不得而知。他深爱的一位杰出作家海因里希·冯·克莱斯特于 1811 年自杀。他最好的朋友在 1820 年遭强盗谋害，他的爱徒于 1822 年失踪，这幅画就完成于那一年。弗里德里希不到 50 岁便尝尽生离死别，这些都渗透进他的艺术创作中。如果说画中的土丘是圆形，那是因为它形成了一座坟冢，也就是坟墓。这并不是不言而喻的，要把画翻过来才能看出来。背面有作者手写的一句说明，揭示了此画隐藏的主题：这是一个匈奴武士的墓——位于德国东北部的吕根岛。匈奴是中世纪的一个民族。英雄的名字早已被遗忘，埋葬他的地点也与自然融为一体，埋葬于腐殖土下，如今这里只剩下蕨草和橡树、无尽的天空、波罗的海的巨浪，以及上千只贪婪的乌鸦。"

"外公，你太夸张了，只有 66 只嘛……画的左侧能看到用画笔点出的 5 个小白点！我觉得它们是帆船。还有这棵树。你说它是唯一的一棵吗？可看上去有两棵啊！"

"你是指边上的这些树桩吗？这只是些枯木啊，莫娜！"

莫娜摇了摇头，没有说话，只是用手指在画前几厘米处画了两个圈。第一个圈住了整棵橡树的轮廓；第二个稍小一些，只把特别错综复杂的树冠部分圈在里面。可以看到，水平伸向右侧的枝条，大约在中间的位置，它又伸出一条竖直的分枝，这条分枝也已经开枝散叶，并进一步分化。亨利注意到，这条分枝的形状和展开的程度都与原来的大树十分相似。令人不禁怀疑，在第一棵树后面，是不是还有另一棵一模一样的橡树？莫娜是对的。感谢外孙女，现在他看出了这个自己从未留意到而且还十分明显的重影。莫娜的敏锐令他激动起来，他很想继续下去，鼓励她用这种非凡的眼光发掘出更多的细节，但这样就违背了弗里德里希的本意……因为他画作的重点不在于细节。亨利放弃了这个机会——至少是这一次，没有夸奖莫娜是位高水平的观众，甚至超过了她的老师。现在还不是时候。

"你的观察力太让我吃惊了，莫娜，你说得完全正确。但就如你所说，艺术家都是些非常奇怪的人……"

"所以你才由衷地喜爱他们！"

"弗里德里希对那些想在这条路上追随他的后辈说：'要画画，首先要闭上身体之眼，以便用内心的眼睛观看。然后把你在一片黑暗中看到的东西画出来，用你独特的视野，由外向内地去感染他人。'你明白吗？他要艺术家闭上眼睛来创作……"

"但闭着眼睛很难动笔啊！"

"这听起来确实矛盾，但他说的还不止于此，弗里德里希这句话的意思是，艺术家一旦成功捕捉了自己内心的图像，并把它呈现在画布上，那么只有在一种情况下，他才会被认为创作出了伟大的作品……"

"哪种情况？"

"当他的观众也用内心的眼睛来观看时……不仅是用眼睛看到，还要在灵魂的深处看到。换句话说，莫娜，要区分一件真正的艺术品和一张普通的画，从现在开始，你必须彻底抛开我每次要求你做的事。反其道而行之。"

"什么意思？"

"闭上双眼！你要在头脑中体会，有——或没有——一种念头，一种观感，或一种感动，是只有眼前这幅《乌鸦之树》才能带给你的。"

莫娜试着体会，首先是黑暗中的色斑，闪烁几秒后消失了，然后，一种十分模糊、介于快乐与悲伤之间的感情席卷了她。童年的回忆在内心轻轻搅动。她觉得这种纷乱像深渊一样吸引她，最重要的是，她找不到语言来形容这种感觉。那些鸟、树和晚霞都在暗示不为人知的忧伤。也许有一天，它们会喊出声来，但目前还只是抓不住的影子。她踏进了这幅"悲剧风景"。

他们离开了博物馆。这一天下午的天空阴阴沉沉的，好像随时会落到地上，行人的身影被罩在厚厚的浓雾中。莫娜想起了外婆，她努力搜索关于她的记忆，却所得无几，又不敢问。大家都知道，沉默总会令人尴尬，但这天，亨利与莫娜在回蒙特勒伊的路上却不觉得尴尬。老人和外孙女的手握在一起，他们的交流就是手心用力一压，这使彼此的存在显得更加纯粹。他们漫步在林荫大道和街巷中。天开始下雨。亨利心里仍在怀疑。

"画里有 66 只乌鸦，你真的数过了吗？"

"外公，"小女孩怯怯地答道，"其实，我是看出来的……"

19

威廉·透纳[1]

万物都是微粒

莫娜在主宫医院接受检查时深感不安。但一切指标都很完美，包括脉搏、血压、反应和瞳孔状态。医生还记得她上次的优异表现，想让她多做一些测试，于是提起了为运动员、飞行员和军人开发的一套软件。这个程序通过屏幕上的练习来检测一个人的立体视觉、聚焦物体、分析地形以及分辨细微色差的能力。他建议莫娜下次来参加这项评估。和凡·奥斯特医生的会面变成了充满挑战的游戏，可她始终被两件没说出口的烦心事困扰着。第一件是两个月前她听到的那句"有五成吧"，她不明白那是什么意思，也没有勇气问；第二件显然是在爸爸店里经历的短暂失明，因为担心后果，她不曾告诉任何人。她强加给自己的沉默好像变成了谎言。受制于这块心病，莫娜现在无法承认旧病复发；她没办法一直保持乐观，即使测出异于常人的非凡视力，哪怕是她听都没听过的殊荣，她都没办法沾沾自喜。她不知所措，为了打圆场，勉强地笑了笑。但这没有骗过母亲的眼睛。医生用双手捧起莫娜的脸，想看着她的眼睛安抚她，但她闭上了眼睛。

"你还好吗？"他试探地问。

---

1 约瑟夫·马洛德·威廉·透纳(1775—1851)，19世纪上半叶英国学院派画家的代表，以善绘光与空气的微妙关系而闻名于世，尤其对水汽弥漫的掌握有独到之处。

"嗯，"她叹了口气，没有睁开眼睛，"我想试试……"

"很好。下次我们就在电脑上做一些测试。"

"其实，我想说的是别的事。"

"啊？是什么呢？"

莫娜睁开眼睛，她依次看向妈妈和凡·奥斯特医生，对他们说，她同意接受催眠。

"这，这可不是随便说说的，"医生说，"这是一步非常大的进展！"

卡米耶非常震惊，瞬间想起了很久以前，医生提出这个方案的那一刻。她仿佛又看到了莫娜的抗拒、保尔的明确反对以及她自己的沉默。事实上她从未表达自己的看法，她一直是赞成这种做法的，常规与非理性的结合很像她的风格。但她也知道，必须由莫娜自己来做这个决定。这突然的坚定是从何而来的？她感到疑惑。这孩子果然遗传了她的某些性格！不过，在这种情况下，她也想到了莫娜每周三都会去见的那个神秘的心理医生。卡米耶相信，他确实改变了一些东西。

*

莫娜并不知道，3月的这个周三是她与外公最后一次来卢浮宫。已经开始怀旧的亨利不免有些忧郁。他带有伤疤的面孔让人想起约瑟夫·马洛德·威廉·透纳笔下著名的大火，这也是此次艺术启蒙之旅第一阶段的最后一人。

这是一幅风景画，但好像蒙着一层薄雾。画面极其明亮，充满了暖色调。近景中有一块土地，上面没有丝毫绿色或棕色，只用黄色和橙色勾勒出非常模糊的轮廓，也没有任何具体的图形。这片土地的左边有一个隆起的小坡，其脚下有些弯曲的红色小点，看起来像有一个人躺在那里；右边有同样的山坡，这次可以更清晰地看到两棵树和树上的枝叶，尽管只露出了一部分。靠近这片区域的中心位置，从画面底部开始，有一条略微弯曲的小路伸向远方，但很快就被一块更深的棕色挡住了，也许是一块阴影中的岩石。沿着小路的方向往远处看，会发现有一条河，流了一段后与其他水流交汇，于是在很矮的山谷分向两边，一条向左，一条向右。向左的第一条，蓝灰的色调让人联想到水体，一到末端，就融入了黄色——尽管画中的这些颜色都非常浅——但它在远处再次出现，表示水面——似乎——被右边的土地和地平线围在中央。由于成片的颜料和线条的缺乏，地平线的确切位置非常模糊，但它还是把画面分成了大致相等的两半。上半部分是大片朦胧的透明，可以看作高悬的云雾，铺满空间，却没有遮蔽光亮。右上角云层消散处还露出天空的一角。

　　莫娜在这幅所谓的风景画前一动不动地站了22分钟，激动得发抖。

　　"这可真美啊，外公，"她激动地说，"这画的是沙漠，是不是？"

　　"嗯，看起来是这样的，因为没有图案和线条嘛。极度稀释的鲜亮油彩，又经布或海绵在多处涂擦，使画面整体呈现一种沙质的感觉。虽然可以看到树，但原则上总该勾勒出来的房屋却难觅踪影。事实上，画里的这个地方完全不是沙漠，而是威尔士的一处繁茂绿野：瓦伊河与塞文河的交汇处。根据地图，按理说切普斯托的中世纪城堡遗迹应该出现在山谷右侧，但原本应有的城垛完全淹没在透纳的金色颜料中了！"

　　"或许是因为他在纠结该怎么画，才这样糊弄过去的吧？"

　　"不，不是这样的。只要画家愿意，他可以毫不费力地把城堡画在画面正中，就像他为这处风景画过的其他几个版本那样。透纳其实在很小的时候就展露出了非凡的绘图天赋。他出身贫寒，但父亲发现了他的才能，于是从少年起，小透纳就把自己的画放在自家经营的店中展示，最后收获了成功。他那时比你大不了多少，但已经与建筑师合作了。他的任务是根据他们的图纸绘制房屋建成时的实貌，以鼓励客商们投资。透纳才华横溢，14 岁进入著名的皇家艺术学院，26 岁时成为正式成员——刷新了历史纪录！"

"这么说，他的职业起点倒是和庚斯博罗有点像呢。"莫娜分析着，对自己能够这样类比非常得意。

"确实。不过他俩没怎么见过，因为庚斯博罗 1788 年就去世了，而透纳出生于 1775 年，但两人确实有一些相似之处。最重要的共同点是，他们都勇于创新。当时，在乔治三世治下的英国，自由这种观念远未深入人心。主张自由、坚持自由和践行自由都需要一定的勇气，同时代一位颇具影响力的评论家——乔治·豪兰·博蒙特——就曾批评透纳的用色和亮度过于自由。如今我们都认为，艺术家想怎么做完全取决于自己，但并非一开始就是如此的。"

"那透纳在这里犯了什么错呢？"

"他没有做错任何事。但他在这幅《远景》中大量使用了一种叫铬黄的颜料，这种丰富多变的颜料在 19 世纪初才实现量产。透纳钟情于黄色，甚至到了疯狂痴迷的程度。他的画闪烁着琥珀、赭石和黄土的色彩，有时从棕色一直画到浅黄。这样的偏执引来不少嘲笑，一位插画家就曾勾勒他站在画架前的漫画形象：只见他挥舞一把大扫帚，脚边是满盆的黄色颜料！而我们面前这近乎透明的光亮——尤其是带有白色反光的河流起始处——更是对常规的背离：透纳使用亮色作为背景，而非通常使用的深色。"

"再多给我讲讲这些光亮吧，外公……"

"透纳对物理学很感兴趣。他时常关注光学方面的新进展，十分钦佩 17 世纪一位叫洛兰的法国画家，还临摹过他的作品。此人热衷于画一些直面烈日的风景画，似乎想让观众也头晕目眩一般。在这幅画里，自然景观同样被日光照亮，甚至可以说，它试图让画中灿烂的金黄微光冲出画面，直射在我们身上！透纳有个很大的野心，他想让人们强烈地感受到元素的流动，就像直接触碰到那些东西一样。"

"啊！他是想让我们像身处自然当中那样感受自然吗？"

"没错。就像我们去了那里，或在风暴中航行到那里一样！据说他曾经在狂风巨浪中紧抱船的桅杆，只为在风暴中心观察汹涌的波浪。一旦经历过这种极端情况，他画的风雨和船难就会很震撼，能让观众真切体会到激流的凶险。为了把景色画得栩栩如生，他说不定会跳入火中去感受……"

"这个透纳比你更有冒险精神，外公！"

"他不停行走，每天走几十公里，去寻找强烈的感觉，沉浸在上周我们说过的'狂飙突进'的追求中。他轻装上阵，只带着水壶、好穿的鞋子和大量的写生本，时刻准备云游四方，去往英国乡下、阿尔卑斯山和威尼斯……他用这样的方式来追寻'崇高'，这种激情超越了美，让人类在强大的宇宙面前感受到自己的渺小。"

亨利想起沃纳·赫尔佐格执导的电影《阿基尔，上帝的愤怒》，开场镜头里，云雾缭绕的山脊上出现了马丘比丘遗迹，很像弗里德里希和透纳的画。当有抱负的电影人问这位德国导演，该接受什么样的训练才能跟上他的脚步时，他回答说："与其在电影学校里待三年，不如走上 3000 公里路……"毫无疑问，透纳早就明白这个道理了，亨利心想，用更为温柔的声音继续讲解：

"我们再来看看他对天空的处理。它雾气腾腾，在地平线之上，一切都若隐若现，仿佛陆地、水面和空气全都连为一体。画面左侧更为引人注目，令人想起海市蜃楼。为了还原光线在大气中的传播，透纳对其进行了数十年的研究。他双管齐下，用水彩——水稀释过的颜料——在纸上涂画，更厚更浓的油彩则绘在画布上。尽管艺术界向来把水彩画视为较低级的技术，他却对其赞誉有加，还把它特有的潜力，尤其是它绝佳的流动性，运用到油彩画中。"

"外公，也就是说，我们在这里看到的是水彩油画喽！"

"没错，确实如此！这幅画是透纳晚年的作品。没有署名和日期，也从未展出过，是人们在他去世后从其画室中找到的——还找到了许多风格类似的作品。那么，问题就来了。或许画家确实希望画出与眼中实景大不相同的景致，但由于缺乏能证明其真实意图的史料，也只能暂且保守地推定：也许他只是没有画完⋯⋯"

"可是外公⋯⋯为什么要有所怀疑呢？这还是可以充分感受到的吧，你这么说有点奇怪。我就十分肯定，这就是他希望呈现的最终样子。"

"我同意你的观点⋯⋯但别忘了，看一幅过去的画，不能装作不知道后来发生的事情。透纳死于1851年，后续的事他一概不知。但你我不一样，那之后直至今日的无数作品和图像都会对我们的判断产生影响。"

莫娜完全不能明白，她只感到自己仿佛也和艺术家一样，被绑在桅杆上，经历风暴，努力跟上外公讲解的激流。这也太难了。

"透纳去世之后发生的事情，可以让我们用与他同时代的人不同的目光来看待他的画，"亨利继续说，"因为后续的艺术史知识可能会让我们认为这不是初稿，而是最后的成品。莫娜，你自认为对艺术史一无所知，其实不然。现在你赞赏透纳这幅画的主题，部分是因为19世纪的另一幅画，这是他死后很久的事了：是一幅你非常熟悉而他却毫不知情的画作。你对那幅画的观感影响了你对透纳的判断。"

"但是，外公，这怎么可能呢？"

"为什么？"

"因为我们此前看的都是在这之前的作品呀！"她不太高兴。

"可我知道，有一件作品你绝不会忘记，会让你对这幅充满颗粒质感的风景画倍感亲切。"

"我宁愿相信我是因为之前看过的一些画才喜欢这幅画的，而且主要是⋯⋯（她突然想到该如何形容了）这个红色的小人影，在一堆颜色中的小斑点，就像你说的，如同一些细小的尘埃。"

"我想我没说过尘埃，莫娜，是你自己说的，而且你说得没错。这正是透纳的画想传递给我们的信息：一切不过是尘土，一切都是飞舞的微粒。你看出了自己原本知道的东西！"

"好吧。"

"而且你很快还会再见到的，相信我。"

莫娜对此表示怀疑。

他们离开卢浮宫，返回蒙特勒伊。莫娜紧紧地抱过外公后，冲进房间，倒在床上，这个周三好累啊！随着身心放松下来，墙壁也轻轻晃动起来。她想了想，放弃了，又想了想。她仰起头，看到了日夜守护她的那幅奥赛博物馆的点彩画海报。

"是修拉！"她呢喃道，"外公说得对！"

第二部分

奥赛博物馆

20

古斯塔夫·库尔贝[1]

放声喊，往前走

"不，我不要。"

莉莉倔得像头驴，她就是不想做旧货店的模型。她们是通过抽签成了小组作业的合作伙伴的，当时两人觉得幸运极了，而现在她们要确定期末作业的主题。莫娜本以为莉莉会欢欣雀跃地接受这个点子——以她爸爸的商店为原型做个微缩版旧货店，莉莉却握紧了拳头，似乎要压抑住难以言说的怒火，反正就是寸步不让，亲密无间的友谊突然出现了一道裂缝，流露出哀歌的惆怅。一连好几天，两人都赌气不和对方说话。

之后，莉莉突然敞开了心扉。那是个星期三，一天的课都上完了，在等父母来接的当口儿，莉莉把莫娜和玉儿叫到操场角落。她说话的时候肩膀一耸一耸的，背后的大书包也跟着一颠一颠地抖动。

"我爸爸今年夏天要回意大利，我要跟他一起走，去那里上中学。妈妈就留在这儿。我的猫怎么办，不知道。就这样……"

莉莉什么都说不，原来她是要宣布分手。她终于和莫娜坦白，她之所以不想做旧货店的模型，是希望把她家的厨房做成模型，里面放

1　古斯塔夫·库尔贝（1819—1877），法国画家，19世纪法国现实主义美术代表。代表作有《带黑狗的自画像》《奥尔南的葬礼》《画室》《世界的起源》等。

上一张小小的桌子，每天晚上和爸爸妈妈在一起吃饭。

现在只是初春，还有 4 月、5 月和 6 月，大把的日子在前头，对莫娜、莉莉和玉儿而言，她们的友谊可以一直延续下去，直到天荒地老。然而，一夜之间，她们不再是孩童了。莉莉父母离婚了，她注定要去往另一个国家，这些事实忽地缩短了她们的童年，把它化作一把魔粉，也就是我们所说的"回忆"。莫娜感到泪水涌了出来。

校门口的呼唤声惊醒了陷在离愁别绪中的莫娜。是亨利。莫娜不愿在同伴面前哭鼻子，便转身急匆匆地穿过热闹、嬉笑的操场。微风吹干了泪水。她一路狂奔到外公身边，急着躲进他怀里，她不希望表现得太过悲伤。莫娜紧紧抱住外公，长长叹了口气，然后把自己的小手温柔地塞进外公的手里。亨利在路上告诉她，今天要去个新地方，卢浮宫的课程结束了。结束了？就这样？外公的声音听上去乐呵呵的，莫娜却感到心口一紧，仿佛吞下了一口尘土，一念之间，卢浮宫忽然出现在她眼前，却因为岁月侵蚀，屋顶开裂，拱廊化为残垣，宛如休伯特·罗伯特[1]在1796年的画作中呈现的末世图景。她想一股脑儿地说出心里话，求外公在改变上课地点之前最后再去一次卢浮宫。亨利发现莫娜心绪不宁，向她投去慈爱的目光。但主意已定，必须朝前看。面对世事无常，莫娜需要平息内心的熊熊之火，接受和认可。是的，必须朝前看。

*

亨利没有走向贝聿铭设计的玻璃金字塔，而是穿过王宫四四方方的庭院，跨过王家桥，转入右边的马路。一幢敦实的建筑物出现在眼前，前方广场上耸立着一组巨型青铜动物塑像。外公想让莫娜开心起来，便不再卖关子，告诉她，他们之后每周三的治疗会安排在这个新

1　休伯特·罗伯特（1733—1808），法国浪漫主义画家，擅长对意大利和法国的废墟进行半虚构创作。

地址：正对塞纳河的荣誉勋位团街 1 号。原先的火车站经过改造，摇身一变为博物馆，也就是奥赛博物馆，这座艺术殿堂收藏的是 1848 年至 1914 年之间创作的作品，比起卢浮宫，馆藏品的时间跨度更为紧凑，但珍品量毫不逊色。我们立刻就能眼见为实。

巨大的画作以全景的方式呈现了旷野上正举行的葬礼。远景，阴霾低沉的天空笼罩住山谷一角，两处白垩色的峭壁横亘在左右两边，左侧峭壁上，房屋零星分布。画面底部正中央，泥泞的草地上挖出了一个墓穴，但墓穴略有倾斜，只露出一角，仿佛剩余部分是在画作之外，一直延伸到看画的观众面前。墓穴已经挖好，或者说差不多挖好了。一颗头颅骨躺在墓穴边缘，旁边还有一条短毛垂耳猎犬别着头。远景和近景之间密密麻麻地站满了 36 个人，他们全都鲜活灵动，神色各异，再算上暗影以及画面上涂抹修改过的痕迹——估计还有 10 来人，那人数或许要上升到 45 或 50 人。深色颜料随着时间的流逝愈发暗淡，人形模糊成了一团，一眼看去，仿佛没有了透视感。透视确实存在。想抓住这点，那就要仔细研究人群奇怪的分布方式。远景处，出于比例协调的考虑，画家把几个人影画得更小些，几乎难以辨认。其实，他们站的地方略高于近景处的同胞，可能是站在小土包上或是一处地势较高的地方。这种视觉技巧会让人想起拍大合照，通过人为方式让后排的人站在高处，确保所有人的脸都能露出来。最后一排从左到右分别是：站在画面边缘的老人，身披白袍的教士们，一身黑衣的人们，然后是女士。她们约莫有 20 来人，年龄各异，或哭泣或手绢掩面，排成蛇形队列慢慢走向墓穴，并在画面右侧完成了转弯。跟随众女士的脚步，我们便能看出景深、队伍行动的轨迹以及画面的层次。最后，抬眼看向左边，赫然是一具棺材，棺罩上绣有两根交叉为 X 形的骨头以及泪珠图案。四名头戴大帽子的男士负责抬棺，还有两名唱诗班儿童相伴左右。在他们边上，有一个大鼻子的胡子男手持十字架，径直看向观众，而他高举的耶稣受难像正好越过了远处的地平线。墓穴周围，神甫专心致志地手捧弥撒书，掘墓人半蹲在地上，绅士们目光阴沉，有两人一袭红衣，还有两人穿着讲究，脚上的袜子分别为白色和蓝色。

莫娜在油画前来来回回观察了半小时，她犯难了。我们可以直观感受到这一外省景象所散发出的愁云惨淡气息，可其余的一切都不甚明了，就连《奥尔南的葬礼》这个名字也语焉不详，并没有提供多少有用的信息。

"外公，奥尔南在哪里？他们在埋葬谁？"

"奥尔南是个小城市，位于弗朗什－孔泰大区，画家古斯塔夫·库尔贝就是在那里长大的。他熟知奥尔南的每个角落，认识每个居民，他还把亲人画进了画中。中间侧过脸的那位，恰好位于拭泪的男子上方，是他的父亲；母亲和两个妹妹在画面右侧，此外还有一些朋友。这幅巨型画作是他在一间狭小的画室中分段完成的，他请来每一个模特，让他们摆好动作。棺材里的人的身份却是未解之谜……"

"画上的一切都凄凄惨惨的，"莫娜评论道，"好忧伤。不过，有些人物还挺有意思的。比如唱诗班的孩子，全都在神游，有的人似乎喝多了，甚至还有个人在看着我们！"

"确实，将悲剧和喜剧融为一体，这是库尔贝独树一帜的风格。但此举激怒了一些人，比如当时很有影响力的诗人泰奥菲尔·戈蒂耶，他诘问画家是想严肃地还原葬礼的悲剧气氛，还是想追求夸张的效果，如果是后者，创作这样一幅巨作未免有失妥当。诗人特意指出，画中红衣二人组是教堂执事，也就是说是在俗的，但他们又遵从宗教葬礼的穿着礼仪。我记得泰奥菲尔·戈蒂耶是这么形容的，那'红光满面的脸'还有'醉醺醺的样子'，看着不禁让人瞠目结舌。"

"啊！库尔贝，他在现实生活中是个严肃的人吗？"

"他这人乐天又随和，但是个刺头，宣称要'让艺术堕落'。1839年，20岁的他来到巴黎，需要使尽浑身解数才能挤进某个挑剔又一堆规矩的社交圈。但他脑子灵活，手段得当，又有天赋，常常光顾卢浮宫和寂寂无名的美术学校，逐渐形成了自己的风格。他混迹于咖啡馆，那里尽是些一文不名的画师、信奉乌托邦主义的哲学家以及潦倒的作家。他狂饮啤酒，放声歌唱，想青史留名。诗人波德莱尔是他的朋友，曾讥讽他自以为可以'拯救世界'。"

"可是，外公，人们认为耶稣才能'拯救世界'，是吧？看哪，十字架上的耶稣，真的好小……"

"注意看，天空阴云密布，没有一丝光亮，而近处的那个头颅，象征了世上第一个人亚当的头颅，竟然裂成了两半。至于那条狗，狗是忠诚的象征，它的目光却不知看向了哪里。教士和神甫并没有表现出身份的显贵。葬礼场景看似是宗教题材的画作，它表现的却是一番日常世俗的图景，沉浸在混沌的氛围中。某个评论家感叹：'葬在奥尔南，让人倒胃口。'放在平时，这样一幅画作是会被官方沙龙拒之门外的，可库尔贝在 1849 年凭借另一幅画得了奖，所以他有资格在一年后展出任意一幅他想展出的画。他利用了这条规则，于是争议如期而至。"

"我嘛，我想说，那些黑衣人，他们都很美，凑近了看，黑衣人和白衣人形成了美妙的对比……"

"我也想提这点，那我就再多说一句，正如这幅画的支持者所说，它宣告了'艺术民主'的到来。"

"啊！我明白了，外公。就像弗兰斯·哈尔斯的《吉卜赛女郎》和伯努瓦的《玛德莱娜肖像》，《奥尔南的葬礼》也表现了人民群众，对不对？"

"完全正确。这是一份真正的宣言，任何人——卑微抑或豪横——都有权出现在画作上，就像每个人都能通过民主选举选出自己的代言人。再补充一个信息，画作亮相时，巴黎刚经历了一场声势浩大的起义，这事发生在 1848 年。起义最初取得了成功，推翻了七月王朝。但很快，路易·波拿巴，也就是拿破仑一世的侄子又成了国家领袖。他攫取了权力，成了专制统治者。这幅画作或许想说，共和理想被埋葬了，但人民——那些外省的小老百姓、田间野夫、他的故乡汝拉的人民——全都宁折不屈，继续抗争。墓穴旁边站着两个老人，一人穿着蓝袜子，另一人穿着白袜子：他们是1793年的老兵，也就是法国大革命的象征，他们仍屹立不倒。"

"能出现在这幅画中，他们应该感到很自豪吧？"

"这几十个模特没有一个高兴的……起先让他们去做模特时，他们全都兴高采烈，但后来有些人告到法院，说画家丑化了他们。他们认为，画家是在刻意侮辱。此外，不是所有人都和库尔贝持有同样的政治观点，画的一侧是宗教人士，另一侧则是缅怀大革命的人！棺罩上的图案又影射了共济会，它所宣扬的理念和天主教背道而驰。不过，巴黎民众可看不出这些细枝末节和剑拔弩张的意味，他们看到的是逃逸线[1]和线条利落的物体，拿它和大卫的《贺拉斯兄弟之誓》作比较。但画家似乎偷偷地在画中加塞了一些面色阴郁、充满敌意之徒。有记者看过这幅画后，指责库尔贝是在煽动革命，说他是来自乡下的鼓动者、无政府主义者，想破坏所有的规则。这有点言过其实了，但也不算完全胡说八道。库尔贝干过很多冒天下之大不韪的事儿。随便历数一下他的'丰功伟绩'吧，他画过做完弥撒的神甫喝醉了酒骑在驴上，甚至画过女性性器官的特写……"

说了这些，亨利担心莫娜会拿他打趣，央求着去看一看那幅著名的《世界的起源》[2]，可小姑娘的心思不在这上面。她全神贯注地看着那口棺材，好像在思考谜题：他们在埋葬谁？"不得而知。"外公脱口而出，但莫娜怀疑他知道更多细节。她是对的。作为库尔贝的狂热爱好者，亨利研究过艺术史专家给出的所有假设：躺在棺木中的可能

1　逃逸线，最初是一个用来描述透视绘画的术语，与"没影点""逃逸点"存在着某种关联，后经由哲学家德勒兹的研究开始对西方思想领域产生影响，成为西方文论的关键词。

2　《世界的起源》，库尔贝于1866年创作的现实主义油画，被认为是艺术史上最大胆的油画，也是一件极具争议性的作品。作品描绘了一个裸体女子的躯干、腿部以及生殖器官。

是画家的姐妹，死于1834年；或者是近景中某个人物的妻子，或者是共和国。为什么埋葬的不能是"浪漫主义"呢——库尔贝可是亲自给出过这个更具美感的解释。但亨利赞成另一种更野心勃勃，也更切合实际的解读。

"为了创作这幅画，"外公的声音变得深沉起来，"库尔贝找来活人做模特。但他还画了一个人，尽管这人并没有来到他跟前成为他的模特。画面左侧的老人，如幽灵一般跟在抬棺人后面，在画家完成创作时，他刚去世没多久。"

"那是谁，外公？"

"他叫让-安托万·乌铎，库尔贝的外公。"亨利轻轻地说出这个名字，嗓音因为激动而失了真，"和近景中穿蓝白袜子的两个人一样，他象征维系着共和国的纽带，因为他曾当选国民公会议员。让-安托万·乌铎对小外孙产生了巨大的影响，他告诉库尔贝的那句话，成了后者一生的座右铭。"

当外公一字一句地念出库尔贝信奉的格言时，莫娜终于明白了自己也面临着相似的处境，可以说就是她的真实写照。

"放声喊，往前走。"亨利喃喃自语。

"哦！真美……'放声喊，往前走。'"她重复了一遍。

"当时的沙龙死气沉沉，这幅画犹如一声呐喊：它赞同艺术应该拥有新的功能，它提议要'往前走'，不要忌惮评论和学院派的陈规。这声呐喊饱含赤诚，叫作'现实主义'，这股艺术潮流起初要求呈现真实，要让人感受到真，哪怕是粗粝不堪、自相矛盾的，因为生活本身的不完美才是生存的美妙之处。"

"我好喜欢库尔贝！"

亨利也是，他也喜欢库尔贝，超出了他对历史上任何一位艺术家的喜爱。他告诉莫娜，他和外婆在巴黎公社运动100周年之际，曾试图——但没有成功——从奥尔南的墓地取出库尔贝的遗骨，放入先贤祠。"因为，"亨利继续说，"库尔贝这位勇士积极投身于发生在

1871 年的可怕斗争，见证了巴黎人民同时抵抗普鲁士入侵者和主张投降的法国政府。画家全程参与，他信奉主张和平、平等的社会主义，敬畏文化遗产，拥抱未来。可惜啊！巴黎公社遭到镇压，他付出了惨痛的代价：锒铛入狱，然后流亡瑞士，身败名裂、疾病缠身，最后英年早逝，1877 年 12 月 31 日，库尔贝在父亲的守护下离世。"离开奥赛博物馆的时候，莫娜相信，总有一天，她会让库尔贝进入先贤祠的。亨利被逗乐了，他也同意外孙女的主意。或许可以等到巴黎公社 200 周年时，2071 年？

　　两人穿过塞纳河，一身轻松，心情愉快，有时参加完葬礼也会有类似的奇特感受。

21

亨利·方丹-拉图尔[1]
逝者与生者共存

旧货店债台高筑，会计心惊胆战，每周挥舞着一沓还未支付的票据，破产危机一天天逼近。卡米耶不希望莫娜课后再去旧货店，丈夫酒精中毒后的恐怖样子让她心有余悸。莫娜却坚持要去。

那天，保尔灌了好多红酒下肚，都快站不住了。好在有女儿在场，在他身边做作业，他才勉强保持住最后的尊严。他看向远方，也不知道在看什么。然后，他注意到马路对面似乎有个衣着体面的人在闲逛。

"看哪，"他打着酒嗝低声说，"好像是那个买小铸像的顾客……"

莫娜下意识地抬起头。尽管有 30 多米远，她还是立马认出了他。就是那个人，可他正要快步离开。

"爸爸，把他叫住，给他看一看那些小铸像！快点快点，行动起来，爸爸！"

"可是，亲爱的，"保尔犹犹豫豫，"还是不要打扰那位先生了，再说了，这么做不太好吧，我……"

"别说了，爸爸。"莫娜断然打断父亲的话，口吻和妈妈如出一辙，"你站起来，悠着点，站稳了，把那人叫过来。快啊，否则他就

---

1 亨利·方丹-拉图尔（1836—1904），法国画家和石版画家，以花卉画和巴黎艺术家及作家集体人物画像而闻名。

走远了！"

莫娜扯着父亲的衣袖，打开店门，再次对他下达命令，让他得体地迈出一步，然后叫住那个人。保尔弱弱地叫了一声。

"声音再大点。"莫娜不依不饶。

他照做了。这声"先生"奏效了。那人转过身来，脸上挂着迷途者的微笑。莫娜刚刚叮嘱完父亲，那人已来到他们面前，身上的苹果绿西装显然出自高定设计师之手。他像两个月前初次到访一样，还是一副老派花花公子的做派，举手投足间古里古怪的。

"啊！"他大喝一声，都没说你好，"奇了怪了！我正在找你们，你们却找到了我！"

"请进，请进，我们店里有些韦尔蒂尼铸模小人，巧了不是。"保尔解释道，满嘴的酒气。

那人迫不及待地研究起摆在各处的小物件，尤其是长凳上的那个小铸像，莫娜特意放了一盏霓虹灯，充作太阳，营造出一个场景。他一边检查每个小摆件，一边说，他要把这些韦尔蒂尼铸模小人放进他亲手制作的透镜画中，复刻自己的私人生活场景。

"部长退休了会写回忆录，地方领导人还会用假名写色情小说。我嘛，我要把我的人生装进盒子里：这更有趣！"他故作夸张地嚷嚷道。

然后，他举起一个骑兵小人，模仿起策马奔腾的样子，顺口提起他曾在索米尔服役。可后来被踢出了军队，因为他挑衅上司，扬言要决斗，谁让那个军官说他太胖了，没法上场打仗。故事说完，他掏起了口袋。

"我要买 15 个！我们上次说好了 50 欧元一个？"

"是的，没错。"保尔点点头，他忽然酒醒了。

"那好，这里是 750 欧元现金，钱货两讫。把这家店的地址写给我。我没有网络，也不用手机，但我还有双眼睛可以看！这样一来，你们也不用在马路上对我大呼小叫了！不久后我还会来一次，再帮我找找韦尔蒂尼小铸像吧！再见！"

*

　　莫娜踏进奥赛博物馆展厅时，一幅画作给了她当头一棒，喷薄的力量如太初混沌，充满了生机和动感。乍眼看去，很难厘清纷乱的画面，但莫娜拥有异于常人的视觉天赋，看出了武士和野兽激战正酣。她唤来外公，让他也来看看这旋涡般的画面。老人认出这是草稿阶段的《猎狮》，出自德拉克洛瓦[1]之手，完作尺寸更大，现收藏于瑞典国立博物馆。

　　啊！德拉克洛瓦！亨利显然是疏忽大意，把他给遗漏了……关于浪漫主义，他在卢浮宫为莫娜介绍了戈雅、弗里德里希和透纳，却避开了《地狱中的但丁和维吉尔》《萨达那帕拉之死》《自由领导人民》[2]。疏漏已成定局，遗憾在所难免。在绘画历史上，德拉克洛瓦提倡表达激情，挥洒色彩。此外，他在浪漫主义领域遇到了一位劲敌，让-奥古斯特-多米尼克·安格尔。前者宣扬让绚烂的色彩迸发出力量，孜孜以求的是让一幅画成为"视觉盛宴"，而后者高傲地反驳："绘画是艺术的正统。"两大巨头之争，亨利和莫娜不予置评。邂逅《猎狮》，正好弥补了和德拉克洛瓦错过的约会。赏画归赏画，亨利本人尽管也对《猎狮》抱有浓厚兴趣，但还是要做出取舍。他抛下《猎狮》，把莫娜领到一幅巨型尺寸的画作[3]面前，它足足长250厘米、高160厘米。

　　占据画面中心位置的是一幅男人半身像。他50岁出头，举止雍容，甚至带点高傲，脸上留着精致的小胡子，目光回避似的望向画的

1　欧仁·德拉克洛瓦（1789—1863），法国画家，浪漫主义画派代表，对西方艺术影响深远。
2　以上提到的三幅均为德拉克洛瓦的作品。
3　此处指亨利·方丹-拉图尔的画作《向德拉克洛瓦致敬》。

右侧。这幅肖像画悬挂在纯色墙壁上（但也有红色线性装饰图案），画框是暗金色的。在画中画下方，一束粉色鲜花摆放在小圆桌之上。清一色的男性分两列排开，这 10 人组成了一个小团体，衣着外貌有相似之处。最年长者和最年轻的那位（他还不到 30 岁）相差了 20 岁。所有人都身着得体的西服，没有过多的修饰，但一些差异化细节赋予画面以节奏感。有人戴了领结，而他的邻座系着领带。又或者，某位模特的围巾从肩头滑落下来，而另一位的小口袋里塞了皱巴巴的手绢。除此之外，整个团体呈现出统一的格调：都市文人的风格，有点放荡不羁，头发凌乱，姿势随意，但目光灼灼，大多直视前方——10个人中有 7 个人这么做。后排没有直视前方的两人被安排在肖像画的侧边。近景中，四人端坐，右起第二个位置——作为前排和后排的过渡——站立的模特十分显眼。金红色的头发如一把烈火，比其他同伴的头发更加蓬乱，敞开的外套露出了里面的马夹，淡紫色的大花领结，一只手插在裤兜里。另一个人，左起第三位，手挂拐杖站立。他的身体侧着，脸却转向了观众，我们得以看清他的容貌。和一身黑的他形成鲜明对比的是他身后的青年，一动不动地坐在椅子上，宽大的衬衣白得耀眼，手上的调色板还留有些许颜色。

　　莫娜端详着这群人，他们聚集在一起是为了纪念一名逝者，他如同神明一般出现在肖像画中，不由得令人联想到祭坛画。她恍然大悟，原来逝者就是德拉克洛瓦啊！外公带她来奥赛博物馆认识这位画家，但这次他成了画中人，而非创作者。

　　"德拉克洛瓦于 1863 年去世，"亨利开讲了，"随着他的逝世，一大段艺术史也画上了句号：他曾是浪漫主义的化身，给艺术带来了自由之风，代价是他引发了不计其数的争议。他死时被奉为英雄，但刚出道时则被视为恐怖孩童。然而，围绕在他的肖像周围向他致敬的那些人大都不知道这回事，他们在 19 世纪 20 年代还没出生呢！那时，人们称德拉克洛瓦是'醉酒的野人'，认为他创作这些'色彩大杂烩'是罪大恶极的。"

"穿白衬衣的那位看着很年轻。既然他手拿调色板，那他就是这幅画的创作者了，是吗？"

"完全正确，他叫亨利·方丹-拉图尔，人称'方丹'，那时他才28岁，但才华横溢。他把自己画在第一排左侧，加入了另外9人当中，然后添上德拉克洛瓦的肖像，凌驾于所有人之上。这幅肖像可以说是画中画，艺术品中的艺术品。不止如此，其实画中这幅德拉克洛瓦的肖像油画并不存在：方丹是依据一张照片想象出来的……"

"外公，"莫娜指着坐在前排右边的人物，说，"你看这人脸上有皱纹，那人头发都灰了。他们都是老人家了吧？"

"在我看来，他们比你以为的要年轻！不过，他们确实是团体中的长者，两人都生于 1821 年。第一位，双臂抱胸、目光直视前方的那人，是大评论家尚夫勒里[1]，他最为人所熟知的便是疯狂地捍卫库尔贝的现实主义，他还写过一些十分有意思的书，其中一本是关于猫的，你可以想象一下。画中还有一位爱猫人士，他有个大脑门，那就是诗人波德莱尔，德拉克洛瓦的拥趸。他穿着一身黑衣，抿紧的嘴唇似是一言不发。关于故去的画家，波德莱尔这样称颂道：'德拉克洛瓦，我们这个世纪的荣耀，我不知道还有谁比他更善于诠释神秘。无法得见，不可触摸，那是梦境，那是神经，那是灵魂。'"

"好吧……"（莫娜碰上艰深的评述时就会这么回答。）

"把德拉克洛瓦画成德高望重的前辈，这种行为没有意义，因为簇拥在周围的那些人并非其追随者或者门徒，当时的评论家也指出了这点。我来给你解释解释。前排左边坐着的是迪朗蒂，《现实主义报》的主编，库尔贝的合作伙伴。其身后站着的两位画家，分别是路易·科尔迪耶和阿尔丰斯·勒格罗。看画框最右边，那也是一位画家，尽管名气不大：阿尔贝·德·巴勒鲁瓦。画上还有费利克斯·布拉克

1　尚夫勒里（1821—1889），法国艺术评论家和小说家，支持绘画和文学领域的现实主义运动。

蒙，他站在最后面，都快看不见了，这是一位出色的版画家，波德莱尔的朋友。美国画家惠斯勒的站位十分显眼，他侧身站在方丹边上，脸紧挨着德拉克洛瓦的脸。惠斯勒决心颠覆绘画艺术，后来也做到了。他用画笔描绘现代社会、城市和日常生活，显然和浪漫主义的抱负背道而驰。还有，惠斯勒笔下人物动作滞缓，色彩滞重，完全和浪漫主义不沾边。他尽喜欢用棕、灰、栗色。"

"你忘了这束花。"

"是的，这束花是点睛之笔，起到了破局的作用，把观众的视线引向德拉克洛瓦的肖像。方丹也是位杰出的花卉画家，但他在绘画史上的名气，首先源自其创作的一系列文艺小团体的肖像。后世尤为津津乐道的是他的《诗人聚会》，在他的画笔下，魏尔伦和兰波紧挨在一起，彼时的兰波还是青葱少年，寂寂无名。有人认为方丹的价值仅限于记录历史，这种观点有失公允，他的画作向我们展现了当时的文化生活，但远不止如此。你对这画本身有什么看法？不是说画呈现的内容，而是画的色彩、画的笔触……"

亨利认认真真地听完了莫娜的回答，再次确信，外孙女的语言里隐藏着一种奥秘。他还百分之百确信，外孙女对绘画有异常敏锐的感受，这种敏锐能让她身临其境、贴切地、带着创造世界的需要去领略（或者相反）所有的画作。外公往日使用的词汇，她已消化吸收，并能够融会贯通，她注意到方丹的"笔法"（她说出了这个单词）既"现实主义"又"模模糊糊"。亨利纠正了最后一个术语，他能感觉到莫娜灵光乍现，可以迅速用精准的词汇来描述自己的所见。比起"模糊"，这里用"暗示的"更好。莫娜十分欣赏成年人在用词上的精益求精。

"现在，莫娜，你注意到方丹－拉图尔在画面中分配给德拉克洛瓦的占比吗？"

"他就跟真人一般大小。"

"没错。因为方丹认为德拉克洛瓦仍然活着。这恰恰就是这幅画要传达给我们的意思：逝者从未离开我们，不会弃我们而去；逝者的地位和生者同样举足轻重。在 19 世纪 50—60 年代，人们热衷于通灵术和密教信仰，认为可以借此继续和故人沟通，可以召唤他们，让他们降临到生者当中。我们现在把这些当作民间的迷信，那个年代可不一样，那时的人们是打心眼里相信，逝者的灵魂就和生者在一起，静静地看着我们，守护我们的日日夜夜。"

"如果我理解得没错，他们不屑于模仿德拉克洛瓦的画风；他们想要的，是像德拉克洛瓦当年那样冒天下之大不韪。"

"你全都明白了：长者已然去世，他们并不要求我们循规蹈矩，干他们干过的事。他们对我们的嘱托恰恰是，别让他们当年做过的事白做。"

莫娜反复回味着这句话，心中不由得生出了疑问。但亨利欢快的口吻暂且打消了她的困惑。外公继续评论道：

"我告诉过你，德拉克洛瓦也曾是个刺头，但最终得到了全世界的敬仰。他曾是评委会的一员，尤其是官方沙龙的评委。1859 年的一天，这个大名鼎鼎的评委会收到一幅画作，出自一位年轻画家之手，画中醉酒的男子处于光亮之中，脚下倒着酒瓶，题名为《喝苦艾酒的人》。所有评委都觉得这幅画粗陋不堪，要把它拒之门外。只有一个人投了反对票。"

"德拉克洛瓦，我打赌是他！"

"就是他。此举令其他评委大感意外，因为年轻画家强烈的现实主义风格完全违背了德拉克洛瓦的绘画主张。但德拉克洛瓦完全理解年轻画家想表现什么。他并不在乎自己的浪漫主义道路是否后继有人，他不在乎！他在意的是他的反叛精神能否在下一代画家中得以延续，而创作了酒鬼的画家显然不缺乏这种精神。"

"这人是谁？"

亨利缓缓指向画面右侧的一个人，他刚才的介绍唯独跳过了他。那人顶着一头乱蓬蓬的金发，双手插兜，胸前系了一个大花领结。

"他，"外公说话的语气就像在宣布当选者，"就是爱德华·马奈[1]。"

"是马奈啊。"女孩喃喃低语，马奈这名字的读音和莫娜有点像呢，"外公，我们去看看马奈的画吧！"

"今天不了，留到下次吧。但是，我以世间的美向你保证，我们一定会去朝拜他的。"

祖孙俩离开奥赛博物馆，穿过塞纳河。4月春意盎然，杜伊勒里花园的草坪上人影幢幢，巴黎人在那里聊天、野餐。空气中飘荡着春之乐章。

1　爱德华·马奈（1832—1883），法国画家，印象派先驱之一，现代主义绘画之父，艺术史上最重要且最有影响力的画家之一，代表作有《春天》《草地上的午餐》《奥林匹亚》。

22

罗莎·博纳尔

人畜平等

按照约定，凡·奥斯特医生这次脱下了白大褂，拿出了催眠道具。做完无数检查，他还是没搞明白莫娜短暂性失明的原因，于是想到让莫娜进入催眠状态，从精神层面找出她得怪病的根源。莫娜准备好接受催眠疗法，但她要小心翼翼地藏起心中的小秘密，她说的那些谎言。妈妈和凡·奥斯特医生都以为她之所以欣然同意，是因为每周三的心理咨询取得了效果，事实上，她是定期去赴艺术的约，是那些画作打开了她的心扉。

凡·奥斯特医生让莫娜坐在十分柔软的皮椅中，椅子两边有厚实的扶手。他让她脑袋后仰，然后把手伸到距离她肩膀10厘米处，用肉眼不可见的流体把她的肩膀包了起来。他的声音沉静安详，一遍遍提示莫娜放松身体，把念头集中在她最喜爱的音乐上，然后抽离出每个音符，在脑海中把它们一个接着一个地拉长音调，形成绵绵不绝于耳的背景音。接着，医生邀请莫娜好好感受下四肢末端，这样的过程持续了几分钟。医生用三个手指头抚摸着她的前额，同时重复说，她的眼皮"太重了，要合上了，太重了，要合上了……"莫娜的睫毛颤抖起来。

医生让莫娜进入了全新状态，她还保留着意识，感到安心舒适。他并不打算第一次催眠就强行唤醒莫娜的记忆，所以没有催促她回忆失明的痛苦时刻或挖掘相关线索，而是暗示她想一些积极的情绪。医生是要让大脑习惯于召唤出安心的画面，这样，如果下次机会合适的话，那些负面画面或许会主动浮现出来。他将此称之为"思想避难所"。

莫娜感到自己陷入了一种舒服的麻痹状态，全部注意力都集中在连绵不断的灰色和白色上，仿佛是电影胶片在一个不确定的梦中倏忽而过。医生的声音，她听得分明，却似乎遥不可及。她一遍遍提醒自己去想最爱的人，于是，和爸爸妈妈在一起的感觉越来越强烈，然后，在一种模糊的、和任何具体事件都没有关联的状态中，外公的形象赫然显现。莫娜任由这种氛围将自己笼罩。她飘飘欲仙，不属于任何地方，没有声音言语，只剩下抽象的感知。

突然，冷不丁地出现了一个庞然大物，它超出了时间和空间的概念。"你爱的人和事。"这个声音仿佛咒语一般在继续暗示她。莫娜的精神产生了动摇，感受到内心交织着苦涩和甜蜜，那是一种说不清的感觉。一个响指。她睁开了眼。凡·奥斯特医生在对她微笑。

直到晚上上床睡觉，她都感觉美妙极了，可是她不知道该如何向父母解释经历的一切。当妈妈来到床边时，她只问了这么一句：

"妈妈，或许有一天，你会想和我聊聊外婆？"

*

莫娜和外公走进奥赛博物馆的中央长廊，扶梯下面巨大基座上的青铜狮子让她吃了一惊。

"青铜狮的创作者是安托万－路易·巴耶，"外公悄声对她说，"这位雕塑家是动物园的常客，19 世纪上半叶在意大利复兴了动物艺术。"外公发觉莫娜兴奋地跺起了脚。动物世界，特别是那些肉乎乎、亲近人的动物，不由得让人想起喧闹欢腾的伊甸园。今天的艺术课正好和动物有关，但初次涉猎该题材，亨利想避开那些捕食动物太过英雄主义的场面，或者宠物猫狗太过腻味的场面。他只想和莫娜一起安安静静地欣赏牛群……

这是一幅全景画，画布从左到右横亘着犁铧耕作过的田野。天空的蓝色渐次变淡，最后消失殆尽，释放出清冷的晨光，几乎占据了画面的一半。两支耕牛队伍前后相随，构成上大致类似：6头牛拖着犁铧，农民负责把住犁铧的方向，放牛郎则手持一根尖尖的长竿，驱策牛群不断往前。画面左侧是林木葱茏的小山岗，两个屋顶探出森林，形成视觉支点，整个乡野成了一道开阔的绿色布景。但画面整体微微倾斜，所以犁开的地垄不是平行的，而是远远延伸出左边的画面，在地平线下方汇成一个焦点。这种创作手法造成了一种透视效果，物体越往右显得越大、越近，乍眼看去，犁开的土地形成了微微向上的斜坡，在平地上制造出了高低不平的错觉。耕牛分成平行两队，两两一组，皮毛差不多都是奶白色。较远处的耕牛模糊成一团，领头的牛却被刻画得栩栩如生，尤其是右侧砥砺前行的前三头牛，嘴边都渗出了唾沫：打头阵的牛是较深的米色，第三头牛全身红棕，在12头牛中尤为显眼，夹在中间的那头牛则成了整幅画作的题眼，它的头颅微微转向观众，似乎投射出哀婉动人的目光，边上的放牛郎或许在前一刻还在用尖竿抽它。

整整25分钟，莫娜都在端详画中的每个细节，尤其是画家用层次丰富的浅色颜料绘就的耕牛油光锃亮的皮毛，以及犁开的泥地在草地的反衬下呈现出的亮闪闪的棕色。"啊！"莫娜用带有负罪感的语气说道，"外公叮嘱我要开动脑筋看画，我却想起了《查理和巧克力工厂》[1]里的巧克力河！"她觉得自己口水都要流出来了。这幅《讷韦尔人的耕作》或许和《奥尔南的葬礼》一样，表现了乡间风光，但两幅画作呈现出截然不同的气质，不仅是题材不同，更重要的是绘画的

---

1 《查理和巧克力工厂》，英国作家罗尔德·达尔于1964年创作的儿童文学作品，后于2005年改编为同名电影。

处理手法不同。库尔贝力图展现尘土的厚重质感，而罗莎·博纳尔的画却让人食欲大增，她善于运用透明的浅色，犁开的泥土形成小土堆，就像是可可粉。

"好啦，莫娜，"亨利终于说道，"我们正在欣赏的是一位杰出女画家的作品。"

"我看到她的名字了，真美：罗莎·博纳尔！"

"19 世纪的法国社会发生了翻天覆地的变化，包括人们的认知，涉及方方面面。罗莎·博纳尔便是其中的翘楚，具有非常典型的意义，她成功实现了社会地位的升迁：她生于 1822 年，出身贫寒的她本来顶多只能当个女裁缝。但在 16 岁时，也就是在她母亲去世后不久 ——家里没钱，只能把母亲埋在公共墓穴 —— 她决定学画。罗莎的父亲也是位画家，给女儿进行了启蒙教育。她由此开始了自己的职业生涯，最终蜚声世界，尤其是在美国大受欢迎。为了走上艺术道路，她要证明自己拥有非同一般的才能，还要挺直腰杆破除所有人的偏见。"

"所有人？你是说所有的男人还是包括女人？"

"男人女人都有！罗莎虽身为女性，但她留短发、抽烟、穿裤装，她通过这些行为来女扮男装！罗莎终身未婚，和其他女人一起生活。她身体力行地反抗无处不在的等级制度：两性之间，社会地位之间，城里人和乡下人之间。不过，这幅画作传递给我们的信息不止这些……"

亨利的声音既温柔又深沉。莫娜没有选择站在外公边上，反而溜到画前，背朝画作，踮起脚尖，试图显得和外公一般高，脸庞正好处在两队耕牛之间的空当儿。她俏皮地耸起眉毛，笑意盈盈，竖起一根手指，仿佛要求发表讲话一般："我可以说句话吗？"

"外公，这又是一幅表现乡村景色、歌颂农民的伟大作品。还有，那些动物几乎占据了整个画面，是因为画家想表现乡野之美，以及我们能在乡村找寻到的所有美好事物，比如，耸立在山丘上的树木、田野、耕作的农民，还有……"

她犹豫着没说下去。

"莫娜，还有什么？"

"应该还有牲畜。"

"真的吗？即使它们口吐白沫，你也会这样说？"

"好吧，是的，外公，一方面，它们确实在口吐白沫，这是一些耕牛，这些牛，或者说……毕竟很难说它们真的漂亮，但我觉得，它们是美的……有可能是我理解错了……"

"你没有错。罗莎·博纳尔和你的想法一样。在她看来，动物的美和人类的美不相上下。她喜爱动物。创作完这幅画的几年后，她凭借自己的才华赚了很多钱，终于在巴黎买下了一间宽敞的画室，又在枫丹白露森林边上买下一座城堡。她在两处地方都建了动物园，生活在马儿、绵羊、山羊、奶牛、猫儿、狗儿和鸟儿之中，甚至饲养了牦牛、瞪羚，一位驯兽师还送了她一对狮子！"

"那可以说她爱动物胜过爱人类吗？"

"这我可不知道，有可能吧。她曾宣称：'通常而言，人类比不上动物。'研究一下她的绘画手法，可以发现，她并没有刻意把动物画得像人，她惟妙惟肖地刻画出每种动物特有的表情，耕牛也是有情绪的。看看画中的那些牛，它们占据了主画面，随行的放牛郎处在远景中，比例很小，而且面目不清，笔触单一，缺乏变化。而画家笔下的夏洛莱牛[1]恰恰相反，她用非常细腻的笔触来描绘它们的毛发。看看那些褶皱和阴影，奶油色、米色和栗色的细致入微，毛发的硬度、鬈曲和磨损表现得栩栩如生。罗莎·博纳尔赋予了耕牛端庄和威严。必须指出，她用了很多很多时间来观察动物，不仅骑马驰骋在乡间，还流连于卢浮宫观赏展品。她身为农家女，可以说是乡村世界的继承者，同时也是动物画派的传承者。"

"你看，画中那些可怜的牲口都累坏了。由此可以知道田间劳作

1　夏洛莱牛，著名的家牛品种，一般全身呈白色，许多国家引进了该品种。

的辛苦，非常辛苦，一遍一遍重复劳动，起早贪黑，没日没夜。"

"是的，劳作的辛苦经由那些所谓的逃逸线得到了强化。看：这些线条总会相交在一个点上，让作品产生了纵深感。一排排犁沟，如果我们把线条延长，它们迟早会在画框外的左侧交会；而在另一边，画的右侧，犁沟仿佛会无限延续下去。罗莎·博纳尔采用了别具一格的构图法，进一步强化了田间耕作的辛劳，脚下的土地无穷无尽，还呈稍稍向上攀升的状态。"

莫娜先前把犁过的土地想象成巧克力河，此刻动了恻隐之心：这些人辛勤工作，是为了让农田变得肥沃，为了养活整个社会。不过，外公弱化了罗莎·博纳尔画作中的悲凉元素，这位艺术家懂得在艰苦的乡间生活和田园牧歌的明媚轻盈之间找到完美的平衡。眼前的画面不由得使人联想起乔治·桑在《魔沼》[1]中对乡村景色的描述，画家许是从中得到了灵感，毕竟小说先于《讷韦尔人的耕作》三年问世。不过，莫娜尤为感兴趣的是画中的一个细节。

"外公，庚斯博罗的《园中会话》中，那位女士仿佛是在看着我们，你还记得你是如何形容她的吗？"

"记得，她……"

"等等，"莫娜打断外公的话，"我要自己说出那个词！你对我说，她是'邀请者'。"（她意犹未尽地发出每个音节，生怕无法尽善尽美地说出这个既复杂又美妙的单词。）

"记性真好，莫娜。"

"在罗莎·博纳尔的这幅画中，这头牛（她指着绘画正中的最显眼处）瞪大了眼睛看着我们。"

"它承担了邀请者的角色，确实如此。人们常说牛的眼神空洞无物，就好像它们没有智商也没有意识。面对这种陈词滥调，画家偏偏

1　《魔沼》，乔治·桑创作的中篇小说，讲述农民日尔曼到邻村去向一个有钱的寡妇求婚，与牧羊女玛丽结伴同行，两人途中互生情愫，最后终成眷属的故事。作家在书中还描绘了宁谧、独特的大自然景色。

反其道而行之，她在眼白上用黑色颜料点出瞳孔，堪称神来之笔。牛的眼神抓住了我们的注意力，让我们沉浸其中，引起我们的共情。这就是这幅画的意义所在。"

"外公，人们会伤害动物，这种事我也干过……还有，等将来脱离爸爸妈妈的管束后，我就要吃素。"

"或许你打算加入动物保护协会？19世纪时，这个组织在英国、荷兰和巴伐利亚蓬勃发展，之后于1845年在意大利和法国建立了分支。罗莎·博纳尔是最早的会员。"

"外公，你觉得我们可以说，人们爱动物胜过爱人类吗？"

"我再说一遍，莫娜，人们有权思考，更有权说出所思所想。我无法回答你刚才提出的问题，唯一能确定的是，在漫长的岁月中，人类对动物不屑一顾，将它们视作低人一等的、无知无觉的生灵，它们服务于人类的需求，得不到一星半点的关注，还常常沦为人类暴力的牺牲品。自18世纪起，哲学家们如法国的卢梭和英国的边沁[1]认为，动物是'有感情的生物'，也就是说，人类理应顾及动物所遭受的苦难，尤其是它们有口不能言，这些苦难就愈发悲惨了。这是人类历史上一次巨大的进步，而我认为，罗莎·博纳尔的画也为此出了一份力。"

莫娜离开博物馆后，特意留意了一下在巴黎街头溜达的小狗，她想和每只狗狗打招呼，就好像他们之间是平等的一样。外孙女的举动把亨利给逗乐了，他露出狡黠的笑容，向女孩指出，现在的她要当个素食主义者，可几个星期前她还在卢浮宫一口气吃下两个香肠三明治。不过嘛，这周三，莫娜更想要一条巧克力河。

1　杰里米·边沁（1748—1832），英国伦理学家、法学家、哲学家、经济学家和社会改革者，最早支持动物权利的人之一。

23

詹姆斯·惠斯勒
世间神圣莫过于母亲

　　学校里，莉莉的举止愈发蛮横无理了。父母离婚这件事迫使她提前进入青春期，这从她的谈吐中可见一斑。她刚过完 11 岁生日，言谈举止已显得咄咄逼人和漫不经心，和童年没来由的欢乐形成了鲜明对比。她不再好好背双肩包，宁愿强忍不舒服，也要单肩背书包，摆出吊儿郎当的样子。哈吉夫人注意到了莉莉那沉默的暴力，而莉莉还以为自己的破坏行径神不知鬼不觉。她要毁掉周遭的一切，不管是纸巾还是眼镜架，要揉烂它们、打碎它们、割破它们。

　　初次感到人生不公，往往源于一件小事，它产生的果和诱发的因常常不成比例。卢梭在时隔 50 年后，仍在《忏悔录》中大费周章地为一件小事讨回公道：当年有人诬陷他弄断了一把梳子的梳齿。这件鸡毛蒜皮的小事以及卢梭由此遭受的不公正对待，构成了这位未来哲学家人生中的标志性事件，最终酝酿出影响整个欧洲的自由主义文学和政治思想。是的，社会契约中一把损坏的梳子连接起了现代民主……如果我们检视莉莉那扭曲的心灵，会看见什么样的景象？显而易见的是，因父母情感破裂，莉莉要远赴他乡，将再也见不到好朋友玉儿和莫娜了。然而，她感到被不公正地对待，让她冲动地想破坏经手的一切，真正的原因并不在这里。它潜伏在表象之下。莫娜需要凭借敏锐的洞察力才能找到真相。

她们几个正在忙活年末的作业模型，莉莉突然情绪失控了。她在做厨房的微缩模型，嘴里却不停念叨着猫窝，她找不到足够的空间来安放它。莫娜突然想起莉莉曾在操场上对她们说过，天知道她的猫会不会和她一起去意大利。于是，她便问起搬家的时候会怎么处理猫。莉莉沉默不语，只是把手里的纸撕了个粉碎。莫娜明白过来，这才是莉莉内心深处最介意的事：她的父母不在乎猫。或许他俩早就决定了猫的命运，把它送人，或者——谁知道呢——一弃了之。莉莉的心仿佛是一道深渊，对"大人"的不满在里面滋长，且愈演愈烈。猫的问题，对于此刻自顾不暇的父母而言简直不值一提，却冥冥之中预示了孩子的不幸，而在这世界上只有另一个孩子看到了这一点。

莫娜有了主意。厨房模型毫无意义，还是来想象一下莉莉在意大利的新家吧。为了她的心愿而非她的遗憾做个模型。新家会有什么呢？当然啦，要有一张睡觉的床。玉儿希望是双层床，她喜欢睡上铺，可以临时为莫娜再铺个床垫，这事儿一点也不麻烦。接着，放上小小的书桌，一堆柜子……不过，最最重要的，莫娜建议莉莉在卧室模型里面为猫添置一个篮子。这个非同凡响的猫窝状似蚕茧，内衬软乎乎，外观红艳艳。猫窝的存在，意味着莉莉和猫将形影不离。

"你爸爸和你妈妈或许会分开，但他们怎么会忍心拆散你和你的猫弟弟呢？"莫娜悄悄说道。

"或许不会吧。"莉莉感到了些许安慰，用尽全身力气抱着莫娜。

*

又到了星期三。亨利告诉外孙女，这次相约去看的画家，他们之前在奥赛博物馆已与他有过一面之缘。是马奈吗？

"答案接近了！"老人回答道，"但不是他。"

方丹的艺术家群像中有一位美国画家——詹姆斯·惠斯勒。莫娜想起来了。她眼前的这幅画作正出自那个神态倨傲的艺术家之手。这是一幅人物肖像，规格特殊，横边略长于竖边，几乎呈正方形。

一名老妇侧身端坐在式样简单的木椅上，灰色的头发挽在脑后，束进蕾丝软帽，软帽的飘带垂在肩头。她的脸饱经风霜，几条皱纹延伸至下巴，双颊红润，眉眼微蹙，圆睁的眼睛直视前方，仿佛在凝视左侧画框之外的某个点。她一袭宽大的黑色长裙，朴实无华，裙角几乎盖住了鞋背，双脚搁在木头脚凳上，双手交叉，放在腿上，手里拿着一条手绢，手绢面料的白色和手指的苍白以及袖口的浅色融为一体。她坐得板板正正，但画家用一条曲线和一条反曲线勾勒出从胸口至腿肚的柔和线条。周遭事物以灰色——当然是不同的灰色——为基调，没有一点暖色调。模特身后是浅灰色的墙壁，占据了画面四分之三的宽度，底部为深色的踢脚板。画面左侧，也就是剩下的四分之一画面，悬挂着的刺绣帷幔一直垂到地面。地毯十分寒碜，已有破损的迹象，薄薄的一层，几乎和木地板融为一体。透过帷幔的褶皱，依稀可以辨别出一些模糊的图案：斜线、类似花瓣的圆点以及花押字。画面上方，帷幔旁稍稍偏离中心的位置，悬挂着一张横幅小画，其中性色调暗示着河边风景，小画远景处楼房林立。

莫娜观察了良久，而后对外公说这幅画很怪，它竟然有两个名字，《灰与黑的协奏曲》以及《惠斯勒的母亲》。

"惠斯勒使用了'协奏曲'这个音乐术语，这是他的命名习惯：他将一幅情人的肖像命名为《白色交响乐》，将风景画称为'和声'或'夜曲'，可能是因为这类画作用色清淡，有种通透感。"

"是的，不过，外公，坐在椅子上的这位女士看上去沉默寡言；还有，对不起，你刚才用了'通透感'，可你看看她的黑裙子：多么厚实！"

"你说得都对。事实上，这团黑色就是中心点，我们围绕这个支点来品味画中的用色，它们之间或相得益彰，或有细微变化，或相互应和，或对比强烈，无须思考这些颜色到底传达了什么，我们似乎能完完全全地沉醉在旋律之中。这幅画值得玩味的地方就在于参差的矩形及其色调变化之间的关系：画家用茶褐色画了一条横向的粗线，用来表示地板，包着棕色的踢脚板。灰黑色的帷幔点缀着浅黄色的花纹，作为纵向的装饰。然后，珍珠色的墙壁占据了大部分画面，它遵循四比三的比例——也就是说，宽度比高度长三分之一。据说，这个比例非常和谐，看着极其顺眼，后来应用在默片里，20世纪50年代起，电视也采用了……"

"你看墙上还挂着一幅画……那是什么？"

"惠斯勒的版画。据说画的是泰晤士河的风景。看轮廓，是由高往低的走势，灰黑白的用色营造出雾蒙蒙的天气。这幅版画也参与营造了朦胧、和谐的气氛。惠斯勒从日本的版画中汲取了很多灵感，那些版画有个好听的名字，叫作'浮世绘'，意思是描绘'浮华的世界''转瞬即逝的世界'。那个时期，人们重新发现了亚洲文化，而惠斯勒最为偏爱葛饰北斋[1]，也就是《神奈川冲浪里》的创作者。知道了这点，你也就不会对左边帷幔上的花纹感到惊奇了，星星点点，曲曲直直，让人联想到盛放的花朵，典型的日式风格——而且，那帷幔就是用和服改造的。"

"帷幔最上面，接近边缘的地方似乎有几个字。"

"那个嘛，是只蝴蝶，也是惠斯勒的签名……你要知道，惠斯勒在1866年经历了一次重大的人生变故。他心血来潮地登上了一艘船，离开欧洲，前往瓦尔帕莱索[2]，在世界另一头与智利人民并肩战斗，反抗西班牙殖民者的统治。他从未解释过为什么会投身其中，在其他人看来，这种举动太过疯狂，而且这场斗争和他没有任何关系。这成了

1　葛饰北斋（1760—1849），日本江户时代的浮世绘画家，其绘画风格对后来的欧洲画坛影响很巨大，德加、马奈、梵高、高更等许多印象派大师都临摹过他的作品。

2　瓦尔帕莱索，智利第二大城市，南美洲太平洋东岸重要海港城市。

他艺术生涯中最难以捉摸的谜团之一！回来之后，他性情大变，原先魅力非凡、异想天开，可现在，脾气暴躁、咄咄逼人、锱铢必较。这只蝴蝶象征着蜕变。"

"但他想对谁复仇呢？"

"对全世界吧，但主要是反抗他青年时代欣赏的画家和画风：库尔贝的现实主义。"

"《奥尔南的葬礼》的作者啊。"

"正是他。库尔贝和惠斯勒曾经亦师亦友，现在却反目成仇。惠斯勒认为自己之所以在艺术道路上迷失了方向，罪魁祸首就是库尔贝。他竭力想和他划清界限，沿着透纳的道路发展出自己的风格。当时一位重要的评论家约翰·拉斯金眼见他的笔法越来越轻盈，最后竟指责他仅仅是把'一坨颜料扔到大众面前'……"

"好吧。你看，那个黑衣女士，她恰恰让我想起了《奥尔南的葬礼》中的人物。"

"想摆脱偶像的影响并不是一件容易的事。"

"只是，惠斯勒似乎搞错了方向，他应该正面对着那位女士来画肖像呀！"

"就像大家说的，他站到了一边，没有创作正面的人物肖像，而是另辟蹊径，聚焦人物的侧身。这个视角上的变化，说来可能微不足道，其实是一个冒天下之大不韪的创举，因为画家惯常的做法是琢磨模特的表情，由此来刻画人物的性格。但在这幅画里，人物只是一个侧影，就像是剪纸。"

"那是画家的妈妈吧，我想，他应该很爱她。"

"他爱自己的母亲。惠斯勒九死一生，从瓦尔帕莱索逃回来之后便定居伦敦，和母亲生活在一起。这幅画，如果说我们可以从构图和精神层面看出惠斯勒的野心，同样也可以把它简简单单地看作是画家对母亲的爱的宣言。早在 19 世纪 60 年代，惠斯勒便因创作了一系列白衣妙龄少女的肖像而名声大噪，白色象征纯洁，象征生命的清澈。

10 年之后，他用黑色来赞颂母亲，使画作笼罩在虔诚和忧郁的气氛之中。他在母亲生前用这种方式为她树碑立传。"

"惠斯勒的母亲年老多病了？"

"没有，她才 67 岁，还要再活上十几年才离开人世。惠斯勒对母亲的感情十分深厚，后来还将这份母子深情转移到了这幅肖像画上，坚决不愿割爱。直到 1891 年，法国提出了购买请求，他才最终接受报价。"

"等等，外公，你是说惠斯勒是美国人，去过智利，又回到伦敦，这幅画最后却在法国安了家！"

"英国人不喜欢它。1872 年，惠斯勒展出过这幅画，但画框的规格别出心裁，背景还用了珍珠色，英国人对画家的创举心存芥蒂。至于美国人，他们要到 1933 年才完全认识到这幅画的价值。当时法国同意将其租借给美国，在美国几大城市巡回展出。画展取得了巨大成功，当时的美国总统罗斯福亲自选中它，将其印制成邮票，并写道：'谨以此纪念美国的母亲们。'到了 1938 年，这幅肖像画又为宾夕法尼亚的一座雕塑带去了灵感：人们创作了一座惠斯勒的侧身青铜雕塑，将其安放在阿什兰镇的制高点上，并配上了这样一段铭文：'世间神圣莫过于母亲。'这幅画成了象征母子情深和家庭价值的图腾。"

"外公，每次我们欣赏完一幅画，你总会对我说：'这就是这幅画要告诉我们的。'可是这次，我还在思考你想告诉我什么。如果我理解得没错，这画是要告诉我们，母亲是神圣的。这是最重要的一点。它也告诉我们，站在这幅画前，色彩甚于内容……天哪，这两点真是很难让人联想到一起啊！"

莫娜的聪慧令亨利喜出望外，他的外孙女已经对整个看画流程融会贯通了，都能提前预判在精神领域或哲学范畴中的收获了。她用自己的语言，针对今天的课程提炼出两个观点，可以说，恰恰对应了艺术史的两个理念。其一为图像学，理解图像呈现的世界；其二为形式主义，把一幅作品当作一个独立的世界，不去考虑外部世界的真实性。

"最方便的做法，"他接着说，"就是认为这幅画同时兼具了这两点……不过，你说得对，两个结论风马牛不相及。好吧，我能对你说的就是，你自己来决定。它既是'协奏曲'又是'肖像'，我们能从中收获什么：母亲的神圣，还是绘画首先意味着形状和颜色的组合？"

莫娜的思绪摇摆不定。小女孩出于本能，把惠斯勒的肖像画看作是对全天下母亲的致意。然而，她动了动脑子，觉察到第二个选项从智力层面来看显得更加成熟。她要说出口的答案似乎变得至关重要。猝不及防中，她感到头晕目眩。啊！她多么喜欢外公把她当作成年人来对话，她要尽量表现得配得上外公这份巨大的信任。有些话在她的嘴边逗留了很久，她可以像专家一样振振有词地评述，惠斯勒代表了艺术史上的一个重要转折。只是这些老道、艰深的评语最终没有脱口而出……莫娜说了另一番话。

"这幅画要告诉我们的是，"她天真地说，"世间神圣莫过于母亲。"

亨利沉默不语。"糟糕！"莫娜暗想，"外公兴许想听我说说形状和颜色。"可面对她这种基本的善良，外公好像这辈子都没有这样开心过。他强忍内心的激动，可身体还在微微颤抖。他是何等幸运，能拥有像莫娜这样出类拔萃的外孙女？绘画的第一要义是：爱。

24

朱莉亚·玛格丽特·卡梅隆[1]
生命在模糊中奔涌

　　卡米耶听不明白保尔的解释，但她抓住了重点，他得到了一笔意外之财。为了弄清真相，她专程前往旧货店。莫娜坚持要亲自把事情的来龙去脉讲述一遍，她还把妈妈拉到里间，那是一切的源头：就在几个月前，她意外摔倒在一个箱子上，却发现里面装满了彩色小铸像。她拿出一个摆在店里，没承想有个年长古怪的顾客对此很感兴趣。他们又拿出一些小铸像，几个月之后，那位顾客再次造访，把它们全买了。这位退休的高级公务员在那之后还来过两次，每次都出手阔绰，并承诺会定期光顾旧货店，只要他们有新的货源。卡米耶没有打断莫娜的叙述，但脸上明显流露出疲态，似乎在说："你们应该早跟我说啊。"保尔接过话茬：这位可爱的顾客从不提问，自行定价，还用现金结账，他就是喜欢那些小铸像，打算用它们来重现自己过去的人生。为了吊足他的胃口，保尔和莫娜每次只拿出一打左右的小铸像，但箱子里还有极为可观的存量：足足有 300 多个，既然这批货没有列在库存清单上，那就意味着它可以带来 15000 欧元的额外收入，甚至是 20000 欧元……莫娜看见妈妈狐疑地撇了下嘴角，

1　朱莉亚·玛格丽特·卡梅隆（1815—1879），英国摄影师，以抓住模特个性的柔焦人物像著称。

于是拿出小铸像给她看：一个胖乎乎的火车站站长，一个坐在课桌前的小学生，一个自行车车手，它那过于瘦长的体型不禁让人想起于洛先生[1]。

"可是，"卡米耶叹气道，"你们就从来没有想过，我兴许知道箱子的来历？"

"啊，老天，没有，"保尔回答道，显得很狼狈，"亲爱的，确实，我们应该问你的……"

"否则，你们就会知道，你们正在出售妈妈的收藏……"

"妈妈？这个'妈妈'是什么意思？你的收藏？"

"不是，我是说'我的妈妈'……柯莱特。"

室内一时鸦雀无声，卡米耶摇了摇头。但她的表情很快就缓和下来，终结了尴尬的场面。她凄然一笑，不过那是真心的笑容。在柯莱特·维耶曼，也就是亨利的妻子，莫娜的外婆去世之后，本应处理掉她的遗物。亨利嘱咐卡米耶拿走小铸像，把它藏在某个地方，然后大家把这事儿忘得一干二净。现在，小铸像重又出现了。

莫娜羞愧难当，她干了件无法挽回的蠢事。卡米耶觉察到了女儿的心情，没等她哭成泪人儿，立即把她拥入怀中。

"妈妈，对不起。"莫娜低声说。

"别说了，也不是什么大事。外婆应该很高兴这些小玩意儿能流到别人手上。她说不准还会笑开花。好啦，这样挺好的。"

"哦，妈妈，跟我说说……"

"不过，莫娜，"卡米耶止住了女儿的话头，又摆出气鼓鼓的样子，"别让我谈论你外婆，现在还不是时候。"

1　于洛先生，法国电影导演雅克·塔蒂创造的经典银幕形象，开朗乐观、讨人喜欢，又有些不合时宜。

*

奥赛博物馆的广场上，阳光尽情地洒落下来，闲逛的路人自觉地躲到皮肤皱巴巴的犀牛雕塑下面，那是阿尔弗雷德·雅克马尔[1]的杰作。有一对年轻人正在动物雕塑前用手机自拍。莫娜认出了那两人，就是在卢浮宫遇见的那对情侣。参观卢浮宫的时候，外公还和他俩搭讪过。她跑向那两人，想帮他们拍照。

莫娜和亨利收获了热情的问候，年轻情侣惊呼"怎么可能"！莫娜毛遂自荐，按下快门，为小情侣抓拍下一张照片，两人也坚持投桃报李，为祖孙俩定格下瞬间：莫娜正绕着外公蹦蹦跳跳，都快跳断腿了。亨利举起莫娜，让她坐在自己的肩上，莫娜挥动着双臂。两个人组成了足有三米高的摇摇晃晃的人形塔，背后是波光粼粼的塞纳河、石头发黄的王家桥，还有卢浮宫德农馆的记忆，对孩童来说那已是久远的往事了。照片很棒，正好为今天的艺术课提供了绝佳的入门素材，而今天的主角就是朱莉亚·玛格丽特·卡梅隆在 1872 年拍摄的相片。

那是一位女性的半身黑白照，只到肩膀。黑色，主要是背景色以及她衣服的颜色，而衣服几乎没有显出任何细节。白色，则是背景中 20 来个星星点点的发光物 —— 显然是叶片和花朵 —— 当然还有女性纤长的脖颈，以及她几近完美的鹅蛋脸。她的头微微后仰，扬起的下颌给人以仰拍的感觉，同时赋予了模特矜持和庄重之感。一段段曲线有节奏地勾勒出柔和流畅的线条。自下而上地看去，我们首先注意到中分的浅色秀发，紧贴头皮，裹在精致的软帽里，归拢在脑后；弯弯的眉弓，略显浮肿的宽大眼皮，圆圆的大眼睛。嘴唇在圆润的鼻子和有力的下颌之间拉出一道优美的弧线。女子不苟言笑，但五官组合在

1　阿尔弗雷德·雅克马尔（1824—1896），法国著名雕塑家、动物学家。

一起显得光彩照人：炯炯有神的目光，纤巧的嘴巴，脸的下半部在光与影的对比下犹如油画的笔触。至于模特的脾性，一眼便可看出，她不是中规中矩之人，不愿屈从于既定的命运安排。欢乐、忧伤还是慵懒，我们怎么认为就是怎么样。总的来说，画面既有轻微的颗粒感，又有朦胧感和模糊感。

对于莫娜来说，欣赏这样一张脸可比赏画难多了，因为她的观察不能局限于某个细节或者某道笔触。女孩认为相片上的达克沃斯夫人[1]美得不可方物，背景中的植物成了她巨大的花冠，让她美得脱颖而出。

"外公，它显然和现在用手机拍摄的照片是两码事！"

"有见地，莫娜。"亨利语带讥讽地表示，"但你很难想象，朱莉亚·玛格丽特·卡梅隆拍一张照片需要花上数小时，甚至好几天的工夫。在19世纪，成功拍出一张照片，堪比完成一项壮举，必须掌握光学原理，还要精通化学知识。"

亨利于是将摄影史娓娓道来，告诉莫娜，大概在1826—1827年间，法国人尼塞福尔·尼埃普斯完成了一项伟大的发明，他利用暗箱，将窗外的风景成功地固定在介质上。但尼埃普斯早早去世，生前寂寂无名，这项发明最后由路易·达盖尔发扬光大，他的银版摄影法利用了凹凸技术，能获得极为逼真的图像。亨利还补充道，达盖尔早在1839年便提交了专利申请，由此成为摄影之父。但亨利不喜欢达盖尔的为人处世，后者让尼埃普斯成了无名之辈。他更欣赏另一位发明家，英国人威廉·亨利·福克斯·塔尔博特。就在达盖尔申请专利之后的数周，塔尔博特发明了另一种摄影技术，它具有双重优势：银版摄影法需要把影像固定在硬物表面，塔尔博特的卡罗法则以纸张为介质，更重要的是，它有底片，从而可以实现无限复制，而达盖尔是

---

1 达克沃斯夫人（1846—1895），闺名朱莉亚·杰克逊，朱莉亚·玛格丽特·卡梅隆的摄影模特。

利用对比与光强成像，仅能产出一张照片。

莫娜静静地听着，既迷糊又着迷。

"啊，莫娜，"亨利感叹起来，"朱莉亚·玛格丽特·卡梅隆真是个人物！她的父亲是位绅士，死于酗酒，她从父亲那里遗传了桀骜不驯的生命力，性格幽默、聪明能干、知书达理，是个性情中人，和当时英国最杰出的作家及哲学家们过从甚密。当时的英国处在维多利亚女王执政时期，社会风气保守僵化。当丈夫前往遥远的殖民地工作，儿女又长大离家之后，她一度感到无所事事。1863 年，她得到一台相机作为礼物，于是全情投入到新鲜事物中，想知道它到底有多少潜力——那时的相机真的非常复杂！她还把储煤间和鸡舍改造成了真正的摄影室。此外，她采用了一种新方法，得到的底片极为细腻，灰度层次分明。你好好看看那脸上的阴影，瞳孔周围虹膜的颜色，还有嘴唇的弧线。这种方法称为湿版摄影法[1]。"

"外公，你又说了一个好难懂的词！"

"或许吧，但为了获得一张照片，还要记住不计其数的化学操作步骤。相比之下，记住一个单词还是挺容易的。当时得付出上百次失败的代价才能换来一张成品照片！"

"说到底，那时候画画还是比照相来得容易，而我们现在正好反了过来！"

亨利从未想过用三言两语说清楚绘画和摄影之间的竞争关系，但他可以接着莫娜的话头，讲述 19 世纪发起的大辩题：摄影是一种技术还是一门艺术？莫娜眉头紧蹙，预感到外公又要开始新一轮的犀利点评，她必须集中注意力。

"你看，莫娜，在卡梅隆生活的年代，很多人认为摄影是一种革新技术，但它只是一种机械性的操作。手艺和脑力，可以说介入有

---

1 湿版摄影法，一种用玻璃当底片的摄影技术，将硝化棉溶于乙醚和酒精的火棉胶，再把碘化钾溶于火棉胶后立马涂在干净的玻璃上，装入相机曝光，经显影、定影后得到一张玻璃底片。

限，而得到的图像只是对现实的忠实复刻，无法企及某种理想化的表现形式。诗人波德莱尔甚至宣称，摄影扼杀了想象力。但卡梅隆认为，摄影可以和绘画一较高下。她特意在自己的摄影作品中设计了神话故事情节或者加入寓意，不由得使人联想起当时在英国流行的拉斐尔前派，这个绘画流派主要从莎士比亚的戏剧和维多利亚时代的文学作品中汲取灵感，作品中，爱幻想的少女和鲜花融为一体。尽管达克沃斯夫人的相片只是一张人像，但你看看，模特那张温柔、梦幻、苍白的脸庞周围布满了花朵和植物，从某种意义上来说也成了艺术的一部分。"

"外公，我好希望这是一张油画，但它就该是黑白的！"

"你说到点子上了。卡梅隆和早期的摄影师一样，缺乏基本工具，除了构图之外，她要耗费大量心思来处理光线，在拍摄和晒印时要在清晰度上做文章。"

"可是，这照片看着模模糊糊的啊。"

"我刚才说得不够清楚。我本来想说的是，她想尽力做到'不够清晰'。拍摄环境必须无懈可击，器材要准备妥当，特别是涂抹了火棉胶的玻璃底板，摄影师正是用它来抓取光线的。而且模特不能随意动弹，摆好姿势后要维持数秒的时间。任何一个环节稍有差池，就会导致图像模糊。不过，她中意的正是这些意外事故，它能赋予照片一种美感以及更加个性化的表达，照片不再是简简单单地记录现实，因此，她要做的不是规避意外，而是掌控意外。"

"我敢断定，你接着要告诉我，当时人们讨厌她的照片……"

"没那么夸张，但说起来，在摄影圈里，大家一致认为卡梅隆的作品在聚焦方面不够严谨。这个评价着实令她受伤，但她坚持自我。达克沃斯夫人面部肌肉的细微运动、刮过的微风和提前中断的曝光，最终模糊了轮廓线条，但眼睛的灰度、发量、裹发的软帽、颧骨和脸颊以及模特四周的繁花都得到了加强。这张相片的模糊恰似教堂中回响的音乐，失了精准，却有了深度和诗意。"

"好吧，不过这张照片本来可以很漂亮，如果再清晰一点，还能更漂亮！"

"在我看来，这张相片要是真的清晰无比，轮廓明晰利落，反倒丧失了魅力。你看，照片中的达克沃斯夫人仿佛包裹在超自然的光晕中，而那光晕就像是她的灵魂。英国有个美丽的说法，'比生命伟大'。这张照片恰恰传达了这层含义：在模糊中奔涌着比生命更伟大的东西。卡梅隆于 1879 年辞世，此后几十年里，艺术摄影蓬勃发展，比起'清晰'，它更在意'暗示'，但卡梅隆无缘亲眼得见了。人们将此运动称为'绘画主义'，该词取自拉丁语 pictor，首要含义是'绘画'，似乎摄影师终于以特定的方式成了画家。"

"外公，你是不是忘了介绍照片中的那位女士 —— 达克沃斯夫人的身份？"

"她的闺名叫朱莉亚·杰克逊，是卡梅隆的外甥女，也是她最宠爱的教女，当时出名的大美人，常常给大画家当模特。达克沃斯夫人的女儿后来成了一名小说家，进入 20 世纪后，这位小说家有了一个大胆的想法，要重新发掘姨婆卡梅隆那些早已被人遗忘的相片，并将它们整理出版。如果没有她的努力，我们将永远无法欣赏到摄影界的《蒙娜丽莎》。"

"这位小说家叫什么名字？"

"她叫弗吉尼亚·伍尔夫[1]。"

"弗吉尼亚·伍尔夫。"这名字多么温柔啊 —— 柔情似水 —— 恰似她那部杰作的名字《海浪》，在莫娜的心底掀起一丝波澜。突然，她冷不丁地叫唤起来：

"等等！我们完全忘了给那对情侣留邮箱地址，这就没法收到我坐在你肩上的那张照片了！"

1　弗吉尼亚·伍尔夫（1882—1941），英国作家，20世纪现代主义与女性主义的先锋，代表作有《海浪》《到灯塔去》。

确实如此，亨利也意识到了。他怎么就忘了这茬，留下了这样的遗憾？他不知道要说些什么才能安慰莫娜。她一脸沮丧。外公托着她在灿烂的阳光下留下了这样一张合影，他们却把它搞丢了。一想到这儿，她难过极了。

25

爱德华·马奈

少即是多

　　莫娜来到凡·奥斯特医生的诊所，接受第二次催眠治疗。她简明扼要地向医生复述了第一次催眠时看到的场景。陷入潜意识状态并没有让她感到不适和惊恐，就在睁开双眼的瞬间，她感受到的是难以想象的温柔、平静，然后是忧伤。凡·奥斯特问她能否用一个名词来描述。莫娜想张口回答，突然想到了一个人，本以为能说出那人的名字，内心却没来由地鼓起了一个包，堵得她哑口无言。凡·奥斯特安慰道：不会发生什么事的，严格来说，不会发生痛苦的事。这次，她只要想着心爱的人就行。如果进展顺利，下一次催眠时，他兴许能设法唤醒她失明前一刻的记忆，从而找到病因。莫娜做好了准备。她坐进软绵绵的皮质扶手椅中，就像宇航员进入火箭。凡·奥斯特用三根指头轻轻按压着女孩的额头，开始催眠。他说道："眼皮沉沉的，沉得合上了。"

　　这一次，她感到自己在极速穿过一条隧道，隧道的墙壁就像是灰白两色的胶卷底片，倏忽而过。她晕乎乎的，又感觉充满安全感。医生的声音就在那儿，叮嘱女孩去想一些最打动人心的事。但那回荡的声音来自遥远的地方，她要穷极目光，越过那条她快速通过的神奇隧道，才能依稀看见那个小点。凡·奥斯特的声音渐渐被湮没了，感官的交响乐取而代之，起初是抽象的，之后越来越具象。莫娜的精神走出了隧道，沉浸在巨大的幸福之中，她身边有外公，有爸爸和妈妈。她看得见他们，听得见他们交谈，甚至能闻到外公身上的古龙水味。然而，在这些身影中，还有朦朦胧胧的一团东西在移动。莫娜心里知道，能否辨别出这个模糊的东西，完全取决于她本人。她感到这是一个巨大的谜团，仿佛全世界所有的秘密，最美好的和最悲伤的秘密，都藏在那里，揭示了生命中最高尚和最悲惨的图景，它洋溢着生机，因为死亡也在其上轻轻掠过。莫娜鼓起勇气，坚定地向谜团走去，精神上已准备好离开童年大陆。她感到自己退回到了幼年，顺着时间长河回溯到了未解的、朦胧的最初时光，意识的源头。那团迷雾慢慢有了形状，就像是拼图，小心翼翼地拼凑出了全貌。柯莱特出现在了莫娜的意识中，她站在外孙女的床头，银发挽成发髻，额头饱满，目光如同月光，嘴角一如既往地挂着笑容。她抚摸着莫娜的手，和蔼镇定地说："再见，亲爱的。我爱你。"凡·奥斯特打了个响指。

"外婆，外婆……"莫娜低声唤了两次。

*

莫娜实在没办法，刚走到奥赛博物馆门口，便开始留意每个行人，她想找到上周为她和外公拍照的小情侣。她像小猫一样机灵，目光扫过一张张脸，仔细辨认，几秒钟后她就明白了，小情侣没在博物馆的广场上溜达。再说了，他俩为什么要出来溜达呢？简直无法想象那两个人还会回到这里。一进博物馆，亨利就高兴地宣布，按照一个月前在方丹作品前的约定，今天要去致敬马奈。莫娜心不在焉地点点头，仍旧锲而不舍地在茫茫人海中寻找。她四处张望，目光扫视着游客，一张脸接着一张脸，一个后背接着一个后背，左边、右边、前边、后边。就在她转身的瞬间，惊喜不期而至。

"啊，外公！"她冷不防地哽咽道，"太难以置信了！你看！"

十几米开外的地方，一位女士似乎一直跟着他们。是那个绿斗篷女士——她这次仍披着斗篷——他们曾在卢浮宫数次邂逅她，在提香的《田园合奏》前，而后是在卡纳莱托的《圣马可码头风光》前……亨利耸耸肩，因为他们已经来到今天的油画前，这张小小的画挂在巨大的墙上，显得空落落的。

关于这幅画，可以简单地概括为桌上的一根芦笋。话说得没错，却没有点出它的不同寻常之处，它既没有远景，也不讲究动态，采用的是湿盖湿画法[1]。这幅画给人的视角仿佛是画家在贴着托盘进行创作，桌子的颜色介于奶白和炭灰之间。画家提笔在桌子上划拉出二十几道显眼的斜线，并在右上角加了签名——字母 M。那根芦笋横放在画作的下半部，自左向右微微向下倾斜。超过桌沿的那一小截芦笋尾透着白皙，而发紫的芦笋头在另一端翘起，稳稳当当地放在盘中。近景处的托盘边沿从左下角提笔，画出一道倾斜角度约为 10 度、长 17 厘米的斜线，最终在距离底边 5 厘米高的地方停笔。隐约可见画框的外侧，棕色的，与浅色的画面形成鲜明对比。简而言之，这是一幅象牙白单彩画。

"外公，"在足足看了 7 分钟之后，莫娜说，"大家都说马奈离经叛道，你却带我来看他画的蔬菜！还有，我最讨厌芦笋了……"

"面对如此朴实无华的东西，我承认，很难想象马奈正宣称要发起一场'刮刀战争'，向时代挑战！但事实确实如此，我来跟你说说他的经历：马奈生于 1832 年，家境殷实，他本打算当一名海军，失败后选择当职业画家。你应该还记得，他的艺术生涯可谓出师不利，他在 1859 年向沙龙展提交了《喝苦艾酒的人》，却惨遭评委会拒绝……"

1　湿盖湿画法，又称湿画法，指直接在湿颜料上作画，而不让下层颜料干透的绘画技法。

　　"除了德拉克洛瓦!"

　　"除了德拉克洛瓦,对喽。而且《喝苦艾酒的人》还导致他和导师托马·库蒂尔[1]反目。4年之后,他的绘画生涯再遭挫折,他在《草地上的午餐》中画了一个裸女和两位衣冠楚楚的男士野餐。这幅画作在另一个地方,在一个被称为'落选者沙龙'的画展上进行展出,公众趋之若鹜,就为了咒骂抨击它,甚至用手杖指指点点,想毁了它!紧接着到了1865年,他在《奥林匹亚》中让妓女成了主角,又遭口诛笔伐,他的画作被指淫秽粗俗。政府甚至在1869年决定对其进行封杀,因为他创作了一幅批判拿破仑三世外交政策的版画。这还没完!'刮刀战争'还波及了盟友:波德莱尔确实欣赏马奈的才华,但也假装迎合公众,说他'在艺术堕落之路上一骑绝尘'。还有一次,1870年,马奈和同伴爱德蒙·迪朗蒂就美学问题起了冲突,挥手打了人家一巴掌。两人竟闹到要决斗收场的地步!画家被刺伤了手,最终靠一杯啤酒握手言和。他还和惠斯勒闹翻,和库尔贝渐行渐远,印象派画家将他视作精神之父,但他从来不和他们一起办画展。"

　　印象派,莫娜耳畔回响着这个熟悉的词汇,但外公让她少安毋躁,他随后会给出更详细的解释。为了让莫娜更好地理解印象派这个概念,以及马奈如何成为印象派的奠基人却从未参加这一运动,亨利开始分析《芦笋》的绘画技法,说得激情洋溢,尽管他的话很难懂,莫娜也不愿错过一个字。亨利说,绘画的手法——马奈使用的技巧——会自行显现,就算画的是孤零零的一根芦笋。画家用铅白点在芦笋上,强化反光效果。作为对比,画框选用了赭土色,颜料铺得极薄,甚至可以看见画布的纹理。最后,画家用深灰色在盘子上拉出横线,又用短小的浪纹线签下字母M,两者交相呼应,甚至可以分辨出貂毛画笔的运笔细节。莫娜指出,马奈的芦笋和戈雅的羊排有相似之处。她记起了在欣赏那个西班牙画家的作品时提到"静物"一词,

---

1　托马·库蒂尔(1815—1879),法国学院派画家,代表作有《罗马人的堕落》。

于是怯生生地说出这个词来形容马奈的这幅小画，这个举动得到了外公的夸奖。她也想起来，大众对静物类作品持保留态度，甚至可以说是瞧不上。

"确实如此，"亨利表示同意，"可到了19世纪，"外公饱含激情地说下去，"静物画成了炙手可热的画种。原因是，19世纪出现了新的购画群体。艺术进入了寻常百姓家。资产阶级有钱有地方，但不像亲王、政府或教会那样拥有大量财富，所以需求不太一样。他们并不追求刻画战争或神明的恢宏场面，反而中意那些伸手可及的平凡事物，比如，群像、风景、日常生活图景，最后便是静物。"

"可是，外公，会有人要求画家只画一根芦笋吗？"

"事实并非完全如此。这幅画的故事要更有意思。当时有一位著名收藏家，名叫夏尔·埃弗吕西，他在马奈那里订了一幅画，画的是一捆芦笋。马奈开价800法郎。今日，马奈随便一幅画都价值百万，相较之下，区区800法郎着实微不足道，但也不能说可以忽略不计，毕竟当时的平均日薪只有5法郎。不管怎么说，夏尔·埃弗吕西很高兴能得到马奈的墨宝（这幅画现藏于德国），于是给了马奈1000法郎！马奈脑子灵活，聪明、慷慨，在另一张画布上专门又画了一根芦笋，送给收藏家，并附言：'您的那捆芦笋还缺了一根。'马奈盛邀我们去看几乎没什么可看的东西。那只是一根芦笋，或是普普通通的桌子一角。他只是一时兴起，才会创作这样一幅小画送给收藏家聊表大方。但是，这幅画告诉我们，正是'几乎一无所有'构成了人生的所有乐趣；有了'几乎一无所有'，存在便熠熠生辉。'一无所有'正是我们所欠缺的，没有了它，事物便只是事物。需要增加一点点未知，它们会陡然变得妙趣横生。'少即是多'，英国人的总结言简意赅。"

"你说他几乎不费什么，可马奈还是费了些笔墨的。"

"是啊，差不多都能数出来。"

"看芦笋头，约莫画了40来笔，中段更多些，但笔画更长。不管怎么说，画这根芦笋最多费了百来笔，外公！"

"你数过了？"

"嗯，不如说这就像弗雷德里希的《乌鸦之树》，我看到了……"

亨利并不完全确定自己明白了莫娜这番话的含义，但他注意到外孙女拥有超乎常人的感知力，那种分析辨别力简直如同魔法一般。有些孩子拥有绝世乐感，人们称之为"绝对音准"，而莫娜似乎掌握了"绝对视觉"。可至少有三个原因，让亨利不愿犯下致命错误，把外孙女当作奇迹或者神童：首先，他在这方面不能完全确定；其次，过早承认莫娜的天赋，倒可能伤及她的天真烂漫；最后，和外孙女度过的每分每秒，他都觉得失明的可怕阴影笼罩在他们头上。让小女孩以为自己拥有"绝对视觉"，可突然有一天眼前一片漆黑，这样的事情何等残忍……

"外公，我希望下次你给我解释解释印象主义。"

"好吧，那我们就去看看莫奈！"

"莫奈……"孩子重复道，这位画家的名字和马奈还有莫娜都有点儿相似呢！

"别担心，我搞得清楚。我们下次在月台会合，《圣拉扎尔火车站》的月台。"

两人转身离开《芦笋》，往博物馆门口走去，不巧和站在他们身后的女士撞了个满怀。她仿佛从天而降，就是那位穿绿斗篷的女士……

"很抱歉，不过你们看不到莫奈的《圣拉扎尔火车站》了。"她柔声细语，声音清脆、优雅。

"怎么回事，夫人？"亨利脾气上来了，"关您什么事？"

"对不起，我贸然加入了你们的谈话。先生，请允许我做个自我介绍。"（她递上名片，上面的姓名是埃莱娜·斯坦。）"我是奥赛博物馆馆长。所谓馆长，"她转身面向莫娜，"其职责便是看护馆中藏品，组织展览，让大众走近艺术。"

"可是，女士，"莫娜灿烂一笑说，"我记得，我和外公在卢浮宫见过您两次！"

"确实，这也是我工作的一部分，定期去卢浮宫看看。我听过你和你外公的好几次对话，你们没留意到我，起初是在卢浮宫，然后是在这里。你们要知道，我今年65岁了，我向你们保证，我从来没有指望过我的工作最终能有如此重大的意义……也从未在任何一座博物馆遇到过像你们一样热情的观众。遇见你们，是我职业生涯的幸运。亲爱的莫娜（她现在知道女孩的名字了），亲爱的先生，我为自己的唐突介入表示歉意，但你们关于画作的探讨，是我即将卸任之际收获的最美好的礼物。"

"好吧，"亨利的声音很迷人，"我们接受您的歉意。您的溢美之词也令我感动。不过，我不明白您为什么不让我们欣赏莫奈的《圣拉扎尔火车站》。"

"事实是，你们无法在展厅中见到它。我们正在修复这幅画的画框，它现在在库房里……"

"老天，"亨利遗憾地说，"那是我最喜欢的画之一！"

"什么叫库房，外公？"莫娜问道。

外公本想给外孙女描述一番这个用来藏宝贝的地方，告诉她，在那里，会有人对文物进行修复、修整，它一般设在不为公众所知的地下室，存放着不计其数的艺术品。但他还没来得及开口，馆长便抢先说道：

"这样吧，莫娜，想了解什么是库房，最好下周亲自去一趟。你们还能顺便见到莫奈的画！"

26

克洛德·莫奈
万物流变

在哈吉夫人执教的五年级教室的最深处，期末展出的 15 个模型已初具雏形。莫娜和莉莉用瓦楞纸搭建出莉莉未来的卧室，还放了巨大的猫窝。孩子们通常选择搭建现实中不存在的楼房，天马行空的建筑物，但有时效果不尽如人意，古里古怪的。有一对搭档做了微缩版圣心大教堂，大伙儿异口同声地表示，那像是一大坨奶油夹心烤蛋白，还脏兮兮的……只有玉儿和迭戈的作品出乎大家意料，惊艳至极。小个子迭戈平日里行事滑稽，做什么都比其他人慢半拍，这次却成功创造出梅里爱[1]电影中的月球。他在一个盒子中，用肉眼看不见的细线悬挂起一个大球，那是用混凝纸浆制成的，喷了银色颜料，在小马达的作用下慢慢转动。球中安装了小灯泡，映照出月球表面的环形山、沟壑以及山川。玉儿先前还在生气，她竟然抽签抽到和这个男孩一组，现在她再也不会抱怨了——所谓童年甜蜜的秘密正在于此：猝不及防的转变，抛开仇怨，把过去丢在九霄云外。眼看作品即将完工，她想把它占为己有，于是想添上她临时起意想的点子：在月球表面安上红白两色的火箭，类似《丁丁历险记》里的那种。迭戈凭一

1　乔治·梅里爱（1861—1938），法国魔术师、电影导演，被誉为"戏剧电影之父"，代表作有《月球旅行记》和《奇幻航程》。

己之力做出了模型，此时的他一声不吭。他可以选择顺从，但他打心眼里是不赞成的，明眼人都看得出来。他深知，月球的美在于朴实无华。莫娜也被牵扯到争论中，她起初自然是站在玉儿一边的。可最终她做出了选择，站到了朋友的对立面上。她喜欢迭戈的创意，在她看来，这件作品简直不可思议。玉儿觉得遭到了朋友的背叛，莫娜只得向她解释，说没必要画蛇添足，否则会糟蹋了这件已经"很棒"的作品。迭戈听得心花怒放，他生平第一次感到有女同学真的喜欢他，恨不得在莫娜的脸颊上亲一口，莫娜急忙把他推开，她并没有恶意，只是叮嘱他别过火。

*

埃莱娜馆长和莫娜、外公约在奥赛博物馆附近的马路上碰头。亨利一再表示感谢，他注意到馆长的眼神充满睿智，爱责难人，长着高挺的鹰钩鼻，说起话来用词讲究，整个人散发出浑然天成、不怒自威的气势。她领着祖孙俩穿过一条条专用通道，沿着朴素的走廊，登上金属楼梯。一路上安装了不计其数的监控摄像头，遇到的寥寥几人全都停下来毕恭毕敬地和馆长打招呼，也不敢问在这安保重地为什么会出现一位老先生和一个小女孩。最后，他们穿过两道厚实的大门，进入一个望不到头的巨大空间。数十个移动铁柜一个接着一个，里面放满了油画，夹层则堆满了杰作；还能看到一些用于存放大师草图的文件柜，以及不计其数木箱，里面放着即将送往国外展览的展品，或是刚收回的租借品。埃莱娜透过一扇窗户指给莫娜和亨利看，一名年轻女士正在去除罗丹[1]青铜雕塑上的绿锈。库房太不可思议了，完全超出了莫娜的想象！她在一座博物馆下面发现了一座真正的博物馆，没有观众，远离喧嚣——令人目瞪口呆。

---

1 奥古斯特·罗丹（1840—1917），法国雕塑艺术家，代表作有《思想者》《青铜时代》《地狱之门》等。

　　埃莱娜要做的还不止这些：莫娜和亨利是来欣赏《圣拉扎尔火车站》的，这幅画此刻就安放在便携式三脚画架上。这款工具是在19世纪发明出来的，专门用于户外作画。从1840年代起，锡管颜料普及，画家可以带上颜料走出画室，户外写生这种模式应运而生。印象派画家全都奉行户外写生，他们会去田野，去枫丹白露森林，去蔚蓝海岸，也会深入城市。1877年，莫奈甚至在一个月台上，面对着一惊一乍的旅客，创作了这幅画。现在，埃莱娜、亨利和莫娜三人就在奥赛博物馆的藏品迷宫中欣赏它。

　　地上布满了铁轨，蜿蜒伸向远方的地平线，地平线被拥挤的城市建筑给遮住了，可以看到钢结构的高架桥，更远处是沐浴在阳光下的大楼。画面左侧是一幢石砌大楼，最高一层——也就是7楼——铺设了锌板。巨大的玻璃天窗占据了近景，俯瞰着城市风景，形成了顶角约为120度的等腰三角形。巨型顶棚充满了对称的美感，左右两根纤细的支柱以及支撑钢结构的中央支架进一步强化了对称感：这一切令人联想到几乎等边的六角形，而下部的支点恰巧就是画家作画的位置。铁轨上分布着三列火车，从左往右渐次退至远景。它们占据了主画面，挡住了火车头后面的一节节车厢。左边的火车背对画面，处于静止状态，另外两条轨道上的火车头正冒出浓烟，徐徐逼近。处于中轴线上的火车成了重心：一眼便能看见引擎，尽管画家只用黑色颜料涂抹了几笔，并没有多少细节。画家还用同样细碎的笔法描摹了站在右侧铁轨上的一个人，在他的后面，是影影绰绰的乘客、铁路工人或闲逛的人——无法辨别出他们的社会身份。最后，除了无数的光影游戏、浮光流转、光线跳动，他还尽情地点卜色斑，拉出条纹，一层又一层地覆盖上厚厚的颜料，大团的蒸汽从火车头喷薄而出。大多数水蒸气为奶白色，但中心位置的则呈现蓝色，光线在氤氲之中形成美妙的折射。

这幅画既简单又神奇。莫娜凝视良久。站在外公尤其是馆长身边，她感觉自己是鉴赏奇珍异宝的专家。莫娜研究了颜料用色之后，不禁想起了卢浮宫中的一幅画，她瞪着大眼睛，怯生生地鼓起勇气说：

"外公，大楼明亮的墙上，用的是透纳用的那种铬黄，对吗？但又加了点白色……"

太不可思议了！如果不是听过女孩和外公的好几次讨论，馆长会以为这是专门演给她看的。

"观察得很仔细，"亨利表扬道，"莫奈展现给我们的，是一切都在变化，一切都在波动。静止，那是幻象；至于真相，那只是一连串的印象，无时无刻不在变化。眼睛眨动，头颅摇晃，空气流动，光线流转，凡此种种都会导致颜色发生变化。想象一下，莫奈就站在画架前，在那里！他要是问你，库房的四壁是什么颜色。莫娜，你怎么回答？"

莫娜移开落在画上的视线，看着昏暗的墙壁，耸耸肩。

"嗯，莫奈先生，它是灰色的。"

"完全正确。不过，假如你一直盯着墙壁看，你会发现它不只是灰色的，而是拥有上千种颜色变化：灰色会转变为透亮的白色，或者反差更大的黑色。某个黄色的光斑打在墙上，可如果往边上挪一小步，光斑又消失了。即便是灰色本身也有无穷无尽的色差。同样，如果我们问另一个人，烟是什么颜色的，他肯定会回答说是灰色的。但莫奈用了什么颜色来画烟的呢？"

"蓝色！"

"更准确地说是钴蓝和铅白。莫奈的才华不止于此，他同样美化了人世浮华，认为这番巨变源于现代化，源于火车站、火车和蒸汽。画面上方的三角玻璃天窗，让你想到了什么？"

"外公，我要说蠢话了，但它很像卢浮宫前面的玻璃金字塔。"

"你这话一点也不蠢，莫娜，只是卢浮宫的金字塔是近代建筑物，它的灵感同样源自埃及金字塔。你要明白一点，尽管金字塔历史悠久，但它代表了现代化的巅峰，而这座火车站也可以看作是历史的回响，甚至可以说是复兴。"

莫娜被弄糊涂了。她的小脑瓜里只有一个词在不断回响：现代化。她问起这个词的确切含义。亨利劝慰她，这个表述此时就像一颗种子，不用搞明白"现代化"的定义，它自会在随后的交谈中慢慢发芽。

"现代化，在这幅画中，就是巴黎。巴黎的今天多亏了一个名叫奥斯曼[1]的人，他为巴黎带来了新鲜空气，解决了局促的城市格局。画中出现了好几个工业革命的象征，巴黎的变化即源于此。画面左侧远景，一幢石砌的高楼大厦耸立而起，和今日所见别无二致。但在那个时代，它可是引起了轩然大波的，那是一个全新的标准，标志着法国首都焕然一新。至于顶棚上使用的玻璃，当时人们刚刚开始使用这种建筑材料，莫奈喜欢玻璃的通透和轻盈。最后，他还颂扬了蒸汽机的力量，专门画了两个火车头。不仅仅是因为他喜欢喷出的一团团蒸汽，还因为蒸汽可以驱动火车，加速世界的变化。这幅画标志着社会的众多变化。莫奈使用了迅疾且充满节奏感的笔触，呼应了快节奏的生活和社会。可以这么说，莫奈在用十分现代的技法，描绘了他所处时代突飞猛进的现代化。"

莫娜快活地点点头，这表示那颗种子发芽了……亨利站在画架边上，继续说着，好像莫奈正坐在画架前作画。

"莫奈得到了许可，可以在月台上作画，他利用这一便利，一共创作了7幅火车站内景图。他嘱咐铁路工人发动火车头，让它喷气，往前开，往后退，变换出不同视角。画家摇身一变为导演，不过演员全都是火车！莫奈喜欢就同一题材创作一系列作品，这样就可以尽情展现变化：光线的变化，色彩的变化，氛围的变化，天空、空气和阴影的变化，物体的轮廓由清晰到模糊。很多艺术史学家认为，是莫奈发明了'系列'。1892年至1894年，他连续画了40多幅鲁昂大教堂的外墙，还宣称：'一切皆在变，石头也不例外。'《圣拉扎尔火车站》

1　乔治-欧仁·奥斯曼（1809—1891），法国城市规划师、政治家，因主持了1852年至1870年的巴黎城市规划而闻名。

同样如此。绘画被认为是空间的艺术，但也可以表达流逝的时间。这幅画要告诉我们的，古希腊思想家赫拉克利特早就说过：'万物流变。'古希腊语是这么写的：Panta rhei。"

"万物流变，"莫娜重复道，"可是，外公，画家至少会乘坐火车吧？"

"哦，是的。从1850年代起，圣拉扎尔火车站成了所有画家的钟爱之地。它仿佛是一道魔法之门，露天作画变得近在咫尺。在圣拉扎尔买上一张车票，便可以去往诺曼底以及周边乡野。因此，这张画既是现代化的殿堂，也是波德莱尔所说的'遨游'，那是白日梦的窗口。"

埃莱娜开口了，她的声音锐利得如同钻石。这是头一次有人加入祖孙俩的对话。她用寥寥数语解释道，莫奈一直在巴黎和诺曼底之间摇摆不定。莫奈的职业生涯始于勒阿弗尔，原先是漫画家，后来遇到了欧仁·布丹[1]，后者引导他发现了气氛的重要性。提到莫奈的艺术之路时，埃莱娜的嗓音愈发忧伤了：随着时间的推移，这位善于精准抓住外观特征的画家不再执着于人物的面容和体型。馆长指着画面右部说：

"莫娜，你看，那些人物，莫奈都是用模糊的笔法进行处理的。他的风格已经发生变化。"

莫娜看见了。她感到自己又有了进步。这种感觉太棒了。

"还有，"亨利不甘示弱地补充道，"莫奈最后离开了首都，定居诺曼底，他在吉维尼有一处漂亮的房产，附带一个繁花似锦的院子。从1899年开始，直到生命尽头，他一直在画自己栽种的睡莲。"

"是的，"埃莱娜接过话头，"直到生命尽头。他那时差不多失明了，但他笔下的花朵充满了生命的悸动，如同向世界发出的爱与和平的宣言。"

馆长的铿锵陈述之后，出现了长时间沉默——失明的威胁如一片阴云，重重地压在莫娜的心头。沉寂中，她仿佛听见了油画久远的心跳，不是监护仪上的心电图，而是莫奈充满激情的画笔触发的搏动。

1　欧仁·布丹（1824—1898），法国19世纪风景画家，被称作"印象派之父"。

"对不起，"莫娜悄悄装出尴尬的样子，冷不丁地说，"但我还是想知道：为什么说莫奈是印象派？"

"是的。"亨利承认道，"好吧，让我们回到开头吧！这个美妙的称呼源于一次中伤。1874 年，艺术批评家路易·勒鲁瓦站在莫奈名为《日出·印象》的画作前，讥讽地说给自己'留下了深刻印象'，他打心眼里认为这幅画蹩脚极了，模模糊糊的一团，笔触充满暗示但都不到位。当时有一批画家聚集在莫奈周围，如雷诺阿、毕沙罗、西斯莱、贝尔特·莫里索，他们全都采用了莫奈的绘画方式，于是路易·勒鲁瓦把他们称为'印象派'。面对评论家的出言不逊，莫奈该怎么办？听之任之？反唇相讥？莫奈的做法很高明：他从善如流，把这个称呼收为己用，不以为耻，反以为荣。而今，印象主义已经成为世界上最知名、最受欢迎的画派。"

亨利接着把话语权交给了莫娜，由她出面感谢埃莱娜送给他们的这份大礼。如果不是脑海中想表现得像个小大人的古怪念头，莫娜这会儿一定紧紧抱住了馆长。三人迈开步子朝门口走去，莫娜突然慌了手脚：她可不想错过这难能可贵的机会，她要围着油画转上一圈，因为这幅画此时放在画架上，而不是挂在墙上。众人立马原路返回。她终于可以绕到《圣拉扎尔火车站》背面，就像钻进了镜子的另一面。在那里，她看到的是一张陈旧的画布，呈现出脏兮兮的栗色，外面框着一个木框。唉，刹那间，好像一切在她眼里都显得十分可笑、粗制滥造、脆弱不堪！莫娜明白了，这也是一幅画的隐藏意义。我们要透过图像去揣测后面的意义，那里隐藏的不仅是高深莫测的解读、睿智高明的诠释、大胆新颖的解码和众说纷纭的假设。不是的，一层层颜料下面掩盖的，最好留在脑海中的，是那绑在画框上的没有灵魂、半平无奇的画布，是那简简单单的物体，然而，人类不朽的瞬间或许也定格在上面。

这一次，她打定主意要离开了。

27

埃德加·德加
舞出人生

　　小铸像爱好者一次又一次造访旧货店。小小的奇迹结出了硕果。客似云来，生意兴隆。莫娜注意到爸爸的精神状态渐渐稳定下来，他会走到投币唱片机面前，点上一些更加振奋人心的歌曲，特别是1980年代初的那些歌，比如弗朗丝·加尔的《抵抗！》。两人时不时握紧拳头，装作握着麦克风，来个双人大合唱。

　　莫娜最近这段时间一直在思考一件事。如果小铸像是外婆的收藏，那在旧货店的其他角落兴许还存放着一些旧箱子，也和神秘的柯莱特外婆有关。外婆的形象越来越频繁地萦绕在她的脑海中。既然大人全都闭口不谈，莫娜只能靠自己找出真相。她记起店内有个地方总让她害怕：那就是通往地窖的活板门。有一天，莫娜看见爸爸一直在和会计打电话，于是决定一探究竟。她打开两扇封住入口的沉甸甸的百叶门，沿着楼梯溜进地窖，一时陷入昏暗之中，失明的可怕记忆又浮现在脑海里。她紧握吊坠，仿佛它拥有超自然的能力，能散发出亮光，驱散幽灵。事实上，微弱的光束来自头顶打开的活板门。莫娜吓坏了，觉得浑身发冷。她一步一步往前挪，终于在犄角旮旯的暗处发现了三个纸箱，外观酷似装了小铸像的箱子。这里面是外婆的遗物吗？她走上前去，打开和她一般高的那个纸箱，里面是一捆捆牛皮纸信封。她抽出其中一封，就在这时，爸爸在远处喊她了。她本能地把那薄薄的战利品塞在腰间，匆匆奔向楼梯，一溜烟地爬上去，大声地说：

"我来了，爸爸！"

一天过去了，莫娜终于等到一个人安安静静地待在房间里的机会，她可以好好研究自己的意外发现了。"太棒了，"女孩心想，"这就是外婆吧！"信封里面是一份发黄的剪报，时间为 1967 年 9 月 9 日，标题为《柯莱特·维耶曼，为了尊严而大胆抗争》，旁边配了一张照片：一个势单力孤的女人与面色不善的众人对峙着。这个女人就是柯莱特，她好年轻，根本认不出来是外婆。莫娜想读一读这篇旧文章，她隐隐感到不安，那些人明显对外婆怀有敌意，这就让她更弄不懂文章的意思了。新闻提到了游行示威、疾病、死亡和监狱。沉重的话题，让人不快。莫娜感到自己的长辈遭到了污蔑，她迫切想和父母谈谈此事。可她知道这可能会招来一顿责骂。那外公呢？外公从未和她谈起过外婆，这是个禁忌，太危险了。莫娜摆弄起吊坠，她需要冷静下来。说到底，她或许可以在凡·奥斯特医生的帮助下找到答案？还有，1967 年 9 月 9 日离现在已经很远了，事情后来肯定发生了变化。她牢牢抓住了这个让她安心的想法。

*

奥赛博物馆的广场是绝佳的赚钱场所，总能从游客那里赚到点小钱。那天，莫娜碰巧遇见了一场静态表演：三个人全身上下涂抹成白色，摆出群雕的姿势，就好像他们是被封印在大理石中的古老卫队。莫娜对外公说，好有趣，可以靠站着不动来挣钱。亨利认为这个点评一语中的，他本人反感这种了无生气的表演模式。一条没有牵引绳的腊肠犬欢快地绕着三人组蹦跶，显然打算在某个人的腿上放松一下自己的膀胱，见此情景，亨利更觉得尴尬了。眼见牲畜要撒出尿来，三

201

人组一哄而散，冲着无主小狗骂骂咧咧。莫娜笑得很大声，亨利牵住她的手，他们要去干点正经事了，去观赏一场更加轻盈的表演：德加的芭蕾舞女。

那是居高临下的俯视视角，画面充满动感，灰色的舞台深处，作为背景的一群人只被潦草画了个大概。一名年轻的芭蕾舞女站在舞台右侧，占据了大约三分之一的画面。她正在用特定的"倾斜式阿拉贝斯克"姿势向观众致意，舒展的四肢和身体形成对角线。在这幅油画上，支撑女孩上身的那条腿处于绷直状态，但脚板平放在地上，由于视觉效果，完全看不见左腿。她挺起胸膛，朝向观众，面色红润，半闭的双眼表明内心的狂喜，摇摇欲坠的身躯向后倒去。她头上戴着花冠，脖颈上围着黑丝带，银白色的舞裙亮晶晶的，缀满了暖色调的花瓣。远景，画面左上角，和舞者形成斜对角纵深的位置，古怪的舞台后台尤为引人注目：用于遮挡后台的幕布不见了，取而代之的是形似洞穴的装置，画家用了赭石色以及更为低调的——绿色，试图让人联想起某种自然空间，看起来像是悬崖峭壁旁边的布景，间或有几处洞穴。在那些洞穴里，可以看到静止的身影，画家用写意的笔法进行了处理：有三名舞者，而在最近的地方有一个穿黑色礼服的男人，他的脸被挡住了。

莫娜——外公对她的秉性知根知底——完全没有成为舞蹈家的想法。她从未穿过芭蕾舞裙，也压根不知道"大剧院小老鼠"[1]这个说法。但她此刻说话急切的声音，不由得让人想起她上次在欣赏庚斯博罗笔下的那对爱侣时的表现。

"看，外公，她很幸福，看她的动作便一目了然。也很难说清她在做什么，好像是在飞翔。看，她飞了。还有，瞧，她一身白裙，仿

---

[1] 指在巴黎大剧院里学习的芭蕾舞小女孩，最早出现于19世纪，她们一般出身卑微，被父母送到巴黎各大剧院学习伴舞并挣点小钱，因此被称为"大剧院小老鼠"。

佛鸟羽：她就像只白鸟，或者就是天鹅。等等，外公，看这里，后面也有人呢！舞女吸引了画家，但这画里还有其他东西。画家想让我们看站在她后面的那些女孩。还有，那个黑衣男士。快看，画家只画了他的下半身以及上衣一角，可他的脑袋藏起来了。啊，外公，就像让人看得害怕的恐怖片，刻意遮住了脸，然后，冷不防地，好吧，实在难以分辨那人是谁。这制造出'悬疑效果'……（突兀的用词把亨利逗笑了。）那位黑衣先生有点吓人，可她，她高兴着呢。她在飞翔。"

"你分析得真棒，莫娜。但还应该动动脑筋想一想，女孩为什么让你觉得她在飞。仔细看看舞台中央的女孩，尤其是她手臂的线条：右臂弯曲，左臂打开。大家明白，她是在向我们看不见的观众致意。德加暗示了观众的存在，但并没有让他们出现在画面当中。大众处于'视野之外'（莫娜低声重复了一遍这个说法），而舞者在向他们行屈膝礼。她是在向观众表达谢意，在亲切问候。"

"可是我们呢，外公，你的意思是说我们被排除在观众之外？"

"我们是观众的一部分，但所处的位置相当特殊。德加为我们安排的座位应该是高层侧包间，所以我们欣赏舞者的角度不太一样，有些地方看不见……"

"那条腿！"

"是的，舞者伸向后方的左腿因为视角的缘故消失不见了，飞翔的错觉也由此产生。"

"我要说蠢话了，可是外公，你时常提到画家会在作品中采用对比的手法（她一字一顿地说出这个词）。那里，我觉得就形成了对比，飞翔的女孩和她背后那些人：三个白衣舞者和一个黑衣男士都站得笔直。"

"你的话一点也不蠢。德加试图营造出纯粹的观众视角，我们看见的就是观众所见。但从某种意义上来说，他也是导演，他并不是在大剧院现场作画，而是从所见所闻中汲取灵感，然后回到画室中再现他认为合适的画面，因此他的构图是要表达他感兴趣的点，而非像记者一样忠实地再现事物。画家的视角结合了两个现实：舞台上发生的一切以及幕后的动静，画家用了一种奇怪的甚至可以说是难看的方式来表达后者。"

"看着像是洞穴！"

"完全正确。一边是璀璨夺目的明星舞者，一边是朴实、静止的后台人物，德加让两者形成了对比冲突。黑衣男士的存在还提醒大家，暗处潜藏着男性权威，暴力又龌龊……德加不仅仅是一位大家口中的专画女舞者的画家，他还描绘了构成音乐和歌剧气氛的一切，包括成年男性对孩童施加的压迫和权威。"

亨利在想：他也许应该讲讲这位画家的性格，一个可爱又可恨的人，同时代的诗人都敬佩他，特别是马拉美[1]和瓦莱里[2]。德加对人对己都要求极高，常常让人觉得不可忍受、愤世嫉俗。背景中的黑衣男士有德加的影子，他对待模特态度恶劣，但凡模特摆出的姿势不是他想要的，他便大吼大叫，火冒三丈，能把模特给吓哭。德加有句口头禅："艺术，就是邪恶。我们不是迎娶艺术，而是强奸它。"把这些告诉莫娜，兴许会影响她理解这幅画，于是亨利说了些别的：

"好好看看，莫娜。我们可以感觉到德加是个多么伟大的试验者，甚至是个能工巧匠。艺术史上，画家根据传统往往会区分不同的绘画技艺，德加却将它们结合、融会在一起。最知名的例子，便是他创作的名为《小舞女》的塑像，把失蜡浇铸技艺与真裙子和鬃毛结合在一起。1881年，这座雕塑展出时引起了轰动，把人造物质和真实元素糅杂在一切，这种做法完全违背了传统，而且在大家看来，那个当模特的小女孩长得丑陋不堪。在这幅《舞台上的舞女》里也可以发现有趣的混合手法。首先，德加创作了一幅单版画。这是一种特殊的版画，艺术家把颜料或者墨水涂抹在金属版上（亨利边说边模仿动作），接着擦拭掉部分颜料，画出图像，再用一张湿纸盖在模板上，放到压力

1　马拉美（1842—1898），19世纪法国诗人，象征主义诗歌代表人物。
2　保尔·瓦莱里（1871—1945），法国象征派诗人，法兰西学院院士。

机中压实，这样就可以得到清晰的复刻画，而且是唯一一张。所以我们把它叫作'单版画'。不过，德加有时会复刻第二次，那时印记就会变淡，有些地方几乎看不见。他继而在这模糊不清的版画上用水彩进行再创作。"

"啊，外公！爸爸修旧货也差不多是这么回事。我现在明白他是怎么小修小补的了，他之前和我说过（她做了个可爱的鬼脸）。哎哟喂，真够呛的！"

"再让我说上两句。我说了，德加会在版画的基础上作画。他常常找亨利·罗谢帮忙，那人是巴斯德[1]的得意门生，既是化学家也是生物学家，他为德加制作了色彩丰富的水彩棒。看看德加是如何为芭蕾舞裙上色的：彩色的线条赋予了裙摆动感，让它显得流光溢彩。"

"这么说，外公，德加和莫奈差不多喽？"

"可以这么说，德加和印象派画家过从甚密，甚至加入过那个团体，但他讨厌'印象派'这个说法。他只喜欢在画室工作，过着深居简出的生活，还搜罗了大量古董画和现代画。他会求助于研究报告和照片，但主要靠记忆作画。你还记得吧，莫奈会带上画架、画布和调色板，走南闯北地去露天作画？而德加呢，他太讨厌这种行为了，有一天甚至要求政府'防范那些露天画画的人'！但还有其他的东西……"

"什么什么？"

"我们来回忆一下：莫奈饱含色彩、断断续续的笔触赋予了画作印象的特色。而德加断裂的笔触是线性的。德加和方丹、印象派一样，喜爱德拉克洛瓦及其绚烂的色彩。可德加也欣赏德拉克洛瓦的劲敌，我还没提到过他，让-奥古斯特-多米尼克·安格尔，19世纪的巨匠。在安格尔的作品中，线条占据首位，因为，只要动作稳定、精准，线条就能勾勒出优雅的体态和人体曲线。"

1　路易·巴斯德(1822—1895)，法国微生物学家、化学家、免疫学家，被称为"微生物学之父"。

"外公,我认为那个舞女优雅极了!"

莫娜说罢,朝德加的油画行了和画中舞者一样的屈膝礼,但她一抬腿,差点就一个趔趄摔倒在画上。亨利眼疾手快,一把抓住外孙女……大厅里保安都要为老人家的快速反应鼓掌了。

"一个动作,"亨利继续往下说,"似乎总是包含着某种意义,某种内涵。我们日常生活中会做出数不胜数的动作。我们要移动,要行走,要吃饭,要举起餐叉放到嘴边;我们要睡觉,要舒展身体。这些动作在日常生活中都有其作用,可是舞蹈动作不在这范畴之内,它只为舞蹈而存在,它脱离了日常生活,是为了美而产生的。听听德加本人是如何评价的。他写过一些美丽的小诗,关于芭蕾舞女演员,他是这样说的:'用缎子包裹的玉足穿针引线般/绣出愉悦的图画。'"

"绣花的脚?"莫娜告诉外公,这个比喻有点古怪。亨利并不完全赞同:当舞者迈着小碎步前进时,他偶尔会联想到缝纫机……但他承认,这首亚历山大体诗乍听上去有点突兀。他欣赏外孙女的这种态度,不会照单全收,不会被权威的观点左右,无论是艺术观点还是文学观点。

"你看,"他接着说,"这幅画告诉我们,生活不只是活着,还需要舞动。我们的动作、行为、举止时不时也可以逃离日常窠臼,逃离那无休无止、汲汲营营、束手束脚的机械生活,有什么关系呢?如果是为了舞动人生,抽离一下有什么关系呢?"

莫娜不作声了。"舞动人生",这个想法可真有意思。她又想起了哈吉夫人的语法课。"舞动"可以和"人生"搭配构成词组吗?可以吧。于是,莫娜愉快地在脑海中想象双脚像缝纫机一样在绣花。

28

保尔·塞尚

去吧，斗争、烙印、坚持

　　凡·奥斯特医生给莫娜打了预防针：他这次会让她重新体验半年前意外发生的失明。有了前两次成功的催眠经历，莫娜已经准备好接受进一步的治疗了。但躺在巨大的皮质扶手椅中的时候，她却惴惴不安起来。医生看到她目光焦虑，抿紧嘴唇，便安慰她说，如果感觉非常不适，她可以想一些舒服的、让人宽慰的事情，也就是上几周营造出来的"思想避难所"。凡·奥斯特医生把三个指头放在莫娜的额头上，莫娜渐渐沉入梦乡。

　　在医生声音的影响下，一切都浮现出来：数学习题、厨房餐桌、周日晚餐的香气、妈妈出现在蒙特勒伊的公寓中。幻觉如此真实，莫娜感到自己又经历了一遍那该死的一夜。真是又迷人又可怕。她重复了那个简单的动作，为了方便做作业，她摘下了脖子上的项链，就在这时，失明的恐惧攥住了她。深渊，仿佛宇宙尽头黑洞的无尽深渊，在餐桌上形成了，她站在桌边，黑洞在慢慢吞噬她。必须逃离噩梦。莫娜的内心动摇了，她要抽离出来，她在后退，不断后退，可无济于事。紧张的情绪反而增强了黑洞的吸力，于是她改变策略，不再回避引力的牵扯，因为身处其中的她打从一开始就承认失败了，她转而跟上黑色旋涡的节奏，和它共舞。她一脚踏上去，就一只脚，一个滑步，仿佛是在宇宙中滑行，舞技精湛、身姿婀娜，她让旋涡却步了。莫娜为自己取得的胜利感到骄傲，她在宇宙中翩翩起舞，随着旋涡转动，身体明显放缓了节奏。莫娜来到了时间的源头。

现在的她还是个小婴儿，只有 18 个月大。她看见外婆在小道尽头叫她，那是在公园，小道两边种满了紫罗兰。莫娜正在蹒跚学步，嘴里发出悠长的"啊——啊"声，表达着内心的满意和好奇。她有节奏地一摇一晃，努力抬起一条腿，又抬起另一条，免得摔倒在地——我们把这种简单的动作叫作"走路"。莫娜在催眠中重温了人生之初的几步路。她一步一步往前走着，神气活现，迎着柯莱特的目光和张开的双手，串着鱼线的蟹守螺吊坠挂在外婆的脖子上，微微摆动。小莫娜紧紧盯住外婆，一步步走向她。一米，两米，四米，六米，她走得稳稳当当。欢快的笑声，还有亲吻。然后，在莫娜学会了走路的公园里，闪现出终极回忆。一个路人走到外婆身边，停下脚步，说："夫人，我认识您，您是柯莱特·维耶曼。您要知道，我无比崇拜您。"那个身影消失了。凡·奥斯特打了个响指。

*

这个星期三，亨利——兴许疏忽大意——把吊坠露在了衬衫外面，于是莫娜想知道更多关于吊坠的故事。去往奥赛博物馆的路上，莫娜要外公讲讲他为什么会和外婆一起捡拾、挑选和佩戴海螺的。之前每次提到去世的老伴，外公都会悲从中来，变得沉默寡言，但这次他主动开口了。

"你的外婆是一位斗士，一位伟大的斗士。"他说。

至于脖子上的吊坠，他把它称为"护身符""吉祥物"，戴上它，就可以对抗命运的不公和不幸。一位伟大的斗士？莫娜催促外公快点讲讲，亨利却沉默不语了，久久地佝偻着背。直到站在今天要欣赏的画作前面时，他才平复情绪，挺直身子，仿佛准备去攀登艺术巅峰。

这是一幅开阔的地中海风景画，位于画面中央的高地引人注目。以露台为视角，由近及远，分别是松树、大地以及平地而起的山脉和半透明的天空。画中每一下笔触都充满动感，用赭石色、绿色或蓝色以及悦人的亮色填满了画布的所有空间。可以这么说，画中没有一处阴影，因为画家采用了细腻的暖色调来表现山体的起伏和险峻。画面左侧的露台边缘如同岬角，在它的后面，一棵松树傲然挺立于一众树木之中，每一道笔触都昂扬向上，以绿色系为主，也夹杂了蓝色系颜料。画家在画面右侧重复了茂密的森林，但不再是参天大树一枝独秀，这部分的重点，是远处山脉和草地之间的十二桥洞引水渠。画面中央豁然开朗，呈现乡村甚至农村景象，因为几乎感受不到人类活动，那里的牧场和农田被分割成几何形状。画家大量采用了横向笔触，用有棱有角的几何形状来暗示房屋。草坪是绿色的，混合了黄色，再用淡红色勾勒出两个几乎融入周边环境的屋顶。最后，高地的山脊从左边逐渐升高，至顶峰形成小平台，然后急转而下，构成一个凹陷之后，平缓地延伸到画框之外，伸向普罗旺斯的远方。

莫娜看见介绍牌上的画家名字，心里一惊，哼唱起来。塞尚？在爸爸的旧货店里，破旧的点唱机播放弗朗丝·加尔的唱片时，她不是好几次听到过这个名字吗？"可这个男人 / 头戴草帽 / 罩衫满是污渍 / 凌乱的胡子 / 塞尚在画画 / 他的双手在完成奇迹……"[1] 女孩唱得字正腔圆，音色清亮。外公让她把歌唱完，有几名游客听得入迷，都想加入合唱了……唱到"如果幸福真的存在 / 那是艺术家的试样[2]"时，她提高了音量。亨利在聊天方面天赋异禀，他的谈吐可渊博可通俗，或

1　弗朗丝·加尔的歌曲《塞尚在画画》的歌词。

2　原文是épreuve d'artiste，这是一个专有名词，指没有编号的复刻版画，一般艺术家会留下几份复刻的版画，留作己用，他会写上"épreuve d'artiste"或者"E.A."。此外，épreuve一词还有"考验、苦难"的意思。

一鸣惊人或引起共鸣，他顺着那迷人的歌词分析道：

"眼前我们看到的可不是什么试样，'试样'这个词，一般用在版画上，而这是一幅油画。不过，塞尚作画的时候一定戴了草帽，因为天空是蓝色和象牙色的，地中海的太阳可是光芒四射。"

"外公，也就是说，塞尚在户外作画，和莫奈一样带着画架……"

"千真万确。而且，莫奈和塞尚两人彼此相熟，他们是知己，是好友，互相欣赏。塞尚也参加了1874年的画展，就是在那场名垂青史的画展中，批评家路易·勒鲁瓦讽刺一众画家紧随莫奈的脚步，全都是'印象派'，他也把塞尚归入了这个画派。两位画家都创作过系列作品。莫奈以圣拉扎尔火车站、鲁昂大教堂或睡莲为题，塞尚则面朝普罗旺斯的圣维克多山，拿它做模特创作了不下90幅作品！"

"好吧，塞尚的画有种确定感，看看那些岩石和田野，就好像它们是用小碎片拼凑而成的。我想到了莫奈，不过莫奈的笔触主要是圆点，是吧？而这幅画，它……它更稳固！最后，我认为……"

"你的形容太准确了！塞尚自己说过，他'想赋予印象主义稳固和持久，就像馆藏的艺术品'。莫奈画的是他之所见，用的是撞色，充满暗示性的笔触，更多是追求转瞬即逝、浮光掠影的效果。在《圣维克多山》中，山体的侧面、平原上的农田、树木的枝丫，还有近景中的栏杆，塞尚下笔如刀刻斧凿，不够连贯，这是真的，但比起莫奈的画，他的画更严密、更扎实。莫奈是要稀释画面，营造出肉眼能感知到的瞬间性；塞尚不是稀释，而是简化，他追求某种更加稳定、几何性更强的画面。他还建议某个崇拜他的画家——那是在1904年——'把自然景物处理成圆柱体、球形和圆锥体'。"

莫娜想起了自己小时候的画。那些简单的图形就是塞尚想要的东西吗？不管怎么说，如果画个圆锥体就算松树，她感到自己也是可以胜任的！她的小脑袋里充满了疑惑。这些画家真是古怪，他们都是大人了，废寝忘食地工作，掌握了大堆大堆的知识、技巧和理论，到最后，他们却想退回到孩童状态！……亨利试图解释这种矛盾。对于塞尚而言，亨利缓缓道来，稚拙是艺术的特性之一，重要的是要把它推向极致。他举了一个例子：孩童是不会画阴影的，也不会运用透视法把某些元素移至远景。所有的图形都同等重要。一只鸟的大小比例和一辆汽车如出一辙，孩子每画一个图案，都希望它与其他图案同等重要，他绝不会弱化一些元素以突出另一个元素，让它比别的元素更加显眼。塞尚的画，就是这个原理。

莫娜笑了：外公这番解说她压根听不懂！该死的，轮到亨利抱怨了，要让小家伙明白自己身上的天赋没那么容易……但他并不气馁。

"听我说：塞尚的稚拙理想，体现在他不会虚幻地去挖掘景物的深度，而是希望他的图像跳出画布……而且，你看看那些静物，由于线条的运用和物体的摆布，它们会让人觉得正挤挤挨挨地拥向画前。在这里，最好的办法是仔细观察画中的阴影。画家出于本能会用凹面镜的方式来表现阴影——也就是说凹陷，从而起到弱化图形的效果。塞尚却表示，他开始掌握画圣维克多山的精髓，是因为他意识到应该用虹色来处理阴影，让阴影鼓胀起来，逃离中心。于是，他采用凸面镜的方式来描绘阴影。（这时，莫娜记起了在卢浮宫看到的玛格丽特·热拉尔的画，那幅画的左下角有一个金属球。）在这幅画中，塞尚可以说是对阴暗寸步不让。再看看那些松树。你想到了什么？"

莫娜仔细察看了一连串横向以及斜向的笔触，它们赋予了树叶生命力，尽管是绿色的树叶，我们却仿佛从中看到了熊熊烈火。莫娜说出自己的看法。亨利表示同意，并告诉莫娜，塞尚走到生命尽头时，说圣维克多山"如饥似渴地吸取阳光"（他凭记忆复述道），而组成山体的岩块就是"火"：燃烧的矿物。

"你要知道，莫娜，这片土地处于法国南部，塞尚对它熟稔于心。1839 年，他出生于此。塞尚的父亲是银行家，他反对儿子当画家。'人死于才华，靠钱才能糊口。'面对儿子的志向，他如此哀叹。在很长一段时间里，塞尚靠的是发小的鼓励，这人就是大作家左拉[1]，他俩一起在艾克斯－普罗旺斯长大。不过，遗憾的是，随着时间推移，两人渐行渐远。很多印象派画家仰仗保尔·迪朗－吕埃尔的资助，那是一位有远见卓识的画商，但塞尚几乎没有获得过他的金钱支持。他卖出的画作寥寥可数，要到 1890 年左右，也就是创作这幅《圣维克多山》的时候，情况才有所好转。但塞尚并不气馁。'画作会找到它的主人。'他这样自我宽慰道，这人乐天过头又特立独行。孤独的他还有一名志同道合者，尽管那人已经过世两个世纪，那就是伟大的古典派画家尼古拉·普桑。塞尚说过，他的作品就是'普桑自然风景的翻版'。这并不是说他要精准复制普桑，他可不愿意干这种傻事——继续创作 17 世纪的画，但面对圣维克多山，他怀揣精益求精的想法，恰如当年的普桑。"

"啊，我记起来了，外公！禁止晃动。"

"是的。为了确保一切处于完美的平衡状态，稳定到极点，一切都在颤动而不会分崩离析。"

"也就是说，面对自己的画作，塞尚能保持沉着冷静？"

"可惜不能。他和景物融为一体了，永永远远。内心的干柴烈火灼烧着他。塞尚的关键词，是'感觉'。他要抓住自然的所有感觉，将其提炼出来，进行完美整合。你刚才唱了弗朗丝·加尔的歌，现在让我用德国诗人里尔克的话来作为回应。里尔克称赞塞尚的艺术说：'仿佛画作上的每个点都熟知其他的点。'这就是关键所在。在这幅风景画的中央，两处代表屋顶的红色颜料似乎知道彼此之间的关联。放眼四周，山上那微微发紫的反光，天空中细腻的内曲笔触暗示着微风，或者每根平行的线条都在勾勒田野。它们之间全都互相关联。"

"或许我们可以说得更简单一点，外公！确实正如歌词唱的那样，'它点亮了世界'。"

---

1 左拉（1840—1902），19世纪法国最重要的作家之一，自然主义文学的代表人物。

"正是这样。塞尚睁开双眼，要把一切尽收眼底。他看得聚精会神，充血的眼球差点夺眶而出。他执着地探究世界，追寻绘画之道，弄得心力交瘁。他有时真的痛苦难熬，两次下笔之间要隔上20分钟。他工作起来不分昼夜。关于这点，有段话说得很好：时间无穷无尽地流逝，他在圣维克多山面前精疲力竭，消耗殆尽的不是这座山，而是正在画山的塞尚。然而，他在坚持，在抗争，永远不会妥协。"

"画这座山，有点像是在爬山。"莫娜怯生生地说。

"完全正确，他画山，就像是在一步步攀登。尽管有过失败和犹疑，尽管工作劳累导致双眼充血，但他坚定地走在自己的那条道路上。"

"啊，外公，这幅画的启示！"莫娜欢呼起来，"我今天可以总结出来！我知道是什么！"

亨利让她说下去。受到鼓励的莫娜笑着唱起了歌。但不再是《塞尚在画画》，而是弗朗丝·加尔的另一首歌，上周她和爸爸在旧货店里开演唱会时唱过的《抵抗！》。歌词中有四句振聋发聩的祈使句，可以作为今天这幅画以及这位传奇画家的最佳口号。

"去吧！斗争！烙印！坚持！"莫娜斩钉截铁地说道，双手伸向博物馆上方，脑袋后仰，秀发飘扬。此刻的她仿佛醉了，她颤抖着，激动着，活力四射。

29

爱德华·伯恩-琼斯[1]
珍爱忧郁

哈吉夫人每个星期都会让一名学生站在讲台上，自行选择一个主题代替老师上一节课。这次轮到莫娜，她带来了乔治·修拉的一张海报——它本来贴在她卧室的墙上。那是一个侧坐在矮凳上的年轻女子，左腿搭在右腿上。莫娜用图钉把海报钉在布告栏上，开始描述这幅作品：她提到了点彩画派，画家用密密麻麻的小笔触，营造出女子脸庞若隐若现的效果，让皮肤充满颗粒质感，让远景如梦似幻，绚烂多姿。她讲述了海报的创作背景，提到了透纳风景画的那种稀释感，说到了马奈、莫奈和塞尚，这些画家渐渐地摒弃了阴影和清晰的轮廓，转而采用纯粹的色彩以及暗示手法。

她没有求助任何人，没有请爸爸妈妈或者外公帮忙，而是靠自己完成了准备工作。参观卢浮宫和奥赛博物馆的经历让她获益匪浅，她从互联网上找来相关信息，要用自己的语言，把她自己所了解的修拉介绍给同学们。

"他属于新印象主义，"她说道，"也就是说，修拉走得比印象派更远，他试图让画作呈现出粉末的质感！"

莫娜充满自信，也很谦逊。但越往下说越感到词不达意。为什

1　爱德华·伯恩-琼斯（1833—1898），英国艺术家、设计师。

么？因为她想到了外公。她不该把自己分裂成两半，不该一心效仿外公。她既站在讲台上同时又坐在课桌旁，极度不适的分裂感让她满脑子只有一行可悲的字——"我一无是处"，于是眼泪夺眶而出。

但她做了充分准备，演讲仍有条不紊地在继续。乔治·修拉英年早逝，她说，留存于世的作品寥寥无几。她还解释了什么叫色彩混合，说并不是在调色板上精心调出特有的颜色，而是由看画者的眼睛决定的，因为所有的笔触都相似。莫娜越说越没底气，觉得没人听得懂她的解释，便语无伦次了，说起话来吞吞吐吐，磕磕巴巴，眼看自己即将崩溃，她还是强打起精神。她要坚持住，渡过难关。讲述完毕，最后总结时，她终于说道，修拉希望看画的人能感受到点彩技法跃动的美，"内心受到洗礼"（这个说法让迭戈扑哧笑出了声）。她拼尽最后的力气，言简意赅地强调，19 世纪的画家在创作这类作品时，对色彩有极致的追求，堪比照片，而照片在当时还只是黑白的。

终于，结束了。她克制住了中途放弃的念头，但总是想到外公，意识到成年人和她这样的小孩之间，在知识和能力方面还存在着无法逾越的距离。"我一无是处，我一无是处。"她在脑海里重复道。

在座的所有人都惊呆了。哈吉夫人表露出一定的善意，要求同学们为莫娜鼓掌喝彩。掌声响了起来。莫娜那如金子般纯净的小小心灵是那么谦逊，分不清同学的鼓励是出于安慰还是在肯定她的出色讲述，像艺术史学家那样的陈述。

*

莫娜找到外公，一同前往奥赛博物馆，她避而不谈自己在今天课堂上取得的成功。为什么呢？她无法清晰地表述出来，但原因显而易见：面对画作时，她精神层面的独立性本应从亨利那里获得幸福感和骄傲感，却让她内心感到惶惶不安。于她而言，确实难以想象她能在没有外公的陪伴下独立评述并享受绘画的盛宴。憧憬精神上的独立，便是憧憬长大成人；憧憬长大成人，便是憧憬与充满魔力的童年挥手道别。如若问她，那莫娜必会指天发誓，拿这世间的美起誓，她以后绝不会撇开外公独自一人逛任何博物馆。她是发自内心的。那天，握紧外公的手时，她又想发誓了。可看到《命运之轮》的刹那，她松开了手，激动而惊恐。这幅悲伤的杰作出自爱德华·伯恩－琼斯之手。

这是想象中的场景，仿如梦境，从深层透出古怪，笔触顺滑连贯。一名年轻女子侧身赤足站立，身着蓝灰色长裙，双目紧闭，头戴软帽，一只手坚定地推着巨大木轮的辐条，而轮辋上绑着两个肌肉结实的男人，神情克制。（其实底下还有第三个人，但画面有限，他只露出了双肩以及戴着桂冠的头。）构图出人意表：画面左右比例略显不平衡，重点偏向右侧，木轮——只占据三分之一的画面——采用了透视法中的缩短处理，仿佛凑在观众面前，我们无法看到木轮的顶部和底部。木轮缓缓滚动，呼之欲出，眼看要撞向观众。我们由此联想起经典酷刑——轮刑，把受刑者四肢拉直，绑在圆形的轮子上，转动轮子以使身体弯成弓形，在滚动中把人碾碎。画面中的肌肉男确实因为被绑在木轮而弯成弓形，但四肢并没有绷直。恰恰相反，他们扭转的髋部和柔韧的四肢呈现出一种肉欲，脸上的表情半睡半醒。处于轮辋中央的主要人物，头戴金色王冠，手持权杖。最后，应该注意这幅画的奇特比例：位于左侧的女子，没有讲究透视效果，比右侧被她折磨的男子大了两倍。她宛若女神般站在石头基座上，俯瞰芸芸众生。而且，木轮穿行而过的景物，衬托出木轮的硕大。作为背景，我们只能从构图的间隙隐约辨别出：金属色的天空下，一座寸草不生的古城错落展开。

莫娜觉得这幅画难以置信。她欣赏画家丝丝入扣的画技，肉体的颜色极为逼真，人体比例堪称完美。她的目光在衣服的褶皱间逡巡，仿佛从高空鸟瞰地上的景致。这时，外公的声音把她拽出了梦境。

"画的主题是未解之谜，画中的女巨人让三个男人——从上至下依次为奴隶、国王和诗人——遭受轮刑。画面十分紧凑，我们只能依稀辨认出神殿或要塞，也有可能是陵墓的斑驳石块。整体色调略微发灰，低饱和度的用色让画面毫无血色，仿如进入了一个纷纷扰扰甚至是难以理解的梦境……"

"所以，很难说清这幅画想表达什么咯？可惜了。"莫娜做出惋惜的表情。

"我们可以试着努力一下……爱德华·伯恩-琼斯生于1833年，是一位自学成才的画家，在当时属于英国非常重要的画派——拉斐尔前派。我明白，这个名称听着很拗口……这么说吧，这些画家想回到拉斐尔之前的理想年代。"

"那个画年轻圣母和圣子耶稣的拉斐尔。"

"所以拉斐尔的画作有现代性。（这个词，在欣赏莫奈的《圣拉扎尔火车站》时就提过，莫娜感到很好奇。）因为拉斐尔在16世纪便要将这先锋的信念融入对自然的认知以及技术当中，后期有些艺术家对他顶礼膜拜，但也有些人对他恨之入骨。在拉斐尔前派看来，拉斐尔玷污了创作，他虽然是个天才画家，但熄灭了中世纪艺术作品神圣、神秘的愿景。因此，拉斐尔前派希望回到过去，去追求共同的精神理想。"

"好吧……"

"伯恩-琼斯和维多利亚女王是同时代人，他亲历了英国工业革命。那是一个信心喷发的年代，人们执着于功成名就和物质享受，相信在理性思想的指引下会不断取得进步。人们坚信光明的未来。不过，工业革命同样也有弊端，导致有些人梦想破灭，造成贫困，带来自私。工业革命摒弃了诗歌和虚构，因为人们认为这两者背离了进步的步伐。伯恩-琼斯是英国拉斐尔前派的一员，在欧洲大陆被宽泛地称为'象征派'，他并不认同工业革命。"

莫娜在心中默念"拉斐尔前派"和"象征派"，她要把这两个名词化为己用。亨利想到了那些浸淫在光怪陆离的幻觉中的艺术家，他们都是坚定的背德者，属于所谓的"颓废主义"：法国的古斯塔夫·莫罗和奥迪隆·雷东，比利时的詹姆斯·恩索尔和费尔南·诺普夫，德国的马克斯·克林格尔。出于奇妙的联觉反应，他的内心回荡起地下丝绒乐队[1]用愤怒的低音演绎的《穿裘皮的维纳斯》——这首激烈的摇滚乐显得深不可测，非人类智力所能及，以前，他和柯莱特反复播放过这首曲子。

"你还记得吧，莫娜，我们看过很多艺术作品，它们都在表现外部世界，要么展现日新月异的城市，比如莫奈；要么是德加笔下的现代休闲方式，或者塞尚的风景画。这幅画反其道而行之，伯恩－琼斯描绘了内心感受，他通过寓意来表现这一点。那个滚动的木轮是命运之轮，伯恩－琼斯将先人的观点具象化了，即命运无常。即便权势滔天如国王，抑或功成名就如诗人，幸福和才华都抵不过岁月流逝，因为'世事无常'……"

"万物流变！"莫娜兴奋地应和，她还记得在奥赛博物馆的库房学到的知识。

莫娜融会贯通的能力又一次惊艳到了亨利，他不动声色地说下去：

"莫奈想暗示的是，物理意义上的时间不可避免地流逝，自然和社会会持续不断地变化。伯恩－琼斯的画作更像是文学作品，他要谈论的更多是个人的命运，艰难曲折的漫漫人生路。"

莫娜有点儿听不懂外公所说的话，好像并没有完全被说服，不过还是审慎地表示了同意。

"啊！这画里有个谜题，你会喜欢的……我刚才提到，拉斐尔前派对文艺复兴持怀疑态度，他们想回到文艺复兴之前的理想年代。然而……"

"然而，"莫娜仿佛先知先觉一般，斩钉截铁地说，"木轮上的躯

1　地下丝绒乐队，1965年在纽约成立的美国摇滚乐队。

体和卢浮宫中垂死的奴隶并无二致，就是米开朗琪罗的雕塑……"

"是的，"亨利表示同意，并掩饰住自己的讶异之色，他的外孙女具有敏锐的视觉和出众的视觉记忆。"画中的三个肌肉男受到了米开朗琪罗风格的启发，一方面传递出苦难，另一面又表现出优雅和美感，仿佛有道银辉掠过他们的肉体。换句话说，伯恩－琼斯让'命运无常'这个寓意显得轻松、诱人、令人神往，而它本身是个悲剧性的命题。"

"为什么这么说？"

"这种特别的感受，年少时是不会懂的，随着岁月的流逝，感受才会越发强烈。这幅画背离了工业革命提倡的唯物主义价值观，也就是不再强调积极进取、实用主义和效率至上，而是在宣扬忧郁。"

"欣赏米开朗琪罗的作品时，你和我说过这个词！"

"你记性真好。忧郁，是一种没确切来由且无法慰藉的忧伤，它说不清道不明，却锥心刻骨，甚至到了令人发疯的边缘，仿佛一切都没了意义，仿佛将来所创造的一切注定要灰飞烟灭。看看这个木轮：它的布局注定它要冲破画布——也就是说，要冲出世界——每个人的世界。所谓忧郁，就是别的什么事都没有发生，偏偏就发生了这事。"

莫娜皱起了眉头。对于她这样敏感的孩子来说，把忧郁视作迷人的东西，这个想法着实吸引人，至少让人惊奇。亨利清清楚楚地感觉到了。

"忧郁，"他娓娓解释，"立足于无。阳光催生欢乐，月光撩动忧郁。在这里，画中的一切都沉浸在银辉之中。如果说高昂的脸散发出力量，那么微斜的脑袋流露的便是忧郁。你看那画中双目紧闭的女子，她俯视着地面。绿意盎然的花园或簇新的楼房喷薄出生机，古老的建筑诉说着忧郁。你看这里，画的边缘是龟裂的、灰蒙蒙的古老石头。夜幕降临，俯身的女子，死气沉沉的背景，它们都有一种说不清道不明的美，但那是一种散发出忧郁的美……而这种忧郁的气息又令我们百感交集，由此勘破了些许人生秘密。莫娜，听我说：尽享美妙人生，这是幸事一桩，但事事如意会让万事万物浮于表面；忧郁，它是我们身上的一道裂痕，暴露出世间万物的意义和无意义，让我们得以看见深渊。艺术家知道忧郁，他们滋养忧郁，以此来创作自己的作品。宝贝，这幅画告诉我们的，就是珍爱忧郁。"

"所以，那名女子才这么漂亮？"

"说对了一半。不如说，这是那个时代的诗人所营造出的刻板印象：女性是致命的。这种观点根深蒂固，而信奉者也自甘沦为受害者。是的，命运女神如你所说一般美艳动人，这没有好坏之分，或许正因为坏到极致，在伯恩－琼斯看来，才是好到极致。"

莫娜非常喜欢外公看似自相矛盾又别有风趣的语言。亨利喜欢玩文字游戏，但竭力避免陈词滥调。在这里，他由衷地认为伯恩－琼斯及其后人都饱受这个刻板女性形象的影响。拉斐尔前派潜藏着一种矛盾的性欲，姑且可以称他们为"受虐狂"。对了，亨利回忆起来了，和伯恩－琼斯及拉斐尔前派同时代的一个人把它变成了专有名词，那就是作家利奥波德·冯·萨克－马索克[1]，他生于1870年代，著有《穿裘皮的维纳斯》。老天！正是这部小说给地下丝绒乐队带来灵感的，他们据此创作出了同名乐曲，而就在不久前，乐曲的旋律还在亨利的脑海中挥之不去。啊！他怎么会把这一切忘了这么久？他意识到，在他这个年纪，在80岁的春天，还能吸收这么多知识，真的是太棒了。

---

1 利奥波德·冯·萨克-马索克（1836—1895），奥地利作家，"受虐癖"（masochism）一词即来源于他的名字（Masoch）。

30

文森特·梵高
定住你的眩晕

距离莫娜悄悄拿走牛皮纸信封已经过去三个星期了，信封里面有一份关于柯莱特的剪报。莫娜看不大懂文章内容，但她心里感到很不舒服，甚至都不想搞清真相了。她想从记忆中抹去这种感受。然而，关于外婆的回忆纷涌而来，她拿不定主意是否要遗忘这一切。催眠治疗中，外婆竟然神秘现身，还有，在爸爸的旧货店里——意外——发现的外婆的遗物，两件事情相继而来，令她心绪难平。独自一人留在店里时，她有时想再次溜进地窖，再偷出一份档案资料。这种孩子气的淘气行为固然能给莫娜带来逾矩的快感，但这个念头又冷不丁地让她陷入苦恼。于是，她选择了放弃。

星期天的午后，对已故外婆一无所知的闷闷不乐，又被另一种更难以慰藉的苦闷取代。莫娜难过的是，她不曾拥有过外婆，完完整整的外婆。外婆的声音，外婆的目光，外婆让人心安的笑容，外婆微不足道的动作，统统不存在：那是一个豁然洞开的缺口！莫娜趴在旧货店里间的地板上写作业，两边的纸板箱垒成了万丈悬崖，而她深处其中，难过得哭成了泪人儿。"我又哭鼻子了，"她自言自语，"又要挨骂了。"一个孩子竟然会因为自己产生了无害的忧伤而内疚自责。她用胳膊肘擦干了脸颊上的泪水，泪水已经湿透淡紫色的棉衬衫。接着，她认为有必要把旧货店的角角落落都搜查一遍，找到有关外婆的蛛丝马迹。于是她起身钻入黑暗。她在活板门前站定，弯腰将其打开。但她没有掀开沉甸甸的百叶门，反而双膝跪地，忧伤的情绪裹挟着她跌入一段新的回忆。

莫娜那时三岁。她坐在柯莱特的膝头，看看这些盒子，又看看那些盒子，它们全都小小的，有些显得很贵重。她打开，关上，一番探索。多有意思啊，那些小盒子和它们的盖子，里面摆放了几十件物品——发黄的香香的袋子、照片、珠宝，还有小玩意儿！最后，莫娜从中取出一枚镀金奖章，正面是圣母和孩童像，背面刻着"柯莱特"的名字。

"孩子，这个以后对我将毫无用处。"外婆摸出挂在脖子上的蟹守螺吊坠，说，"这是一个宝贝。总有一天，它会属于你。"

莫娜感到外婆把手搭在她的肩上，那么和蔼可亲，那么温柔慈祥。女孩闭上眼睛，流下了泪水，她又一次哭了，她无法就此告别从亡灵国度归来的幽灵。她留在原地，在活板门前面，沉溺在失而复得的虚幻的眷恋之中，她跪在那里，仿佛要跪一辈子。当她再次睁开眼睛时，一双巨大又温柔的胳膊搂住了她。

"把泪水擦了，我的孩子，我在呢！"爸爸轻轻地对她说。

*

快到奥赛博物馆时，莫娜感到忧愁如影随形。她不敢直接向外公提及外婆，于是拐弯抹角地问他，是否可以找回原本以为已永远失去的东西。亨利不知所措，他理解错了，以为外孙女是害怕永久失明，于是强压住痛苦的神情。

"你还记得菲利普·德·尚帕涅的画吧……"他安慰女孩。

这时，莫娜想起来无论何时都要相信奇迹，但她并没有因此感到好受些。卢浮宫的那一课过去令她受益匪浅，但此时此刻于她而言毫无帮助。她多么希望外公立马摇身一变为奇迹的创造者，证明给她看奇迹是存在的。她明知道这种想法是不对的，因为奇迹不受人为控制，必须规避注定落空的希望。可她的内心还是个孩子，在天真烂漫和一点点的自私自利之间摇摆不定。最后，她情不自禁地哀求道：

"啊，外公，创造一个奇迹吧！"

亨利笑着叹了口气，说：

"你可不能每个星期三都给我提这种过分的要求，不过这次嘛，好吧……"

莫娜瞪大眼睛。亨利大手一挥，指着离他们 30 多米远的博物馆门口的队伍。她立马明白了。数周前为他们拍照的年轻情侣就在队伍中，她惊呼一声，松开了外公的手，奔向站在一众游客前的情侣，求他们别删掉照片。"没删呢。"小情侣（他们也很高兴再次偶遇莫娜）说道。莫娜和亨利如同骄阳俯瞰整个世界的那张照片，还存在手机中。跑得气喘吁吁的莫娜一个字一个字地念出电子邮箱地址，这样那对情侣就可以立即把照片发给她了。

"外公，外公，简直不可思议。"莫娜欣喜若狂。

"不可思议？好吧，那我们今天就谈谈不可思议的事情。"老人暗自思忖。

今天参观的油画是一幅竖向作品，一座乡间教堂矗立在春意盎然的草坪上。两条几乎对称的分岔小径将草坪勾勒成倒三角形，小径绕到教堂后方，形成闭环。鲜明的笔触用黄色和粟色这些暖色来描摹小径，让人感到这是风和日丽的一天。由于透视效果，我们的视角又略微倾斜，教堂好像蜷缩成了一团。这其实是教堂背面，也就是教堂司祭席后面，从左至右分别是：偏祭台的外墙、靠在山墙上的教堂后殿、小祭台，一共开了三大两小五个窗洞。远景是驮鞍形钟楼，即两个相对的斜顶，形成了整幅画的制高点。混合了哥特式和罗曼式风格的教堂映衬在天空这块画布上，天空由数种蓝色组成，尽管万里无云，那些曲线和圆圈让人感到气团在移动——为什么不是风暴呢？不过更像是夜幕降临，因为画布上方左右两个角的用色更深。画面杂乱的背景上，建筑物的线条——屋顶、立柱或者挑檐——如果说看起来不是摇摇晃晃的，那似乎也在轻轻摇动，仿佛是喝醉的人在定睛看景。最后，尽管教堂横亘在画面中央，我们能依稀看到地平线上的乡村景色：树木、橘色的瓦片。一名身穿长裙头戴帽子的农妇背朝观众，走在左边的小路上。画家用了厚重的轮廓线来描摹人形，这种笔法在整幅画中随处可见。

　　莫娜看入迷了，就这样端详了半小时，直到头晕目眩。

　　"你知道的，外公，"她最后嘟囔道，"爸爸喝很多酒，我想他看到的画面就是这样的。"（她用手比画了一下这失去平衡、起伏不平的教堂。）

　　"孩子，可别忘了，你有一个与众不同的爸爸。他爱你，他这人非常敏感。高度敏感的人往往会沉溺于酒精，因为酒精会进一步提升敏感度。比如说，梵高嗜苦艾酒如命，那种酒被称为'绿色精灵'，现在已禁止生产，而在那个时代，它比红酒便宜。苦艾酒激发了梵高的才华和疯狂。你说得对，在这幅画中，屋脊弯弯曲曲，微微起伏，突兀的色彩冷不丁地出现，屋顶上的橘色本应该是灰色的。"

　　"他病了？"

　　"梵高饱受多种精神疾病的困扰。我们可以把画中两条对称的小路理解为他分裂的大脑，因为他找不到自我了。"

　　"那就是说，他有一点点……可怕？"

　　"恰恰相反，莫娜。疯狂和可怕一点关系都没有。梵高或许表现得具有攻击性，但他更接近现今医学所说的'高度共情'。他太过敏感，对别人的经历感同身受。凡是有交集的人，他都会对他们抱有深切的情感，他会认同他们，希望和他们亲如兄弟。画面左侧的农妇虽然外表朴素，但能确定梵高也为其倾注了整个灵魂。关于这点，梵高有句打动人心的话，他在 1888 年写给弟弟提奥的信中说道：'没有比爱别人更真实的艺术行为。'"

"哦，外公！太美了！我们今天的艺术课就是这幅画了！求你了！"

"别心急。先告诉我，在你看来，梵高在这幅画中如何具体地表现那种爱的？"

莫娜仿佛看见草坪上有个心形图案，两边各有一条小路，草坪后面耸立着教堂。想法不错，莫娜而今已有了足够丰富的经验，懂得如何区分随意的梦幻和真正的象征。心形图案百分之百是幻想，于是，莫娜犹疑地说是通过教堂来表现的。其实她并不能完全确定，因为她的父母——尤其是妈妈——每当谈及基督教的话题，总是蔑视地加以嘲笑，借以卖弄。不过，在外公这里，信仰是极其严肃的事儿，不得随意嘲笑。

"是的，对于梵高而言，这座教堂便是爱的具象化。哦，他确实不是天主教徒，而是新教徒，因为梵高祖籍荷兰。但无论如何，他是一名狂热的信徒，年轻时曾打算当牧师，这样就可以永远守护在劳苦大众身边。梵高的谦卑可以从他描绘教堂的手法中可见一斑：他没有画教堂恢宏的入口，也就是说，没有画建筑物的正立面，反而画了低矮的教堂背面。"

莫娜不合时宜地笑出了声，引来旁边一名观众公开抱怨。那是个年轻小伙子，穿着讲究，像个书呆子，领口还系了大花领结，那滑稽可笑的样子不由得使人联想到 19 世纪的风尚。莫娜作势要向他赔礼道歉，他却双手背在身后。于是她让外公弯下腰，因为她要和外公说点悄悄话。她为什么突然觉得这么好笑呢？因为她发现梵高画的是一座 12 世纪圣殿的后部，仿佛他宁愿画一头躺在地上的动物的屁股而不是头部。

"教堂的屁股！"

天哪，亨利想，这孩子真是想象力爆棚……但她的观点不乏敏锐的直觉。莫娜对梵高的理解有点儿出格，但亨利喜欢。毕竟，疯狂不就是一场盛大的嘉年华吗？不过，他还是摆出严肃的样子。

"这幅画用色极为丰富，然而，梵高的配色一直在变化。青年时代的他常常造访矿区，所以最初的画都是炭黑色。1885 年至 1886 年，他先是在安特卫普发现了鲁本斯[1]，后来又在巴黎遇见了印象派，尤其是其中一位名叫保罗·高更[2]的画家，他的绘画才迸发出夺目的光彩。1890 年，当梵高在瓦兹河畔欧韦尔[3]完成这幅画时，他对光线的追求达到了极致。"

"也就是说，他很幸福？"

"不尽然，（亨利犹豫片刻）或者这么说吧，你是对的，画画时他幸福极了。只要手握画笔，他就满心欢喜，充满热情。不过，你知道，他的画作光芒四射，他的人生却极其不幸，两者之间形成了巨大的反差。梵高抵达巴黎之后，先是满怀希望，继而灰心绝望。他怀揣着公社精神，以为可以和高更一起建立艺术家聚居地。两人曾在法国南部的阿尔勒结伴过日子。后来情势急转直下：两人争吵不休，高更再也受不了同伴，扬言要回巴黎。悲伤过度的梵高用剃刀割下了自己的一只耳朵。人们把他送进了疯人院。几个月之后，他出院了，可还需要精心呵护。他最终选择定居小城瓦兹河畔欧韦尔，也是因为在距离画中教堂几米远的地方，住着一位名叫加谢的医生，由他来负责照顾梵高。"

"如果我是医生，我会告诉梵高我特别喜欢他的蓝色。"

"加谢医生也非常喜欢。确实，梵高用了深蓝来描画天空，和教堂玻璃窗的钴蓝相互应和。建筑物的石头蒙上了一层淡紫色。然后，当我们的目光慢慢扫向下半部分，画面构图产生了撕裂……"

"天空仿佛阴沉沉的，特别是两个角落；教堂的色调亮了一点，

---

1 彼得·保罗·鲁本斯(1577—1640)，17世纪佛兰德斯画家，巴洛克画派早期的代表人物。
2 保罗·高更(1848—1903)，法国后印象派画家、雕塑家。
3 瓦兹河畔欧韦尔，位于法国法兰西岛大区瓦兹河谷省，梵高生命的最后时光即在此地度过。

好吧，折中的效果。草坪中的小路光线充足，那是春天。你明白吗，外公，这幅画同时表现了白天和黑夜？"

"是的，这南辕北辙的两股自然力量在梵高精准的笔触下瞬间融为一体。但这幅画……"

"……这幅画，缺乏稳定性，"莫娜像大师似的插嘴道，"你还记得你和我谈论塞尚时，说他的画很'稳固'吗？这幅画却大相径庭，好像随时会土崩瓦解……"

"……因为梵高的笔触是解构性的，"这次轮到亨利插嘴了，"他的笔触似乎在撕裂，看看近景中的路，它分成了去往不同方向的两条小径，充满了不稳定性。告诉你吧，有位诗人的经历和梵高极为相似，他叫阿尔蒂尔·兰波。梵高生于1853年，死于1890年，兰波的出生和去世都晚梵高一年。两人都拥有强烈的表现欲，在极短的时间内完成了创作，他们所处的时代却对两人不闻不问——梵高生前仅卖出一张画作！——现在却成了真正的传奇。两人都曾结下深厚但致命的友谊：兰波和魏尔伦[1]，梵高和高更。还有，他们的死亡都猝不及防，骇人听闻。特别是梵高的死。在完成了你面前的这幅作品之后的两个月，梵高开枪自杀，结束了自己的生命。兰波和梵高从未相遇，但在他著名的散文诗《地狱一季》中，他不知不觉地为这幅画作提供了箴言。"

"兰波说了什么？"

"他说：'我要定住眩晕。'"

"哦，是的，外公！"莫娜叹道，严肃的口吻中透露出前所未有的早熟，"这幅画确实如此，好像有点晕乎乎的……而且会直到天荒地老！"

两人意犹未尽地告别了梵高的画，莫娜又在博物馆走廊上看见那个系花领结的书呆子，与他四目相对。那个小伙子一副神气活现的样子，朝她轻蔑地撇了撇嘴。莫娜这次没忍住，偷偷朝他吐了吐舌头。

1　保罗·魏尔伦（1844—1896），法国诗人，象征主义派别的早期领导人之一。

31

卡米耶·克洛岱尔[1]
爱是欲望，欲望是缺憾

凡·奥斯特医生刚把三个指头放在莫娜的额头上，她就进入了上次诊疗时中断的场景，也就是失明的那一刻。她坐在餐桌前，陷入了旋涡之中，感觉自己快要淹死了，有点莫名其妙，难以描述，只有在潜意识中才能产生这种感觉。旋涡中，她好像沉入了可怕的黑暗，深藏的记忆如万花筒一般。莫娜的暂时失明仿佛打开了一条时间隧道，背离了真实世界的物理规则。在漆黑的深渊中，向心力和离心力纠缠在一起，却能窥见一道颤动的亮光。

莫娜的眩晕还在持续。记忆从心底深处喷涌而出。透过房门的缝隙，她看见外婆平静地摇了摇头，卡米耶在祈求她，紧握双拳，气急败坏又泪眼婆娑。莫娜隐约感知到有张巨大的餐桌，觥筹交错，众人在以外婆的名义敬酒。外婆在别处回应了，莫娜听到了她的声音："它能保护你。"但这句话没有出现适配的画面，那只是一个循环播放的声音，没有脸庞，但有触感：可以摸到鱼线，摸到坚实的螺旋形外壳，一头尖尖的，另一头是中空的。她摸到了脖颈上的吊坠。

记忆的旋涡越转越快，莫娜的大脑既是操控者也是乘客，此刻再也跟不上旋涡的节奏。没等凡·奥斯特医生把她唤醒，莫娜就猛然睁

1　卡米耶·克洛岱尔（1864—1943），法国最优秀的女雕塑家之一，罗丹的学生。

开双眼。她的肚子一阵痉挛，忍不住呕吐起来。她面露愧色。凡·奥斯特从未见识过这样的场面，反倒觉得不好意思，却又百思不解。卡米耶来到诊所时，注意到了女儿的状态，不由得怒火中烧，冲医生发起了脾气，医生结结巴巴地说了些抱歉的话。莫娜赶忙澄清，一切都好，但只字未提这次的新体验。

卡米耶在地铁上想平息这场风波：

"我想起来了，他对我说过，50%的希望！可事关你，那就得是100%！"

妈妈的话没头没尾，吓坏了女孩。50%？100%？几个月前妈妈和医生的对话仍犹在耳旁。这是在说她失明的风险吗？卡米耶瞪大眼睛，嘴角露出一丝笑容。

"孩子，完全不是那么回事，是医生在估算你做催眠治疗的效果！"

误会解除，女孩宽下心来，但仍然感到恶心想吐。回到家里，她回忆起另一次眩晕，以排遣这种痛苦。就是她坐在外公肩头的那次。她在外公的陪伴下，打印出在博物馆广场上拍的照片，将它贴在卧室的墙上，就在修拉的海报旁边。

*

奥赛博物馆的一条走道上，十几名年轻人围住一座雕塑，他们显然是美院的学生。那是一块巨型大理石，上面冒出一张人脸，一个戴着软帽的女性。美院学生在速写本上画下罗丹的浮雕《沉思》。这座雕塑作品至少在情绪上是矛盾的，一张人脸萌生自一块无明显形状的石头——没有四肢、胸部甚至脖子——同时又被桎梏在石材中。一众学生鸦雀无声，正手拿铅笔研究雕塑的结构。莫娜发现其中有个女学生一边画画一边咯咯笑，她偷偷地瞄了一眼那人的速写。女学生对罗丹塑像的临摹可谓栩栩如生，尤其是石材的肌理，但她还在人脸旁边多加了一个对话框……写道："谁能借我一对手臂？"这个不合时宜又尖酸刻薄的笑话逗得莫娜哈哈大笑。莫娜的反应让女学生很受用，她题上献词，把这张速写送给了莫娜，还对她眨了一下眼睛。亨利很是为外孙女感到高兴，但想起来还有更重要的事要做。他今天要介绍的正是大理石上的人脸，那是一个名叫卡米耶·克洛岱尔的女人的脸。祖孙俩来到一座巨型青铜雕塑前。

这是一组由三个人物构成的青铜群像，自右至左分别是：赤裸的年轻女性，她跪倒在地，向一名弃她于不顾的男人发出哀婉的呼喊，而另一名如同恶灵的老妇护在男人身旁——或许是在煽风点火——劝男人抛下女子。赤条条的男子，尽管在耻骨部位有布片遮挡，扭头不愿看哀求的女子。他往前迈出一步，决绝中带着顺从，紧绷的身体和雕塑的底座形成一条对角线，就像是遭受了暴风雨洗礼的树木。他并非精壮的肌肉男子，上半身皮肤已经干瘪。那张脸显得义无反顾，却是瘦骨嶙峋的。但无论如何，我们能感受到这个男性形象迸发出的力量，这主要来自身体的轮廓和充满动感的双腿。还有那双大手，特别是伸向后方的那只，舍弃了那个可怜的年轻女子。要带男人远走高飞的女性显而易见上了年纪，头发如同破布，脸庞可怕地皱缩成一团。绕到雕塑背面察看，便会发现老妇的后背有点怪诞，翻涌的衣褶如御风飞行的斗篷或可怖的翅膀。她裹挟住逃离的男人，催促他快走，并用双手搂住他的双臂。老妇飘浮在男人身后，但脸庞几乎紧贴在他额边，或许是在对他喃喃低语，劝他不要回头。不规则的底座横生出数个平台，为两具雕塑提供了支撑，而哀求的女子处于低处，她卑躬屈膝，既愤怒又绝望，挽了简单发髻的头颅仰起，高度只到逃跑男人的大腿处。男人的脚趾和倒地女子的手指之间仅隔了几厘米；他们在物理距离上近在咫尺，却永远天各一方。

那个老男人的头颅让莫娜感到十分好奇，莫娜注意到他脸上沟壑纵横，皱纹看着几近于瘢痕。那不是一张受伤的脸，不像外公的脸，从颧骨到右边眉毛划过一道伤疤……不是的，这是一张从内部被摧毁的脸，它经受了岁月的无情摧残。

"这两人让人害怕。"莫娜指着远离哀求者的两具塑像。

"当然啦，因为他们象征了衰老和死亡。那是……"

"……寓意！"

"答对喽，那是生命中最具悲剧性的寓意。瘦骨嶙峋的老妇象征生命的有限，它不可抵挡地让男子走向成年。"

"外公……什么时候我们会觉得自己老了？"

"莫娜，每个人都有自己的答案。我嘛，客观地说，我老了，但我并不觉得自己老。至少，和你在一起时我并不觉得老……不过，让我们来好好欣赏一下这座雕塑，然后再来回答衰老的问题。在这件作品中，衰老显然意味着每况愈下，卡米耶·克洛岱尔在雕塑的每个细节中都展现了这一点，从细微的指头，到高低不平的表面。你走近点，看那老妇的头部：眼眶空洞得让人以为双眼被人挖走了……众所周知，衰老总是伴随着肉体的萎缩。但艺术家把我们的注意力引向主观意义的'成年'：当你抛弃青春，转身离它而去时，你就成年了。"

外公的这番话，如同他在《奥尔南的葬礼》前所陈述的观点，让莫娜想起了自己的情况。她自豪地感到，自己成了外公青春永驻的源泉；她大为感动，但又有点不安。

"这座雕塑实际上暗示了两位艺术家的命运：卡米耶·克洛岱尔和奥古斯塔·罗丹。两人曾经爱得刻骨铭心，却遇到了重重阻力。罗丹拥有巴黎最顶尖的工作室，他是卡米耶的老师，两人年龄相差很大。而且，罗丹和萝丝携手走过了很长一段人生路，萝丝要比罗丹年轻的情人大很多岁，她不会听凭情敌抢走她的男人——这点我们很容易理解。卡米耶·克洛岱尔非常痛苦，尽管两人爱得天崩地裂，但罗丹最后还是告诉卡米耶，他永远不会离开萝丝——他在去世前几个月终于娶了萝丝。正因为遭受了情伤，卡米耶才创作了眼前的

《成年》。"

"所以，跪在地上的是卡米耶，她在哭泣，因为罗丹要和拽着他胳膊的萝丝离开了？"

"是的，莫娜，是这样。但要注意的是，卡米耶·克洛岱尔并非单纯为了自己才创作这件艺术品。她接到了政府的官方订单，这就确保了她迟早会功成名就。正是在此契机下，她基于自己的经历，开始创作这件作品。换个说法，她希望既能获得大众认可，又能表达自己的不幸——而不幸的罪魁祸首便是罗丹。"

"这个嘛，好奇怪，因为罗丹是她的老师，大家都以为她会说老师的好话！"

"是的。不过，创作青铜雕塑的周期很长，工艺也很复杂。不像大理石雕塑，直接开凿石头就行。首先，要做石膏像铸模，然后再把青铜液灌铸进模型。要分成好多步骤，花费巨大。当罗丹得知卡米耶正把两人悲怆的分手经历制作成雕塑时，他再也坐不住了，一番操作下，政府取消了订单。罗丹以为这样就可以避免丑闻的传播。"

"啊，罗丹的妻子看见那个老妇和她一模一样，一定会大发雷霆……"

"当然啦！因此，罗丹作为卡米耶·克洛岱尔的老师，要防止自己的学生在具备能力时逾越师徒关系……"

"可是，你瞧，雕塑还是完成了，就在我们面前！"

莫娜的纯真让亨利想起了恩格斯的名言，"要检验布丁的好坏，那就去尝一尝"，于是他讲起围绕《成年》的一系列轶事。在官方无耻地取消了订单之后，一个名叫蒂西耶的军官十分欣赏这个创作计划，于是个人出资让克洛岱尔完成了青铜铸像。最后，这座宏大的雕塑作品终于得以问世，它差不多是真人的一半大小。

莫娜明白了，杰作的问世有时仰仗一些小小的奇迹，要感谢那些有先见之明的人，他们先于大众发现了艺术家的才华。莫娜想起了蒂西耶上尉，举起手放到太阳穴边上，向他行了个军礼，致以亲切的问候。

亨利避而不谈卡米耶的精神危机及其悲惨命运，她生前没有赢得荣誉，最终在沃克吕兹一家疯人院了此残生。在那里，等待她的只有寒冷和饥饿，病人被疏于照料，从早到晚在哀号……后来，她出现了妄想症：到了 1930 年代，尽管她知道罗丹已经去世，但这个惨遭遗弃的可怜女人仍旧相信，罗丹之前下了命令，要继续迫害她。所有人都抛弃了她，包括她的弟弟，诗人兼外交大使保罗[1]。1943 年秋天，她被葬在一处公共墓地中。啊！多舛的命运淋漓尽致地体现在了这个跪地的女子身上，她徒劳地喊出爱的祈求！莫娜目不转睛地看着那扭曲的手指，那双手什么都攥不住。

"莫娜，欣赏一件艺术品时，你可以相信，艺术家往往会尽心尽力地刻画双手。猜猜这是为什么。"

"嗨，这简单得很，因为艺术家就是用双手工作的嘛！"

"是的。手就是他们进行创造的工具，它可以创造最激动人心的作品。那双手还雄辩滔滔。看看这座雕塑。这条大斜线中间停顿了一下：这是分开的手。年轻女子的手掌是分开的。手肘打开，她成了弃儿。至于那个男人，僵硬的手指在逃避，张开的五指太过用力，手腕肌肉紧绷，青筋隆起：我们可以从指尖读出永别、决绝，还有碾压。"

"你知道的，外公，好像至关重要的就在两手之间，但事实上，那里空无一物……"

"说得太对了。雕塑只有体积大是没用的，它由满与缺构成。在卡米耶·克洛岱尔的这件作品中，尽管青铜给人以不朽之感，但'空'才是主旨。《成年》的悖论就在于……"

"啊，什么？"

"空，未被填满。"

1　保罗·克洛岱尔(1868—1955)，法国诗人、剧作家、散文家、外交官，1895—1909年在中国担任领事。

"你能再多解释两句吗？"

"好吧，你看，莫娜，再美美不过爱，再强烈也强烈不过吸引力，即我们对另一个人的爱慕之情。当情感是双向的，我们会感到一种极致。然而，克洛岱尔的雕塑告诉我们，它给我们上的伟大一课，就是无论发生什么，爱永远无法完全被填满。人生在世，短短数载或许能得到圆满的爱，然而时间和死亡一直在窥伺，它们最终会分开相爱的人。"

"可这太悲伤了……"

"那当然，世道不公……但你要明白，正是这无法消弭的空催生了欲望；而有了欲望，我们才生机勃勃，才会有七情六欲，才会有所行动。这座雕塑展现了爱情悲剧的一面，这是不容置疑的。但你没有被那些人物的姿态还有雕塑的结构震撼到吗？"

"也就是说……啊！我的话可能有点傻！但这雕塑毕竟很有动感！"

"是的，他们在强大力量的驱动下行动。雕塑的动力是一股向前的力量，而非静止的庄严肃穆。这不是爱洛斯对抗塔那托斯 —— 这是希腊神话中爱神和死神的名字 —— 而是爱洛斯灰心丧气之际的悲痛欲绝。《成年》的寓意，就是古希腊哲学家柏拉图那句话：'爱是欲望，欲望是缺憾。'"

莫娜耸耸肩，这次，她没有完全理解敬爱的外公所做的总结。"好吧，"她想，"这是大人的事儿。"回到家里，她心急火燎地把美院女生那张有趣的速写用图钉钉在照片边上，就是她骑在亨利肩头的那张照片。入睡的时候，她试着想明白今天这一课的某些内容。可是，对于少不更事的她来说，这一切还是太过抽象。她沉沉睡去。

她梦到了纪尧姆。

32

古斯塔夫·克利姆特[1]

万岁，死亡的脉动

　　莫娜走出食堂，跨上操场上的小猫造型跷跷板。那是为幼儿园的孩子准备的，莫娜个子太大了，都没法舒坦地玩跷跷板。但她心满意足地坐在上面，环顾周围吵吵闹闹的同学。学生跑来跑去，大喊大叫，沉浸在期末的欢乐中。眼前的景象让她心旷神怡，她高兴得不失时机怂恿最淘气的同学铆足力气叫得更响，跑得更欢。

　　太阳慢慢地升高，终于把她晒得头晕眼花。她不由得生出了奇怪的感受。快乐的 7 月和 8 月即将到来，此后她就要上初中了，要离开这所熟悉的学校。岁月的力量侵蚀了墙头，而学校最终成了莫娜童年的代名词。

　　耀眼的光芒刺得莫娜睁不开眼，她向右别过头去，于是，看见了纪尧姆，那个大高个坐在旁边的跷跷板上。她想起来前一天晚上还梦到了他，忍不住偷偷笑起来。她目不转睛地看着他，不动声色。纪尧姆戴了一副玳瑁圆眼镜，气定神闲，完全摆脱了咄咄逼人的势头，而就在几个月前，莫娜还认为男孩都是这个德性。他不再踢足球了，曾经的学渣摇身一变为优等生。纪尧姆跨坐在跷跷板上 —— 小狗造型

1　古斯塔夫·克利姆特（1862—1918），奥地利知名象征主义画家，创办了维也纳分离派，是维也纳文化圈的代表人物。

的跷跷板——读《哈利·波特》。

莫娜看见纪尧姆时会心慌意乱，她用了好几周时间来平复情绪，好心安理得地将他遗忘。然而，眼下两人并排跨坐在小小的跷跷板上，仿佛在慢慢滑向青春期。在这奇怪的情景中，她对纪尧姆有了不一样的认知。他的目光离开了书本，回望莫娜。两人就这样四目相对了多久？短短数秒仿佛长得像几分钟、几年、几个世纪，摆脱了操场的喧嚣和尘埃。

莫娜认为纪尧姆帅极了，与此同时，她也感到在被人偷窥，仿佛有面镜子，让她朦朦胧胧意识到，她也出落成了美人，这种感觉既讨人厌又令人神往。两人不约而同地想发出呐喊，就此和童年一刀两断。莫娜沉默不语，纪尧姆一言不发；她凝神静气，他一动不动。两人都永远不会互相承认，能在人生的朝阳阶段遇见彼此是多么美好的事。

*

7月将至，莫娜惴惴不安起来。她和外公每周去博物馆看画这件事会不会就此中断？他们已经坚持了8个月。从逻辑上说，大家都要去度假，那么问诊就会停止，祖孙俩的小伎俩恐怕也不得不暂停了……还有，或许爸爸妈妈某一天会冷不丁地问起那子虚乌有的问诊！她该如何作答？亨利安慰莫娜，卡米耶和保尔曾坚决表态两人绝不会掺和心理治疗，这是亨利的责任，是他的特权。莫娜认同外公的说法，连忙靠在外公喷了古龙水的外套上，感受到了老人家瘦削突出的肋骨。很小的时候，莫娜曾满怀深情地抱住外公的膝盖，后来，是腰部，而今，已到了胸口，明显表明女孩步入了新的人生阶段。她贴着外公，怯生生地问：

"外公，心理医生是干吗的？"

亨利微微一笑，终于可以去维也纳绕一圈了，去会一会"潜意识画家"。那个画家名叫古斯塔夫·克利姆特，当务之急是去看一看他的画。那幅画已在奥赛博物馆展出数十年之久，但即将要归还给画家后人，因为它原本是二战前从画家家族手中抢来的。

这是一幅四四方方的画，长宽大致一米，表现了果园的景致。画框极窄，整幅画布满了密密麻麻的细微笔触，一派绿意盎然，立体感和透视法全被消除了。画中还有其他色彩：淡紫、橘色、黄色，还有各种粉色的圆晕，代表了果实和花瓣。那些粉色不由得让人联想到"妙龄少女的肌肤"。如果我们仔细端详画面的下半部分，从左至右可以分辨出6株长在草地上的植物，草地的绿色要比枝叶的绿色淡些。首先是一棵处于远景中的大树，然后是画面下方一株低矮的月季，接着是第二株高大些的月季，然后又是一棵树（占了三分之二的画面），第三棵树（同样在远景中），最后是第三株月季，比先前两株修剪得更加规整。月季缀满了花苞，五彩缤纷，图案仿佛全都消失又重新出现了，要全神贯注才能辨别出来。树干笔直，但相较于球形的繁茂枝叶，略显纤弱。尤其是位于三分之二处的参天大树，伸出枝丫，几乎占据了整个画面。但画面上方有两处空隙，分别位于左右角，让人看见了树冠，露出了多云的天空。蓝色的树叶洒了不少红点，天空笼罩着远方的田野。

这幅画充满悸动，看得莫娜心醉神迷，她又想起了之前为同学所做的关于修拉的介绍。这个花园仿佛释放出数百种香气，莫娜在脑海中把它们和外公的古龙香水混在了一起。

"克利姆特，"外公激动地说，"颠覆了那个时代的陈规窠臼。哦，当然，并非一蹴而就。他也曾蹉跎岁月，画风接近人们所说的'历史主义派'，那种画考究精细而大气磅礴，栩栩如生地刻画了人类历史的伟大时刻。"

"抱歉，可这幅风景画古里古怪的，一切都混杂在一起，那些树木仿佛融为了一体……就好像我们是在高空俯瞰花园，只能看到树叶！还有，这画上没有人，也没有故事！或许你会对我说，我漏掉了某些细节……"

"你什么都没遗漏。这幅《树下的玫瑰丛》创作于 1905 年。克利姆特的画风早在 8 年之前便发生了巨大转变。1897 年，他在维也纳掀起了名为'分离派'的运动。听这名称就知道，这是要和落伍的传统分道扬镳，提倡更加现代的视角。此后，克利姆特的画风变得更加尖锐，也更加情色，充满争议和挑衅。他常常把黄金用在油画中，把少女的美貌和死亡的恐怖意象结合起来。在一幅致敬贝多芬的横饰带壁画中，他甚至在裸女中画了一只眼睛用螺钿制成的巨猴。"

莫娜偷偷模仿起猴子的叫声，亨利不为所动，继续说：

"他经常引发丑闻，还时不时招来审查。克利姆特有点疯疯癫癫，他讨厌旅行，和不同的女人一共生了 15 个孩子，但都是私生子……他闭门不出，一画就是好几个小时，房门上还挂了一块木牌，声明他不会为任何人开门。可他尽管声名狼藉，却成了维也纳的风云人物，艺术资助者的宠儿。他影响大，又有钱，生活在当时欧洲的明灯——维也纳。"

"维也纳为什么这么重要？"

"因为它是强大的奥匈帝国的首都，统领它的哈布斯堡王朝在过去数百年间控制了欧洲的一部分。在克利姆特所处的年代，维也纳一场接一场地举办舞会和音乐会，它还庇护了很多伟大的艺术家和学者，那些人终究会改变人类历史，有最好的，也有最糟的。"

莫娜听不懂最后一句话的言外之意，可亨利并不愿意挑明。他没有说出阿道夫·希特勒这个名字。这个青年人，在克利姆特于 1907 年为爱人创作了《吻》之后，抱着碰碰运气的想法，报考了维也纳美术学院，但名落孙山。历史学家鄙视凭空假设，假想某个历史事件如果发生了变化，那就会引起连锁反应，改变历史。可不管怎么说，要是这个资质平庸的青年的蹩脚风景画得到了些许赞赏，那 20 世纪会是何等光景？维也纳的原罪，是没有为一个青年提供容身之所，从而让他犯下了滔天罪行。可与此同时，维也纳也推动了勋伯格[1]的无调音乐，阿道夫·路斯[2]颠覆性的建筑，卡尔·克劳斯[3]的批判文章，席勒[4]和科柯施卡[5]的疯狂绘画。

"想一想所有的视觉艺术，"亨利继续说，"你会发现，这世界不单单只有绘画。在你的周围，有的形状设计和制造是为了让日常生活更便利、更舒适，使人赏心悦目。海报上的文字要亮堂，家具不要太豪华，窗子要透明干净，地板、指示牌和织物的颜色，建筑师和装饰师永远都要对这些深思熟虑……如果你进入一个凌乱的地方，光线灰暗，天花板低矮，就像地铁站那样，你很可能会喘不过气来。20世纪初的维也纳，已经有人在严肃对待这个问题了。克利姆特属于这样一代人，他身边的每个同伴都想革新自己生活的环境，从使用的餐具到房子的屋顶，当然还包括装饰四壁的画作。为了达到这一目的，他们一方面简化图形，采用纯粹的几何形状，另一方面提倡所有的艺术形式、所有的职业团体联合起来，不再有高低贵贱之分。"

"这是什么意思，外公？"

"那一代的创造者不认为手艺人创造出来的价值有高低之分，无论是木器艺人、玻璃艺人，还是裁缝、雕塑家、画家，他们具备同等的重要性和正统性。你看这幅画，密密麻麻的色点覆盖着整个画面，画家采用一种极其简单、扁平的方式来表现种植月季的果园。这种审美情趣有三个源头……"

1　阿诺尔德·勋伯格(1874—1951)，奥地利裔美国作曲家、音乐理论家，西方现代主义音乐代表人物，20世纪最有影响力的作曲家之一。
2　阿道夫·路斯(1870—1933)，奥地利建筑师，现代主义建筑的先驱。
3　卡尔·克劳斯(1874—1936)，20世纪早期最著名的奥地利作家之一，提拔了许多年轻的作家。
4　埃贡·席勒(1890—1918)，奥地利画家，将分离派的装饰趣味与印象派的明朗色彩结合，形成强烈的个人风格。
5　奥斯卡·科柯施卡(1886—1980)，奥地利剧作家、画家，柏林表现主义文学团体"狂飙"的成员。

"我看出了印象派，肯定有！"

"答对了，印象派是其中一个源头。还有古老的马赛克传统艺术，它在 20 世纪初回潮，就是用小块的石头、珐琅、玻璃或者金子拼接成图案。这幅画当然不是马赛克，但点彩画的效果类似镶嵌地砖。最后，克利姆特的画技还让人想到壁纸、挂毯和布料上的图案。装饰艺术的技术和审美完美地融入了其中。"

"就好像我们在大自然中随处可见的种子和小小的果核，与此同时，那些花儿、果实、树权和参天大树都萌发自这些种子和小小的果核！"

"没错，莫娜，我们仿佛目睹了生命孕育的进程。"

"或许也可以说是大爆炸……"

"有道理，我倒是没想到这一点。"

亨利停了很长时间，根据莫娜刚才提出的思路重新组织语言。

"从物理意义上说，什么是爆炸？"外公大声地说，"它是能量的瞬间释放，波在空间中的传播。在这幅画中，它表现为舒展的枝叶，从瘦弱的棕色树干到浑圆的树顶，那色彩斑斓的小点仿佛在噼啪作响。"

"是的，可爆炸更容易使人联想到炸弹……那是死亡，爆炸过后，只留下空洞、空虚、虚无……"

"在这方面，这幅画毫无疑问地呈现了生命的爆发……（他又停了很长时间。）况且……看来，应该充分开发你的直觉！爆炸是危险的、激烈的。它会入侵和吞噬周遭一切，让一切都变成乌有。我想，在画中看出这些也非常合理。生机勃勃和弹指湮灭可以同时存在。"

"两者同时存在，这怎么可能呢？"

"是你引导我走上了这条悖论之路的……（莫娜将信将疑，但这番恭维话让她很受用。）这个伊甸园中花蕾争相绽放，那是欣欣向荣的自然，象征着无穷的欢欣愉悦。同一时间，你感觉到植物爆炸带来的气流，植物化作无数条彩带，你从中看到了一种说不清的悲哀。或许是一种平静……这就是画的核心，一切都只是纠缠纽结、无法厘清的对抗力和张力：生命的悸动和死亡的悸动有相似之处，能够结合在一起。"

莫娜在思索。她很想听懂今天的课程，可还是觉得晦涩难懂。她注意到外公用的词汇在很多方面与上周讲解卡米耶·克洛岱尔的雕塑时说的一样。莫娜发现，她表达了一种完全是个人的见解：在诞生这一意象中添加了爆炸意象，由此带出了亨利关于今天这一课的总结。但如果她从画中看出的不是爆炸而是其他东西，那外公会怎么说呢？如果她看到的是大蛋糕、动物或者地图，外公会有什么反应？根据转瞬即逝的主观感受来提炼绘画的意义，这会不会误读了作品？更重要的，是什么原因促使她看见了这些？

"外公，"莫娜在探究，"为什么我会感觉到爆炸，而画面中明明繁花似锦？"

"这是你的潜意识，莫娜。"

"我的什么？"

"你的潜意识。"

"这又是什么？"

"是这样。在维也纳，克利姆特有个教授邻居，住在山坡路 19 号。他创作这幅画的时候，这位教授已声名鹊起。画家或许对他的著作学说颇感兴趣，因为教授认为，我们的行动都是在我们的思想指导下进行的。潜意识，是潜藏在我们头脑中的一部分思维，在清醒状态下它会时不时入侵，比如，我们会莫名其妙地把两种意象结合在一起，就像你刚才所做的。但潜意识在我们的梦中会自由发挥，通过我们的智力不能马上理解的信息，向我们揭示我们渴望的或者害怕的东西，但通常我们并不知道，也不是我们要求的，更不是我们所做的。教授还补充说，那是因为我们把这些东西隐藏在心中，我们因此非常愉快。于是，他发明了一个职业 —— 他本人也投身其中 —— 让病人尽情说出自己的希望、恐惧、爱恨，不加审查或评判，从而让病人感到一身轻松，更有自尊，也更加平静。"

"潜意识如果藏在我们的脑袋里，该怎么办？"

"可以借助某些技术手段去发现，有点类似于催眠。"

"那个教授，他叫什么名字？"

"西格蒙得·弗洛伊德[1]。"

"他的职业是什么？"

"心理医生。"

1　西格蒙得·弗洛伊德(1856—1939)，奥地利精神病医师、心理学家，精神分析学派创始人。

33

威尔汉姆·哈默修伊[1]
说出你的内心

　　莫娜这辈子都没听过如此难听的铃声，既刺耳又嘶哑还颤抖，那声音仿佛来自 20 世纪。铃声在商店回荡，爸爸突然全身紧绷，扯住头发，那样子跟疯子一模一样。他面前的老式拨盘电话在响，他拿起听筒，兴奋地问：

　　"是你吗？"

　　有个声音回答：

　　"是我，卡米耶。"

　　保尔从椅子上跳起来，欣喜若狂。

　　莫娜明白过来，这台 1950 年代的老式塑料电话机终于接通了，爸爸可是累弯了腰才让它与智能手机兼容的。他的嘴紧贴话筒，一边亲吻妻子一边大声说出对她的爱，然后冲向莫娜，双手捧住女儿的脸，宣布今年夏天他们要去旧货市场售卖新发明。他高兴得手舞足蹈，莫娜看着爸爸，冲他笑着。他的黑眼圈消失了，面色越发红润，又焕发了青春，或许是戒了酒的缘故。

　　真是奇怪，眼前的状况让人高兴，莫娜却隐隐感到不快。这种不安来自哪里？莫娜确实年纪尚小，但她明白个中缘由：那是害怕，

――――――――――――――

1　威尔汉姆·哈默修伊（1864—1916），丹麦象征主义画家。

害怕这种圆满会戛然而止，于是内心泛起了痛苦。在顺风顺水的时候，在幸福之光普照之际，她却忧心忡忡，担心麻烦会卷土重来，这有时会让生活变得不堪忍受，就像真的碰到了麻烦。人类的心理更善于驯服实际存在的困难，而非惶恐的可能。10 岁的莫娜已然学会了这点。

莫娜在本能驱使下，突然有了幽默感：她举起假想的酒杯，要庆祝这个好消息，并提议爸爸和她干杯。保尔的高兴劲儿立即烟消云散，他把女儿的行为理解为鲁莽，觉得受到了伤害，没了兴致。气呼呼的，讥讽道：

"啊，这就是你觉得要干的事？谢谢你，莫娜。"

太可怕，太残酷了，他突然变得冷若冰霜……莫娜很难受，她无意伤害爸爸的感情。她想做的，是用一种和现实错位的方式，来试探爸爸会不会再次染上酒瘾，如果可能，她希望用虚拟的方式，给灰暗的未来增添一点欢乐的时光。女孩感到很内疚，变得闷闷不乐，不再说话，而保尔还在气头上，自始至终皱紧眉头。

后来，上床休息时，看到丈夫一脸不高兴的样子，卡米耶很惊讶，便问他是怎么回事。他吞吞吐吐地说了在旧货店里和莫娜发生的冲突。卡米耶直起身子，顶着一头乱发，严肃地教训起老公来。

"保尔，你是傻了还是怎么了？你女儿这么做是为了克服恐惧！你应该明白的，不是吗？"

是的，他当然明白，他现在明白过来了。他确实是个大傻瓜。十足的傻瓜。他跑到莫娜的卧室，女儿还没睡觉。他冲她露出温柔的笑容：

"对不起，亲爱的，我是来和你干杯的！祝你健康。"

想象中的酒杯在黑暗中闪闪发光。

*

　　夏天刚开始就进入了三伏天。莫娜可以正大光明地让外公给她买巧克力香草冰激凌了。她一边穿过杜伊勒里公园，一边狼吞虎咽了两个冰激凌球。公园的小路上，阳光穿过树叶，忽闪忽闪的，照在莫娜身上。她闭上眼睛，任由跃动的阳光在眼皮上跳舞，沉醉其中，仿佛随身携带了整个宇宙。她哼起了歌。亨利告诉她一个美好的词："假光觉"，意思是印刻在视网膜上的光斑。他还顺便提起两位美国艺术家，布里昂·基辛和伊恩·萨默维尔，两人在 1960 年代初创造出"造梦机"，此类装置能让光影效果放缓速度，营造出沉思状态。只需一个表面布满缺口的圆柱体，中间安一个灯泡，把这两样东西放上转盘，转动起来，然后闭上眼睛，但要把注意力集中到那个装置上。莫娜非常想亲自试一试。

　　"现在找不到这样的东西了！"外公给她泼了盆冷水。

　　"爸爸可以给我造一个！"

　　在这样的炎炎夏日，躲进奥赛博物馆避暑是绝佳选择，而今天欣赏的画作由内而外散发出凉意。这位伟大的北欧画家有个维京人的名字：威尔汉姆·哈默修伊。

　　一名女子面朝墙壁，背对众人坐着。她身穿一条厚实的黑裙子，外面套着一件颜色稍浅、背后开了条缝的罩衫，低低的圆领露出一截脊椎骨，视线上移，依次是脖颈和头颅，栗色头发盘成发髻。肩膀的线条自左至右微微向下倾斜，打破了左右的对称，但右手臂向后伸出，使整个画面达到了完美平衡，产生了一种近乎神圣的和谐。人们只能看到椅背，无从分辨出椅腿和坐凳，椅背由横档连接起来，最上面一条粗厚结实，最下面那根则比较细，中间呈波浪形，给有棱有角的椅子添加了一丝柔性。这是一把朴素的木椅，右边的餐桌同样如

245

此，我们只能看到它的一部分，上面摆放着一个带花冠纹路的白色餐盘。一堵墙差不多占据了整个画布宽度。女子坐在那里纹丝不动（从背后看不见她的双手），离那堵晦暗的墙似乎很近，膝盖都快抵到墙了，她或许在凝视那堵墙。她在墙上看到了什么？画框下边四分之一处有条踢脚线，节奏被打乱了。踢脚线虽然是灰色的，却幽幽散发出神秘的光泽，就好像日光紧紧攀附住了室内的幽暗。

莫娜端详着眼前的这幅画，看了很久很久，意识到自己面对这幅画，就像画中女子面对墙壁。至于亨利，外孙女的脖颈和女模特的脖颈好似连成了一条线，不由得让他想起了勒内·马格里特[1]的超现实主义画作：一名男子背对大众看着镜子，镜中反射出的是他的背影而不是他的脸。

"外公，她的缕缕发丝，还有衣服的小褶皱和瓷盘上的花纹都好美啊。你知道，我有时会问自己，我要学习多久才能画出这样美丽的画……我是想说，画家小时候是否就已经知道他们会成为画家？"

"关于伟大的画家，我们常常能听到一些他们早慧的轶事。像威尔汉姆·哈默修伊，我就可以和你说上两个小故事。第一个故事是这样的，据说，他刚满两岁就能在草地上辨认出四小叶的三叶草[2]！这就说明他小小年纪便拥有敏锐的洞察力……至于他的绘画天赋，等他长到八九岁，每每母亲讲完精灵和侏儒的故事，他便抓起画笔画下那些怪物，画得栩栩如生，都把自己给吓到了，大喊大叫着落荒而逃！"

"他害怕自己的画？"

莫娜露出不可置信的表情。

"是的。听上去或许骇人听闻……哈默修伊没有继续沿着奇幻这条道路走下去。他本可以的，因为他来自丹麦这个北欧国家，那片土

1　勒内·马格里特（1898—1967），比利时超现实主义画家，画风带有明显的符号语言。
2　即四叶草，常被视为吉祥物。

地盛产超自然的传说故事，有不计其数的女巫，她们在森林中设下咒语，每到夜晚，树木婆娑摇动……不过，他最终走上了完全不同的道路：正如你看到的，他感兴趣的，是极为平常的室内空间。"

"有点像维米尔？"

"或许吧，但哈默修伊更为简约。物件寥寥无几，除了中心位置的椅子和笨重的餐桌，还有你已经留意到的白色餐盘。哈默修伊喜欢老旧的木质家具，它们既漂亮又不贵。他说过，房间内部无须太过烦琐的装饰，一些简单朴素的物件只要品质上乘，就能赋予空间节奏感。"

"我敢打赌，他一定讨厌现在的装饰风格！"

"总之，他摒弃了一切浮夸和庸俗的元素。激起他绘画欲望的，是线条和线条的纯粹，这是他开诚布公提过的创作手法之一。线条的质感，无论是曲线还是直线，都令他欣喜若狂，他希望表现出它们的美。比如，在这幅画中，他兴致勃勃地描绘了踢脚线、椅子的框架，还有左边那道阴影，那也许是视野之外的窗帘或者另一堵墙造成的。所有这一切，他称之为'构造的格调'。"

"外公，比起画家，这个哈默修伊更应该当室内设计师。"

"可他别无选择。"

"是吗？有什么难言之隐吗？"

"让我来给你解释解释。哈默修伊性格谨慎，每次发言都紧张万分，他还是个忧郁之人。大家都传说他几乎不开口说话，而且听力也不好——他的左耳聋了。几个星期之前，我和你提过一个大诗人，里尔克。你想想啊，有一天，里尔克造访了哈默修伊位于哥本哈根斯特拉德加德路 30 号的底层寓所，那是一套朴素漂亮的住所，也就是眼前这幅画的背景。画家生性内敛，两人又语言不通，几乎没有任何交流，里尔克离开时说：'众所周知，他全身心投入画画，他不能也不愿干其他事，除了画画。'我认为他所言非虚。哈默修伊一心扑在画上，甚至不愿评论、分析自己的作品，也不会为了美学和别人争执。他画画，安安静静，从早到晚，孜孜不倦。这是他唯一的表达方式，从某种意义上来说，也是他唯一的存在方式。那他画什么呢？画他的生活以及和他的生活关系最紧密的事物，仅此而已。他的居所，他的物件，还有，他的妻子伊达。"

"我说，外公，画妻子的背影，毕竟怪怪的……你知道，就像惠斯勒画他的母亲一样。人们还以为他给母亲画肖像的时候站错了位置……"

"我倒觉得哈默修伊是想表达自己对有些身体部位的特别爱好，我们在绘画史上很少看到，在经典的肖像画中更是闻所未闻……"

"脖颈。"莫娜一边说一边抚摸自己的脖颈。

"棒极了。脖颈，纤细柔韧，如同一道星光熠熠的轨迹……你提到了惠斯勒，看得很准。哈默修伊喜欢惠斯勒，尤其喜欢惠斯勒的用色。"

"不过，准确来说，外公，这里的用色平平淡淡，灰蒙蒙的……"

"哈默修伊惯用沉闷的颜色，因为在他的色彩认知中，要尽量减少调色板上的颜色，以获得最佳效果。他追求的是寂静、梦境。总的说来，一幅画越是五彩缤纷，需要倾注的能量似乎就越多；而用色越趋于中性和节制，越是能给人陷入沉思和非真的感觉。"

亨利试图向外孙女解释一个复杂的历史现象，那就是私密性的诞生。他讲述了 18 世纪到 19 世纪，在越来越城市化的居住环境中，住所如何被分割成不同空间。这些封闭的空间——卧室、盥洗室、小客厅、工作室——有利于人们在自己的寓所中休息时，更加关注自我，关注自身感受和主观感觉。外公说得引人入胜，可莫娜有点晕乎乎，甚至有点摇摇晃晃。兴许是天热的缘故。亨利加快了语速。

"伊达深居简出，她也沉浸在自己的内心世界中，独属于她的世界，只有她一人。在两者之间，有一个连接：那堵墙。画家笔下的墙泛着微光，画外应该有个光源，比如在画面左侧有一扇我们看不见的窗子。你看，莫娜，这幅画的精妙之处在于，模特背对我们坐着，我们看不见她的手，只能注意到她的双肩和右手肘有所动作，但无从判断她是在读书还是在刺绣。完全看不出。于是，我们会不由自主地看向那堵墙，沉浸在寂静之中。"

"那么说，这就是哈默修伊要告诉我们的道理？"

"没错：必须说出内心的话。"

莫娜的头晕愈演愈烈，但她还是强迫自己更用心地观察墙上闪烁的苍白微光，墙面呈乳白色，微微泛绿，还偶尔发蓝。她陷入沉思，任由自己胡思乱想。这幅名叫《休息》的画作——她记下了名字——先是带给她平静的体验，但不适感接踵而至。她的意识变得模糊不清，很快就糊里糊涂，开始在画中寻找四片叶子的三叶草或者侏儒的蛛丝马迹。外公惊奇地发觉莫娜说话断断续续，脸色苍白，立马让她去长凳上坐着。有那么一刹那，她感觉自己快要透不过气来了，这炎热的夏天要把她闷死了。她念头一转，摘下了脖子上的吊坠，想透口气，好像她要脱掉围巾或者套头衫。脉搏再次加速跳动。她伸长脖子，想再看一眼灰色的墙。突然，一片漆黑，周遭的一切全都黑了。她浑身僵硬，愣了几秒钟，失明的噩梦再次袭来。

"呼吸，莫娜，呼吸。"亨利一遍遍说道，自始至终保持冷静。

"没事，外公，没事……"

不，情况不妙，但莫娜控制住了局面。她一手攥住外公的膝盖，另一只手把蟹守螺吊坠挂回到脖子上，确保不会把它给弄丢。吸气，呼气，吸气，呼气，直到心跳恢复到正常频率。黑暗的屏障一点一点露出光亮。伊达的脖颈在她面前再次显现，椅子的框架、右边餐盘的白色花纹、左边的阴影，最后，那堵墙，哈默修伊笔下那堵小小的墙也重新出现了。她紧紧抱着外公。

"没事了，外公，冰激凌的缘故吧。我吃得太快了……"

"可怜的孩子，我还以为你看见侏儒了呢……"

"我真的看见了……"

"好吧……"

"在那里，就在右手衣袖的褶皱里，手肘那么高的地方。那是侏儒的脑袋，嘟嘟囔囔的嘴巴，大大的塌鼻子，眼珠子在往下瞧。"

亨利审视着莫娜描述的细节。她说得还真对。

34

皮特·蒙德里安[1]

化繁为简

卡米耶虽然彬彬有礼，但态度坚决：

"医生，暑假即将到来，莫娜的身体没什么问题。自三周前发生那件事之后，我承认我们已经慎之又慎了。或许我们就到此为止吧？"

医生面露难色，耸耸肩，长叹了一口气，露出不解的表情。但他不愿强人所难，于是建议给莫娜再做一次全面检查。针对眼睛，需要做个视网膜造影，检测一下眼压以及眼角膜厚度。等做完这些，夏天结束之后，再最后约诊一次。他垂头丧气地看着莫娜，已经打算和她说再见了。可莫娜就像以前做过的那样，插话道：

"等等！"她对妈妈说。

她坚持要再做最后一次催眠治疗。卡米耶犹豫片刻，她从女儿决绝的语调中听出她的决心是那么大，于是表示同意，走出了诊疗室。

莫娜眼皮微微颤动，感觉躯体慢慢下沉，又一次进入了她熟悉的半睡半醒状态。医生让她再次重温了失明的经历。半分钟过去了，对于医生的提示，莫娜没有给出任何回答。接着，意料之外的事情发生了。凡·奥斯特医生先是听到年轻的病人复述了一遍第一次失明的过

1　皮特·蒙德里安（1872—1944），荷兰画家，风格派运动幕后艺术家和非具象绘画的创始者之一，对后世的建筑、设计等影响很大。

程，这部分他早就熟稔于心。可莫娜紧接着提到了一些她从未说过的事：几个月前在爸爸的旧货店又经历了一次短暂失明，还有最近参观奥赛博物馆时，她在哈默修伊的画前又看不见了。医生明白了，莫娜向亲人隐瞒了这两次短暂的复发，而被催眠时，她不由自主地向医生和盘托出了实情。他聚精会神地倾听莫娜的回忆，莫娜在催眠的作用下，也能平心静气地讲述，但会做出一个动作，这个反复出现的小动作引起了凡·奥斯特的注意。他叫醒女孩，并让母亲回到诊疗室。

莫娜的脸色不一样了，她似乎一身轻松，喜气洋洋，仿佛是大病初愈。卡米耶注意到女儿面色红润，于是察看着医生的表情。看不透呢。于是她开口询问。医生边开医嘱边公事公办地说：

"按照约定，莫娜需要做个全面体检。如有任何异常，我们会立马通知你们。否则我们就到9月再见吧。现在，她可以好好过个暑假，不过她还是要继续去儿童心理医生那里复诊。在我看来，他的治疗工作十分出色。开学后，我会联系他的。"

莫娜一时愣了神。凡·奥斯特医生的建议，能让她在7月和8月继续和外公去博物馆了，真的是太棒了。但是，她现在是否要告诉父母以及凡·奥斯特医生，凡·奥斯特医生想见的那位心理医生其实根本不存在？她只是礼貌地笑了笑。"外公自有妙招。"她心里这么想。

诊疗室的门关上了。凡·奥斯特医生坐在满是废纸的办公桌后面，给自己倒上一杯黑咖啡。他在思考。最后，他像福尔摩斯一样念念有词：

"一切都系于一线……"

*

当亨利得知，每周三和外孙女的艺术之约不会因为暑假到来而中断时，他终于松了口气。他平静地告诉卡米耶，那个神秘的心理医生会照常工作。她想知道更多细节，可亨利认为，她应该信任他，不该问东问西，就像之前约定的那样。卡米耶让步了。至于亨利，他已经在计划蓬皮杜艺术中心的参观计划了。根据现有的每周安排，奥赛博物馆只剩下最后一课，之后他们就要转至蓬皮杜艺术中心，去了解最后三分之一的人类艺术史，而莫娜就是那位宝贵的听众。他提前告诉莫娜，并且绘声绘色地描绘了下一站艺术圣地的外观：外表布满了原色的粗大管子，自动扶梯是透明的，地点位于塞纳河另一边，距离老街区巴黎大堂不远。莫娜高兴得跳了起来。不过，在此之前，他们要去奥赛博物馆看完最后一幅作品。这幅画，某种程度上集合了19世纪画作的特点，同时预示了现代艺术的疯狂。莫娜这次有了准备，在路上只吃了一个奶油冰激凌。亨利把她引到一张小小的油画面前，这幅画长45厘米、高35厘米，出自一位荷兰画家之手。此人即将革新世人的视野。

这是一幅乡村风景画，两个相连的大草垛占据了主要画面，右侧还有一个更小的草垛。视角是从左边出发的，三个草垛似乎是从左到右略微向远处延展。想搞明白画中内容，最好的办法还是读一下介绍牌上的文字，因为除了天空——画家用薄薄的颜料铺了一层织物般的浅色云朵——其他画面并不能一眼就辨认出来。干草压实垒起的草垛在乡村很常见，在这幅画中更像是粗劣的还鼓鼓囊囊的平行六面体。草垛没有堆成尖顶，而是蓬松的平顶，外侧经纬分明，竖线粗犷有力且一目了然，用色主要从品红过渡到酒红。下方的草坪大概占据了三分之一画面，几乎无法用言语描述清楚。绿色的线条和蓝色的线条混杂在一起，蜿蜒曲折，似乎勾勒出一道边缘，甚至是一道河岸。也能看见白色的斑点及红棕色的短竖线，主要集中在画面右侧，不由得让人联想到繁盛的草木——或许是芦苇——适宜在湿地生长。由此可以推断出草垛周围有泥泞潮湿的池塘，一部分草地被淹了，还有一部分围垦地，与凌乱、肮脏的周遭融为一体。

莫娜在画前足足站了半个小时，川流不息的观众陡然比以往更加忙碌。保安抓狂地大叫："请不要开闪光灯！请不要开闪光灯！"莫娜喜欢看成人训斥成人，她能从中获得报复般的小小快感……还有，今天这幅画的署名也很特别。每个参观者在看清画家的名字之后，要么惊诧，要么失望，然后局促不安地看着画作，那种混乱跟画作的氛围有得一比。一位衣着光鲜的先生，眼镜三番五次地贴在左下角的小铭牌上，确信自己是被愚弄了，怒气冲冲地叫来一名保安：

"这是蒙德里安画的？不可能！"

莫娜向外公投去征询的目光。

"你看，莫娜，说起皮特·蒙德里安，全世界都知道他的那些'抽象'画作，红白蓝三原色加上方格子。那些画创作于第一次世界大战之后，同时震动了绘画界、设计界和建筑界。不过，我们常常忘了这样一个事实，蒙德里安在1890年代便开始他的职业生涯了，他的画风最初属于现实主义，力求精确地复刻大自然。"

"可是，外公，你是在说眼前这幅画吗？"

"不是的，这幅画不属于现实主义范畴。这些草垛创作于1908年，画面充满不确定性，含糊不清。"

"是的，就好像风景在微微颤抖，骚动不安……"

"方向正确。是这样，蒙德里安着迷于当时在欧洲风靡一时的教义。这种教义宣称可以揭示出古老且普世的真理。那就是神智学。"

"这是一种宗教吗？"

"某种程度上说，算吧。有人诋毁说这是邪教，而拥趸则宣称那是一种智慧。这么说吧，神智学致力于调和东方和西方的所有信仰和知识，在人间营造出和谐大同的气氛，每个人都能得到启示。所以，必须净化自身，从而达到本质，这是一个去芜存菁、追寻智慧的过程。如果我们把蒙德里安的所有创作放在一起，就能发现，画家从初出茅庐到日臻成熟，确实在践行上述教义：他在迈向精简。最初，他一丝不苟地具象化一切，渐渐地，他转向了最基本的几何图形。这幅《草垛》之所以迷人，恰恰是因为它处于蒙德里安艺术风格转变的中途。"

亨利解释说，这是一幅过渡期间的作品，符合艺术史上所说的"表现主义"。那是一个重要的艺术流派，创作的标志性特点是注重内在化，也就是说，自身感受重于真实感知。但两者也并非完全割裂，梵高和高更这两位伟大画家便是起源，挪威画家蒙克[1]也是。这位创作了《呐喊》的画家还就此给出过振聋发聩的定义，他说："艺术是经由人类的神经—心脏—大脑—眼睛构思而成的图形。"这就是表现主义：领悟绘画，纳入所有的人体构造，从视网膜到皮肤表层再到器官，以及现在的情绪、过往的记忆和肉体的流质。莫娜想弄明白这番艰涩的评述，自行脑补出具体画面。在她的想象中，蒙德里安正漫步于荷兰乡间，她也跟着模仿起来。

"其实，就像我是蒙德里安……安安静静地走在田野上，开始感知周围的一切，我看到了眼前的草垛（她睁大了双眼），产生了激情（她跳了一下）、快乐、难过，还有其他情感。之后，当我画草垛时，我画下感知的一切（她双手挥动，十指翻飞）……我随意地来上一笔，添上一点棕色或红色，而那里本该是绿色的，因为这是我内心或精神（她捶了一下胸口）中的颜色，如果它们与我双眼看到的颜色相去甚远，那也只能这样了……（她停顿片刻）是这样吗？"

"完全正确，蒙德里安先生。我还要再说一句，亲爱的绘画大师，您还颇费心思地选用了小尺寸，因为画布面积越小，越能随心所欲地宣泄内心的个人感受。"

莫娜不再扮演蒙德里安。她久久地凝视画作，默默无语。这幅画慢慢地显出了本质。

"你知道，外公，我看着眼前一切，很清楚自己会想到梵高，我确定，他们俩真的一模一样……还有，有一点点莫奈和塞尚的影子，

1　爱德华·蒙克（1863—1944），挪威画家，现代表现主义绘画的先驱，代表作有《呐喊》《生命之舞》等。

他们都是蒙德里安的前辈。我意识到了。不过……"

"你说得在理。不过什么？"

"不过，奇怪的是……我还想到了另一个人……恐怕我要说蠢话了！在我眼中，还有其他东西，那里……你要说我是个小傻瓜了，我觉得……"

"什么？莫娜，说呀！"

"好吧，你还记得吧，外公，参观《蒙娜丽莎》时，你说过，要笑对人生。你一定记得……（亨利表示同意）为了做到这点，人们说，达·芬奇让风景中到处都充满了力量；他想表明，到处都有……（她犹豫了一下）颤动，你知道吗？"

"我知道。然后呢？"

"那里，外公，就像达·芬奇的画。蒙德里安希望观众能够感觉到画是鲜活的，它在颤抖，所以笔触厚实。于是，作品似乎一下子就有了生命力，好像在呼吸……"

"好像在悸动……"

"就是这样！我想起来了，外公，你在戈雅的羊排前面也用过这个词，这里也一样。还有，你看，外公（莫娜咯咯笑起来），蒙德里安的草垛看着像一块烤牛肉！"

"你满脑子净想着好吃的，扯得有点远啊，不过你完全看明白了蒙德里安想要外化的情感。他的油画展现了庸常的草垛散发出的内在光晕，他还用白色颜料画了流云，仿佛为草垛蒙上了一层光晕，营造出壮阔如宇宙的效果。蒙德里安希望我们和他一样能够体验到灵智，它存在于万事万物，并由内而外迸发出光芒。他诚邀我们透过物质的表象，看见它们的本质。"

"你看见了吗，外公？勾勒草垛的笔触就像是网格！"

"又说到点子上了，莫娜……我刚才说过，蒙德里安创作这幅油画时正处于转型期。他已经有了想法，要把他的画作简化成纯粹的几何结构。1910 年代，也就是画完《草垛》之后不久，他便尝试用竖线和横线来组成网格空间。"

"为什么？"

"在他的想象中，竖线象征上升，代表了灵识，而平展的横线象征大地。他认为，采用格子和棱角来构成画面，可以揭示宇宙中隐藏的和谐。这个想法显然不是毫无根据的，他是在接触神智学后得到了启发。"

莫娜有点迷糊了，但她注意到大量有力的竖线和拖长的横线，主要是近景中的横线形成了直角（其实并不是很直）。啊！近景……这是最让她感到不适的地方。画家似乎确实随心所欲，可又担心与别人太过相似。尽管亨利说那是荷兰特有的围垦地，她还是觉得那就是一块脏兮兮的调色板！

"你提到了神智学、表现主义，还有抽象这玩意儿，可以想象蒙德里安要告诉我们的道理一定很复杂……"

"可能很复杂，是的，但也不是绝对的。可以把它提炼成一个动词，一个简单的指令：简化。蒙德里安简化了他的艺术处理手法；简化了他的用色，不再担心这些颜色是否和自然吻合。他聚焦在草垛上，也就是说，聚焦在一个日常的普通形象上。当我们想到嬗变，我们总以为会越来越复杂；我们认为转变、蜕变，意味着做加法而非减法。但蒙德里安给我们上了背道而驰的一课。化繁为简。化繁为简，莫娜。你明白了吗？"

"明白了，外公，我想我明白了。我觉得……"

第三部分

蓬皮杜艺术中心

35

瓦西里·康定斯基
在万物中捕捉灵光

小学这一页就这么翻过去了，莫娜即将升入初中。然而，她并没有意识到这一点。此时此刻，她正因年终游园会而兴奋不已。她和莉莉、玉儿一起玩"布球杀"游戏，放声大笑。她们仨玩了一局又一局，闹哄哄的，每次罐子被砸中，她们都会得意地尖叫。

莫娜和两个朋友一起来到教室，她们还沉浸在激动的情绪中。哈吉夫人正在展示这一学年里大家制作的优秀模型。在一个发光的盒子中，月球绕轨道运行，盒子上有迭戈的签名，玉儿也出了些力。模型吸引了大家的注意，引起了人们的好奇。大家推推搡搡地凑近这个立体的透视模型。接着，没人知道是怎么回事，悲剧发生了。片刻混乱之后，人们发现纸糊的月球碎了，银色的大球被压得像薄饼一样扁平。这是意外吗？是推搡导致的，还是嫉妒者的蓄谋破坏？没人说得清楚，看起来真像是魔鬼的暴行。东西坏了，有人跑去告诉迭戈。他听后沉默了三四秒，然后跑开了，再也没有人见过他。

莫娜和莉莉的模型展示的是莉莉未来的卧室，它有一个可爱的细节。在大篮子里，女孩们藏了一只公仔猫。一个从旧货店偷拿来的韦尔蒂尼的小铸像。莫娜记得，那个衣着讲究的收藏家买下这些小铸像是为了重构过去的记忆，打造重温旧梦的剧场。她反其道而行之：这只蜷缩在微型墙壁之间的铅铸小猫是向莉莉的爸爸发出的呼喊和请求。她们希望信息一经发出，小猫就将启程，完成这一使命。

莉莉并未就此罢休，她正在恳求爸爸搬家之后马上邀请莫娜和玉儿来意大利。爸爸支支吾吾，说或许要等到万圣节才能见面。莉莉气炸了：

"万圣节！可那太远了！这不公平！我真受够了你，受够了一切，受够了，受够了！"

莫娜明白必须让她的朋友冷静下来，于是巧妙地做了个动作，掰着手指说：

"莉莉，再过 4 个月就是万圣节了。但实际上，你仔细想想，一年 12 个月中的 4 个月，也就是说，把一年分成三份的话……它只不过是一年的三分之一呀！"

这一分数的简化，令人想起尚未被完全遗忘的小学知识，莉莉重展笑颜。数学的技巧使好友团聚的期限变得更容易接受。姑娘们又风风火火地回去玩"布球杀"了。

＊

莫娜之前从未见过蓬皮杜艺术中心，亨利·维耶曼和大家一样，把它叫作"博堡"。这一带有争议的地名便于人们记住一个古老的中世纪称谓，而不是一位热爱现代艺术的法国总统。[1] 莫娜跟着外公来到蓬皮杜艺术中心，第一眼就被震撼了：鲜艳的色彩和庞杂的管网带让她觉得那仿佛是个巨人的玩具，莫娜很难相信一座博物馆可以如此不严肃。这样的建筑给 7 月的空气增添了嬉戏的气氛。此时，在面对中心的缓坡广场上，两个年轻男孩玩得不亦乐乎：他们凭着格外发达

1　1969年，法国总统乔治·蓬皮杜倡议兴建一座现代艺术馆，建筑完工启用时便以他的名字命名，以兹纪念。因艺术馆位于巴黎拉丁区北侧、塞纳河右岸的博堡大街，常被当地人简称为"博堡"。

的肌肉，正做着不可思议的表演。第一个男孩倒立在空中，双臂垂直撑在地面上，身体僵硬得像字母"I"；第二个男孩则顺着同伴的身体爬上去，双手紧紧抓住他的脚底，以保持同样的姿势。莫娜觉得他们的姿势和蓬皮杜艺术中心的建筑一样，都是反着的。亨利证实了这一点：楼梯电梯、通风管道、水电管道以及机械设备一览无余，完全没有被隐藏起来。莫娜已经可以想象自己钻进大管道，坐上过山车的情景了，但外公打消了她对游乐场的幻想。他带着她走进一间古典优雅的展厅，观赏纸上的一件小作品。

一名身披红色斗篷的骑手，骑在一匹跃入天空的白马上，从构图的左侧斜飞向右侧。他的双腿分别呈水平向前和向后伸展的姿势，人们常常这样夸张地描绘飞奔或跳跃障碍的动作。这是一幅设计图，也就是说，是准备性的、简化的，当然也是尚未完成的。图案很简单，甚至显得有些幼稚笨拙，因为主角和动物都只由中国水墨线条勾勒而成，没有任何细节，统统被简化为轮廓剪影。背景呈跃动的橙色，让人联想到黄昏或黎明的光线，其周围则环绕着不确定的图案，难以分辨。我们大致可辨认出其中的四个，它们大致分布于描绘场景的模糊矩形的四个角落。左侧底部，一棵光秃秃的黑色雪松叠在一团绿色的水彩上；画面顶部也是一团水彩，面积更大，包裹在一个先是锯齿状后是圆形的环中。画面顶部的右侧，有一细长条，延伸至中心，几乎与马身平行——这是一团云，与斜倚在骑手披风上的半圆形太阳相邻。画面底部的一角像是被吞掉、切割了：黑色的根系生发于酒红色和紫色之中，直冲云霄。深色的斑点散布其间，仿佛悬浮于空中。最后需要指出的是，这幅画被勾勒在深蓝的背景上——骑手的身体也是由同样的颜色画就的。

莫娜仔细观看了20分钟，从一开始她就坚信，这幅看似简单的画作背后隐藏着巨大的复杂性。她还很喜欢画框上写着的画家名字，念起来像水晶般清脆：瓦西里·康定斯基……

"这是个俄罗斯人的名字，"亨利解释道，"他于 1866 年出生于莫斯科。你看到的这幅小画是 1911 年的作品。因此，我们可以说，这位 45 岁的艺术家在创作这幅画时已经是中年人了。他性格平和，通情达理。事实上，他本该成为一名大学教授，总是着装优雅地坐在画架前，不穿罩衫，而是西装……"

"啊，是吗？他画的似乎是个孩子。"

"或许吧，但你还记得我们在看塞尚的画时的谈话吗？"

莫娜有点印象，是的，但她还是让外公再帮她回忆一下。于是，亨利再次解释了某些画家是如何试图回归到孩童时的最初语言，让这种看起来不成熟的表达方式发挥最大潜能。

"这儿有一些可以辨认的主题，莫娜，你能看出来吗？"

"我看到一个人骑着一匹白马，他穿着蓝色的衣服，披着斗篷。他似乎要冲上天空。周围的东西要难以描述一些。例如，有一些黑色的东西，像煤块一样，到处飘浮着，不知道是什么。"

"是的，无法用语言来形容。骑手飞行的空间依稀让人联想到自然这一主题：一棵树、一方云雾缭绕的天空，也可能是一个土丘，但它们其实是自由的形体，并未要刻意表现我们认知中的任何东西，因此也更引人入胜。你也可以说它们是抽象的……我给你讲个故事吧。1908 年的一个傍晚，康定斯基回到了他在德国穆尔瑙小城的工作室。熟悉的环境里晦暗不明，他突然看到了一些完全出乎意料的东西……一幅色彩华丽的神秘画作，没有任何主题。他不知道这是什么画，但它给他留下了非常深刻的印象……"

"这幅画怎么会在他的画室里呢？一定是有人想和他开个玩笑吧。"

"命运跟他开的一个玩笑。真实的情况是：一天行将结束，光线暗淡杂乱，画家没有认出来，那其实是他自己的一幅作品。画作横放着，就是因为这么放着，他才没看出来那是一幅风景画，只看到了蓬勃的色彩和自由奔放的线条。"

"啊，它其实是倒着的……我明白了：无论是水彩画还是中国水墨画，重要的是笔触和细微差别的美感。我们曾在惠斯勒的作品中看到过这一点，你还记得吗？"

"我记得，莫娜，现在看看这个骑士……"

"……这个骑士，"小姑娘突然激动得声音发颤，"这个骑士，形成了一条斜线（她说这个词的时候带着某种自豪），他一跃而起，但方式非常夸张，就像火箭一样！黄色、橙色、紫色，在环绕画面的蓝色中间像炸裂了一般：这是天空中起飞的火焰。"

接着，莫娜把手举到与康定斯基的动物和大片斜云齐平的高度，模仿飞机的飞行。伴随着手势，她的嘴里还发出巨大的引擎声。这可把亨利吓了一跳，他抓住外孙女伸出的手，温柔而有力地握紧，突然意识到，这幅画的创作年代正好是航空学诞生之初。于是，他向莫娜讲述了路易·布莱里奥[1] 在 1909 年驾驶单翼飞机飞越英吉利海峡的壮举，回忆起人们探索太空的最初梦想。正如他所解释的那样，康定斯基和他那一代的许多艺术家一样，他们身上体现了两种明显相反的影响：一方面，他们喜欢回归自然，回归大众的、原始的，有时是粗野的文化；另一方面，他们又对 20 世纪初的发现和技术创新充满热情。

"有趣的是，"莫娜补充道，"在很长一段时间里，有千百万人想飞上天空，以为在那里可以找到天堂！而现在，康定斯基告诉我们，由于他所处时代的进步，我们终于可以在临终之前轻松地拜访上帝和天使了！"

亨利放心了：外孙女刚才说的话确实很动听，只是仍然保留着一丝稚气。他知道，莫娜对画作还没有完全摆脱孩童式的理解……他意识到，还需要让孩子懂得更多细微的差异，才能帮助她更好地理解什么是象征。康定斯基想说的，显然不是我们能够乘坐任何形式的宇

1　路易·布莱里奥（1872—1936），法国发明家、飞机工程师、飞行家，1909 年成功完成人类首次驾驶重于空气的飞行器飞越英吉利海峡。

宙飞船快速到达世界的另一端。如果说他想象的是人们征服了太空，那是为了促使世界转向的精神。

"原来如此，"莫娜沉思片刻后说道，"骑士是自由的，他可以随心所欲地驰骋，开启冒险的旅程！而且，他是蓝色的，这一点非常重要，因为那是天空的颜色。你在拉斐尔的《花园中的圣母》前对我说过，这个蓝色骑士寓意我们的精神，它可以去任何想去的地方。"

"蓝色骑士，德语为 Blaue Reiter，这也是一个艺术流派的象征。这幅画最初就是为了给这个团体的杂志当封面插图的。康定斯基和他的朋友们在杂志上解释道，他们想给予诗意和梦幻一方大天地，希望艺术和手工艺人能够平等交流，没有任何高低贵贱之分，他们不想再简单呈现眼前的事物。你看，莫娜，正因如此，我们才能理解，这幅画中，自然变形了：无论是树木、岩石，还是这幅风景画中的任何其他东西，都与我们在外面看到的不太一样。相反，它们更像是心理图像，鲜艳的色彩和我们在自己身上看到的无序的特征，顺着跃动的抽象光影，穿越我们的意识……"

"……还有我们的潜意识。"莫娜说，她想到了关于克利姆特的启示和弗洛伊德的回忆。

"没错。康定斯基不想仅仅面对人类的眼睛或意识，因为这些只触及存在的表面。他渴望与灵魂对话。"

莫娜一脸惊讶，沉默良久。与灵魂对话意味着什么？亨利觉察到她无助的表情，突然哼唱起来。他的嗓音低沉，能让声音在他的上颚深处产生共鸣。这是瓦格纳的《女武神的骑行》。他刚清唱出几个音符，莫娜的双腿就开始舞动。亨利笑了。

"你能感觉到，莫娜，音乐就有这种力量，能直接与你最敏感的心弦对话：你的整个灵魂开始产生共鸣。康定斯基也是一位狂热的音乐爱好者，他想让绘画也具备同样的力量，并且发展出一种能够创造出完整情感的新语言。正如他所说，他想教给我们的是'在物质的和抽象的事物中体验精神'（亨利凭记忆说出了这句话）。康定斯基的意思是，万事万物，所有的一切，都可以是神圣的。通过关注我们周围的世界，关注其最细微的形状、颜色和轮廓，我们就能瞥见神圣的东西，即使是在俄罗斯乡村最不起眼的物件中，在一线微光或三两声嘶鸣中。只要这样，无须去任何神殿圣堂，每个人内心的火焰就能被唤醒：灵光无处不在。"

莫娜继续盯着康定斯基的画看了很长时间，但并没有把注意力集中在骑士本人身上，而是沉浸在色彩当中，尤其是那团充满活力的蓝色和根状线条的浓黑。在她的脑海中，《女武神的骑行》响彻云霄。

36

马塞尔·杜尚
让混乱无处不在

保尔带着莫娜去了诺曼底埃夫勒的集市。7月的阳光下，他租了一个周日的露天小摊，夹在旧货摊和煎饼摊之间。他在摊位上展示了6部老式拨盘电话，这些电话机经由他拆卸改装，可以实现移动通话。其中的明星产品是木制的，带有金属铃铛，让人不禁想起普鲁斯特的时代。好奇的人们开始只是路过，后来停下脚步，产生了兴趣，最后都围了上来。保尔继续演示着。当天结束时，他的周围已经聚集了一小群人。由于这些只是原型机，要想在日后获得量身定做的机器，就必须先预订：这显然让顾客感到沮丧，但也点燃了他们的热情。结果令人异常振奋：到晚上7:30左右，保尔已经收到了11份订单，每份价值300欧元……当地报纸《巴黎-诺曼底报》的一位记者不期而至，说至少要给他写一则短讯，并给他拍了照片。为了摆姿势，莫娜建议父亲一手拿着木制听筒，一手拿着触屏手机。至于旧货摊摊主和煎饼摊老板，他们也很高兴，因为保尔的摊位吸引来的人也捏高了他们的营业额。作为回报，莫娜得到了一顶大红花帽和一份上等的利瓦罗沙拉馅饼。正当他们收摊的时候，最后一位顾客找到保尔，说："我现在就以600欧元的价格买下你的木质电话！"说着掏出了现金。保尔简直不敢相信，但还是婉言拒绝了，并礼貌地回答说，目前他只接受预订。

在回蒙特勒伊的车上，莫娜不停打量着爸爸。尽管今天取得了成功，他还是一如既往地谦虚亲切。她为他感到高兴，问他这部电话想卖多少钱，保尔回答说，他决不会卖掉这部电话机，因为这是他成功改制的第一件作品。莫娜问道："哪怕是 10000 欧元？"保尔笑着恳求她不要告诉妈妈：即使是 50000 欧元也不行！

莫娜很想扑上去搂住爸爸的脖子，她太喜欢听他把这个小东西说得如此神圣了。但保尔正全神贯注地开车，可不能出事！于是，她无奈地握紧挂在鱼线上的蟹守螺，感受着它无限的情感和神秘。

*

为了去蓬皮杜艺术中心，亨利和莫娜要穿过里沃利街，一条宽敞美丽的奥斯曼式大道，市政厅百货公司（BHV）就位于这条街的52 号。这是一家大型百货商场，沿街是一排宽敞的橱窗。其中一个橱窗展示着一间金碧辉煌、设备齐全的浴室，浴室的淋浴间装配着多个喷头。莫娜想知道，如果有人赤身裸体地在一众行人面前洗浴，那会怎么样？亨利从字面上理解了她的意思，并向她解释说，从 20 世纪开始，这种挑衅行为就可能被视为艺术家的作品，被称为"行为艺术"。他接着说："第一次世界大战期间，有一场名为'达达'的运动，它发明了一种极为疯狂的新型歌舞表演，人们在舞蹈中无所不为：尖叫、跳跃、扭动和咆哮。这种展现给公众的混乱状态本身就被视为一种创造，旨在表达时代的荒谬。但行为艺术的真正兴起是在第二次世界大战之后：那些看似有悖于美学或良好品位的行为开始被认定为艺术作品。一个男人的手臂被子弹射中，一对情侣大喊大叫直到筋疲力尽，或者一个小男孩在石头缝里静静地站了一个星期。这些微不足道、愚蠢、暴力或荒诞的瞬间都可以被称为艺术作品……"莫娜听后大吃一惊。这怎么可能呢？亨利回答道："你一定不会相信，莫娜……那场冒险就是从这里开始的：BHV！你想进去一探究竟吗？"
莫娜迫不及待地点点头。然而，亨利并没有走进百货公司的门，而是
拉着她的手去了蓬皮杜艺术中心。这一次，她彻底迷糊了……

　　这是一个悬挂着的物品：被称为"刺猬"的镀锌铁制瓶架，由一
个底座和五层直径逐渐变小的圆环组成。五层圆环的周围，每隔一段
距离就有一根短棒以110度左右的角度伸出，可短棒上没有放任何玻
璃容器。可以数一数：第一层有13根，第二层有10根，之后的三层
分别有9根。瓶架由4根竖直的横梁加固，还可以看到几颗铆钉，它
们将整个框架牢固地焊接在一起。瓶器经由一根钢丝悬挂起来，就像
悬浮在空中一样。由于射灯的作用，在地上还可以看到瓶架的投影。
最后，在作为底座的圆圈上，用黑色笔迹写着："马塞尔·杜尚1964 /
样本 / 罗丝"

　　莫娜被弄糊涂了，她无法按照外公的要求长时间观察。她感到不
安，因为这个瓶架让她旧时的恐惧具体化了。你一定还记得，她是多
么害怕爸爸旧货店里的那个瓶架，它现在竟然还悬挂在一座著名的博
物馆里，这种不协调的场景更是加剧了她的不适。这东西挂在这里，
显得很不严肃。亨利向她解释说，正因为它看上去不严肃，所以才是
严肃的艺术……

　　"是的，莫娜，这只是一个瓶架，一个随处可见的平淡无奇、普
普通通的瓶架，跟艺术家本人在BHV商场里买的一样……"

　　"啊！这就是你跟我说要带我去BHV，最终却带我来了这里的原
因。你真会开玩笑，外公！"

　　"开玩笑的人，正是这件作品的作者：马塞尔·杜尚。好好记住
他的名字，因为很少有人能像他那样对20世纪的艺术界产生如此重
大的影响。"

　　莫娜很疑惑，外公是在愚弄她吗？可他看起来又很真诚。于是，

她想起了米开朗琪罗和卡米耶·克洛岱尔署名的大理石和青铜纪念品，问这是否也是类似的雕塑。

"从某种意义上说，"亨利回答道，"这件作品的确可以被视为雕塑，因为它是一个三维展开的立方体，而绘画只有两个维度。但这些都是杜尚想打破的传统规范。这个瓶架不是杜尚制作的，它甚至没有经过改造、重新上色或其他任何处理。杜尚只是选择了它，选择它是因为它没有什么特别之处。它既不美，也不丑，它就是它。它本来就在那里，本来就已经制作好了，这就是为什么他在英文里用'ready-made'[1]来称呼它的原因。"

"但是，外公，这算一件艺术品吗？"

"这是个重要的问题！马塞尔·杜尚会回答说，它是一件作品，但'作品不是艺术'！我也不敢肯定它是一件艺术品。但我知道，此时此刻，在我们眼中，它正在成为艺术品……"

莫娜皱起了眉头，沉默片刻后，她开始端详起瓶架来。按理说，她刚刚来到这件作品前就应该这么做的。一分钟、两分钟、五分钟……在她的眼中，这个东西是否就像外公告诉她的那样，变成了一件艺术品？亨利打破沉默，以极慢的语速一字一顿地说出了杜尚的一句名言，他希望这句话能在莫娜的内心深处产生共鸣："是观赏者创造了作品。"莫娜笑了，津津有味地品味着这句话，她觉得自己这个普通的小女孩每次去博物馆都在扮演重要的角色。多亏了她，博物馆里的绘画、雕塑、照片和素描才被点亮和激活，才成为作品本身，甚至成为艺术品。亨利想让她直观地领悟到，马塞尔·杜尚用他的酒瓶架以及后来的其他现成品将观众带入了一个深渊：从哪一刻或者从哪一个临界点开始，一件物品得以成为艺术品？杜尚并没有给出答案，但他通过一种没有任何美学或道德研究的极简姿态提出了这个问题（或者说让人意识到了这个问题）。

1　意为"现成品"。

"你看，莫娜，马塞尔·杜尚不断地挑衅。1917 年，他匿名创作了一件名为《泉》的作品，这是一个简单的上翻式小便池，他希望将其放在雕塑和绘画作品中展出。尽管展览委员会不想展出这件作品，但他们曾承诺不会拒绝任何人。杜尚用他的恶作剧向他们提出了一个永恒的问题：一件物品在什么时候才能成为艺术品？它必须模仿自然界的某种东西，还是相反，应该有所不同？一个签名就够了吗，还是需要放在画廊里？它必须是制作出来的吗？面对这些疑问，应该由谁来评判？标准何在？尽管乍看上去，瓶架或小便池既不漂亮也不有趣，但它们却用荒谬验证了杜尚的观点……"

"有道理，但是外公，我认为艺术品应该具备打动人心的特点！"

"的确如此，但也有人会说，这不是他们的追求。他们的观点也是合理的。此外，莫娜，不解、怀疑、不安、愤怒，甚至大笑——我们不应忘记贯穿一切的幽默——都是人的情感。"

莫娜心想：这件作品确实让我恼火，但它也确实有意思，挂在博物馆中央的这个铁架子……

"不管怎么说，"莫娜说，"我喜欢你推荐的这个东西，它这样飘在空中很好看。就像康定斯基的蓝色骑士，是真正的火箭！"

"说到火箭，杜尚提到，有一天他与同为艺术家的朋友费尔南·莱热和康斯坦丁·布朗库西[1]前往一个航空展。参观过程中，他们看到了一个精美的飞机螺旋推进器。杜尚向朋友们宣称，人类的手永远也做不出比这更好的东西了，他坚信绘画已经死亡……"

"我敢肯定，他之所以这么说，是因为他执笔作画的功夫还有待改进……"

"你弄错了，莫娜，马塞尔·杜尚在画架前可谓得心应手。然而，从 1910 年代初开始，他就觉得这是一种过时的技法，他想打破人们对艺术的传统印象。这个瓶架的制作年代是 1914 年，就在他确信绘

---

[1] 康斯坦丁·布朗库西（1876—1957），罗马尼亚雕塑家，公认为20世纪最具原创性的雕塑家之一。

画已死之后的几个月，这绝非巧合……"

"在我看来，它更像是 1964 年的作品！金属架上是这么写的，你看！"

"什么都逃不过你的眼睛。要知道，这个瓶架，是马塞尔·杜尚在 1914 年买的。因此，原版的瓶架肯定也是那一年生产的。然而有一天，杜尚的妹妹不小心把它扔掉了，她并不知道这是哥哥的一件作品。因此，杜尚又买了好多个相似的瓶架，并在它们上面签了名，尤其是在 1964 年，为了将它们捐赠给博物馆。从某种意义上说，它们是原作的复制品。但另一方面，谈论复制品和原作又是荒谬的，因为早在 1914 年，原作，也就是那个瓶架，就与 BHV 商场里卖的其他瓶架一模一样……"

"这个杜尚，真令人头疼！"

"他是一个一直想打破常规的人，想通过颠覆主导我们日常生活的元素，让每个人关注社会的习惯，注意到社会所接受的正常运作方式。他拆解了各种机制，从而告诉人们看似无可争议的事情其实并非如此。"

"好吧……"

"你看见瓶架上写着的'罗丝'没有？这里还有个关于'罗丝·瑟拉薇'的故事。"

"罗丝·瑟拉薇是谁？"

"这是一个虚构的人物，杜尚有时会男扮女装，罗丝是他的女性名字。我们过去一直认为男人和女人是对立的，杜尚却认为这种性别可以互换。"

"天啊，你的杜尚真是把一切都弄得一团糟！"

"是的。马塞尔·杜尚教会我们的，就是要把一切都弄得一团糟。可以说，杜尚只是把这件作品当成一个瓶架，但他的整个生活和工作都是在制造混乱，包括在最严肃的地方，从博物馆开始……"

走出展厅时，莫娜在想爸爸的刺猬酒瓶架——他酗酒的可耻象征——去了哪里。她想起了那天，在昏暗的店铺里，她用心形钥匙圈装扮"刺猬"，以表达对他的爱。"这么说，那次，我也创作了一件雕塑作品。"莫娜得出了这个结论……后来，她心想：马塞尔·杜尚是一个自成一派的魔术师，因为他给我们提供了将一切转化为艺术品的非凡可能性。他在艺术和生活之间制造的混乱让她浑身战栗。这美好得几乎不像是真的……

37

卡齐米尔·马列维奇[1]
赋予自己权力

卡米耶神情局促，下巴绷得紧紧的。她正陪女儿在眼科中心就诊，假期结束之前，莫娜都要在那里接受凡·奥斯特医生安排的一系列检查，其中一项是眼压测试，需要向眼角膜喷射一小股气流，莫娜觉得这非常难受。卡米耶看着自己的女儿，失明的威胁笼罩在孩子的头上，这令她不禁胃疼，愤怒得想大叫，但她还是忍住了。

在等待结果的房间里，莫娜和其他几个人静静地坐着，她给自己设定了一个挑战：她对自己说，如果能在 20 秒内在心里数到 30，结果就会是好的。于是她俯身看了看表，屏住呼吸，开始数数。但这太容易了。得再来个真正的挑战，莫娜决定像爸爸说的那样"搞怪"。她告诉自己，如果能在 10 分钟内让母亲笑起来，那就会等来好消息。现在是下午 3 点 11 分，3 点 13 分，她连续做了好几个鬼脸，惹恼了卡米耶，她命令莫娜停下来。3 点 15 分，她试着讲了个无厘头的字谜，还是没达到预期效果。3 点 18 分，她又做了一个鬼脸。时间紧迫，于是这个确信自己的命运取决于妈妈的笑声的孩子，喧闹着打破了候诊室的静谧：3 点 19 分，她站起来，给在场的病人出了一个谜语。卡米耶恼羞成怒，但莫娜并没有坐下来，而是像啮齿动物一样露出门牙，

1　卡齐米尔·马列维奇(1878—1935)，俄国几何抽象派画家。

双手放在脑后，向前弯曲，垂直搭在脑壳上方，噼噼啪啪地拍着手。

"你们知道这是什么吗？"她问道。

候诊的人被她持续不断的搞怪惹恼了，嘟嘟嚷嚷地抱怨着。

"一只没戴头盔的兔子在骑摩托车！"她得意地大声说。

然后，她转过身，不好意思地耸了耸肩。母亲翻了个白眼，忍不住露出了一抹迷人的微笑。当时是下午 3 点 20 分。

*

亨利从卡米耶那里得知，莫娜的医学检测结果不仅完全正常，而且还被证实拥有罕见的视觉敏锐度，远超优秀水平。莫娜对自己的非凡视力很谦虚，她从来没有告诉过外公。那天，在凡·奥斯特医生的诊所，她被告知，她的视觉敏锐度为 18/10，达到了狙击手或战斗机飞行员的水平。亨利知道后非常高兴，但他小心翼翼地不让自己的喜悦流露出来。绝对视觉……是的，也许她拥有绝对视觉……的确，莫娜的眼睛善于发现金子般的存在，心也是。在卡齐米尔·马列维奇朴实无华的背后，她应该能理解他那晦涩难懂的广博。

白色背景上有一个简单的黑色十字架。一种希腊十字，其水平和垂直的分支长度相等，并在各自的中心相交。两条分支都很粗。鉴于这幅画的长宽均为 80 厘米，两臂似乎占据了各自画面的大约三分之一。事实上，没有什么是完全结构化或几何化的。十字架并不是完美对称的。水平矩形的两边有一定倾斜度，甚至可以说是梯形，十字架的头也微微倾向画面的左侧。这些线条并没有给人严格规整的印象，也没有完全稳定的比例。至于黑色和白色，它们的纹理生出许多细微的差别和凹凸感。尽管这幅作品呈现出一种朴素和枯燥的简约，却充满活力，甚至可以说是感性的。

莫娜那天心情不错。哈！外公一周前带她去看了一个瓶架，这次又带她看了个白底的黑色十字架，没有水果，没有鲜花，没有肖像和风景，画面上既看不到战斗场景，也没有细节，甚至没有一抹红色或一丝亮黄。他似乎想挑战她，让她在几乎什么都没有的画面前待上很长时间，那好吧，她接受挑战。40 分钟之后，亨利打破了沉默。

"卡齐米尔·马列维奇在 1878 年出生于现今的乌克兰，当时是俄罗斯帝国的一部分。那时的俄罗斯帝国是世界上最大的国家，由权倾天下的沙皇统治。当这位画家在 1935 年去世时，俄罗斯已变为苏联，领土也更广袤了。"

"究竟发生了什么？"

"首先是愤怒的女工开始罢工，她们鼓动人民起义，并于 1917 年迫使沙皇退位。马列维奇支持这场革命，甚至参与了革命 —— 像他那一代的许多艺术家一样。他有一种革命的气质……"

"哦，这让我想起了大卫！但我还是很难相信，通过一幅这样的画就能进行革命。"

然而，她的外公认为可以……"人们可以通过成千上万种方式来奋起反抗、表达愤怒、呐喊不公或唤起民众对当权者的反抗。所需的一切，就是找到适合当下背景的表达方式。大卫无疑找到了。但是，莫娜，你要明白，这个十字架，简简单单的十字架，在其白色背景之上，除了它自身之外什么也没有，马列维奇称之为'形式的零点'，在 1915 年，这也是一次爆炸性的冲击……"

"事实上，"亨利接着说，"白底上面一个简单的黑色方块，马列维奇在绘制并展出这一幅《黑色十字架》时，正投身于欧洲一场非常重要的艺术运动：未来主义。那是一场主张不断变化的运动，一切事物无时无刻不在蜕变，且往往充满暴力。马列维奇以其极为简洁的抽象画将这一逻辑推向了最疯狂的极限：他让我们明白，我们必须从内心深处的基本事物重新开始，才能给世界带来改变。可以从栖息在我们灵魂深处的色彩开始，从一条简单的线、一个圆、一个十字、一个正方形、一条斜线开始，从我们最清醒、最纯粹的内在开始，引发巨变。"

"这很有趣，"莫娜低声说道，"你看，一开始，我们以为这个十字架只是一个十字架，一个简单的十字架！但事实上，线条略微倾斜，有些东西在动。十字架活了，有了生命，因为它……它……"

"……因为它在颤抖，"亨利补充说，"马列维奇所表达的是最微小、最隐秘的跳动和节奏，这些震颤和节奏决定了整个宇宙的进程：方向、重力和失重、流动、空间的转换、原子和行星的旋转。马列维奇所表达的就是这种最细微的运动，它的萌芽，它最初的震颤，所有的可能性都由此而存在和展开。这是对完全自由的呼唤。"

"但十字架也与耶稣有关，外公！马列维奇知道自己画的是宗教的象征吗？"

"他当然知道。他在画这幅画的时候就已经想到了这一点。马列维奇和康定斯基一样，都有一种充满灵性的气质。从这个意义上说，他的抽象画是一种革命的力量，体现了他对唯物主义的摒弃。"

"反对什么？"

"唯物主义。它首先是一种世界观，认为宇宙仅由物质构成，我们去关心什么是神圣的，什么是学者所说的'超验的'（莫娜跟着默念了一遍这个词），这是毫无意义的，或者说是虚幻的。然而，马列维奇仍然执着于看不见、摸不着的东西。这个十字架并不像你在教堂里看到的那种基督教十字架，尽管如此，它还是笼罩着神圣的光晕。"

"但是，看这个十字架的人能明白你说的这一切吗？"

"有些人认为这是愚蠢的挑衅，有些人则承认它具有革命性。在1915年，你可以感受到，马列维奇试图将艺术从传统的束缚中解放出来，并为其注入新的动力。但最令人惊讶的是，人们可能认为马列维奇的画作是无害的，因为它们是如此简朴，最终却引发了一系列非常严重的问题。听我给你解释。"

莫娜的神情立马变严肃了。

"1922 年，苏联成立，马列维奇十分支持这一巨大的政治和社会变革，即从特权制度（沙皇制度）转变为共产主义制度。但很快，许多共产党人对艺术、画作和绘画产生了怀疑……"

"什么意思？"

"怎么说呢，许多共产党人反对艺术中一切过于精神性、过于个人主义的东西。在这些反对者看来，这种前卫的追求与践行平等主义的社会背道而驰，它使文化成为贵族的特权，只属于精英阶层。更过分的是，他们很快就要求艺术严格地、一心一意地只为革命事业和苏联服务。"

"所以，马列维奇的十字架和正方形一定使他显得格格不入……"

"最重要的是，他看起来很疯狂，甚至有点危险。他画着如此简单的图形，却声称一切皆有可能，每个人都可以忠于自己的内心，相信自己的所见所闻，重视自己的主观性，人们对他不屑一顾。你知道吗，马列维奇也因此被禁止创作这些十字架、单色画或充满简单的纹理和纯几何图形的画作。他受到监视和羞辱，并很快就在 20 世纪 30 年代中期死于癌症。马列维奇想表达的是，画作是一个自治的空间。'自治（autonome）'源于希腊语'nomos'，意为'法律'，'auto'意为'自己'。因此，所谓自治，就是让自己拥有自己的法则。马列维奇的艺术以基本的几何图形为基础，源于只属于他自己的规则。这是一种完全脱离于我们周围自然的艺术。模仿这种自然，就等于让自己从属于自然，与自然疏离，成为自然的囚徒。"

"外公，这很有意思，因为爸爸常对我说，等有一天，我长大了，我也会独立。现在我更清楚了。"

"马列维奇敦促每一个个体驶入'自由的白色深渊'，按照自己的意愿驶入无限。对这个十字架和白底黑方块的误解，在于将它们视为艺术史的终结，就像服丧时期的黑面纱意味着绘画已死……"

"……绘画可能会死亡，你告诉过我，马塞尔·杜尚就是这么想的。"

"但马列维奇根本不这么认为。相反，他认为，绘画因他所谓的'至上主义'抽象艺术而重生。它之所以重生，是因为它回到了无限丰富的本初和雏形阶段。此外，你周围的一切，尤其是设计和建筑中的许多东西，不知不觉都受到了 20 世纪初抽象艺术的启发。"

一名保安打断了莫娜和她外公的思绪。

"哎，你们两个，是不是准备干什么坏事？"

"干坏事？"亨利大吃一惊，"您为什么这么说？"

"你们在这个十字架面前已经看了一个小时了！从来没有人看它超过 10 秒钟。"

"我的朋友，您说说，一个老人和一个小女孩能干什么坏事？再等一会儿，我们这周不会再来打扰您了。"

"最多五分钟……一分钟也不能再多了。"

保安回到座位上，眼睛却没有离开这祖孙俩。莫娜笑了：

"好了，我们得把画留给其他人了！"

38

乔治娅·欧姬芙[1]
世界是一具肉体

暑假过得很慢。莫娜一周的大部分时间都在蒙特勒伊的日托中心度过，但她很难交到新朋友。她并不是因为烦闷而把自己孤立起来，完全不是这样。她只是想念玉儿和莉莉了。日托中心不允许使用电子设备，但有一个藏书丰富的图书馆。莫娜径直跑去问图书室的工作人员：

"我可以在这里写作吗？"

这多少是个不合时宜的问题，从来没有人提出过这种要求，但又没什么能阻止一个小女孩提起笔讲述她自己的故事，而不是阅读别人的往事。莫娜在一个不起眼的角落坐下，从包里拿出一本红色封面的大笔记本、一支铅笔和一块橡皮。该记自己的日记了，在上面写下个人的感想，抒发心情，大声地说出自己的希望……

起初，她想写的是她当下的生活，但她意识到，在描述现在之前，应该先在脑海中重过一遍这几周的经历：在外公的陪伴下，她参观了卢浮宫、奥赛博物馆和蓬皮杜艺术中心。如果遇到了疑惑，她会向外公求助吗？她告诉自己，还是从内心寻找答案吧。于是，她闭

---

1 乔治娅·欧姬芙(1887—1986)，美国女画家，20世纪的艺术大师之一，以半抽象半写实的手法闻名。

上眼睛，再次看到了波提切利被毁坏的壁画：维纳斯、美惠三女神、丘比特和收到礼物的少女。莫娜拿起铅笔，工工整整地写下这句话："外公教会我的第一件事是如何接受。"

*

在 7 月炎热的空气中，巴黎的梧桐树叶子已经变黄了。莫娜与外公并肩而行，注意到了这一现象。

"绿色消失后去了哪里？"她问道。

亨利停住脚步。当然，从科学的角度来看，这个问题毫无意义。然而，这却是一个能够在形而上的层面产生深刻共鸣的谜题。他默默地注视着地平线，然后用平静而低沉的声音说："是这样的，莫娜……积雪消融时的白、火山熄灭时的红、苋菜枯萎后的紫、头发变浅后的棕、白昼结束后天空的蔚蓝，它们会到哪里去呢？也许存在着一个色彩的天堂……我相信它们会在那里歌唱，轰鸣或爆裂，相互撞击，又彼此交融。然后飞走，再飞回来，无穷无尽。"

这时，莫娜看到一棵栗子树，高大得就像一个巨人。

"哎，外公，你看，秋天到来后，黄色的树叶很快就会变成橙色，如果我盯着这黄色看很久，也许它就会流进我的脑海里。也许我的心灵才是色彩的天堂！"她大声地说。

莫娜笑了，她被自己的发现迷住了，她感受到其中不可抗拒的诗意魅力……但她那张机灵、善良的脸却突然耷拉下来。

"如果我失明了，我希望色彩的天堂会继续留在我的脑海中……"

亨利不知道该说什么。他沉默了。他的眼神因悲伤而黯淡下去。他拉起她的手，带她走进艺术中心。或许，乔治娅·欧姬芙的画可以安慰他们。

这些大片的色块，柔美、蜿蜒，用笔极为精准，分割细致、清晰可辨，像是红色、黄色和橙色的波浪或舌头，可以让人感觉到一种熔岩色调的纯粹抽象。构图的动态走势形如地层的连绵延续，从左向右倾斜，随着地层线的轻微变化而起伏，而非僵硬笔直的水平线。没有陡峭，没有棱角，只有蜿蜒曲折的光亮在涌动。仔细观察，会发现它就像一幅风景画。上方以粉色、黄色和白色的云层为主，让人联想到黄昏或黎明的天空；下方是更细腻、弯曲的黑色条纹，慢慢过渡到灰色，就像布满岩石的山丘，而这山丘本身又与作品的下半部分连接，暖色层在其中膨胀、扭曲、颤抖，褪为深浅不一的肉色。然而，这些暖色层又会让人联想到高处的云层，它们遥相呼应，仿佛是水面上自由扭动的倒影。隐藏的主题出现了：它就像充满果香的多云天空下一个融化在阴暗山脚下的湖泊。

一周前，莫娜默不作声地看了很久马列维奇的十字架，以考验外公的耐心。但事实上，这种无休止的观察让她得到了真正的锻炼。她没有强迫自己，也不觉得是在接受考验，她又一次成功地完成了画作赏析，没有丝毫懈怠和厌倦。

"乔治娅·欧姬芙于 1887 年出生于美国。当时的美国还是一个刚建立不久的国家，幅员辽阔，正经历着经济和文化的快速发展。她的母亲有匈牙利血统，父亲祖籍爱尔兰。在纽约，她师从威廉·梅里特·蔡斯，当时最杰出的画家，一个真正的明星，但他还完全沉浸在旧大陆的美学观念中，尤其是印象派。"

"一方面，人们非常爱老师，"莫娜悄悄地说，"但另一方面，总有一天，得停止做他们的学生……我敢打赌，乔治娅·欧姬芙心里一定知道……"

"是的。她主动抛弃了她所学到的一切，从零开始。在这个过程中，她成了少数几个揭示并塑造美国精神的艺术家之一。你知道我指的是什么吗，莫娜？"

"外公，对我来说，美国的一切都是巨大的：沙漠、湖泊、山脉，还有纽约的摩天大楼。是的，美国的一切都是巨大的！"

"乔治娅·欧姬芙既画过高耸入云的大都市，也描绘过绵延无际的广阔自然。她既是美国的城市艺术家，也是乡村艺术家，她的画作展示了宏大中的细微处。"

"总而言之，这幅《红黄黑条纹》更像乡村，而非城市。"

"这里画的是乔治湖，阿第伦达克山脉下一处不同寻常的地方。19 世纪的美国画家曾多次描绘过这里。他们是风景画家，也是发掘者和冒险家。他们开荒垦地，在大幅画布上向荒野致敬，将美国表现为一个新的伊甸园。你看，乔治娅·欧姬芙的画风正是如此：乔治湖，与湖面相接的灰黑色山丘，湖面上的天空，这一切几乎都不可辨认，因为都被抽象化了。现在，它们变成了条纹。但这些条纹通过起伏、深浅和色阶的变化，宛如柔软的、具有保护作用的锦缎和温暖的波浪。"

"大自然似乎变成了一种爱抚……"

低声嘟囔完这些话后，莫娜握住了亨利的手，指甲用力地抠进他的手心。这一下让他疼痛难忍，也让他的心打开了一个缺口。也许是因为大自然与爱抚之间的这种联系让他想起了童年的最初感觉，回到了第一次呼吸到温暖空气或闻到春天的清甜时的欣喜。然而，每次忆起这些陈年往事，亨利总带着一丝忧郁。对他来说，承认自己曾经和莫娜一般大是多么奇怪啊！有一天，莫娜也会有自己的小孩，想到这儿，真让人眩晕……他在 10 岁的时候是如何表达自己的？当莫娜的年龄增长到现在的 8 倍后，她又会怎样说话？乔治娅·欧姬芙的线条突然像炭火一样噼啪作响，自然变成了爱抚，爱抚变成了火焰。

"乔治娅·欧姬芙，"亨利接着说，"主要通过在非常紧凑的画框中描绘花朵而为人所知。有点像这幅湖景画让你联想到爱抚一样，花瓣的花冠、雌蕊和茎，在她的笔下，让人联想到人体解剖学，联想到身体的一部分。这就是所谓的'生物艺术'。"

"这就对了！外公，你看这些红色和粉色！画面的下半部分，让人还以为看到的是舌头或嘴唇，我就看到了三张嘴；上半部分，云层里似乎躺着一个人，可以同时看到他的腿和屁股！这太有趣了，外公，我把头转向天空时，经常会看到一些东西，一些动物，但在这幅画里，我敢肯定，有三对屁股飘浮在山丘的上空。生物艺术真是太棒了！"

莫娜突然大笑起来，亨利假装沮丧地皱了皱眉头……不过，莫娜对于今天这幅画作的评论虽然幼稚，却很准确。所以亨利也不必向她解释，乔治娅·欧姬芙画作中的图像因暗指女性生殖器而声名远扬。如果亨利愿意的话，他本可以借此机会告诉莫娜，这位艺术家以女性化的方式来描绘植物和风景，并以此来表现性，从而确认自己的身份。然而，他发现这种解读过于狭隘了，所以选择了一种不那么色情、更具哲学意味的解释。

"当我们想到自己的身体时，莫娜，我们通常的印象是，一方面有个空间，另一方面，在这个空间中，我们的存在与之截然不同，它是环境中的一个独立体……乔治娅·欧姬芙的画作却带给我们不同的感受。在她的作品中，世界的组成融化为解剖元素，解剖元素又被抽象化，抽象的表象又描绘出世间的存在，周而复始，仿佛一切都陷入了循环，不可分割地交织在一起。你能确定地说出主导这幅画的形状吗？"

"我会在直线和曲线之间犹豫一下，"莫娜讽刺道，她觉得这个问题太简单了，"但我想我会选择曲线……"

"是的，到处都有朝着一个方向蜿蜒的曲线和朝相反方向延伸的曲线——反曲线。曲线和反曲线在形式上的相互作用是流动性的完美体现。我们可以很明显地观察到，可以认为这是流动的水、天空中的大气变化以及空中的水蒸气的极端表现方式，它们在空中拉伸、撕裂、重新组合。乔治娅·欧姬芙非常关注这些大气现象。但我认为我们还需要更进一步：对她来说，这种流动性是宇宙的本质，是将宇宙中所有物体结合在一起的流动，作为生物个体的人类与作为矿物体的高山和湖泊不是截然分开的，它们都是同一循环的一部分。因此，在这幅风景画中，我们能感觉到黏膜、肢体和表皮在消融，这是很正常的。"

"是的，外公，在这种情形下，我们甚至还可以说有伤口。当我们意识到这幅风景画也是一种皮肤时，你真的可以想象它在流血（她停顿了很长时间）。好吧，我肯定是理解错了……"

"我不认为你错了，莫娜。恰恰相反，你已经理解了乔治娅·欧姬芙教给我们的一切：她告诉我们，世界就是一具肉体。"

亨利没有再说下去，因为他不想让莫娜感到困惑。他想到了现象学哲学家梅洛－庞蒂[1]，正是他谈到了"世界的肉体"或"世界的普遍肉身"。梅洛－庞蒂解释说，人类不仅可以感知天空、高山和湖泊，而且，天空、高山和湖泊——由于它们是肉体——因人类的感觉穿透了它们而散发出人类的味道……

这时，莫娜突然抬起了手臂。一股热血让她小小的颧骨重新焕发生机，她被一个新发现震撼到了，头发似乎都竖了起来。她刚刚在画布上的大片暖色中瞥见了一小抹几乎难以察觉的绿色，这让她想起了两小时前看到的那棵树。她为自己当时的问题找到了答案，生命的色彩一旦消失，将会去向何方？

"外公！色彩的天堂就在这里！我找到它了！它就在画里……"

1　莫里斯·梅洛－庞蒂（1908—1961），法国20世纪最重要的哲学家、思想家之一，存在主义的杰出代表。

39

勒内·马格里特[1]

倾听你的潜意识

8 月的这一天，莫娜 11 岁了。每年生日都有固定的仪式：下午茶点时间，爸爸会把蒙特勒伊的旧货店装扮漂亮，摆上一张大桌子，烤好巧克力蛋糕，然后在上面插上蜡烛。

"今天有四个惊喜。"她的父母大声宣布。莫娜一边吞着蛋糕，一边开始在房间里四处搜寻。仅仅几分钟，她就找到了其中的三个——三个小礼盒：一个漂亮小匣子，里面装着 52 张游戏卡；一对耳环；一个装有 60 欧元的信封。莫娜高兴得跳了起来，但她找了很久，还是没发现第四个礼物。卡米耶飞快地抬了抬下巴，示意她到旧货店里间去看看。莫娜快步跑到后面，突然，对外婆的思念令她停下脚步。思绪奇怪地把她对外婆的回忆和韦尔蒂尼的小铸像联系在一起，而那些小铸像已经被保尔销售一空了。柯莱特·维耶曼和小铸像的形象交叉浮现在她的脑海中。所幸，莫娜没有时间黯然神伤，因为一个声音吓了她一跳，赶走了她突如其来的忧郁。

"爸爸，妈妈，我听到了奇怪的声响！"

那"奇怪的声响"再次响起，而且更清晰了，然后又是一声。莫娜的心开始怦怦直跳，她一步一步地靠近。果然和她想的一样，一只

1　勒内·马格里特（1898—1967），比利时超现实主义画家。

可爱的小猎犬侧躺在一个角落里，轻声吠叫着。她抚摸着它的毛，屏住呼吸，手掌下的柔软颤动让她不知所措。

莫娜凝视着它的眼睛，小狗也回望着莫娜的眼睛。它舔了舔嘴唇，用细小的前腿支撑着站了起来。莫娜意识到，第四件生日礼物肯定是这只柔弱的小动物，但同时也是别的某种难以界定的东西。通过小狗和孩子初见时刹那间的默契，一种意识觉醒了。世界仿佛一张延展的膜，万物生灵共存于此，交织成生命的幕。

"以后就叫你科斯莫斯[1]了。"莫娜流着泪，幸福地喘息着说。

科斯莫斯叫了两声。

*

亨利不同意外孙女把小狗装在包里带着去参观博物馆。莫娜想到了一个应对之策，也是为自己设立的一个挑战。星期三，参观完博物馆回到家后，她要把当天学到的东西讲给科斯莫斯听。亨利觉得这是个奇思妙想，表示赞成，还不无讽刺地建议莫娜每次都给作品拍一张，或者找一张照片，带回去给她的小狗看。

"对啊，很好的建议。"她表示同意，神情非常严肃。

她宣布要把艺术品的复制品贴在她生日时收到的漂亮的覆膜游戏牌上，这样，底板会更加结实。

"科斯莫斯肯定会很喜欢的。"她说。

亨利内心里赞叹不已，回想起离经叛道的诗人、造型艺术家马塞尔·布达埃尔曾在 1970 年和一只猫咪录制了一段关于当代艺术的访谈……布达埃尔是比利时人，跟伟大的超现实主义画家勒内·马格里特一样。现在，该一探这位画家的究竟了。

1　在法语里，科斯莫斯（Cosmos）也是"宇宙"的意思。

一双几乎平行放置的半高帮鞋子占据了整个画面中心。这是一张俯视图，四分之三的侧面构图，鞋后跟在右，脚趾在左。是脚趾，没错，而不是鞋尖，因为鞋子逐渐变成了脚。更准确地说，在大约舟骨的位置，精细涂漆的棕色皮革逐渐变成了白里透红的皮肤，并可以清晰地看到上面的血管脉络。得益于无可挑剔的渐变上色技巧，从物体到人体的过渡非常自然，令人信服。甚至可以注意到一些细节，这些细节使得鞋子和人体结构看起来都真实可信：横直的鞋带有四排，松开后悬挂在鞋筒的四分之一处；脚指甲略长，角质层呈珍珠色，尖端略脏。肉体的外观显示出人类的存在，但支离破碎如同幽灵。整个画面布局紧凑，相当阴沉，以柔和的木炭色调为主。画布是垂直的，画面下方的三分之一处是夹杂着卵石的棕色泥土，在另外三分之二的画布上，从地面开始，横向铺设了四块米色木栅栏板，木板上散落着几个疙瘩。

莫娜在作品前看了差不多 40 分钟才开始说话。

"你看，"亨利说，"马格里特的这件作品，看起来比我们前面几次参观的作品更古典。这是一幅布面油画……"

"你说'古典'……外公？你这么想真是太奇怪了。我觉得，这幅画令人害怕……你知道吗，学校里有些同学，甚至包括莉莉，他们很喜欢僵尸题材的电影？里面的僵尸不停地跳来跳去。而我，外公，我讨厌那些……今天，你带我看的画，这些看起来像鞋子一样的被砍掉的脚，还有这些阴暗的颜色，让我想起了僵尸电影，那些我害怕看的电影——很抱歉这么说，外公……"

"当你觉得自己的情感不符合人们对你的期望时，其实不用说抱歉。你可以自由地感受自己的所想。而且，我还要告诉你，如果你对马格里特作品中模糊不清的死亡气氛感到不舒服，那就证明在欣赏这幅画时，你找到了艺术家放在画里的东西。"

"你是说马格里特想吓唬我们？"

"为什么不是呢？你要记住一个基本原则：当我们以一种天真的方式来研究艺术史时，我们会认为创作只会创造美好的事物。但事实并非如此：绘画、雕塑、摄影、文学、音乐甚至戏剧，都会搅动埋藏在我们内心最深层的东西，并且激化它们，包括焦虑。你提到了电影，勒内·马格里特所属的超现实主义流派，其组成的艺术家正是和第一批电影同时诞生的。那些电影通常都很魔幻。我给你举个例子。超现实主义艺术家经常去黑暗的影厅看电影，对他们来说，电影就像是毒品。他们最喜欢的长片之一，是一部受邪恶的吸血鬼德古拉启发的故事片，1922 年上映的弗里德里奇·茂瑙的《诺斯费拉图》。"

"这又让我想到了幽灵。"

"那你说说。"

"首先，是这截半脚半鞋的人体，然后是标题。这幅作品的名字是《红色模特》……一方面，这与我们看到的画面相悖。作品中的红色消失了，上面只有冷色！还有，为什么叫'模特'呢？鞋子变成了人的皮肤，里面是空的。可是当这个标题出现在脑海中的时候，你好像可以猜到那里有什么东西。所以，我觉得有一个幽灵在上方盘旋……"

为了打消她的恐惧，亨利用干瘦的手捋了捋莫娜浓密的长发，并用力地揉了揉。

"我也要揉你的头发。"这个头发被弄乱的孩子说。

老人蹲了下来，任她揉自己的头发。他的额头上突然翘起一绺头发，看起来很滑稽。莫娜捧腹大笑。

"你看，笑声能驱赶幽灵。"外公低声对她说。

这种奇特的方法与亨利一贯严肃庄重的形象并不相符，他是从一部日本动画电影《龙猫》得到启发的。那是宫崎骏的代表作之一，故事的开头，在一栋长期无人居住的大房子里，父亲教两个女儿用笑声，甚至是刻意的笑声来驱赶大量出现的幽灵。这一招果然奏效：阴影消散了。

"在我们还小的时候，幽灵无处不在，"亨利说，"它们或躲在地窖的角落里，或藏身于光线阴暗的路边草丛中，有时候甚至躲在床罩或帽子这样平凡的东西里，要么就是墙纸的图案或浴缸的下水道里。'幻影'与'幻想'的词源相同，随着年龄的增长和成年后想象力的形成，'幻想'逐渐覆盖了'幻影'。"

亨利很清楚，这种消散是一种解脱，人也因此变得独立自主——比如，独自一人在家睡觉。但他也不是没有意识到，这种消散也意味着某种幻灭，因为面对超自然所感受到的困扰和恐惧会产生异常强烈的情绪。

"这幅画，"亨利继续说，"并不完全是个噩梦，它更像是一个引发混乱的不好的梦。你怎么看地面和背景中的栅栏？"

"我觉得，地上的小石子就像长满脓包的皮肤（她厌恶地嘟起小嘴）。还有，木栅栏上的木节有点像眼睛。哦，外公，"她用手捂住额头，惊呼道，"这让我想起了我好像在肉里看到了一只黏糊糊的大眼睛！那是在卢浮宫，是戈雅的画！"

"我记得很清楚，戈雅对超现实主义画家影响很大。顺便说一句，超现实主义画家和他们尊敬的前辈一样，都是出色的技师，他们以古代大师的方式进行油画创作。你仔细观察这幅画：解剖学上的比例非常完美，鼓动的血管一直延伸到脚趾。这正是这幅画的阴森恐怖之处。它有足够的真实性和逼真度，让怪异玷污了其他部分。由此，即便是布满石子的地面和疙疙瘩瘩的栅栏，也会激发我们的想象，更准确地说，撼动我们的潜意识。"

"啊，又是它！"

"如你所说，莫娜，超现实主义者认为，潜意识构成了'思维的真实运作'。相反，他们对一切理性和合理的东西，一切正当的和道德的东西——换句话说，一切发生在意识层面上的东西——都不感兴趣。对于超现实主义者来说，我们泥于日常的精神必须被一种更深邃的外衣遮盖……"

"就是我们在梦中造访的那种。"莫娜打断他的话，她想到了关于克利姆特的《树下的玫瑰丛》的那一课。

"画面如此不协调，有其讽刺的一面。马格里特在评论这幅画时也说过，它暗指制作皮鞋的过程。皮鞋是用鞣制过的兽皮制成的……这幅画也暗指这种做法。这幅《红色模特》充满了黑色幽默。"

"对我来说，在梦里，一切都非常清晰，画面给我留下了深刻的印象，但它们同时又好像逃脱了我的控制，因为它们好像是半成品。对于马格里特来说，我觉得他也能准确地看到梦境，就像看到现实一样。"

"电影大师阿尔弗雷德·希区柯克也有过类似的表述。他认为在电影中用模糊的光线来表现梦境是荒谬的。他让萨尔瓦多·达利[1]为他的电影《爱德华医生》绘制'清晰'的布景，就是你所说的那种清晰。你提到的这种与现实的混淆是超现实主义者的终极目标。他们希望人们在说话、走路、吃饭和呼吸时，在做最平常的事情时，都能不断地与突然出现的奇特梦境作比对。他们本希望潜意识的喷发和涌动能不断地溢出意识，这样就能创造一个全新的世界，一个不断产生诗意幻觉的世界。我们就能像在梦中散步一样漫步人生。"

莫娜没有说话，也没有试图进一步表达自己的想法，而是伸手指着一个双重细节：在每只鞋上，皮革的棕色和皮肤的粉色之间，在死气沉沉和生机勃勃之间，都有几厘米的过渡，这似乎是从黑夜到白昼的交替。如果从画面下方往上看，则是从白天进入黑夜。画作的神奇力量就在这里，她本能地感觉到了这一点。马格里特将脚面和腿底的交界处画成交织的光影。这个区域以隐喻的方式再现了大脑中两种截然相反又连续不断的状态：做梦者和警觉者，警觉者和做梦者。

"倾听你的潜意识，"亨利说，"倾心（他口误了）你的潜意识……"

"'倾听'还是'倾心'，外公？"

1　萨尔瓦多·达利(1904—1989)，西班牙画家，超现实主义画派代表人物之一。

"我口误了，请原谅。"他笑了笑，并未给出完整的答案。

该回家了。莫娜在想她的小狗，得跟它谈谈超现实主义、幻觉和布面油画……真是个好计划！一到家，莫娜就把科斯莫斯叫进了自己的房间。西班牙小猎犬怯生生地坐在她对面。她把画拿给它看，并花了几分钟向它解释。这只狗很乖，但不妨碍它心里只有一个想法：用新生的尖齿咬一咬眼前的鞋子……

40

康斯坦丁·布朗库西
向上看

　　第一次出现失明的症状时，为了做检查，莫娜不得不躺在一个箱子似的设备里进行脑部核磁共振成像检查。今天，她必须再次经历这种体验，以检查她的脑血管状况。躺在两米长的可怕的隧道里时，莫娜意识到它们即将侵入她的大脑。这噩梦般的念头让她发出一声低沉的尖叫，引起了妈妈的警觉。卡米耶平静地说：

　　"我在，莫娜。这个箱子会保护你，别担心。不会太久的。"这一安慰立即产生了效果。莫娜躺着的台子变成了一张舒适的床，"保护"一词让她如梦初醒。她不停地重复着这个词，直到自己的思绪淹没其中。几分钟后，她觉得自己好像要离开了，就像在凡·奥斯特医生诊所时一样。她在催眠过程中产生的一段记忆再次出现，而且更清晰了……

　　"它能保护你。"这是莫娜的外婆从自己脖子上取下吊坠，戴在外孙女脖子上时所说的话。柯莱特看起来很自豪，神情坚定，也略显悲伤。莫娜产生了幻觉，仿佛外婆就在眼前，就在床边，就在她的卧室里，她甚至感觉到外婆在她额头上轻轻地一吻，最后还嘱咐她："孩子，让你的内心永葆光明。"柯莱特的这句话悄然穿越时间的长河。莫娜刚听到时还无法理解，那时她还是个三岁的小不点儿，如今

293

她已是年轻的女孩，现在，这句话突然再次在她耳边响起。"我们什么时候才能再见面呢，外婆？"处于半昏迷状态的莫娜在箱体中央低声问道。没有回应。永远也不会有了。

检查结束后，莫娜和卡米耶在放射科医生的陪同下，查看了灰黑色的大脑图像，医生似乎很高兴，因为他确定，成像结果没有发现任何可疑之处。卡米耶搂着女儿，女儿也紧紧攥着她的吊坠。医生沉浸在喜悦之中，开玩笑说：

"我接下来要告诉你们的事情，无关乎医学……我觉得这个大脑非常棒，简直可以说是精美绝伦！通常，大脑像一个大核桃，但这个大脑，更像一颗巨大的宝石。"

莫娜害羞地耸了耸肩。

"一定是您的潜意识让您看到了这一点，医生……"

卡米耶笑了，想不出还有什么要补充的。不过，莫娜的外公每周三都带她去看的那位神秘的儿童心理医生，绝对是个行家……

*

在广场高处，蓬皮杜艺术中心对面的一根巨大管道旁，有一个女驯鸟人。几百只鸽子围着她打转，有的落在她脚边，有的停在她手臂上，在距离她脸部几厘米的地方拍打翅膀。亨利对街头表演几乎总是抱有敌意，这一次尤其令他感到不安和恶心。他觉得这个场面太悲怆，决定让它变得崇高起来，于是对莫娜说，历史上有很多鸟类爱好者：13世纪，圣方济各[1]甚至对鸟类布道，称它们为"我的兄弟"！但这种空中芭蕾并未让莫娜感到丝毫不快，她眼睛睁得大大的，几乎欣喜若狂。

"看，外公，鸽子看起来很喜欢她！"

1　圣方济各（1181—1226），天主教方济各会和方济各女修会的创始人，是动物、商人、天主教教会运动以及自然环境的守护圣人。

既然外孙女喜欢看鸟，亨利想，不妨让她看看最精美的鸟：康斯坦丁·布朗库西雕的鸟。

这是一件雕塑作品，高约两米，其极为纯粹的纤长造型在上升过程中略微膨胀，最后汇成一个点，既脆弱又坚固。这件经过完美抛光的青铜器反射出耀眼的光芒。圆柱形的底座，直径和高都约为 15 厘米。更具体地说，雕塑的造型是从这个底座开始的，分为两个部分。首先是一段很细的锥形柱，略微向后倾斜，还不到总体积的五分之一；然后，在这部分的顶部，造型逐渐变宽。这个凸起的东西最终给人一种弓弧或者火焰的印象。为什么不是羽毛呢？况且这件作品的名字就叫《空中之鸟》。

莫娜和亨利并不是在博物馆里观看这件雕塑的，而是在毗邻的一栋小楼里，那里复原了布朗库西的工作室，气氛与展厅截然不同，因为除了一系列仿佛相互启发而产生的杰作之外，到处都是工具：木槌、凿刀、半圆凿、弯头锉、雕刻刀……杂乱的物品与保尔的旧货店相差无几。莫娜张口结舌，无言以对。

"布朗库西，"她最后说，"这个名字我以前听说过，外公……有一天，他和杜尚一起看了一个螺旋桨，印象非常深刻……从那以后，杜尚就远离画画了，他把一切都弄得一团糟……"

"没错，莫娜，你将看到杜尚继续用你现在看到的雕塑把一切都弄得一团糟。我稍后会向你解释的。但首先你要知道，布朗库西一生都在寻找'轻盈'和'飞翔的本质'，他对此很痴迷。"

"就像康定斯基和他的蓝色骑士，就像马列维奇……他们也喜欢让我们感受到悬浮在空中的东西。"

"你说得对。老实说，我认为，使人类摆脱万有引力的愿望，基本上贯穿了抽象主义的发展史。我相信，抽象艺术源于我们历史上非常古老的神话。想想希腊传说中的伊卡洛斯或众神的使者赫耳墨斯……这就是抽象：一种进入非物质世界的推进器，超越了我们沉重的尘世。"

"我想和你一起飞，外公，让你永远做我的老师。"

"我给你讲讲布朗库西对此是怎么说的吧。他来自罗马尼亚一个非常贫穷的农民家庭，住在简陋的棚屋里。25 岁时，他前往巴黎创业，只带了一个背包和一支笛子，徒步行走了大约 2500 公里。一到法国，他很快就被奥古斯特·罗丹看中。"

"啊，就是卡米耶·克洛岱尔爱上的那个人，尽管他比她年龄大很多……"

"是的，布朗库西像她一样，很快就意识到，如果长期做这样一位大师的助手，他的才华将无法发挥，也无法成为有独创性的艺术家。一个月后，他心想：'高大的树荫下什么也长不出来。'于是，他离开罗丹，去寻找自己的路。现在，我们回到《空中之鸟》。自1923 年后，它有许多不同的版本，有大理石版、石膏版和青铜版。这一件是 1941 年的作品，也是年代最近和最雄伟的作品之一……"

"确实，外公，它美得令人难以置信，尤其是在它周围走动时，它仿佛流光溢彩，雕塑似乎被赋予了生命。可是，给我讲讲你答应过我的关于杜尚的故事吧！"

"1926 年，《空中之鸟》的一件青铜复制品从欧洲运往美国参加展览，那件复制品与我们今天看到的这件非常相似。在纽约港的海关，艺术品入境时不征税，但各种复制品和器皿则需要按照价值的40% 缴税。这是一项商业保护和监管措施。从理论上讲，海关官员在检查《空中之鸟》时，应该把它当作一件雕塑作品，不应该征收任何费用。但海关官员不相信这是艺术品，因此征收了 40% 的税款。海关当局的这一决定，引发了与我们之前讨论马塞尔·杜尚的瓶架时相同的问题……"

"我知道！问题在于一件作品何时能被视作艺术品。"莫娜迫不及待地补充道。

"正是如此。这也是我们在这个故事中又遇到了马塞尔·杜尚的原因。正是他促使布朗库西对美国政府提起诉讼，以便由法庭来决定这是否是一件艺术品……"

"那法庭是怎么判定的，外公？"

"别急，莫娜，首先，告诉我，你会如何为布朗库西辩护，我呢，我将代表美国海关进行反驳。"

孩子对这一假设感到非常兴奋，她周围的空间变成了法院。

"好，开始，"亨利以一种权威的口吻说，"这个物体看起来并不像它的名字所表明的那样。它只是一个细长的形状，没有任何细节能让人联想到……一只鸟，对吧？羽毛、鸟喙、翅膀和爪子在哪里？上里没有雕塑家创作的任何痕迹！"

"当然有，这是一件作品！"莫娜惊呼道，她把自己的角色演绎得淋漓尽致，"当然，它与我们通常看到的作品大相径庭，但一个艺术家，一位真正的艺术家，寻求的是惊喜，追求的是新意。想做出新的东西，就要付出很多努力，因为你的想法必须与他人有所区别。说到底，与鸟相差很大又有什么关系呢？只要美就够了！"

"美？这个词太可笑了，"亨利反驳道，"怎么会有人觉得它美呢？那样的话，一个工人制作的最小件的黄铜制品也可以称作'美'了！"

"是的，"莫娜狡黠地说，"有些工业品可能真的很漂亮，比如，飞机的螺旋桨。但对于这只'鸟'，我喜欢的是它的和谐和金色的反光。"

"好吧，但为什么叫《空中之鸟》呢？它也可能是一条鱼、一只老虎或一头大象……"

"因为艺术家用这个垂直的茎干和尖锐的末端给人一种飞翔的感觉。特别是它的底部非常薄，越往上力量就越大。"

"看来，"亨利用夸张的语气抱歉道，"恐怕应该这么说，传统艺术已经失传了……"

"可它有权继续存在！只是，一段时间以来，抽象主义出现了，有了马列维奇、乔治娅·欧姬芙……雕塑也变得抽象了……艺术正在发生变化！"

这次，亨利沉默了。莫娜疑惑地嘟起了嘴。无可救药的谦逊使她对自己产生了怀疑，现在她正忐忑不安地等待着判决。

"那么，外公，谁赢了？"

"你赢了，或者说，是布朗库西赢了。1928 年 11 月，法官做出了判决，认为没有理由不将《空中之鸟》视为一件艺术作品。美国海关因此败诉。法庭还特别反驳了艺术作品所描绘的内容必然与主题相似的论点。在听证会上，支持布朗库西的证人提出的观点与你的看法非常相似。你是一名优秀的律师。"

"你知道吗，外公，布朗库西之所以想像大树一样成长，想展示什么是飞翔，那是因为他总是想往上看，我想……向上看，外公，向上看！"

就是这样。成功了。这是莫娜第一次自发地从她听到的东西中总结提升，然后天真无邪地督促外公照着做。亨利明白了，这场非同寻常的革命正在进行。他感到眩晕。

"向上看！"外孙女热情洋溢地重复道。

确实，目光要抬起来，观察未来。于是，他蹲下来，搂住莫娜的腰，然后重新站起来，使出全身力气，用双臂把她举过肩膀。她就像一只小鸟一样飞翔在空中。亨利·维耶曼抬起头，朝她望去。

41

汉娜·霍希[1]
编织你的存在

在日托中心，莫娜很多时候都是独自一人，沉浸在白日梦的思绪中，没有烦人的干扰，她看上去有些郁郁寡欢。一天中午，吃过午饭后，她坐在栗树的阴凉下翻开红色的大笔记本，重读了自己写的关于伦勃朗《自画像》的笔记以及关于"认识自我"的劝导。她唏嘘不已，总是想起外婆。激情会让年轻人变得和成年人一样残酷，此时，三个少女正结伴释放青春的暴力。先前，莫娜并未注意到她们。这帮人在五六米外的长椅上安营扎寨，现在对着莫娜讽刺辱骂，原因无他，只因为小女孩在角落里可怜巴巴地流了几滴眼泪。刚开始，莫娜试图不理她们。毫无疑问，她害怕，但也因为她正沉浸在自己的回忆中，那里有世界上最美好的东西。

然而，几分钟后，屈辱感开始刺激莫娜，最重要的是，她的眼泪已经干了。于是她抬起头，盯着三人小团伙。

那群人中最威严的一个有些惊讶，喝道："低头！"

莫娜没有低头。

"低头！"那个女孩被她的挑衅气得脸色大变，再次叫嚷。

莫娜依然没有服从，这令其中一个"猎食者"恨得直咬牙，疯狂

1　汉娜·霍希（1889—1978），德国拼贴画家，达达主义艺术家。

得一遍又一遍地喝令。徒劳无功。攻击者的暴怒渐渐变得歇斯底里，在难以理解的讽刺中，她流下了愤懑的泪水。同伙们开始嘲笑被打败的头领。搬起石头砸了自己的脚，她现在成了"小丑"。

"好啦，没关系的，我们会忘记这件事的……"莫娜耸了耸肩说，善良得足以让人解除戒心。

于是大家就忘记这件事了。

*

在去蓬皮杜艺术中心探索新作品之前，亨利想确认一下莫娜是否已经履行承诺，给她的小狗好好复习了功课。莫娜发誓说自己做到了，还因此提了一个要求：

"外公，我这么喜欢在博物馆里欣赏关于动物的作品，我想，这也意味着，如果允许动物参观蓬皮杜艺术中心的话，它们也会喜欢看关于人类的作品！而且，既然我喜欢看有趣的动物，我想它们也会喜欢看有趣的人类！"

去看看有趣的人类吧，亨利想，去看看汉娜·霍希的《母亲》……

这是一幅由不同元素拼贴组合的女人肖像画，非常奇特。尤其是那个女人的脸，由人体碎片和部落面具混合而成。面具上有一个下垂的鼻子，镶嵌在将前额一分为二的中央脊线上。没有头发，但在解剖学家所说的冠状缝处绘有很小的蛋形图案。左边的眼睛，截取自一本杂志的黑白插图，是一个女人的眼睛，清晰、规则、整齐，边上是细细的弯眉。右边的眼睛则是在面具里凿出来的，轮廓更加清晰，瞳孔似乎患有斜视。就在其下方的颧骨上面，艺术家挖了一个窄孔，呈不规则的梯形，像是一个退化的眼窝。透过这个孔洞可以看到作品的背景底色，由一系列橙色、粉色和灰色的垂直水彩带组成。在这个巨大的、混合的、不对称的头部底部，还有另一个摄影元素：一张紧闭的人嘴，与整体相比，它比例太小，配着一个小而圆的下巴。这部分颜色单一，却是黄色的，与罩着一件不大的针织衫里的上半身是一样的颜色。这个半身像有着纤细的肩膀，胸部下垂，形成一个新的切口，该切口也通向抽象的多色背景。在此，艺术家显然是想通过隆起的腹部来表现怀孕的迹象。手臂停在肘部上面的二头肌处。整幅作品以厚厚的白色边框镶边。

在惯常的赏画过程中，莫娜与这个奇特而失调的肖像所承受的痛苦产生了共鸣。有什么东西让她感到疲惫和厌倦，尤其是那张抿紧的小嘴以及色彩的变化，褪色的水彩背景与灰暗的脸庞形成了鲜明的对比。

"好了，莫娜，告诉我你看到了什么。"亨利终于发问了，声音柔和而温暖。

"最吸引我的是这个面具。它可能是戴在头上的……只是左边的眼睛和下巴是由剪下来的报纸拼贴而成的，像是想把这部分遮住。可上面是什么，下面是什么？还真难说清楚，令人疑惑，真的。"

"显然，面具是一个非常重要的元素。毫无疑问，这也是我到现在为止还没有充分谈到的一个历史信息。汉娜·霍希是德国人，出生于 1889 年，是 20 世纪初以来对非洲或大洋洲等文化着迷的艺术家之一。她流连于民族博物馆，那里陈列着各种物品。而且，她还剪下自己某些作品中的图像，将其与女性身体的图像并置在一起。这幅作品就是这样创作的：她把美洲印第安夸库特尔人的面具与孕妇的肖像混搭在一起，孕妇的胸部以下被掏空……在汉娜·霍希的时代，一些好奇者开始重新审视这些长期以来被人轻视的物品，例如诗人纪尧姆·阿波利奈尔[1]，特别是画家巴勃罗·毕加索——我很快就会跟你聊到他——从未停止过推崇那些被视为'原始艺术'的神像、珠宝和

1　纪尧姆·阿波利奈尔（1880—1918），法国诗人，主张"革新"诗歌，打破诗歌形式与句法结构。

家具。但是，无论是汉娜·霍希，还是阿波利奈尔或毕加索，他们想表明的都是，这种对'野蛮'与'文明'的区分是愚蠢的。第一次世界大战期间，汉娜·霍希生活在柏林，她意识到技术进步带来的灾难。不幸的是，这种意识并不能阻止冲突的再次发生。1914—1918年的战争不会是最后一次。"

"外公，我知道，在那场战争中，有许多士兵的脸在爆炸中被炸得面目全非，人们因此称他们为'破碎的脸'。"

"的确如此，这幅肖像就有点像'破碎的脸'，因为不同的碎片粘在一起，看起来就像拼贴画……"

莫娜非常爱外公，以至于她常常忽略外公本人也是伤痕累累的独眼。但她现在不得不去想这件事，因为她不清楚外公在黎巴嫩采访时受伤的具体情况。老人不太愿意谈这个话题，但对她来说，她的"外公"不亚于这张"脸"，英勇而崇高，尽管上面横亘着一道紫红色的伤疤。

"汉娜·霍希对战争深恶痛绝。她说，'战争是一种恐怖'，'像被裹在紧身胸衣里一样'，令她窒息，让她深切地渴望自由。在德国，战争的后果是可怖的，人们目睹大批伤员肢残体破地从战场返回家乡。这些幸存者终生伤残的景象触动了我们的良知，那种场面令人毛骨悚然，不幸的是——这是最糟糕的——它也显得有些荒诞和滑稽。"

"滑稽？面对那些苦难深重的人，我们真能笑得出来吗？"

"莫娜，你说得没错，这确实不太合适。然而，艺术有时会激起我们每个人内心深处的东西，包括那些并不光彩却构成人性的情感。汉娜·霍希也参加了'达达'运动，我在提到他们组织的奢华歌舞表演时给你简单介绍过。在那场运动中，几位艺术家希望展现一个因恐怖的战争和人性的残缺而遭受创伤的社会，但他们总是带着一丝傲慢的讽刺……拉乌尔·豪斯曼[1]就是如此。汉娜·霍希曾与此人有过一段痛苦的恋情，因为他对她施暴。"

"继续，接着说啊……"

"你看见了，这幅作品名为《母亲》，画的是一位孕妇。汉娜·霍希年轻时曾在 1916 年和 1918 年堕过两次胎。不得不说，拉乌尔·豪斯曼在很多时候是一个残忍的伴侣。一方面，他想摒弃家庭传统，让她成为一个自由解放的女人；另一方面，他又想自私地生活，占有她，以至于她非常害怕他，只能偷偷地画画，一听到他踏上楼梯的脚步声，就立马停下……"

"你说得太可怕了，外公。我希望她离开了……"

"是的，她在 1922 年离开了他，和另一个女人生活在一起。当她完成《母亲》这幅作品的时候，已经很久没有和拉乌尔·豪斯曼交往了。但他们仍然互相敬重，因为强烈的相互模仿使他们创造了一种新的艺术技巧……"

"等等，外公，我知道你要说什么！他们发明了拼贴画。"

"差不多，莫娜，如果要谈谈你所说的'拼贴画'，那就得追溯到毕加索，他早在 1912 年就把一块蜡画布粘在了一块椭圆形的彩绘画布上，然后在上面系了一根真正的绳子。1918 年，汉娜·霍希与拉乌尔·豪斯曼共同发明了所谓的'照片蒙太奇'（莫娜认真地重复了这个词），并赋予了它强烈的政治意义。她将杂志上的流行图片、学术图片和个人档案剪下来组合在一起，她并不满足于形式上的创新，而是试图动摇我们惯常的参照点，颠覆我们表现事物的方式及其所谓的统一性。"

"总而言之，这幅画给人的印象是，怀孕是一种巨大的苦难，外公……在画面中，孕妇的肩膀上像是压了一副重担。"

"我非常理解你的感受，莫娜。汉娜·霍希的作品表达了这一切，

1　拉乌尔·豪斯曼（1886—1971），奥地利画家，柏林达达主义运动的核心人物。

这是肯定的，但我不认为这只是歪曲和解构，它比表面看上去的要积极得多，因为它还重新配置、组合和创造了美的标准。这也是母性的象征：新的可能性和意想不到的身份诞生了。莫娜，你要明白，在20世纪初，人们仍然认为每个人都应该扮演好自己的角色，尤其是女性。汉娜·霍希的这幅作品就是想告诉我们，没有什么是预先注定的，比例失调就失调吧，如果我们每个人在身体上或思想上都一模一样、循规蹈矩，那该多悲哀啊！汉娜·霍希告诉我们，比例失调是必要的，因为那才是真正的自己，才是自己的独特之处。"

"这就是它的寓意吗？"

"寓意是，你必须不断地、一遍又一遍地创造你的存在。"

"对了，外公，我有什么不协调的地方吗？课间休息时有人说我的眼睛太大了，爸爸又说我的下巴太小了。"

"要我说，你主要是心太大了，莫娜。"

42

弗里达·卡罗[1]

杀不死你的将使你更强大

保尔有个重要的会面。他让老式拨盘电话与移动电话实现了自由通信，一家管理层十分年轻的公司想开发他的创意。保尔精心打扮了一番，刮掉胡子，喷了大量香水。临走前，他让莫娜祝他好运。

其间，莫娜不得不独自待在上了锁的旧货店里。店里的一面墙上钉着刊登在《巴黎－诺曼底报》上的一篇文章，这篇文章让她很自豪，因为它不仅谈到了爸爸在埃夫勒旧货集市上的成功，还谈到了她，在爸爸身边的她。在简短地提及她的句子中，她没有被称为"小女孩"，而是"年轻姑娘"。这是她第一次被这样称呼吧？无论如何，这种细微的差别给她注入了一种热情，因为她为报纸上这样的表述感到自豪，这让她产生了模糊但非常强烈的愿望：那就是构建自己的生活，构建自我。

于是，她把科斯莫斯夹在左臂下，鼓起勇气，坚定意志，穿过里屋，打开活板门，下到几乎不透光的地下室里。科斯莫斯浑身发颤，叫个不停。在黏糊糊的黑暗里，莫娜在纸盒中胡乱翻找着，去年5月她就是在这儿发现了关于外婆的旧文件。这次，她翻出了三个牛皮纸信封，然后匆匆上楼。

1　弗里达·卡罗（1907—1954），墨西哥画家。

"这是我俩的秘密，科斯莫斯。"

她仔仔细细地检查自己的所获。这是些非常旧的剪报，分别是1966年、1969年和1970年的报纸。莫娜小心翼翼地把它们摊在面前，跪在地板上，聚精会神地检查着，全神贯注地寻找关于她经常想起的这位神秘外婆的只言片语。"柯莱特·维耶曼，死而无惧"，这是其中一份报纸的大标题；另一个标题是"柯莱特·维耶曼，为了有尊严地咽下最后一口气而奋斗"；第三份报纸提出了一个问题："她希望我们都自杀吗？"人们每次谈到外婆时都称她为"女斗士"。莫娜很喜欢这个称号，虽然她现在还只是个"小女孩"，但她发誓，将来也要成为像柯莱特那样的"女斗士"。

然而，文章中重复的不仅仅是这种说法，还不时出现一个她不认识也很难读的词。它温柔、轻快、甜蜜，其音乐性令人有些不安。这个词叫"安乐死"。

*

巴黎上空，空气干燥，闪电划过远处的天际。亨利觉察到莫娜闷闷不乐，她一直攥着吊坠，无意识地拉扯着，仿佛那是某个机关的启动装置，可以释放出什么东西。亨利在蓬皮杜艺术中心前停下脚步。暴风雨即将来临，广场上出奇地平静。他蹲下来，握住莫娜的手，看着她的眼睛说：

"莫娜，说吧。说出来会好受些。我发誓，这会让你轻松很多。"

莫娜勉强笑了一下，不想再直视外公，于是一头扎到他的怀里，把嘴靠近他的耳边，有点局促不安地问：

"外公，我们什么时候知道自己会死？"

长时间的沉默。亨利把外孙女搂在怀里，越搂越紧。莫娜感觉到他在不停地吞咽，喉头顺着脖子上下起伏，就像一个疯狂的活塞，试图疏导满溢的情感。他没有说话，一个字也没有。他的沉默就像滚过城市上空的雷声，隆隆作响。也许弗里达·卡罗能帮他找到这个问题的答案。

这是一个30来岁的女性的肖像，背景是纯蓝色的。她神情严肃，连成一线的眉毛像大鸟的两只翅膀——浓密的眉毛与嘴唇上方细细的绒毛相呼应——脸微微转向右侧。她的头上系着一条绿色丝带，黑发编成辫子。她头戴向日葵花冠，脸部的造型简单，画法自然而不加修饰，干脆得近乎天真，这使她看起来像一个过气的偶像。然而，深浅不一的肌肤和紧闭的血红嘴唇却彰显出洋溢而坚定的生命力。尤其是那双因眼睑凸起而轮廓分明的眼睛，传递出一种令人印象深刻的刚毅内在。长长的脖子从带斑点的黄色镶边的绿色上衣中伸出，将身体拉长。而且，这个女人被框在一整套简化的、色彩艳丽的图案中，图案的对称性既讲究又笨拙：两侧各有三朵粉红色和红色的花，顶部的装饰比较抽象，让人联想到教堂的拱顶和剧院的幕布。作品的底部画着相对而立的两只鸟，它们有着美丽的羽冠，鸟嘴、翅膀和尾巴是黄色的，其余部分是粉红色的。鸟儿的头部如同花朵的某些部分和窗帘的褶皱，与模特的肩膀平齐，透出肖像的空间。这清楚地表明，画框的图案是用玻璃板的背面印上去的，玻璃板在肖像上覆盖并叠加了彩绘图像。

莫娜从未感觉到外公在一幅画前如此不安。她很纳闷。亨利平时的姿势是那么挺拔，现在却似乎弯下腰来，好像这次的参观让他疲惫不堪，他肩膀下垂，像一棵垂死的树。

"你还好吗，外公？"莫娜怯生生地问。

"还好，很好。"他微笑着用温暖的手抚摸外孙女的头发，"但我每次看到这幅画，都感到某种痛苦。这幅画很罕见，你要知道：欧洲的博物馆里只收藏了弗里达·卡罗的一幅画，就是这幅。超现实主义作家安德烈·布勒东在墨西哥发现了卡罗，在他的推荐下，卢浮宫于1939年从她手中买下了这幅画。"

"卢浮宫！啊！卢浮宫，"莫娜激动地叫道，"原来我们本应该在那里看到弗里达·卡罗的画呀！我们可以把它搬下来，放在《蒙娜丽莎》对面。来吧，就这么办……两幅油画相互对视，一定很酷。"

"绝妙的点子，莫娜，如果有一天你当了博物馆馆长，我相信你会有勇气这么做的。除此之外，你都在瞎说……"

"我知道你在想什么，我们又要被保安骂了……"

"不，"亨利逗她说，"我说你在瞎说，是因为《蒙娜丽莎》不是一幅油画，达·芬奇是在一块薄薄的白杨木板上作的画。这幅自画像也不是油画，它是画在铝制支架上的，与所谓的'玻璃下的定格'有关。事实上，这幅画由两部分组成：首先是底板，在那里可以看到人物和蓝色的背景；然后是一块玻璃板，玻璃板的背面绘有彩绘。"

"那些花朵、鸟和头上的花帽子就在玻璃板上。我敢打赌，肖像周围的所有花饰都在那里。而且，可以看出来，在某些地方，特别是鸟头的部分，是叠在一起的。"

"观察得细致入微。那弗里达·卡罗到底做了什么呢？她把自己的自画像和来自墨西哥一个叫朱库拉的小村庄的民俗物品叠合在一起。"

"这是否意味着你所说的'玻璃下的定格'是由其他人完成的？"

"是的，没错，是由一位工匠制作的。玻璃板应该是用来放置宗教图像的，弗里达把它拿来放在自己的作品中。她以这种方式把自己独特的、个体的画家声音与大众的、匿名的传统声音作对比。"

通过讲解这些技术性和政治性的主题，亨利重新焕发了风采，莫娜也因此非常高兴。在弗里达·卡罗身上，她再次明白了创作者重视自身以外的技能是多么重要，看了汉娜·霍希、布朗库西、杜尚和康定斯基的画之后，她对此已深有体会。

"弗里达·卡罗命运多舛，"亨利继续说，"她在很小的时候就患上了一种病，脊髓灰质炎，所以她的一条腿比另一条腿短，走路一瘸一拐的。但她学业优秀，精力充沛，富有创造力，打算从事医学工作，后来进入了墨西哥城最好的学校，2000 名学生中只有 35 名女孩。

可是，1925 年，她又在公共汽车上遭遇了一场可怕的事故，她的一只脚被压碎了，肩膀脱臼，脊柱和骨盆断成几截。她失去意识，昏迷了好几个星期，醒来后，虽然瘫痪在床，但她还是向医生要来了材料，开始画画。"

"可是，如果她瘫痪了，她又怎么画画呢？"

"她让人做了一个装置，这样就可以躺着画画了。画布或画纸悬挂在她的头顶上，一面镜子照着她的脸。但你必须把弗里达·卡罗想象成一个站立着的女人，尽管经历了手术和疼痛，她依然站立着。你能感受到那种非凡的挺拔吗？她的脖子结实有力，额头宽阔而光亮，目光严肃却不冷峻。这些都是她保持站立的标志。她经常不得不穿上石膏或铁制的紧身胸衣，以防止身体垮塌。对弗里达·卡罗来说，绘画只是一种缓解精神和肉体痛苦的方式，她的肉体一直承受着疼痛，但艺术让她在死亡的诱惑前保持活力……"

"你是说……她想自杀吗，外公？"

亨利低下头，下巴绷得更紧了。跟莫娜谈这些合适吗？是的，弗里达·卡罗的确想自杀，而且，她在 1954 年真的自杀了……有人说是肺炎夺去了她的生命，但在因坏疽而被截去右腿之后，一切都表明她是自己决定死亡的，她实在是太累了。她在日记中写道："但愿结局是幸福的，但愿我永远不再回来。"这句话的意思非常清楚，让亨利想起了切萨雷·帕韦泽[1]1950 年的简短日记："没有言语。一个手势。我不会再写了。"之后他就服毒自尽了。可是，能把这些告诉莫娜吗？不，不能。因为如果莫娜的潜在疾病——失明——发作了，就永远不该，绝对不应该让她怀疑自己活下去的愿望。如果只从生死斗争的角度来解读弗里达·卡罗的作品，那既是对外孙女的伤害，也是对弗里达·卡罗的不敬。他挺直身子，揽住了孩子的肩膀。

"重要的并不在此，莫娜……重要的是我们眼前的一切。我们忘

1　切萨雷·帕韦泽（1908—1950），意大利诗人、小说家、文学评论家和翻译家。

记了什么？"

"那两只鸟？"

"没错。弗里达·卡罗和在她之前的罗莎·博纳尔一样，都很喜欢动物。在她署名的 50 多幅自画像中，很多表现的都是她被猴子、狗和猫围绕着的场景。她还养过鹦鹉。在这幅《相框》中，她身边围着两只带有羽冠的鸟，可能是鸽子……"

"外公，我认为它们是弗里达·卡罗的两个保护者，两个守卫。它们还象征着飞翔，就像布朗库西的雕塑一样……"

"那是肯定的，莫娜。你说到象征，我觉得它们还代表了她和另一位墨西哥画家的恋情。那位画家也非常重要，叫迭戈·里维拉[1]。她与迭戈·里维拉的恋情同汉娜·霍希与拉乌尔·豪斯曼的恋情如出一辙。激情澎湃的恋情，艺术上的伟大竞争对手，但对彼此却是极大的伤害。弗里达·卡罗因为意外事故而失去生育的能力，她为此感到非常痛苦……你看，命运丝毫不愿放过她。"

"就好像她总是离死亡很近，并想让我们知道这一点。"

"是的，莫娜。但我认为弗里达·卡罗自豪地以自画像示人，把自己塑造成战胜一切苦难的圣母形象，给我们上了很深刻的一课，挫败命运的一课。"

"哪一课？"

"杀不死你的将令你更强大。"

这些话——亨利很谨慎，没有说那是弗里德里希·尼采[2]的原话——震撼了莫娜，深深地印在了她的脑海里，无须说出来她就能吸收，它们自然而然地扎根于她的心灵深处。

屋外，暴风雨已掠过巴黎上空。路面湿漉漉的，天空湛蓝。莫娜向外公喊了一声："彩虹。"一道巨大的彩虹，清晰得像是幻境中的建筑，横跨首都上空。他们不约而同地攥紧了脖子上的吊坠。

1 迭戈·里维拉（1886—1957），墨西哥国宝级画家，20世纪最负盛名的壁画家之一。
2 弗里德里希·尼采（1844—1900），德国哲学家，唯意志论和生命哲学的主要代表之一。

43

巴勃罗·毕加索
必须打破一切

　　两个月的长假结束后，凡·奥斯特医生回到了主宫医院，他端坐在办公桌后，人似乎变得年轻了。莫娜的所有眼科检查结果都令人欣慰，她不仅没有失明的危险，视力还非常敏锐——各项检查都证明了这一点。依照惯例，凡·奥斯特把卡米耶请出诊疗室，然后让莫娜坐在宽大的皮质扶手椅上，非常严肃地看了她一眼。

　　"你要面对一段可能很痛苦的经历，你准备好了吗？"

　　"我会死吗？"

　　"当然不会，莫娜。但是，为了验证我的假设，我不能提前告诉你这个疗程的内容……"

　　莫娜犹豫片刻，坚定地点了点头。医生并没有让她进入催眠状态，只是让她放松，但要保持清醒，静气凝神，不要放弃对周围世界的关注。当他觉得莫娜已经完全平静下来时，他要求她睁大眼睛，避免眼皮跳动。

　　这时，他建议她轻轻地取下挂在脖子上的蟹守螺吊坠。莫娜用手指捏住鱼线，将它慢慢地从脖子上取了下来。世界暗了下来。医院的白色空间淹没在阴影中，先是墙壁，然后是地板、天花板、家具，速度惊人，莫娜看不见自己的四肢了，它们消融在虚无之中。这太可怕了！她双目圆睁，瞳孔大张，但所有的东西都模糊了。她与妈妈在厨房里、与爸爸在旧货店里、与外公在奥赛博物馆里经历过的那场噩梦，那场巨大的失明噩梦又开始了，伴随着极其寒冷的感觉……医生的声音在催促她呼吸。一股暖流唤醒了她的身体：她又能动弹了。她把吊坠重新挂在脖子上，蟹守螺靠在她的胸前。宇宙重现眼前，黎明仿佛瞬间吞没了黑夜。

莫娜又深吸了一口气，用近乎沙哑的颤抖声音向医生讲述了她刚刚的经历：

"光明又一次熄灭了……"

医生将脸上征服者的表情藏了起来，等了一会儿，他微微一笑，轻声说：

"我看到了，莫娜。你很坚强。"

卡米耶走进房间来接女儿，医生用既坚定又谨慎的语气向她解释道：

"莫娜不应该摘下脖子上的吊坠。我们离得不远了……"

*

亨利给外孙女带了件礼物，一顶草编的宽大遮阳帽，帽顶系着一条奶油色丝带。莫娜无法抗拒这帽子的魅力。"上次戴这帽子的，还是你外婆。"亨利喃喃地说。

莫娜立刻明白了这份礼物的重要性，泪水涌了上来，眼睛也红了。她揉着眼睛，不让自己哭出来。可就在她揉眼睛的时候，一个具有讽刺意味的巧合发生了，她无意中拔掉了一根睫毛，睫毛卡在了眼皮和角膜之间。她开始与这个几乎看不见的"小寄生物"作斗争。眼睛里的颗粒哪怕再小，也能让受害者领教它的威力，就像扎在脚上的木刺。一根睫毛，只需一根睫毛，就能让机器抽搐，甚至停止运转。莫娜终于控制住了自己，整个身体开始呼吸，得到了巨大的解脱，与微不足道的损害形成了对比。亨利想，多么险恶的景象啊，他心爱的莫娜在与她的眼睛搏斗……而这一天，他们将再次搏斗，也许比以往任何时候都要更激烈，因为艺术史上最伟大的视觉破坏者正在蓬皮杜艺术中心的大厅里等着他们。

画上有两个女人：一个赤身裸体地横躺在床上，位于画面的中心；另一个坐在右边的椅子上，处于近景位置，手里拿着一把曼陀铃，但没有弹奏。左边的地板上放着一个空木框。当然，这一切都可以辨认出来，但要费些力气，因为画中没有任何东西是以柔美或写实的方式呈现的，一切都被刻画得棱角分明（头部、下巴、膝盖和肘部都被处理成尖的而不是圆的），并笼罩在一种阴郁的气氛中。背景是光秃秃的建筑，深浅不一的褐色、灰色、黑色和棕色混在一起。躺着的模特皮肤呈病态的米黄色，曼陀铃演奏者的皮肤则是蓝色的，头上有绿色的发髻。床和椅子看起来一点都不舒服。但最特别的是，这些人体非常奇怪，他们的身体器官不在通常应在的位置上，与我们所知的对称性和解剖学原理不相符，眼睛位于前额上方，彼此不在一条线上，嘴巴只有一条线而没有唇，各种错位让人看得一头雾水：躺着的女人似乎面向观众，以至于我们可以看到她的耻骨，她的腰上却鼓着两半屁股，就像是从脚部或头部绘制的缩略图。同样，在这两个模特身上，肩部和胸部似乎融为一体。正面、侧面、四分之三视角、立体和平面、景深和景浅等概念交互重合，碎片横飞，仿佛是一面破碎的镜子反射出来的。

毕加索的《晨歌》给莫娜带来的是长时间的狂喜。她立刻意识到，从传统或学术角度来看，这两位女性本应是某种美感的载体，带有一种柔和而不油腻的情色。然而，在这里，观赏者的兴奋来自她们失常的、近乎畸形的外表，来自画作本身的表现力，其中的每一根线条、每一个层次、每一种色彩都吸引着人们的注意力。

　　莫娜盘腿坐在作品前，一直张着嘴，亨利能听到她的喘息声，耐心等待的人就是那样呼吸的。

　　"1940 年，"亨利说道，"法国在与纳粹的战争中战败，巴黎被占领，整个城市弥漫着一种令人窒息的诡异气氛。敌国的暴力、种族主义和反犹主义压制了自由的声音，其中就有毕加索的声音。他是西班牙人，1881 年出生于马拉加，是一个画家的儿子。他最开始是一位杰出的技师，很早就掌握了出色的绘画技巧。他常说：'很小的时候，我就能像拉斐尔一样画画，但我花了一生的时间才让自己画得像个孩子。'"

　　"这让我想起了塞尚……"

　　"是的，塞尚也是毕加索致敬的伟大楷模。看看这幅《晨歌》：一切都支离破碎，仿佛可以同时看到两个模特的正面、侧面和背面。这种风格在当时被称为'立体主义'，它受塞尚的启发，于 1910 年代开始崭露头角。毕加索和他的朋友乔治·布拉克[1]是这一风格的领军人物。他们试图打破现实、解构现实，然后以自己的方式进行重新创造，展示世界正确的一面和错误的一面。毕加索一生风格多变，但他经常回归'立体派'的创作手法，1942 年的这幅《晨歌》就是如此。"

　　"这看起来像是世界支离破碎了……"

　　"是的，成了碎片。毕加索创作了一些强烈反战的作品，尤其是非常著名的巨幅油画《格尔尼卡》，控诉了 1937 年纳粹在西班牙格尔尼卡对无辜平民的屠杀。但在毕加索的作品中，通常是通过碎片化地表现日常生活，来反映参照物的内在破坏力。"

　　"我想说，在这幅画中，能看到所有我们熟悉的绘画的影子。例如，我想起了提香《田园合奏》中的裸女和音乐。但在这幅画中，毕加索让画面变得更悲伤、更阴暗，因为是在室内，一切都被扭曲了，

1　乔治·布拉克(1882—1963)，法国立体主义画家与雕塑家。

色彩也变得暗淡。"

亨利大吃一惊，他想向外孙女表示祝贺，但马上改变了主意。在毕加索面前，他们从此可以平等地交流了。

"我敢打赌，"莫娜接着说，"人们以为毕加索想破坏绘画，其实他热爱绘画胜过一切。"

"是的，毕加索对古代大师的作品非常了解。你注意到了，这幅《晨歌》在很大程度上借鉴了提香的构图。毕加索也很喜欢戈雅、库尔贝、马奈……他好像抓住了他们的特点，用自己的方式进行重新创作，不是为了取笑他们，而是为了延续他们的天才。在这幅《晨歌》中，似乎一切都错位了，视角的相互作用变得像迷宫一样，它其实也属于一种伟大的古典主义。"

莫娜沉思了一会儿。古典的、古典主义……这些词，外公在普桑、大卫的作品前，在那些极其稳定和严谨的作品前使用过。莫娜还记得他们曾多次谈论现代和现代性，尤其是面对莫奈的画作时。毕加索难道就是这两种概念奇迹般的结合吗？这时，亨利又开口了：

"有很多悲剧气氛的暗示：解构的面孔和凝固的身体，天花板上棱角分明的图案，暗沉的色彩和阴影，还有像是虚空的东西……"

"我知道你要说什么，外公。左边的那个画框，通常，它会装裱一幅画或类似的东西，但在这幅画里，它是孤零零的……象征着艺术家停止了绘画……"

"是艺术家沉默了。毕加索是自由的代言人，却陷入了沉默，就像右边的女人拿着曼陀铃却并不弹奏一样。这就是这个小画框的意义所在：你要知道，纳粹憎恨毕加索的艺术，说它是'堕落的'。他们认为，艺术必须表现人体的力量和魅力，毕加索描绘的青绿色的脑袋和尖尖的颅骨，或者用腋窝代替乳房，这些都是对人类的侮辱，会助长人的堕落、颓废和衰弱。"

"你看这儿，画面中央的床垫有9根弯折的线条。它们在正中间，所以我们会想到监狱的栅栏，或者把人绑在床上的绳索。外公，你看，躺着的那个女人的头发上也有 9 条黑线，这些头发，沉重得像金属一样……"

亨利听了她的话，走近画作，数了数被一条条灰线隔开的发绺。9 根，确实是 9 根。莫娜再次一眼就发现了它们。在某些方面，这让他想起毕加索令人难以置信的洞察力，他的天才其实是双重的。当然，他是一位非凡的造型发明家，能够物尽其用，最好的例子——在 1942 年——是他把从杂物堆中找到的皮革马鞍和自行车车把组合在一起，创造出了一个牛头雕塑。但最重要的是，毕加索是一位卓有成就的观察家，他以夜鸟般敏锐的眼光审视着周围的一切，这些动物使他着迷，他从它们身上重新认识了自己。

"毕加索究竟做了什么？他将现实拆开，把它的表皮翻过来。因此，现实不再是光滑平整的，而是突然充满了棱角、断裂和突起。事实上，莫娜，我觉得，毕加索希望他的画有点像刚才卡在你眼睛里的睫毛，希望它们让观赏者在视觉上感到不舒服。他伟大的朋友兼对手亨利·马蒂斯[1]曾说，绘画'就像一把舒适的扶手椅，可以缓解身体的疲劳'，这幅《晨歌》则恰恰相反：绘画让我们回到了世界的残酷。在这里，正如你所看到的那样，床垫本身就像一座监狱。"

"必须打破一切。这就是这幅在战争期间创作的《晨歌》带给我们的启示。必须打破枷锁，打破栅栏……"

"不仅如此，莫娜，必须打破周围的一切，才能理解它是如何运作的。在绘画上，毕加索既博学又童真。博学，是因为他追随大师的脚步，想参透宇宙的秘密；童真，是指为了达到这个目的，他的行为完全像个孩子。他拆解或打碎玩具和物品，以了解它们的构造。"

"然后再以自己的方式将它们重新组装起来。"莫娜耸了耸肩。

莫娜带着外婆的遮阳帽回到了蒙特勒伊，感到非常自豪。一回家，科斯莫斯就跳到她身上，似乎想抓住那顶帽子。莫娜把帽子戴在

1　亨利·马蒂斯(1869—1954)，法国著名画家、雕塑家，野兽派的创始人和主要代表人物。

它的头上，小东西完全被帽子罩住了，莫娜见了不禁哈哈大笑。最后，莫娜拿回了她的礼物，从帽子顶端取下奶油色丝带，系在科斯莫斯的脖子上，对小狗说：

"我要和你谈谈毕加索的《晨歌》，你听着。"

然而，她刚想给小狗上上课，就因知识的贫乏而犯难了，她还是太年轻了："晨歌"到底是什么呢？

44

杰克逊·波洛克[1]

恍恍惚惚

夏天过得真快啊……9月的这个星期一，莫娜睁开眼睛时大汗淋漓。她没有睡好。这是她上初中的第一天，整晚她都在做噩梦。在去新学校的路上，莫娜焦虑不安，指甲抠进了妈妈的手里。无论她如何掩饰内心的恐惧，一种不祥的预感始终萦绕着她。

几百个孩子横冲直撞地冲进教学楼，有的忧心忡忡，有的傲慢无礼，他们叽叽喳喳，大喊大叫。卡米耶松开女儿的手，她的心在隐隐作痛，告别的微笑也透着担忧。

六年级[2]位于一楼，走廊深不可测，回荡着悲凉的响声。教室里散发着一股乡村古旧小城堡的味道，莫娜和她的30多个同学——她对他们还一无所知——不得不匆匆走进教室。里面甚至没人交头接耳。莫娜的课桌在教室的角落，没有邻座。最后，走进来一个年轻男人，身着三件套西装，戴着大花领结，一副高高在上的神情，似乎一进门就对自己的到来感到恼怒。他刚说他是法语老师，莫娜就吓了一跳。她认出了这个人：在奥赛博物馆，在梵高的画前，她曾与他发生过争执！她对着梵高的画大笑之后，假装向他道了歉，后来在博物馆

1　杰克逊·波洛克(1912—1956)，美国抽象表现主义绘画大师。
2　在法国的学制中，初中一年级也叫"六年级"。

走廊上再次遇见他时，她还故意伸出舌头奚落了他一番。前一晚的致命预感并非毫无根据。莫娜蜷缩起来。这个世界令人费解，难以捉摸。莫娜也知道，对外人来说，她只是众多怪人中的一个。现实仿佛冻结了。怎么样才能找到自己的位置呢？也许，可以强闯进去。老师开始点名。答"到"的声音几乎听不见，这种羞怯让课堂的主人很高兴。当老师叫到莫娜的名字时，她没有举手，而是突然用力压了压铅笔盒：笔盒翻了，所有的笔都掉在了地上，发出了响声。

与此同时，她大喊了一声："到！"

全班的目光都投向了莫娜。每个人都看到了她的脸，她也就以这种方式和全班同学打了个照面。

老师皱了皱眉，看了她很久……这个无礼的女生是谁？幸亏最后他只是把这个插曲当作一次无意的笨手笨脚。

*

星期三下午，莫娜戴着她的大宽边帽走向蓬皮杜艺术中心，她当然没有忘记向亨利讲述自己遭遇的不可思议的不幸：

"你知道吗，外公？我的法语老师——更有甚者，他还可能是我的班主任——就是在奥赛博物馆看画时被我取笑的那个人！"

这种巧合确实非同寻常，亨利本可以借此阐释命运的无常、偶然性、必然性以及命中注定的后果，但在外孙女的叙述中，有一个细节令他非常震惊，几乎占据了亨利的脑海。莫娜说"更有甚者"……"更有甚者"！这是一句大人才会使用的话，象征着语言的成熟。亨利扪心自问，自己是在什么年纪开始使用这个词的？啊！如果我们能让时间倒流，重放语言学习的整部影片就好了：第一个单词，第一个句子，第一次说"死"和"美"，第一句"我爱你"或"更有甚者"！啊！亨利懊恼不已，自己什么时候使用了第一个疑问句呢？他意识到，在生活中，感叹的语言形式必然先于肯定的语言形式。一切都始于无法表达的恼怒中发出的尖叫。他的思想在沸腾，如果能在确定的时间里描绘出自己的大脑，它应该会像在这座现代艺术博物馆的展厅里，莫娜主动停步观赏的这幅画。

这是一幅抽象作品，像把不同物质混作一团，彩色的条纹和滴落的颜料在其中交叉、交错、叠加，有时很细，就像素描的线条；有时很粗，就像污渍；有时是直的（完全没有刻意画成的线条），有时是弯的，甚至是"之"字形。画布上的沟壑、条痕和斑点就这样形成了一张完全饱和的巨大网络，从中看不出任何可辨的图案。唯一能与现实元素相比较的，也许就是它像一块被裁剪过的脏污的地毯——更确切地说，是一块用来保护艺术家画室地板的地毯，上边到处都是被不小心压烂的颜料，被稀释后流得到处都是。只不过，这块画布在呈现喷射状和黏糊状混乱状态的同时，也有一定结构安排。不是有条有理或精心布局——没有可识别的中心或外围——而是安排得有节奏和连贯性。较大的黑色块状物散布开来，就像十几个群岛在与白色浪潮对抗。喷溅而出的黄色和红色数量较少，但几乎随处可见，画面上方点缀着银灰色的色块，其所占面积要比相邻的颜色多得多。值得注意的是，每种颜色的浓度都很高，可以叠加在一起，却不会相互吸收或融合。最重要的是，这幅画看起来似乎是无限整体中的一个孤立片段。

亨利很高兴莫娜愿意花 30 分钟来欣赏杰克逊·波洛克这幅长 81 厘米、高 60 厘米的小画，而不是同一位画家邻近那幅大得多的画。他认为，在较小的尺幅上才能更好地理解这位美国画家的美学追求。对于任何艺术史学家来说，这种想法或许都是错的。具体而言，第二次世界大战之后在纽约兴起的抽象表现主义运动，以马克·罗斯科、弗朗茨·克莱恩、威廉·德·库宁和罗伯特·马瑟韦尔为代表，其特点都是在宏大甚至广博的表面上表现爆发的抽象形式。但亨利知道，要揭示人类天才的秘密，并不一定要沿着专家定的传统道路走。至于莫娜，在赶走了一只似乎不惜一切代价都要落在她鼻子上的苍蝇之后，她终于开口说话了。

"你看，外公，在此之前，我们看到的艺术家都知道自己在做什么，几乎可以感觉到他们有一个计划，哪怕是马列维奇或布朗库西的抽象作品。但这幅画，第一次让我觉得迥然不同。一切都出人意料……但我已经知道你要告诉我什么了……"

"真的吗，莫娜？那你自己说说！"

"你会说这更复杂。"

"没错！还有呢？"

"你会说，人们认为这幅画是即兴创作，因为到处都是乱喷的颜料，让这幅《画》看起来就像一张恶心的桌布。但实际上，嗯，完全是另一回事，它是那么和谐，而这，正是画家的有意为之。"

亨利笑了，笑得既无奈又开心，因为这几乎就是他要说的。但他首先试图从历史的角度让莫娜更好地理解波洛克。他告诉莫娜，波洛克并不满足于欧洲的旧传统，即画作要栩栩如生，忠实于可以用语言描述的主题，他对通过透视法营造出深度的错觉充满敌意，希望创作的画作能记录更基本的力量，即身体、手势、速度、意外和偶然的力量。这种画法被称为"行动绘画"，因此甚至有人说，画布蜕变成了一个竞技场，因为画里既没有奇闻轶事，也没有象征意义，不讲述任何故事，只捕捉和记录艺术家当时的愤怒。它不代表暴力，它就是暴力本身。

"这幅画不是在画架上创作的，"亨利补充道，"而是被扔在地上，波洛克操控着它，他没有用笔在画布上连续涂抹，而是用棍子在色彩罐子里蘸取颜料，然后投掷到画布上。他使用干刷子，甚至是梨形瓶，这样就能获得松散的喷雾和涡流。你看这些黑色的色块，那是他直接从容器中倒出的少量液体。就这样，他用简陋的办法和几种颜色，在不到一平方米的小画布上，创作出了一幅丰富的画作，就像覆

盖着身体组织的有机体、石头的纹理或天空中数以万计的星座。"

"外公，我非常喜欢这幅画！但又必须得说，这些都是涂鸦，一个小孩也能做同样的事。"

"人们也一直这么说！遗憾的是，孩子做不出完全相同的事！"

"你想让我试试吗？"

"现在不行，莫娜，"亨利笑道，"无论如何，波洛克并非只有批评者。一些有影响力的评论家对他赞赏有加，认为他是艺术史上的巅峰，而且他还获得了艺术爱好者和当权者的支持……"

"什么意思？"

"战后的美国，人们很信奉我们现在所说的'软实力'，即文化、符号和价值观的力量。对于当时的许多美国人来说，这样一幅抽象画，乍一看可能很愚蠢，甚至是一种侮辱，尤其是波洛克性情古怪，酗酒，政治上偏左，而美国当时是保守党当权。但是你看，美国政府并没有羞辱或排斥波洛克，反而认为推崇他是符合自身利益的。他们将他作为新大陆自由和勇气的化身来宣传：艺术界的詹姆斯·迪恩[1]。这是从衰老的欧洲脱离出来，并给苏联人好好上一课的完美方式。"

"啊，原来如此！我记得，他们还禁止马列维奇使用抽象主义……对他们来说，那些爆炸性的色彩一定很奇怪！但波洛克对此有什么看法呢？"

"你知道，他不怎么表达自己的观点。他可能从未意识到或真正关心过周围的问题。波洛克英年早逝，1956 年因醉酒驾车死于车祸。他的美国是美洲印第安人的美国。你看得出来吧，他有一种节奏，一种韵律，几乎是在跳舞。酒精能让他灵魂出窍，让他体验恍惚的状态。他的绘画方法类似于萨满教[2]。他认为，精神必须旅行，以发现其他层面和其他领域，与自然、动物和物质融合。如果说，他的艺术有

---

1 詹姆斯·迪恩（1931—1955），美国演员，被评为"百年来25位最伟大的银幕传奇男星"之一。
2 萨满教，一种原始宗教，形成于原始公社后期，相信万物有灵和灵魂不灭。

着典型的美国风格，正如许多人试图强调的那样，那他的艺术源头和表现形式则必定源自原住民。"

就在这时，那只讨厌的苍蝇又飞回来逗弄莫娜的鼻尖，她生气地用手背挥了挥，苍蝇慌乱地从她那儿逃脱，在空中绕了几圈，寻找友好的落脚点，最后在波洛克画作的左侧边缘，在一块白色斑迹的正中找到了庇护所。它的五只眼睛瞄向右下方。莫娜突然感到一阵眩晕……

"外公，我很想像那只苍蝇一样看看波洛克的画！"

"莫娜，这正是波洛克想让你做的，就如萨满教给人的体验。闭上眼睛（莫娜照做了），想象你就是这只苍蝇（她集中精神）……你比现在的自己小了 100 倍，这意味着，在波洛克的画布上，这幅画比你现在看到的要大上 100 倍。"

"太美了，"莫娜使劲动了动眼皮，"水滴变成了色彩的洪流……太美了，简直无与伦比！"

"你甚至可以想象自己是一只蚜虫，莫娜，一只小小的蚜虫，这样的话，一切都会大上 1000 倍……"

莫娜闭上眼睛，沉浸在自我之中，看着脚底下的画。她贴着画的表面看过去，就像粘在上面的苍蝇。81 厘米长的画布，通过意念，先是延长到 81 米，当她把自己想象成蚜虫时，又延长到 810 米。现在，在孩子的脑海中，画的面积不断延展，成倍增长，地平线上起伏着数公里长的波洛克组合图案！

"我感觉自己变小了，外公。"莫娜恍惚中说道。

"你能做到的。你甚至可以把自己变成原子的一小部分：夸克。那时，这幅半平方米的画将变成一个巨大的宇宙，堪比一颗未知的星球……"

莫娜努力着，不知道是自己突然变成了一个微小的粒子，还是波洛克的画布像宇宙一样膨胀，在她面前，可能有 8100 兆米长的画铺展开来，即 8100 万公里 —— 相当于和太阳系一样大！她的双腿一阵抽搐，就在她快要晕倒的时候，外公抓住了她的肩膀。

"啊，外公，我认为，波洛克教会我们的是，必须进入恍惚状态……"

"没错，但也必须从恍惚状态中走出来，否则就会坠落……"

"……更有甚者，像一只苍蝇一样坠落！"

"'更有甚者'，正如你所说的那样。"

45

妮基·德·圣法勒[1]
男人的未来是女人

保尔的生意开始好转：不是他那间现在不怎么打理的旧货店，而是他实现了老式电话移动通信的创意。他上次去见的年轻企业家给他开了很好的条件，前景诱人。在卡米耶的鼓励下，保尔想，是时候卖掉旧货店，投身这场冒险了吧。莫娜什么也没敢说，心里很不安。

在科斯莫斯的陪伴下，莫娜躺在旧货店的地板上，手里拿着铅笔，正努力补写日记。她是从 7 月底开始写日记的，记录自己自去年秋天失明危机以来的生活。她已经写到了 8 月中旬，离现在的时间很近了。她正讲述参观马格里特和布朗库西的作品之间的那段时间里，做的核磁共振检查以及检查对她的影响。她沉醉于自己的幻觉，任由思绪的洪流将自己冲走。她想起来，在密室里，她回忆起遥远的过去，离她的童年也相当遥远的过去。她在笔记本上写写画画，遇到了不再是 8 月时的那个莫娜，继续写写画画，找到了一条通往迷失和不确定的大陆的道路：人生之初的那几年。11 岁的她穿越到曾经只有 3 岁的自己身上。意义的激流喷薄而出，真相爆炸。她重温了亲爱的外婆柯莱特·维耶曼把她现在戴在脖子上的吊坠送给她的那一刻，那是她们最后一次见面。外婆对她说："孩子，让你的内心永葆光明。"

1　妮基·德·圣法勒（1930—2002），法国雕塑家、画家、电影导演。

莫娜还期待着下次的相见，却再也没有见到她。那时外婆看起来是那么鲜活，那么快乐，那么慈爱。

　　莫娜当时并不理解这种空虚。在她看来，这一定像个深不可测的谜，因为在她生命的最初阶段，没有人能向她解释"不存在"意味着什么。在生活中继续前进，就必须不遗余力地揭开那些你未曾预料到的伤疤，这些伤疤悄悄使你坠入痛苦的深渊。莫娜在笔记本上用小字颤抖地写道："外婆是怎么死的？"蜷缩在她脚边的小狗满足地打了个哈欠。

*

　　紧邻蓬皮杜艺术中心的南侧，有一个面积约600平方米的大水池，水面上放置着16件雕塑，由各种机械装置驱动。莫娜走近一看，发现邻近建筑的巨大外墙上有一幅城市艺术家的巨大作品，直接画在墙上，就在圣梅里教堂旁边。这幅不朽的壁画描绘了用手捂嘴的半张脸，仿佛在要求整条街道保持安静。这是在邀请人们瞻仰著名的喷泉吗？也许是的。也许是为了让人们聆听喷泉的声音？为什么不呢？喷泉虽然无声，却带有微妙的音乐气息。亨利解释说，这些地方的作品是一对艺术家夫妇创作的。黑色的装置，像荒诞而简陋的机器，出自瑞士艺术家让·丁格利之手；彩色的部分，尤其是那个奇特的乐队指挥——他头上的金色皇冠喷出了水花（一只火鸟）——则是他的妻子妮基·德·圣法勒设计的。

　　"这两个人被认为是'艺术界的邦尼和克莱德'[1]，名副其实的坏孩子，能互相激发对方的疯狂。"亨利说道。

　　不管怎样，莫娜显然更喜欢"邦尼"，她痴痴地望着妮基·德·圣法勒设计的女人——巨乳美人鱼，尤其是盘旋在旁的蛇：

1　邦尼和克莱德，20世纪30年代美国著名的雌雄大盗。

"这可能是一个开瓶器。"莫娜用手卷着自己的头发，喃喃自语。

亨利知道，这位女雕塑家一定会喜欢这种天真，所以没有指出外孙女的错误。他提议莫娜去看看蓬皮杜艺术中心收藏的她的另一件作品。

"遵命！"莫娜欣然同意。

这是一位身着白衣的巨大新娘。她还是一位全白的新娘，或者说是一位灰白的泥塑新娘。从巨大的百褶裙底，到那一缕缕僵硬的长发，以及她胸前紧握的捧花，全都由石膏制成，以至于婚礼应有的纯洁都带着一丝怪诞。这个女人看起来就像一个幽灵，而她那异常的身材比例更强化了这种印象。虽然她的体形比标准体型大了三分之一，头部却没有达到相应的尺寸。与整体相比，它太小了，仿佛刚从一个巨大而沉重的躯体中破壳而出。从正面看，头略微向右倾斜，脸上几乎没有任何表情，就像一个粗糙的面具。不过，有一条可以勉强当作嘴巴的缝——好像会发出长长的喘息声。这座人像最可怕的地方是她的上半身。新娘手里拿着一束僵化的花。花束握在她的右手中，异常粗大的左手放在腹部，像罗丹作品的变形。胸部和手臂仿佛一个巨大的蜂窝，甚至可以说是腐烂的肉体。事实上，雕塑的这一部分是由无数物体组合而成的，其中有一些清晰可辨，另一些则被遮住了：大部分都是玩具，最多的是洋娃娃，还有飞机模型、自行车车手、马车、小鸭子、蛇、鸟和一双童鞋。

莫娜注视这座雕像时一直在颤抖。她觉得这件作品反映了凄惨的人生。的确，妮基·德·圣法勒的青年时代是艰难的，艰难到亨利完全不想提及其中的阴暗细节，他只说艺术家经历过一些苦难，但并没有讲最悲惨之处：妮基·德·圣法勒年幼时曾遭父亲性侵，外婆在纳粹占领她家城堡之后死于一场大火，妹妹自杀……亨利不想谈论这些家庭暴力，因为莫娜还太小，不应该听到这些，也因为这种不幸的生活给艺术家的作品投下了太多阴影，有可能给作品带来一种致命的象征。

"外公，看到这个塑像时，我想到了戈雅，还有他的怪物……想到了哈默修伊以及北欧传说中的巨魔故事，我在他妻子的背面肖像画的褶皱中依稀看到的人头。这个新娘就像一个幽灵，仿佛在柜子里风干了自己……看到她，我觉得之前在水池上移动的那些雕塑也有点像怪物了……"

"妮基·德·圣法勒也承认这一点。怪物让她着迷。她说她看过很多怪兽题材的电影，还补充说（他凭记忆引述）：'我自己也创作了大量的怪兽作品，而且能无休止地在这个主题上继续创作下去。'我敢肯定，你已经注意到那些用石膏做的玩具了……"

"当然，我一眼就看到了她下巴下面的赛璐珞娃娃，随处可见的玩偶，甚至还有一架与肩膀齐平的飞机模型，在飞机模型的正上方还有一只小鸟！如果说这件作品是为了表现开心的话，那就大错特错了。"

"我向你保证，艺术家很清楚，这些杂乱无章的东西不会让她的新娘感到开心。事实上，妮基·德·圣法勒收集了不计其数的玩具，不仅是洋娃娃，还有我们能在孩子的宝物箱里找到的一切旧物件，这些玩具总有一天会因为孩子长大了而被束之高阁。"

"她有点像马塞尔·杜尚，将现成品变成艺术品。"

"是的，有这么点意思。而且，她隶属于20世纪60年代艺术史上影响最广的一个潮流，即挪用物品，进行简单挑选后再将其重新组合。在法国，这场运动被称为'新现实主义'，参与其中的艺术家当然有妮基·德·圣法勒，也包括阿尔曼[1]，他用垃圾桶里的废物填满了整个画廊！"

"那不就成了一个玩具垃圾桶！"

---

1 阿尔曼·佛尔南德（1928—2005），法国新现实主义艺术家，集成艺术与垃圾箱艺术的创始人。

"说得很贴切，莫娜。童年的世界仿佛在攻击和压迫这位女士。这座《新娘》完成于1963年，它僵硬、死气沉沉的外观与传统婚礼上热闹喜气的新娘形象背道而驰。这件雕塑的脸似乎被尖叫撕裂，这也是一种反抗的方式。20世纪60年代，是世界各地为争取更大的自由和宽容，为了人与人之间的平等以及反对战争和帝国主义而斗争的10年。妮基·德·圣法勒手下这位看起来濒死的'新娘'发出了一声号叫……"

"这声号叫是想表达什么呢？"

"女性不能被束缚在贤妻的角色中，而必须捍卫自己的欲望，做出自己的选择，无论什么样的选择，哪怕是非常不合时宜的选择。"

"那妮基·德·圣法勒做出了什么样的选择？"

"嗯（亨利停顿了片刻）……比如说，妮基·德·圣法勒在生命中的某一时期，决定不做一个模范母亲。她全身心地投入艺术创作，换句话说，就是只顾自己，而不顾她的孩子们……"

"她很愤怒。"莫娜眯着眼睛，低声说。

"是的，她还创作了一些她称为'射击画'的作品。她拿起步枪，瞄准画布，子弹的冲击力让色彩迸发。要想真正了解这位艺术家，那就得先记住，她创作的女性形象都带着二元对立的特征。这是一个具有两面性的形象，她的《新娘》不仅代表着死亡，也是一种呼唤，号召女性以一种有别于贤妻良母的面貌重获新生。"

"什么面貌？"

"比如你之前在水池里看到的色彩斑斓的美人鱼，还有她著名的'娜娜'系列，即一系列奔跑、舞蹈和跳跃的女性雕塑。她们身体浑圆，有着巨大的臀部和小小的脑袋，但生机勃勃，摆脱了社会的束缚，代表着光明的未来。在这里，'新娘'象征着被异化的过去，她们的欲望遭到了践踏。"

"我明白这种双重形象……但它能给我们什么启示呢？"

"1963年，也就是《新娘》诞生的那一年，一位政治立场非常坚定的诗人、抵抗运动战士写下了一首诗，正好与妮基·德·圣法勒给我们的启示相呼应。"

"这位诗人是谁？他说了什么？"

"他叫路易·阿拉贡[1]。他写道：'男人的未来是女人。'"

"好吧，但妮基会说：'男人的未来是娜娜……'"

"完全正确，但请允许我保留阿拉贡略显严肃的诗句。"

孩子紧紧攥着她时刻不离的吊坠。她想，她很乐意把它挂在"新娘"的脖子上，帮助她战胜痛苦。

"她是一位'女斗士'。"莫娜最后用清晰的声音说。

亨利目瞪口呆地看着她。这句话让他感到困惑，因为它与他过去经常听到的关于柯莱特的说法如出一辙。现在，看到外孙女紧握着蟹守螺说出这句话，老人猜想她也许是在暗指这一点。他们很长时间都没再说话，直到亨利打破了沉默。

"是的，莫娜，妮基·德·圣法勒是一位斗士。你的外婆也是，你可以相信这一点，永远相信。"

"我知道，外公……"

1　路易·阿拉贡（1897—1982），法国诗人、小说家、政治活动家，超现实主义派作家。

46

汉斯·哈同
像闪电一样前进

﹒

卡米耶在等凡·奥斯特医生的时候，神经质地敲打着手机。他已经迟到很久了，时间一分一秒地过去，卡米耶反复思考上次见面的情形。当时，她顺从地任由医生安排，没有提出反对意见，这也许是出于对医学权威的崇拜。但孩子必须挂着吊坠这件事让她心烦意乱。这没来由的话到底是什么意思？卡米耶牵着莫娜的手，满脸怒气地冲进会诊室，她已全然不顾任何候诊规定了。

"医生，我们现在怎么办？距离莫娜第一次来找您看病已经过去一年了，所有能做的治疗也都做了：脑部、眼部、催眠术。可现在您却告诉我们她不能摘掉吊坠！"

莫娜被吓坏了，不仅是因为妈妈说话的语气和尖刻的言辞，还因为她如此深爱并紧紧攥住的蟹守螺吊坠竟成了争执的导火索。

"女士，"凡·奥斯特说，"我的工作就是治疗。我理解您的愤怒，这合情合理。但我要说的是，心理是一种非常复杂的机制，它的任何活动都不能忽视。"

"结果呢？"

"结果是，我对莫娜进行了大量深入细致的检查之后，确信已经找到了她失明的根源：这不是机体的问题，而是心理创伤。正是通过催眠，我才得以了解这一真相……或者说，这要归功于莫娜和我一起走过的道路，她重新发现了自己，发现了自己遥远的过去。"

"'遥远'？可莫娜还是个孩子。"

"莫娜是个小姑娘。但对她来说，8 年前的往事，比我们成年人30 年前的往事更遥远，那个深渊也更深，更难以触及。"

"即便如此，可这过去里有什么？"

凡·奥斯特把手伸进抽屉，小心翼翼地取出一个用螺旋状黑色扣子装订的活页夹。精致的红色封面上用记号笔写着一行字，下面还画了两条横线："莫娜的眼睛"。医生认真地撰写了一份详细的报告。

"都在这里了。我承认，标题没那么强的医学性……但我已经把所有的数据和结论都写了进去。"

"您的结论是什么，医生？"

听到这个极不耐烦的问题，莫娜做了一个手势，要求暂停交流。因为她能感知到这个结论，她知道，就在她的心里，无处不在，贯穿她的始终。这个结论属于她。她并不害怕从医生口中听到这个结论，而是担心不能用自己的语言说出来，不能说出自己的印象。她是未来的化身。为了充分体现未来，把握未来，她必须担当未来的受托人，掌握话语权，而不是把它交给外来的权威，不管凡·奥斯特医生多么善解人意，医术多么高明。

"妈妈，我的发现，我的理解，我希望在适当的时候由我自己来说，让我来告诉你和爸爸。"

"光明在她心里。"医生表示同意，他把报告递给莫娜，而不是卡米耶。

*

这个星期三，亨利·维耶曼发现外孙女又有了变化，她长高了。

"太奇怪了，莫娜，你长得真快，不久后就会比你的爸爸妈妈高了，看着吧！而且我觉得你和他们不完全一样，幸亏你长得也不像我！"

但这番话让莫娜很不安，她瞬间忧郁起来：

"这让我感到难过。外公，我希望自己像你一样……我想像某个人……大多数时候都希望是你，不然的话，也可以像妈妈或爸爸……"

莫娜激动得浑身发抖，扑到外公怀里，紧紧抱住他，差点把他挤瘪。亨利摘下莫娜的遮阳帽，温柔地抚摸着她的头发，她反应这么强烈，让他感到惊讶。

莫娜继续说道："这太令人伤心了，我谁也不像……"

老人的心碎了。一方面，对莫娜而言，没有什么比做她自己更好的了，但她还没有意识到这一点；另一方面，很明显，莫娜长得像一个人，她身上无疑流淌着一股勇敢、优雅和仁慈的血。只是，她不清楚来源，但亨利看到了这一点。

"莫娜，你当然长得像某个人……没错，你不像你的爸爸或妈妈，也不像我……"

"那像谁呢，外公？"

"外婆。莫娜，你跟你外婆像极了。"

孩子眨着阳光般灿烂的大眼睛，它们不再是蓝色的，而是因这一发现变成了金黄色。焕然一新。

"那我求你了，外公，我们今天一起去看看外婆最喜欢的画吧！"

这是一幅长 111 厘米、高 180 厘米的抽象作品，主要由中央的一大块黑色部分组成。它并非色调均匀的纯黑，而是颤动着的一片，看起来就像是用颜料喷涂而成的。此外，它的上下边缘也似乎在微微晃动，其不确定的分界线由一种雾化材料吹制而成，给人一种雾气消散的感觉。那片黑色的下方是柠檬黄的基底，占据了整幅画的底部，高度略低于画幅总高度的 20%。这个区域有非常轻微的垂直凹槽，这些无以计数的条纹为作品增添了生机和活力。在黑色区域的上方，有一条深蓝色的色带（上面也有凹槽），非常窄，几乎被挤压在画框的上方边缘，就像在暴风雨的喧嚣背后悄然显露的一抹天空。最后，在巨大的黑色团块中，有三条清晰耀眼的发光线条，就像三棵高大的劲草或三根孤立的头发，微微弯曲，优美柔顺，但又被强大的能量拉得紧绷起来。中间的线条最大，几乎从整个黑色团块的底部一直延伸到顶部。它的左侧是第二条线，要细一些、圆一些，遵循着类似切线的运动轨迹，它的右侧是第三条更不起眼的细线，也以同样的方式延伸着，但彼此没有相交。这些线条组合在一起，以一种极简的方式来暗示一棵高大、细长的树干在爬升。或许还有别的东西。

就这样，莫娜凝视着外婆最喜欢的作品。在盘腿而坐的 24 分钟里，她不知不觉地一直微笑着，端详着这幅十分简单的作品，比以往任何时候都更能感受到绘画是如何点燃内心的光亮的。

"我完全理解外婆，"莫娜对外公说，"我相信她能在这幅画前待上好几个小时……"

"是的，她在这儿一待就是几个小时，"亨利幸福地怀念旧日，高兴地说，"她对这幅作品了然于心，闭着眼睛也能指出它的所有组成部分。"

莫娜伸出手指，说："我看到了 9 件东西。首先是三个区域，底部是黄色的，中间是黑色的，顶部是蓝色的；然后是黄色和黑色之间以及黑色和蓝色之间两条略微模糊的界线；当然，我还看到了那三条线；最后，是右下角的签名：'哈同 64'。"

"你数得没错，因为 9 是哈同的幸运数字，也是他妻子最喜欢的数字。应该说，他们俩是 1929 年 5 月 9 日认识的，当时分别是 25 岁和 20 岁。"

亨利在提到这两个年龄时显得有些游离。

"在这幅画里，外婆最喜欢的地方，一定是它充满了对比，而这些对比让人觉得是在进行一场战斗，一场抗争……"

莫娜说这话时，带着一种迷人的天真，却让亨利如鲠在喉。他盯着哈同这幅作品的中心线，通过模拟作品，感觉到伤疤在跳动，在脸上撕裂。几十年前的那一刀，让他的一只眼睛失去了视力。伤口又出现了，仿佛皮肤重新裂开了。而且，奇怪的是，那只失去功能的眼睛变得朦胧起来，流出了一滴眼泪，一滴充满感情的眼泪，不易察觉，出人意料，以至于莫娜都没有看到。

"是的，莫娜，就是这样，"他最后说道，"你知道，哈同喜欢伦勃朗和戈雅……"

"对，"莫娜打断了他的话，"确实如此！我知道他让我想起了卢浮宫的画作！我敢肯定他喜欢明暗对比，他的抽象画中的黄色就像是从一团黑雾中飘散出来的，他的手法正像过去的艺术家一样。"

"也不完全是，他的技法非常不同。在这里，他没有使用画笔和油彩，而是用通常给汽车喷漆的喷枪在画布上喷涂丙烯颜料，让画布飘浮了起来。这就使得不同颜色的区域看起来在微微震颤，雾蒙蒙的，飘忽不定。"

"好像是云朵，或是一团雾……"

"而且，哈同的美学常常被称为'云雾主义'。模糊的轮廓吸引着人们，让人移不开眼，并深入到作品的中心。在这一点上，他与他的一位朋友 —— 美国画家马克·罗斯科非常接近，他就这些问题与罗斯科进行过大量交流。"

莫娜沉默了很久，又想起了外婆。她很不解，一个艺术家怎么能变成他现在的样子以及做到他所能做的事，一个叫汉斯的小男孩怎么会变成一个叫哈同的天才。最重要的是，他是如何获得柯莱特·维耶曼的欣赏的……

"哈同在我这个年纪时在做什么？"

"当时，第一次世界大战刚刚爆发。他最初想成为一名牧师，他怀着非常虔诚的信仰。后来，他放弃了这一职业，全身心地凝视星空，因为他想研究天文学。这幅画让我想起了这一点，很有意思，因为这幅画既表达了他的内心世界和每个人身上都有的明暗，同时又像是对宇宙、自然和物质运动之奥秘的幻觉。你注意到了签名旁的数字：这幅作品创作于 1964 年，正是'黑洞'这个词首次出现的那一年……当然，不能就此认为哈同是在完全模仿天体物理现象进行创作的，他是用自己的语言来反映它。"

"之后呢，外公？"

"哈同是一个顽强且非常勇敢的人。他是德国人，但就在第二次世界大战爆发前夕，他因憎恨纳粹，决定与自己的祖国对抗。他躲在法国西南部，后来逃到西班牙，被关进监狱和集中营，1944 年重返战场时身负重伤。他的腿伤很严重，不得不在没有完全麻醉的情况下截了肢：他的痛苦可想而知。欧洲恢复和平后，他得以重拾画笔，但行动能力已大不如前。当从事的是手艺高于一切的艺术创作时，这种伤病是非常令人沮丧的……而知道这一点，对我们欣赏这件作品也很重要：他通过使用或挪用各种工具——尤其是我之前提到的汽车喷漆枪——来继续绘画。"

"我坚信哈同一直都想尽可能地画出最美的线条，而在这里，他达到了完美，他用中间的三根线条画出了完美的图案……"

"不过，这些线条不是'画'出来的，而是刮出来的。哈同利用丙烯颜料不会很快干透的特点，用刀片或刮刀刮去表面的那层颜料，技艺精湛。黑色色块爆裂，光线从中迸发了出来。"

"就像云层间的闪电。"

"是的。汉斯·哈同像你这么大的时候，很害怕雷雨天气。但他对自己说，如果能快速画出'之'字形的闪电，那他就不会有事。从根本上讲，他的画给我们的启示就是：'像闪电一样前进！'"

"现在我明白外婆为什么最喜欢这幅画了，"莫娜总结道，"我记得她去世前对我说过：'忘掉一切消极的东西，让你的内心永葆光明。'"

听到这话，亨利十分震惊。他一向都能控制自己的情绪，现在不得不坐下来，有那么一瞬间，他害怕自己会晕过去。莫娜在他脸上亲了一下。他笑了。他是怎么了？难道是因为他又听到了深爱的妻子在九泉之下对他心爱的外孙女说的话？是的，就是这样。不仅如此……这也是莫娜语言中的秘密。她的用词、造句和表达方式十分奇特，她身上这种一直存在但他却从未真正捕捉到过的好奇心，这种怪异而迷人的音乐性，他一直在寻找进入其中的钥匙，现在，他觉得自己已经发现了其本质和原因。然而，他真的找到了吗？现在只有一种方法来证明这一点：必须一遍又一遍地听莫娜讲话，以验证他的假设……"必须要有耐心。"他告诉自己。他的脉搏恢复了正常。或者说，几乎正常了。

47

安娜-伊娃·伯格曼[1]
总是从零开始

　　莫娜一点也不喜欢这个法语老师。只要一上他的课，她的肚子就会痛，她甚至开始希望他生病、缺席，或者出现更糟的情况。一想到还没有准备好词汇拼写练习，她就觉得烦恼，尽管她已经完全掌握这些知识了。但只要有他在，就永远不够。他是个残忍的人，总是说狠话，动不动就惩罚人，不管是回答"是"还是"不是"。

　　从此，莫娜不是在上课，而是在揣摩课文。她非常害怕被训斥，所以好好学习是为了避免惩罚，而不是掌握知识。那天，她要背诵一首自己选的诗，她选了一首最难的，因为觉得这首诗特别美。但诗的难度超出了她的能力范围，这首十四行诗第十行之后的诗句她怎么也记不住。亚历山大诗的第十一行是难以逾越的障碍。

　　上课铃响几分钟后，莫娜才进到教室，同学们都已经坐好了。老师还是戴着那可笑的大花领结，在他的规定下，教室里一片死寂。

　　"天哪，莫娜，"他刻意羞辱道，"您终于来了……不，先别坐下。既然您刚进来，那就给我们讲讲您的诗吧！如果它很美，您就能回座位坐下。如果讲得不好，您就得去校长办公室留堂了。开始吧，莫娜。"

1　安娜-伊娃·伯格曼(1909—1987)，抽象表现主义艺术家。

"《致一位过路的女子》，夏尔·波德莱尔。"莫娜的声音在颤抖。

喧闹的街巷在我周围叫喊。
颀长苗条，一身哀愁，庄重苦楚，
一个女人走过，她那灵动的手
提起又摆动衣衫的彩色花边。

轻盈而高贵，一双腿宛若雕塑。
我紧张如迷途的人，在她眼中，
那暗淡的、孕育着风暴的天空
啜饮迷人的温情，销魂的快乐。

电光一闪……复归黑暗！——美人已去，
你的目光一瞥突然使我复活……[1]

"还有呢，莫娜，我们还在等待下文：现在是黑夜多于闪电！"
余下的部分。这首诗的余韵……太美了……哦，是的！她想起来了！发生了一个小小的奇迹，记忆窥见了其奇特的秘密，她觉得这首诗的最后四行又回到了她的脑海中。锁闩跳开了。如释重负！
只是……莫娜不想再把波德莱尔的诗念给这位老师听了，他不配。于是，她做了一件出乎所有人意料的事。她自信十足地重复道："电光一闪……复归黑暗！——美人已去／你的目光一瞥突然使我复活……"然后，她没再多说什么，而是迈着敏捷甚至是飞快的步子，勇敢无畏地自行离开了教室。她像闪电一样，"之"字形行走，跑到校长办公室去拿她的留校单。她变得勇往直前，神采飞扬，最重要的是，她不再惧怕任何事情。

---

1 以上诗句引自郭宏安的译本。

*

在蓬皮杜艺术中心前，一个小伙子铺开一张长宽均约 6 米的巨大黄麻画布，开始在上面作画。他把布铺平，用一块抹布在上面涂抹大量柔和的色彩……那个年轻人在画一幅肖像。但画的是谁？时间一分一秒地过去，肖像的特征越来越明显：两只生动的眼睛、一头蓬松卷曲的长发、浓密的胡须，从无到有，渐至完善，令人叹为观止。亨利笑了，很快就认出了这张肖像……大约 20 分钟后，那个小伙子在画布上签了名。

"女士们，先生们，"他大声地说，"你们现在看到的，是世界上最大的头像：面积大约 36 平方米！乔治·佩雷克[1]现身了！"

观众报以热烈的掌声。乔治·佩雷克是谁？他是亨利·维耶曼非常喜欢的一位作家，佩雷克有时会给自己的小说设下不可思议的限制。亨利向莫娜解释道，佩雷克写了一本小说《消失》，几百页的篇幅中，没有一个词含有"e"这个元音字母。小说讲述一个关于失踪的故事，它隐喻作者死在集中营里的父母。莫娜向外公发起了挑战：

"外公！你在给我讲解今天要去看的作品时，也要设置限制！你只能使用音节颠倒的隐语，或类似的限制！"

但亨利坚决地摇了摇头，给出一个出乎意料的回答：

"不，莫娜，我做不到……我想，这次还是由你来讲解今天的画作吧，你是乔治·佩雷克当之无愧的继承人……"

莫娜做了个鬼脸。亨利接着说：

"既然上周我们看了外婆最喜欢的画作，现在我们去看看我最喜欢的艺术家，好吗？"

莫娜开心地笑了：

---

1 乔治·佩雷克(1936—1982)，法国当代著名先锋小说家，其小说以任意交叉错结的情节和独特的叙事风格见长。

"好啊！"

画面表现的似乎是一个纯抽象的图形，非常简单：一个高180厘米的不规则、凸起的黑色五边形（其顶端没有完全碰到画框的顶部），它在纯白的背景上显得棱角分明。其实这是一艘船的船头，但从正面看，它被缩短了，因此船头的棱柱并未凸出，而是被压扁了。五边形的侧面略微弯曲，大致模仿了船体的形状。想象一下把它浸入水中，它的吃水线就会与画作的底部平行。不对称和偏移让画作产生了轻微的动态。左上角略低于右上角，而右侧的上角略超出画面的边框，微妙地偏离了中心。最后，这种黑色，比哑光更有光泽，但又并不完全均匀，有一种质感——且有一条斜线穿过——加强了船头的存在感，上面的光线有时会随着船头的角度或观众站立位置的变化而闪烁。

莫娜从未在一幅画作前如此移动过。她来来回回地走，有时还跳起来，简直是在跳舞，她从无数个角度审视着这幅画，不知不觉中遵从了创作者的意愿。创作者要求观众移动而不是静止地观看她的作品。但亨利一步也没走，他觉得累了，满足于欣赏莫娜的表演，她在33分钟的时间里轻松地走完了一公里的路程，视线却一直没有离开过安娜－伊娃·伯格曼的这幅杰作。更重要的是，他现在要认真地听她讲的每一句话，以验证自己的假设：外孙女的语言有其秘密。

"外公，这就像一个巨大的黑影。"莫娜最后喃喃地说。

"影子是绘画的起源，莫娜……也可以说是它的'零度'。"

"这是什么意思？"

"远古时期，大普林尼[1]讲过一个故事，它通常被认为是视觉艺术的原始神话。关于卡里尔荷伊的故事。这个女人生活在大约2600年

---

[1] 大普林尼（23—79），古罗马百科全书式作家，代表作有《博物志》（37卷）。

前希腊北部的西西奥尼，她爱上了一个不得不出国远游的男人。她想留住他的影像。怎么保留呢？于是她借着灯笼照在墙上的光亮，勾勒出他的影子的轮廓。就是这么简单：影子在某种程度上是原型的底片，用炭笔固定他的轮廓，就找到了正片。"

"你觉得画家听过这个故事吗？"

"我相信她听过，因为挪威裔的安娜－伊娃·伯格曼对各种文化、文明和人类的奥秘有着浓厚的兴趣，对神话有着永不满足的好奇心，或者说，她对所有神话都充满了好奇，不仅是古希腊和古罗马神话。"

"提到神话，外公，我总是会想到人物众多、细节丰富的绘画，比如普桑的《阿卡迪亚的牧人》，或伯恩－琼斯的《命运之轮》。可这幅作品，更像是马列维奇的白底黑字十字架！"

亨利点了点头，示意莫娜走近这幅巨大的画作，让她抬起头，仔细观察画面的尖端部分。莫娜这时才意识到，她的身体仿佛正处于水中泳者的位置，泳者漂浮在水面上，也可能是溺水了，船头正向她扑来。

"从这个角度看，船头正压过来，"亨利继续说，"我们无从知晓这艘船的秘密……谁是它的船长？船上的是什么人？没有人知道。从此，它不再是一艘前进的船，而是一个谜。随之而来的，是希望与恐惧的交织。在斯堪的纳维亚的民间传说中，船非常重要，它们与潜在的死亡有关。据说，被海浪吞没的渔民，其鬼魂会归来纠缠生者。安娜－伊娃·伯格曼的作品就受这些传说的影响。"

"又是一幅可怕的画作！"

"除此之外，在北欧神话中，还有一艘名为斯基德普拉特尼[1]的神舟，它是所有船只中最好的，由两个矮人用薄木片巧妙地制作而成。它实在太大了，可以承载所有的神……更神奇的是，不用的时候，

---

1 斯基德普拉特尼，北欧神话中夏日与丰收之神弗雷（Freyr）拥有的魔法帆船，也是神话中世上最好的船只。

可以将它像一块布一样折起来，小巧玲珑的，可以塞进口袋！"

"哇！太棒了，这船……我敢肯定伯格曼在这里画的就是'斯基德普拉特尼'，我们可以把它折起来带走。"

"但你已经把它带走了，莫娜！"

"这是什么意思？"

"你把它装在脑子里带走了。如果作品的构图和谐简洁，就更容易被带走，比如马列维奇的《黑色十字架》，或是布朗库西的《空中之鸟》。反之，一幅细节丰富的画，如维米尔或库尔贝的作品，就不那么容易被头脑捕捉下来。"

莫娜明白外公的意思。不过，为了不显得那么狂妄，她没有告诉外公，近一年来所看的每一幅作品似乎都被她记在脑海里了。无论是维米尔或库尔贝的繁杂画作，还是马列维奇或布朗库西的简单图形，所有这些作品都以一种近乎幻觉般的精确度刻在了她的记忆中。

"外公，你为什么这么喜欢安娜－伊娃·伯格曼？"

"因为她是一个非常自由的人。从 1920 年代起，她就打网球、看电影，像个男孩子一样。1931 年，22 岁的她拿到了驾照，当时几乎没有女性拥有驾照。在她的前半生，尤其是在 20 世纪 30 年代，她被视为一名睿智、大胆的插图画家和漫画家，她敢毫不犹豫地取笑纳粹。但第二次世界大战对她的影响很大，她和美国的巴尼特·纽曼[1]以及其他许多艺术家一样，认为世界在 1945 年之后变成了一片废墟。他们再也不能像以前那样创作了，正如巴尼特·纽曼所说，必须'从零开始'。"

"就像按卜电脑上的'重启'键？"

"是的，差不多就是这意思，莫娜。安娜－伊娃·伯格曼彻底转变了自己的艺术美学，在作品中彻底摒弃了人物形象，将主题缩减为最基本的东西：石头、碑、树、星星、悬崖。她只以大自然和宇宙为

---

[1]　巴尼特·纽曼（1905—1970），美国艺术家，抽象表现主义的重要代表之一，也是色域绘画流派的先锋。

主题，经常在画作中使用金属片，而且总是遵循 1.618 的黄金比例：一个完美的比例系数。"

"好吧，外公，这次我懂了。"

"我承认这理解起来不容易。不过，简单起见，你可以说，安娜 - 伊娃·伯格曼为了创作，进行了大量的几何研究。她一直在寻找这样的形状：小部分和大部分之间的比例等同于大部分和整体之间的比例，永远给人一种极为和谐的感觉。"

莫娜全神贯注。她的感知力是如此敏锐，以至于凭直觉就能体会到作品神奇的比例，而这是任何算法编码都无法做到的。不过，由于她眼光特别，在光学距离上比外公更有优势，她也能看出画家是如何利用和改变这条规则的，以避免画作抽象得过于生硬。莫娜在脑海中描绘这黑色船头的初始状态，即一个规则的五边形。她的想法再正确不过了，尽管她并不知道，这个图案正是安娜 - 伊娃·伯格曼研究黄金比例的基础。莫娜随后想象这个五边形在空间缓慢变形，向上延伸，变成了船头，而船头本身只要稍加变化，就可以变成石碑、山峰、天际线或房屋。

"从零开始，永远从零开始……这就是伯格曼给我们的启示，"莫娜自信地说，"从零开始，才能重建一切。"

"因为绝无一物葬身海底或乐成灰烬 / 能看到大地最终结出果实的人 / 没有什么挫败能让他动摇，即使失去一切。"

念完勒内·夏尔[1]的这几句诗，亨利便拉着莫娜的手走出博物馆。莫娜沉思着。她没有让外公解释他朗诵的诗句，而是自己在寻找诗句的含义。最重要的是，她想知道"失去一切"意味着什么。对她来说会是什么？失去外公？失去爸爸、妈妈或科斯莫斯？还是一下子失去所有人？失去记忆？失去生命？失去视力？到蒙特勒伊时，莫娜已经一个小时没有说话了。突然，她想起了看画之前所谈的事。

1　勒内·夏尔（1907—1988），法国当代著名诗人，其诗作深受超现实主义影响。

"外公，去蓬皮杜艺术中心之前，你告诉我，我会知道如何评论今天的画，因为我配得上那位先生……你知道，就是那位写了一本没有'e'的书的人。你还记得吗？"

"乔治·佩雷克。《消失》。"

"那我配得上他吗？"

"当然，莫娜，你确实是乔治·佩雷克的继承者。这一切都源于你外婆的一句话。我以后会向你解释的，很快。"

亨利终于揭开了外孙女的语言秘密，幸福就在他的唇边，他却迟迟未说出口。

48

让-米歇尔·巴斯奎特[1]

走出阴影

莫娜驮着科斯莫斯，正趴在旧货店的地板上写作业。卡米耶出现在了店门口。孩子和小狗同时抬起头，本能地感觉到有些不对劲。一件令人生气的事情，或许还很严重，卡米耶眉头紧锁。她在外面停留了几秒钟，没有直接进去。看到保尔走到她身边，小狗叫了起来。最后，两人一起进了屋。卡米耶让莫娜过来坐好，莫娜面色苍白地坐了下来。

"我给你外公打过电话了，我们得谈谈，莫娜……"

"出什么事了？"

"哦，要知道我有多难过，亲爱的……"

"可到底怎么了，妈妈？"

"有些人选择了死亡。"她用不易察觉的声音说。

科斯莫斯又叫了一声。莫娜几乎窒息，她瞥见一本笔记本，拙劣地藏在卡米耶的背后。是她的日记本吗？是她坚持记录并用来向自己讲述危机发生之后的一切的日记本？是她跟外公漫长而缓慢地学习艺术、了解人生的日记本？是她对外婆进行调查却只字未提的日记本？难道母亲偷走了那本关于阴影和自由的日记本？

1　让-米歇尔·巴斯奎特（1960—1988），二战后美国涂鸦艺术家，新艺术的代表人物之一。

"妈妈。"莫娜结结巴巴，声音微弱。

"对不起，亲爱的，"卡米耶恳求道，她把拿着红色笔记本的手伸到灯光下，"我知道不该这么做，你的秘密属于你自己，但我在你房间里发现了这本……"

"你看过了？"

卡米耶点了点头。莫娜愤怒地尖叫起来，科斯莫斯吓得缩到桌子下面。卡米耶跑到女儿身边，试图安抚她。莫娜拒绝了，用力推开妈妈，她自己也不知道哪来这么大的力气。莫娜不停地尖叫，她被背叛了，她感到难受、绝望。

"你真坏，坏，坏，坏。"她用拳头捶着卡米耶。

"莫娜，"妈妈试着让她平静下来，"你听我说……"

但莫娜什么也听不进去，她冲向店门口，想逃走，逃得远远的，永远不回来。她陷入一种难以名状的怨恨、羞愧、悲痛和悔恨的复杂情绪之中，最后，她双腿一软，泪流满面地倒在人行道上。

这么说，妈妈什么都知道了？几个月来，她不是去看儿童心理医生，而是跟外公一起去博物馆看艺术品。如果妈妈给外公打过电话，那一定是为了谈论这件事。他们之间能说什么呢？莫娜双手扶着额头，感觉到父母在她左右两边坐下，搂住她的腰。说话的是保尔。她抽泣地听着。

"莫娜，你知道我不善言辞，但你要知道，我们为你感到骄傲。这一年来，你竟然这么勇敢，真令人难以想象。你生病了，却从不抱怨；和外公之间有秘密，而始终没有出卖他；你对自己的家庭心存疑窦，也事出有因。你知道，我非常爱你妈妈，每个人都喜欢她。她是个非凡的女人，她又这么爱你。莫娜，她一定为你感到骄傲。我还想告诉你，你俩一模一样，简直是一个模子里出来的。"

"宝贝，你愿意跟我谈谈吗？"卡米耶怯生生地开口问道。

莫娜一直沉默着。她能容忍爸爸对她说话，也完全听进去了，但对妈妈偷了那本笔记本，她感到无比愤怒。最残酷的莫过于，她第一次发现，那个理应一直保护自己的人，却成了羞辱和痛苦的始作俑者。

经此一事，莫娜和妈妈之间的一切都不复从前了。一个小小的死神刚刚击中这个年轻的女孩。哀悼开始了。但是——莫娜在心里暗暗下定决心——这也是一个新的开始。只是需要一点时间。

*

事情已经完全败露，所以，亨利第一次不用瞒着外孙女的父母带她去博物馆。他坦白了什么？所有的真相：在过去的47周里，莫娜并没有去看儿童心理医生，而是在他的陪伴下去欣赏艺术作品，正是这每周三的参观，治愈了她的心灵。卡米耶和保尔得知这一诡计后惊呆了。比起不光彩的谎言和言而无信，更让他们感到困扰的是，他们错过了莫娜童年的一部分：一段巨大的距离把他们与莫娜隔开了。

对莫娜来说，世界正在分崩离析。她做不到在愤怒中爆发，突然受到了黑色的诱惑。是的，黑色。因为她发现自己的亲密关系受到了侵犯，她无法忍受，想躲进黑暗里。她曾如此憎恨和惧怕黑暗，她担心失明之后就再也不能看到任何东西，也不会再被任何人看到了；而现在，她惊讶地发现，自己竟如此渴望这种黑暗，这种废墟般的孤独和这种考验。她想，至少在黑暗中，一切都会消失。在蓬皮杜艺术中心边上，她向亨利敞开心扉：

"外公，有时候，我难过得只想消失。"

这种对死亡的渴望让老人感到恐惧。必须让莫娜走出心中的阴霾。是时候看看让－米歇尔·巴斯奎特的大幅画作了。

那是一个大脑袋，或者说是两个。因为主头像完全是虚构的，比例失调，四分之三侧脸，与另一张面孔叠加在一起，那张面孔的正面被遮住了，沦为了背景。这两个头像穿破巨大的黑墙——刷着黑色涂料的墙壁大致呈长方形，很粗糙，几乎覆盖了整张画纸，只在边缘留下一些空白。头像并非完全位于黑暗的正中心，而是略微偏向左下方。这幅画可以说非常神经质，同时又很孩子气，线条细碎、粗犷，没有丝毫修饰。最显眼的是头部眼睛的不对称，巩膜发黄，瞳孔放大。头发像刷子一样（中间是黑色的，两边则是绿色），从环绕头顶的齿形花边中冒出来。头像被分成几个部分，特别是上半部分，由明显的分界线隔开，一条将前额分为两半，另一条则将前额和眼眶分开。画是彩色的——黄色的眼睛外有一圈红色，脸则大致呈蓝色，前额和脸颊为灰色、绿色和红色——是一幅涂鸦，笔触清晰可见。头像上还有一个又大又尖的鼻子，鼻子下方是一大块模糊不清的黑乎乎的东西，一直延伸到嘴巴的位置。嘴张着，面带微笑，露出的两颗大獠牙交叉在一起。至于那个侧面人像，在画面上略靠左边，令人不安的是，它的下巴和四分之三头部在同一个平面上，几乎重叠在一起，口中布满了镂空的牙齿，下面是长满胡须的下巴。再往上看，一根绷直的线，线头有几个小孔，貌似鼻孔。不过，头像上看不到眼睛，也没有眼球。两团椭圆形的黄色亮光盯着观众，没有任何东西能与之媲美。

　　在作品前的漫长几分钟，莫娜主要盯着黑色丙烯颜料的痕迹。她看得出神，想起了这种颜料在她参观博物馆的过程中依次留下的印象：伦勃朗和他的明暗对比，玛丽－吉耶曼·伯努瓦的《玛德莱娜肖像》，还有戈雅、库尔贝、马列维奇、哈同、伯格曼的作品。

　　"画这幅画的人，很愤怒。"莫娜说，她神情专注。

　　"激愤和激进，两者兼而有之。这跟艺术家的身份有关，让－米歇尔·巴斯奎特来自布鲁克林，是个黑人。在美国当时的社会背景下，他注定要被边缘化，但他凭借非凡的艺术天赋，将这种边缘化变成了一种自豪，最终成为世界上最著名的设计师之一。"

　　"啊，是吗，因为他的作品在这里展览？"

"是的，在蓬皮杜艺术中心和世界上所有著名博物馆里都能找到他的作品。但你可能想不到，他一开始是在街上创作的。他是我们现在所说的涂鸦或街头艺术的先驱之一。"

"我觉得，他的画很粗犷，很有力量。"

"巴斯奎特一直在画，但他拿油画棒的姿势——当然是故意的——非常奇怪，有点像'瘫痪的病人'，因为他把画笔固定在无名指的位置上。在画笔滑落的过程中，他会借机接住它们。巴斯奎特有时会让画笔在疯狂的运笔轨迹中占据主动，他则在画布上捕捉或纠正画笔的轨迹，因此，我们眼前看到的这个头颅才充满了活力。"

"这个头颅？但是外公，这里明明有两个啊！"

"是的，一个为主一个为辅。白色的侧脸被当作背景，露出四分之三侧脸的头部不仅遮住了它，还抹去了它。这个头像——也就是主头像——有很多特征，它看起来像是用几块不同的材料组成的面具，上面有红色、绿色、蓝色和灰色。这会让人想到粗略勾勒的小胡子，但也可能是在暗示黑色的皮肤。因此，这个头像可能暗指一个被面具遮住身份的人，也可能象征来自非西方文明的面具（正如我们在汉娜·霍希的作品中看到的那样），甚至可能暗指一个黑人。无论如何，这个头像的身份是不确定的。它还有些吓人，不是吗？"

"是的，因为这张嘴真的很奇怪，两颗大牙，让人联想到吸血鬼或野兽的嘴，画家在上颚后部，也就是喉咙那儿，画了一个红色小格栅……最重要的是，还有那双黄色的眼睛。我觉得它们真的很吓人。"

"它们会让人害怕，莫娜。它们让人想到毒品泛滥的那个年代，巴斯奎特本人就是个悲惨的瘾君子。1980年代的纽约，许多年轻人通过服用大量麻醉剂来调整他们的意识状态，让自己感到或兴奋，或宁静，或强大……"

"那巴斯奎特在创作这幅画时，是在为毒品做广告吗？"

"某种意义上也许是，因为他在展示毒品的力量。毒品可以让人超越自己的感知，让存在的感觉更强烈。但巴斯奎特也深受毒瘾的折磨，跟很多人一样，他因滥用毒品付出了惨痛的代价。再看看这个怪异的头像，看看背景中与之叠加的没有牙齿的侧脸：这两个头像既迷人又令人厌恶。"

"是的，而且，左边的那张脸让人联想到骷髅头。"

"非常正确。要知道，巴斯奎特经常画骷髅头，他的好友安迪·沃霍尔也是如此。"

"啊，对了，这个名字我有印象……"

"安迪·沃霍尔是20世纪60年代'波普艺术'的领军人物，巴斯奎特的忠实拥趸。有趣的是，他们两人都非常喜欢这个图案。巴斯奎特和沃霍尔一样，童年都曾生病住院。巴斯奎特在纽约市的一个贫困街区长大，被一辆汽车撞伤过……"

"这让我想起了弗里达·卡罗。"

"没错，但巴斯奎特出事时比弗里达·卡罗还小。那是1968年5月，他只有7岁……受了重伤，医生不得不切除他的脾脏。养伤期间，他沉浸在一本解剖学的图书中，对人体图像产生了浓厚的兴趣，经常逛博物馆，尤其是纽约的大都会博物馆。和沃霍尔一样，他对绘画史也很有研究，在这幅作品中，我们还可以看出一种传统流派：虚空画[1]。"

"真的呢，外公！巴斯奎特的这幅作品应该放在戈雅的静物画旁边，放在卢浮宫那幅《羔羊头》的旁边！它的背景也是黑色的，两个肾脏就像我们在这里看到的两只黄色的眼睛。还有那个红色的'7'，位于正中间……"

亨利并没有立刻明白外孙女所说的。事实上，莫娜的注意力都集中在作品中与数字"7"形状相似的地方，就是头骨右侧的那个角，框着左眼，看起来就像用圆形铆钉固定在角落里的一块板。此处，红色画笔的痕迹随处可见，流动着类似细胞或球状的小圆圈……那个

---

1 虚空画，诞生于16世纪的欧洲画派，指通过象征元素来反映人类生命衰败的静物画。

"7"突然清晰地凸显了出来。

"你说得对,莫娜……继续!"

"你看,外公,巴斯奎特想表现的是大脑中温度很高的区域!这正好与黄色的眼睛相配:这个脑袋沸腾着,在燃烧。"

亨利被这孩子贴切的联想惊呆了。这个半机械、半生物、半人、半动物、半黑、半白的脑袋着火了。而且,巴斯奎特着重表现的是左半边脑袋,也就是主管语言和文字的区域。这位最初从事涂鸦创作的艺术家极为重视语言。对亨利来说,"7"还与巴斯奎特的死亡年龄产生了呼应:他死于吸毒过量,时年 27 岁。

"这幅作品,"老人继续说道,"用他内心的火光展现了自带光芒、逃离黑暗的眼睛,展现了一张从阴影中走出来的脸。巴斯奎特的艺术精髓就在于此:他把纽约的街头文化从阴影中拉了出来,把涂鸦从阴影中拉了出来,把美国黑人的创作从阴影中拉了出来,把他们的起源和痛苦的历史(从奴隶制到种族隔离)从阴影中拉了出来,把他们最杰出的斗士(如拳击手、爵士乐手,当然还有他自己)从阴影中拉了出来。巴斯奎特让阴影走出了阴影。"

"走出阴影。"莫娜庄严地点点头。

离开蓬皮杜艺术中心后,亨利差点告诉外孙女她的语言之谜,但他忍住了。现在还不到时候,要等到更快乐的那天。莫娜一路观察着巴黎街头随处可见的涂鸦。她想知道,创作这些涂鸦的人,是否也可以像巴斯奎特一样,其作品有朝一日能出现在世界上最伟大的博物馆里。

49

路易丝·布尔乔亚[1]
知道如何说"不"

一连几天，莫娜都没有和父母说话，更不想听卡米耶说话。她厌恶自己的卧室，因为总是让她想起妈妈在房间里翻箱倒柜的身影。她觉得必须重新整理房间里的一切，把任何看起来像玩具的东西都搬走。总之，她把所有东西都清空了。

在这巨大的混乱中，她刚好看见活页夹里的一份文件，在过去的三个星期里，她完全把它给忘了——"莫娜的眼睛"，也就是凡·奥斯特医生的诊疗报告。她明白了，显然，这才是妈妈没有事先征求她同意就进来找的东西，并不是别的什么。但妈妈没找到这份文件，却拿了那本日记，因为它们的封面都是红色的。

莫娜打开报告，"像个大姑娘一样"（她在内心对自己的要求）翻看起来，重读她和医生一起经历的一切，尤其想破译最后一页关于复发可能性的结论。要理解这些像魔法书一样的语言并不容易，特别是有关"精神创伤"和"非凡视力"的问题。她去厨房找父母，想和他们谈谈。卡米耶看到女儿手中的文件时，既欣慰又担心，显得很着急。

"妈妈，爸爸……我想应该由我来告诉你们……我想告诉你们所

---

1 路易丝·布尔乔亚（1911—2010），法国超现实主义的艺术家，作家。

发生的一切……事情是这样的……"

莫娜开始讲述这一年的漫长故事，这一年发生太多事了，一部分被埋葬的过去也重新浮现，照亮了当下，却让未来蒙上了阴影。

"凡·奥斯特医生，"莫娜继续说，"他对我进行了催眠，试图找到让我失明的真正原因。事实上，我清楚地记得我和外婆最后一次说'再见'的情景。那是在饭后，餐桌上有很多朋友，他们举杯向外婆致意。而你，妈妈，我记得当时你好像对她很生气，或者有类似的情绪。我还记得她很疼我，把自己的吊坠给了我，还对我说了一句很美的话……这句话，我想起来了，我想我现在明白了。外婆把吊坠挂在我的脖子上，笑着对我轻声说：'忘掉一切消极的东西，让你的内心永葆光明。'"

这一次，卡米耶哭了。

"就这样，在凡·奥斯特医生的帮助下，我终于意识到，小时候最后一次见到外婆的场景和我脆弱的眼睛之间有什么关联……现在，我想我知道了……就是这个吊坠……就是因为它：一切都系于一线。"

卡米耶情绪低落，想象着女儿一年来走过的路，她终于想打破柯莱特·维耶曼之死的这个巨大禁忌了。因为莫娜现在已经准备好接受一切、了解一切、看到一切了。

*

这一次，亨利准备向莫娜揭示她的语言之谜，她的"小音韵"是那么动听。亨利三个星期前就知道谜底了。老人在内心深处一直梦想能再次听到外孙女在他们一起看过的每一部作品前说的话，他会为莫娜的评论、分析和提问而欢欣鼓舞，因为他在聆听时，会意识到其特殊性可比肩乔治·佩雷克。是的，他当然也可以在不驱除魔法的同时继续与莫娜交谈，但他已经决定要在这个周三揭示一切。

为此，他在脖子上系了一条莫娜从未见他戴过的领带。莫娜感到非常好奇，因为红色的布料上用不同的字体写满了"不"字。这条领带是艺术家路易丝·布尔乔亚的作品，是为某项人道主义事业而限量生产的。不出所料，亨利之所以穿成这样，是因为今天要谈论的是这位杰出的女性。全世界都知道她创造的巨型守护者，那些蜘蛛雕塑象征着她的织布工母亲。

这是一个巨大的雪松木桶，一个四米多高的圆形储水器（顶盖是敞开的）。桶的前后有两扇门，其中一扇——入口——的上方有一条金属带，上面写着："艺术是心理健康的保证。"进入桶内，一间卧室展现在眼前。直径四米的地板上可见一个空床架，看起来阴森可怖，床架上有一摊液体。床的四周有四根铁柱，柱子上垂直的细枝末端上悬挂着许多大小不一的弧形玻璃容器：药瓶、曲颈瓶、蒸馏罐……大概有 50 个。这些器具将水倒在床架上，并在冷凝过程中以闭合回路的方式将水回收。床边靠墙的地板上，一盏由两个乳房交叠而成的雪花石灯透出柔和而明亮的光。入口左侧，就在大门的旁边，挂着一件宽大的黑色大衣，大衣脚下摆着两个黑色的大橡胶球，球的直径约 60 厘米。大衣里面露出一件鼓起来的绣花衬衣，上面竖着写着"merci"（谢谢）和"mersy"（宽恕）这两个单词，清晰可辨。橡胶球的对面，另一扇门的旁边，还有两个类似的球体——总共有四个球——但后面两个是用木头做的。

在木桶周围转了 10 来分钟后，莫娜再也忍不住了。虽然有两条沉重的绳索挡住了通往作品内部的通道，但她还是悄悄溜了进去，没有被保安发现。她就蹲在那盏乳房状的灯旁，她将其视为艺术家本人。莫娜缩成一团，把自己变得和现在包围着她的四个球一般大小。没有听到警报声，亨利松了一口气。他让外孙女静静地凝视作品，兴奋得浑身颤抖。他终于开口了，声音很小，以便莫娜待在这个有利的位置而不被发觉。这里的音响效果就像森林深处的小屋一样。

"艺术作品没有预先确定的形式：路易丝·布尔乔亚的这件作品参照了建筑物的比例，像一座小房子那么大，也被她称作'单人房'，对她来说，每间单人房都是一幅自画像。但这种自画像并不像我们在伦勃朗或弗里达·卡罗的画作中看到的那样展示身体的外部形态，而是揭示头脑的内部特征。你从入口进去后，便刺穿了路易丝·布尔乔亚的脸部皮肤，进入她的大脑了。"

"对不起，外公，"莫娜喃喃地说，"大脑通常像一个大核桃。我知道，因为我已经在核磁共振成像上看过我的大脑了。可现在，我觉得这更像是一个桶……"

"确实就是一个桶！这是一个水箱的复制品，就像纽约房顶上的水箱一样。"

"啊，巴斯奎特之城！"

"路易丝·布尔乔亚之城……她于1911年出生于法国，并在那里长大，1938年移居美国，直至终老……难免会有思乡之情……"

"思乡之情？或许，她只是在内心深处独自忧郁，"莫娜想起了她在奥赛博物馆的伯恩－琼斯的作品前学的那一课，"外公，你看，单人房里有很多容器，水就是从那里流出来的。我们仿佛看到了藏在眼睛后的液体循环：眼泪的循环。外公，我就在路易丝·布尔乔亚的眼睛里。"

"是的，床四周的那些玻璃装置类似于人体的循环，其中有循环的液体：眼泪、血液、唾液、乳汁……这些都是非常珍贵的液体，因为它们能让身体保持活力。更重要的是，它们是强烈的情绪信号：爱、恐惧、口渴、饥饿。"

"你一定会觉得我在瞎说，外公。当我看到床上那一摊水时，我立刻想到了人处于巨大的痛苦和恐惧之中的某个夜晚。那时，他会出很多汗，有时甚至……哦，你知道得很清楚（她笑了），当我们还是个孩子时……"

"……人们会尿床，会为自己感到羞耻。就是这样，莫娜。这也正是路易丝·布尔乔亚展示的主题。她谈论的是童年时期令我们无措和窒息的情感和情绪。正如作品名《珍贵的水》所示，液体是珍贵的，因为它们能让我们宣泄情绪。"

"你说这是童年时期，好吧，我同意，但这里更像一个成年人的卧室，或者是一个有点疯狂的科学家的实验室……哦，外公！和我一起进来吧。你会发现，大家都以为它很可怕，其实里面很舒适！"

亨利犹豫不决。蓬皮杜艺术中心的展厅里一个人也没有，保安也在打瞌睡。但他还是认为应该让莫娜独享这个空间……他接着说：

"此处萦绕着童年所能遇到的全部烦恼。在这里，你可以让自己远离这些烦恼，并得到治愈。因此，它也是一个庇护所。而且，在外面时，我可以读到写在入口处的一句话：'艺术是心理健康的保证。'创作，欣赏创作，可以防止我们陷入疯狂。"

"那路易丝·布尔乔亚为什么发疯呢？"

"因为每个人的童年都有误解、不快和创伤，它们并不一定特别引人注目或很强烈。大多数时候，它们都悄无声息，不易觉察，因为无法言说，让人难以辨认出，所以显得更加可怕。路易丝·布尔乔亚像你这么大的时候，在家里遭遇了一些痛苦的事。事情本身并不严重，但足以造成无法弥补的伤害。"

"是什么事呢？"

"她父亲把情妇带回了家。这自然给路易丝的母亲带来了巨大的痛苦，尽管从表面上看一切安好。别人经常对路易丝·布尔乔亚说，她的青少年时期非常幸运，是'黄金时代'。然而，父亲的行为给她的余生带来了阴影。"

"是的，我明白……这是因为有爱——毫无疑问——但也有谎言。"莫娜喃喃而语，"啊，这令人难以接受。"她一字一顿地说。

经过长时间的踌躇，莫娜终于壮着胆子站了起来，朝门口的方向走去。她蹑手蹑脚，挪到大衣跟前，大衣里套着一件绣花衬衫，衬衫里面填满了木屑。她意识到了这一元素的暧昧意味：大衣的形状像一根阴茎，令人不安，但也有可能战胜它，筑巢其中，控制自己的焦虑。亨利只是模糊地暗示了作品中的性象征，但莫娜无须听他解释就明白了：那四个球体，无论是衣服下的橡胶球，还是右边的木制球，都暗指男人的阳刚之气和父权。衬衫上写着"谢谢–宽恕"，代表两种始终萦绕着童年的矛盾情感：一方面是对父亲和其他大人的感激之情，另一方面是受权威摆布，不得不乞求怜悯。

"事实上，外公，我觉得我可以住在这里。我在这里感觉很好，像在家里一样！很神奇。"

"路易丝·布尔乔亚要是知道你有这种感觉，肯定会很高兴的。你知道吗，她 1992 年创作了这件装置，那时跟我年纪相仿。通过这个房间，她揭示了她像你这么大时的童年生活。她说（他凭记忆转述道）：'我的童年从未失去魔力，从未失去它的神秘和悲剧。'你对这些地方倾注精力就是对艺术家的褒奖。现在，出来吧，保安的午休要结束了……"

"好吧……再见，路易丝！"

莫娜悄悄地离开了单人房。

"可是，外公，今天的启示究竟是什么？"

"都写在我的领带上了，莫娜。"

"你要和我解释一下吗？"

"这条领带产于 2000 年，你可以在背面看到路易丝·布尔乔亚的签名。"

亨利指给莫娜看。莫娜看得很出神。

"我敢打赌，这是外婆送给你的！"

"是的，是她送给我的漂亮礼物。这条领带的原型是路易丝·布尔乔亚在 1970 年代初创作的系列作品……那个系列现在几乎已无人知晓。路易丝·布尔乔亚多次从杂志上剪下这个十分简单的单词'不'，然后把它粘在底板上，弄出了很多由'不，不，不……'这个纯粹的否定所覆盖的木板。"

"什么意思？"

"这就是路易丝·布尔乔亚给我们的启示：要学会说'不'。"

莫娜突然显得心神不宁。这一启示，具体而准确，似乎极其不和谐，以至于她无法重复……她没有说话。这种沉默恰恰证明了她语言中的那种秘密。因为莫娜在说话时完全杜绝了表示否定的词句……这就是亨利的发现，这就是在那一刻可以看到的本质。

所以，你可以听这个孩子说上几个小时，她知道如何肯定、感叹、质问，但是，不，她从来没有使用过否定的语句，就好像她的思维通过大脑的奇妙组合，自然而然地拒绝使用"不"和"否"这类副词。她会说"难以做到"，但绝不会说"不能做到"。同样，她可以说自己"忽略"了某件事情，但不能忍受因为"不了解"某件事情而道歉。这种非凡的语法炼金术深深地植入了她的大脑程序，制造了她的语言。但这种炼金术从何而来？

亨利回答道："来自你外婆对你说的话：'孩子，忘掉一切消极的东西，让你的内心永葆光明。'这最后一句话的影响极大，浸润了你最深层的潜意识，然后塑造了你，巩固了你，甚至决定了你的语言。为了保持内心的光明，你隐藏了负面的东西……但从现在开始，莫娜，你要懂得说'不'。好吗？"

"好的，外公。"

50

玛丽娜·阿布拉莫维奇[1]
分离是一个需要抓住的机会

法语课上，有专门的词汇学习。练习时，学生必须选择一个罕见的单词，并简短地解释其完整的定义。其他的同学列出了"水神""谄媚"或"冒失鬼"等词。轮到莫娜了。老师用轻蔑的口气对她说：

"该你了，莫娜。请站起来，让我们见识一下你的词语。"

莫娜握紧拳头，挺起胸腔。

"安乐死。"她回答道，并对着昏昏欲睡的全班同学拼读了这个词。

老师挑了挑眉毛。莫娜喘了口气。

"所谓'安乐死'，指的是一个病重的人在知道自己不可能好起来的情况下选择用医疗手段离世。例如，当一个人年纪很大时，不仅饱受病痛折磨，而且生活还无法再像以前那样带来快乐，这时，有的人就会选择安乐死。这种行为令人难以置信，需要巨大的勇气。它与自杀又有些不同。一个人决定安乐死时，必须先和至亲、家人以及医生谈论此事。这是一个重大的选择，因为我们热爱生命，而如果我们

1　玛丽娜·阿布拉莫维奇（1946—　），塞尔维亚当代行为艺术家、人体艺术家、导演、编剧、演员，作品风格狂野大胆、癫狂自由。

热爱生命，我们会希望生命走到尽头时依然美丽，希望有尊严地离开人世。"

莫娜发现同学们被触动了，所有人都目不转睛地盯着她。她沉默了一秒钟，接着说：

"安乐死在有的国家，比如比利时，是被允许的。但在其他许多国家，尤其是法国，则被严令禁止。许多医生认为这有悖于他们的职业道德，因为他们的使命就是救死扶伤。此外，宗教界也表示反对，他们认为应该由上帝来决定我们何时死亡。然而还是有些人，包括信奉上帝的人，大声高呼：安乐死是人道的，他们有权这样做，因为他们有权自由地选择何时离去。我们将这些人称为斗士，他们的事业就是让人们有尊严地死去。"

说完后，莫娜坐了下来。前排的一名学生问"尊严"是什么意思。莫娜回答说：

"尊严就是做的事情非常重大，值得尊重。"

另一个学生带着他这个年龄的典型的心理和这一代人特有的自恋，嘟囔道：

"我，我值得尊重！"

顿时，教室陷入哗然。他们的声音仍带着孩子的稚嫩，但语调却透着青春期的突兀和沉闷，然后安静下来。

"好了，莫娜，这个练习还算不错，只是缺少词源。但你不懂古法语，我承认对你的要求太高了……"

"老师，这个词来自古希腊语。"

"是的，好吧，很好。我想你父母在这个练习上应该给了你很多帮助吧！"

"不，是我外婆帮我的。"

*

亨利清楚，他和外孙女在博物馆的时光只剩下三个星期三了。很快就满一年了，52次参观即将完成。亨利一直想着这个截止日期，有时不禁自问：过了这一天，他的生活还有意义吗？这种失落感让他心里非常难受，他开始感觉到自己的脆弱。于是，他回到60年前，想起了柯莱特，回忆起他们在海边捡蟹守螺并把它们当作吉祥物的情景，他们海誓山盟，彼此承诺忠贞不渝，白头偕老。当他问她是否希望生活幸福时，她微笑着回答说："不，我希望极其幸福。"刚刚成年的柯莱特已经开始为争取有尊严地死去的权利而奔走呼号了，那天她还让亨利发誓，如果有必要，当他们老的时候，谁也不能阻止对方有尊严地死去。亨利和柯莱特在年轻、勇敢、无畏和美丽的时候，曾在奔放的情感和悲壮的骄傲中立下这个誓约，他们都信守了诺言。

在这个忧郁的星期三，最需要艺术的慰藉的不是莫娜，而是他自己。在蓬皮杜艺术中心，亨利牵着莫娜的手，胸口堵得慌，来到展出玛丽娜·阿布拉莫维奇的悬浮矿物装置的展厅。

在一个长方形的大厅里，三面白墙上分别悬挂着三块铜质的长方体：左边和中间的两块垂直于地面，右边那一块与地面平行，厚度都在20厘米左右。这些长方体长250厘米、宽52厘米，冰冷笨重，朴素无华，看上去纯净优雅，通体反射着绿色和灰色的光芒。借助作品介绍牌，得知左边第一个装置名为"白龙：立"，它邀请参观者爬上去，站立其上并看向地面，它有一个用于放腿的底座和一个坚硬的石英枕，用于引导视线；中间的装置叫"红龙：坐"，参观者可以靠在座椅上，目视前方；最后一个是"青龙：卧"，它有枕头和脚垫，参观者可以躺下，抬头仰望。

　　莫娜已经掌握了原理，开始玩起了游戏，从一个装置移动到下一个装置。她花了大约 6 分钟，但当她偏离指令时，她突然觉得，这件作品与其说是为了视觉体验，不如说是为了触觉和身体感受。为了更好地领会作品的内核，她做了件非常惊人的事。她重复了刚才的实验，但这次闭上了眼睛。她先来到第一个装置，也就是最左侧的那个长方体旁，她爬上去站了 18 分钟，试图感受背靠的长方体所涌出的能量。然后，还是闭着眼睛，摸索着走了 90 秒钟，来到第二个装置处（中间那个），爬上去坐了下来。在那里，她又一动不动地待了 18 分钟。最后，她又花了同样的时间到达水平放置的第三个铜质长方体旁，躺在上面。一躺下，她就感受到了它的生命力。这个漫长而缓慢的仪式结束后，她回到了原地，挺直了脊背。这时，她看到了外公那张满是伤痕的脸，就在她身边，沉默着，微笑着，有些苍老。本以为他会给她讲一个故事，让她安然入睡，谁知讲话的是莫娜。

　　"外公，我所感受到的这一切，真是太奇妙了。你知道吗，看到米开朗琪罗或卡米耶·克洛岱尔的雕塑时，我真想摸摸它们……我只斗胆摸过一次，那是庚斯博罗的画。还有一次，我偷偷地溜进了路易丝·布尔乔亚的作品里面。但我知道，自己这样做算是小小的'违规行为'（亨利被这个说法逗笑了）。但能够真正触碰到作品，撇开保安的呵斥，这种感觉真的太奇妙了……"

　　"告诉我为什么，莫娜。"

　　"因为我意识到，艺术家在与你的整个身体对话。在这里，触觉真的比视觉更重要。你看，我喜欢那些会顾及你全身的艺术家。"

　　"他们诉诸视觉以外的感官。这让我想起安托万·德·圣-埃克苏佩里[1]说过的一句话：'你只能用心去看，重要的东西是眼睛看不见的。'继续说下去，莫娜。"

　　"我的意思是，我们参观博物馆时常对自己说，必须看完所有的

1　安托万·德·圣-埃克苏佩里（1900—1944），法国作家，法国最早一代飞行员之一，代表作有《小王子》《夜航》等。

作品，而且要看很长时间……注意，我很喜欢这样，外公。但在这里，我确实感觉到作品在召唤我用自己的身体去体验。如此简单！你只需站着，坐下，躺下。"

"你讲解得比我好，莫娜，请继续讲下去。"

"我要说的是，这些都是很简单的事情，每天都要做的事情。但在这里——怎么说呢——我们觉得很简单的一件事，却让人激情澎湃，因为你的胳膊、腿和头都有知觉。"

"所以你才闭上眼睛……"

"是的，是的，就是这样。"

莫娜耸了耸肩，她有时会表现出一种因为自己这个样子而请求原谅的神情。当她闭着眼睛体验玛丽娜·阿布拉莫维奇的装置作品时，她担心亨利会不高兴。但外公表示完全理解，她这样做是想征服潜藏在阴影中的不幸，而这正是最神奇的部分：她成功了。玛丽娜·阿布拉莫维奇的作品向她证明，宇宙的深渊在黑暗的中心仍在运动，夜以继日地运动着。换句话说，她享受这一刻的黑暗，她游弋在黑暗中，而不是被黑暗吞没，她对黑暗的恐惧也因此减少了，哪怕只减少了一点点。

"你应该知道，玛丽娜·阿布拉莫维奇还在世，她是 20 世纪最伟大的艺术家之一，出生于南斯拉夫的贝尔格莱德，20 世纪 90 年代起成为全球明星。很多人认为，'行为艺术'——一种新的艺术表现形式——的繁荣要归功于她。当然，这种艺术形式在整个 20 世纪一直在发展，但因为她才真正取得了成功。"

"是的，外公，我记得！我们之前谈到过，那是在一家商店的浴室橱窗前！"

莫娜想起了她和外公在市政厅百货公司前的对话。那次谈话中，亨利向她解释了什么是行为艺术：它并不是创造具体的作品，而是短暂地实施某种行为。其间，他还以一对艺术家为例，解释他们的艺术创作便是面对面向对方呐喊，直至筋疲力尽。这就是玛丽娜·阿布拉莫维奇和她当时的伴侣——德国摄影师乌莱在 1978 年的一场行为艺术。

"这么说，这种艺术形式还有点像戏剧？"

"是的，有点类似。但戏剧是在舞台上表演的，行为艺术则可以在任何场地进行，效果也不得而知，最重要的是，它是一种邀请观众积极参与的作品。例如，1974 年，玛丽娜·阿布拉莫维奇在一个房间里一动不动，房间向公众开放，在她面前的桌子上摆着 72 件不同的物品——鲜花、照片、刀具，甚至还有一把上膛的左轮手枪……人们可以利用桌上的物品对她为所欲为，她则像木偶一样被动，直到有人拿起左轮手枪，把手指放在扳机上，枪口对准了她。"

"这太残忍了！"

"而且很危险。画廊老板认为这场行为艺术太过火了，于是按下了终止键。这就是这类作品的巨大挑战之一：每次都要把艺术家或观众的身体带出舒适区，让他们感受极端的体验。这些体验有时枯燥乏味，有时充满风险，有时让人舒缓，有时让人如获新生，有时综合了所有这些感受。正如你所理解的那样，玛丽娜·阿布拉莫维奇试图撼动整个身体，当然是她自己的身体。通过让观众对她所做的和所展示的东西产生共鸣，或者通过鼓励观众积极参与特定的装置艺术，她也在考验观众的身体和大脑，并以一种身体感受十分明显的方式，让他们意识到自己身上所有强烈而矛盾的感觉：恐惧、爱、恨、残酷、匮乏、欲望、欢乐……"

"通过这件作品，她想让我们感受到什么呢？"

"她是在一次非同寻常的中国之旅后开始创作这件装置作品的。事实上，这三件艺术品的名字都是由中国传说中的'龙'演变而来的。"

"那是一场怎样的冒险？"

"她和伴侣乌莱分别从长城的一端出发（长城在中国人眼里是一条巨龙），乌莱从西边出发，玛丽娜从东边出发。他们走啊走，走啊走，走了 2000 公里后终于相遇。在那个交会处，那个相遇点，他们拥抱在一起。然后，他们决定分手……他们的恋人生活结束了。因此，他们的重逢也是分离。"

"啊……外公，这太令人伤心了。"

"你所体验的装置，应该能让你通过接受铜和石英材料的能量，感受到艺术家本人所感受到的一切，也就是说，那是巨大的疑虑和痛苦，但也是一种再生的感觉。玛丽娜·阿布拉莫维奇说：'放下沉重的东西，才能重获新生，但让我们感觉沉重的东西，有时正是我们的挚爱。'"

"外公，你其实是在向我讲述一种分离，那是……"

"……那也是一种新的生活，一种应该把握的新机会……想想'离开'这个词的双重含义。离开既是结束，也是开始。这就是今天的启示。"

"那我们呢？我们永远会在一起，是吧？以世间的美起誓！"

他微笑着吻了吻她的额头。再生了，慢慢地。忧郁，依然在。

51

克里斯蒂安·波尔坦斯基[1]
自我存档

"我和爸爸有话要对你说……"

莫娜知道，这句话不是什么好兆头……保尔靠在一件家具上，低着头，一副内疚的样子。他没有直视莫娜的眼睛，这让莫娜感到惊讶。他以微弱的声音说：

"孩子，做出这个决定不容易，但我还是要说……我准备放弃旧货店。"

为了避免沉默，卡米耶马上接着说："你爸爸，刚刚为他的发明争取到了一份很不错的合同。他遇到了一些相信他的人，他们愿意帮他把设想变成现实，但他没有精力再继续经营旧货店了。"

这本是个大好消息，但对莫娜的日常生活却是一个打击，旧货店曾是她的梦想之屋。科斯莫斯尖叫着，摇着尾巴，感觉到它的主人快要哭了。莫娜无所适从，只能把小狗搂在怀里，仿佛它是自己在这个世界上最后的伙伴。然后，她看着父母：

"那我们还可以去那儿吗，爸爸？"

"去哪里，孩子？"

"旧货店里间的地窖。"

1　克里斯蒂安·波尔坦斯基（1944—2021），法国著名的雕塑家、摄影艺术家、画家。

莫娜知道商铺转让意味着什么。她想象得到自己悲哀的未来：商店被清空，物品被陆续变卖，新的经营者盘踞店内。她会看到，未来的一切很快就会发生，现在将变成已逝岁月的印记。这还不是最糟的，最让她受不了的是，地窖里的东西会被清空，这个黑暗中的地窖让她恐惧了很久，已成为柯莱特遗物的祭坛。

莫娜引着父母来到旧货店里间，穿过黑暗，下到地窖，就像钻进了地下墓穴。科斯莫斯疯狂地吠叫着。

"这些东西，你们打算怎么处理？你们怎么处理这些盒子？里面装满了与外婆有关的东西，你们要把它们放在哪里？要是把它们扔了，我会恨你们一辈子！"

"别说了，莫娜，"母亲态度笃定，"你怎么会觉得我愿意清除关于你外婆的记忆？"

"可是你要把这些箱子放在哪里？这些箱子排起来有几公里长！如果你把它们扔了，妈妈，我会恨你的！"

"莫娜，"保尔平心静气地接过话，"我不想对你撒谎，我们现在确实还不知道该怎么处理这些旧纸张，但是……"

"爸爸，它们怎么会是'旧纸张'！这是座宝藏，我知道。我清楚它是座宝藏。"

大家都沉默了。莫娜恢复了平静，挽住了爸爸的胳膊。作为这样一个男人的女儿，她还是感到非常自豪的。11 岁的自己在进步，爸爸和她一样，这一年里也在进步。这时，她的情绪猛然发生了变化，她突然产生了一个念头，开心地跳了起来：

"爸爸，妈妈，我有主意了！"

＊

这是莫娜和外公倒数第二次一起去博物馆了。亨利难以掩饰笼罩着他内心、捶打着他的心脏的阴郁。他的心脏跳动得很奇怪，有时，它跳得无比笨重，有时又蜷缩在角落里，轻柔得让亨利都怀疑它是否还在工作。在蓬皮杜艺术中心前面的广场上，一位脸庞宽大的小号手正在演奏华金·罗德里戈[1]的《阿兰胡埃斯协奏曲》。莫娜用手掌捧起外公的一只手，鼻子凑了上去。古龙水的味道真好闻……小号手继续吹着粗犷的乐曲。莫娜抬起头，望着外公，眼神既调皮又恳切：

"外公，你家很漂亮，面积很大，我们家却很小，你知道……他们决定关掉旧货店，爸爸妈妈必须把所有的箱子都放到某个地方……外公，我求求你，把它们都带回家吧……再写一本关于外婆的书……关于她，关于她的历险，关于你和你们……"

莫娜的请求让他感觉如五雷轰顶，一生中数以百万计的印象和情感涌入他的脑海，这股洪流虽然混乱，在他看来却很有意义——生命的意义。他回过神来，带着莫娜走进博物馆，参观克里斯蒂安·波尔坦斯基的大型装置艺术作品。

三面墙壁上规律分布着20个相同的展柜——也可以说是20个盒子——每个柜子高150厘米、宽87厘米、深12厘米，整齐划一地连在一起。侧墙上各有7个展柜，正面的墙上有6个。巨大的盒子外面套着深色的框架，顶部装有霓虹灯，盒子里的东西用细长、竖直、类似于筛网的东西保护着，网缝很细。每个展柜都摆满了各种文件，主要是大小不一、折痕或深或浅的手写或打印的纸张，数量极多，还有彩色或黑白照片信件、印刷品、信封、宝丽来照片、儿童肖像以及风景画、涂鸦和其他东西，这些物品都是20世纪下半叶的。这些展柜让人联想起侦探片中经常出现的贴满海报的巨墙，上面的海报栏上满是图画和文字符号，勾勒出调查、解谜或犯罪的印记。

莫娜知道，大家都认为她拥有非凡的视觉能力。然而，面对这个

1　华金·罗德里戈(1901—1999)，西班牙作曲家、演奏家。

装置，她被打败了……作品中充斥着物体，孩子的感知雷达被扰乱了。她很快就意识到，没办法把展柜里的所有东西都看得一清二楚。这一作品名为《C.B. 不可能的生活》。事实上，如果说真有什么是不可能的话，那就是采用这么多物品来重新创造一个东西。于是，她从一个细节随意跳到另一个细节，摸索着：这是一封英文信笺，那是一张橙色的罗曼·波兰斯基电影的放映邀请函，还有一张萨尔佩特里耶尔的圣路易小教堂的平面图，一个短发男子的快照——毫无疑问，他就是艺术家本人……

"这一切都是耳语，"莫娜喃喃自语道，"或者说，是一种喧嚣，是一种喃喃自语的喧嚣……"

"说来听听，莫娜。"

"外公，有时，我们可以看得很清楚，某件艺术品是有意义的，那时，它就像会说话一样。当塞尚画一座山时，这幅画似乎就在说'我是一座山'。有时，人们会认为一件艺术品是无声的，例如，一幅抽象画，它仿佛沉默不语。但在这里，这件作品就很不一样……外公，你看，到处都是词语、文字，而且这些文字很漂亮……你难以读懂它们，或者说难以全部读懂，所以我们看着它们，目光掠过它们，仅此而已，就像浏览商店橱窗里的照片。这些头像总让我想起什么人，但我不确定是谁，尽管他们在我耳边低语。"

"一堵嘟囔墙……的确如此，莫娜。要知道，很多时候，面对一件艺术品，人们肯定会问：'它想表达什么？'"

"对，我每次都会问自己这个问题！"

"这很正常……有时可以解读出其中的含义，有时却没必要，或者说不可能。而在这里，它正在喃喃低语。它想说什么？其实就是说它想说。我再说一遍，莫娜，你仔细听好：它想说的是'它'想说（他着重强调了这个代词）……而不是'它想说的是它想说的内容'——人们常用这句话来结束讨论。完全不是。它想说的是'它'想说，而它并没有完全说出来，因为它总是说得太多或太少，而想要说出来，知道如何说出来，说出你想说的话又是如此困难。所以，正如你所说的那样，这件装置作品在窃窃私语。它说它想说些什么，却又不确定该说些什么。"

"外公，这真是难以想象，因为我在内心深处认为，所有的作品都几乎是这样的，我能感觉到它们充满了象征，讲述了许多故事……"

"……但我们只看到了其中的一小部分。"

"没错。"

"最重要的是，我们不仅要揭开谜底，还要感受其中蕴含着的丰富意义，这些意义不断涌现、激荡，然后又逐渐消失。因此，作品永远是开放的。"

莫娜的眼睛突然睁得大大的，显得既高兴又歉疚。

"怎么了？"亨利担心地问。

"你向我解释的时候是多么美好啊，外公，但也令人难过，因为，我难以达到你的高度，哪怕穷尽一生……"

老人凝视着展柜，不觉回想起克里斯蒂安·波尔坦斯基的一生。波尔坦斯基与他的作品给人留下的印象正好相反，他的作品如此宏伟，看上去庄严、有序、严肃，可艺术家本人小时候却是一个非常奇怪、不合群的孩子，不爱说话，就像精神分裂症患者一样，整天足不出户，就知道捏小泥球，捏了成百上千个。亨利向莫娜描述了他初期的作品，这些作品相当怪异，有滑稽的绘画，也有木偶。接着，他又讲起了波尔坦斯基从20世纪80年代开始转变创作方向，当时他因大量堆积金属盒而声名鹊起，那些盒子里存放了数以千计的档案，其中有很多战争资料。亨利用近乎神秘的口吻对莫娜说：

"什么是生命？生命的尽头会留下什么？当然是记忆，以及它给别的生命留下的印记。但在克里斯蒂安·波尔坦斯基的这一作品前，有一种更简单又更复杂的东西。莫娜，你说说看，生命给你留下了什么？"

"外公，生命留下了很多东西，很多很多！信件、照片、卡片、门票，就像我们在这里的展柜里看到的一样。任何人的盒子里都能找到这些东西。我知道，在外婆的盒子里，就有很多关于她和安乐死的报纸。"

"你外婆留下的不止这些。"

"对，还有给我的吊坠！"

"是的，没错。在她的盒子里，就像在克里斯蒂安·波尔坦斯基的作品里一样，我和你妈妈收藏了几乎所有的小玩意儿，她留下来的所有小东西……你知道吗，她超级喜欢酒店吧台的烟灰缸。我记得，她还偷过（想到这里，他笑了起来）……有一次，当她溜出布里斯托尔酒店时，一位侍者对她说，她的手袋冒烟了。"

他笑得前仰后合。莫娜扑到外公怀里，紧紧抱着他，大口地吸着他身上古龙水的味道。置身于克里斯蒂安·波尔坦斯基的展柜之间，她把额头贴在他的胸骨上，然后开始前后移动，轻轻地、有节奏地撞击着他，就像在用头撞击他的心门。"求你了，外公……"她不断重复着这句话，试图说服他写一本关于柯莱特·维耶曼的书。

"我们继续，莫娜。生命留下来的，是物品，这些物品也有自己的生命。它们是一些东西，一些甚至连名字都没有的小东西，因为它们是如此破旧、残缺和支离破碎。但即使是在一个学生的墨水瓶里，或通过长着四瓣小叶的三叶草，你也可以想象出整个宇宙。"

"整个宇宙。"莫娜重复道。

在波尔坦斯基的作品面前，她感到头晕目眩，因为她在构成作品的每个元素中，都看到了时间长廊相互交叉的十字路口。她通过一种形而上学的直觉，感受到最小的物质单位都充满了存在感，溢满了无穷尽的存在感。在这个最小的物质单元中，所有掠过它的目光、所有它引起的感觉、所有轻抚它的空气、所有环绕它的声波以及它所有的蜕变和恒久，这一切都在振动。所有这些单元都在一个网络中相互交流，信息又多又杂，让人听不真切，所以形成了窃窃私语……

"在波尔坦斯基的这件作品中，"亨利继续说，"必须仔细观察光线。"

"好的，外公，我明白你的意思。通常情况下，灯光投射过来，照亮雕塑或绘画，但这里的情况不同，灯光在展柜内部，所以作品就好像……"

"……自己在发光，是这样的，莫娜。"

"用外婆的话来说，就是展柜会永葆光明！但光线是有变化的。有些信件和照片看得很清楚，有些则是模糊的，因为它们被放置在黑暗中。我觉得这有点像伦勃朗的明暗法。而且，由于展柜里的东西都属于艺术家，可以说这装置就是一幅自画像。嗯……只是，自画像很容易一眼就看到底了，但在这里，想读懂一切、审视一切，并将一切都联系起来，那太难了。"

"是的，而且，波尔坦斯基并不执着于让我们重建他的生活或个性。这件作品类似一种概念性的自画像，但并不是真正的自画像。他希望包括你我在内的每个人都能从他展示的作品中，认识到我们自己的生活是什么样的，并将自己的生活存档。"

"自我存档。"莫娜低声说道。

"可以这么说。你必须将自己存档，因为无论你是谁，不论是英雄还是无名氏，是可见的还是不可见的，只有将自己存档，才能让过去的记忆熠熠生辉。"

"外公，你可能以为我只是随口一说，其实这话我是特地对你说的。把跟外婆有关的所有盒子都拿回去吧，写一本书，讲述你和她的故事。请把你自己存档，外公。"

52

皮埃尔·苏拉热
黑色是一种颜色

看到卡米耶和她女儿的到来，凡·奥斯特医生很激动。这将是他们最后一次见面。他要走了。他通过催眠进行治疗的高超医术引起了世界各地重要机构的兴趣，因此，他决定离开。

他不想不和莫娜打招呼就离开法国，尤其不想对未来会发生什么不做解释就悄悄溜掉，因为他担心自己关于"莫娜的眼睛"的结论过于隐晦。他总结道：通过治疗，他发现这个小女孩非常依恋她的外婆柯莱特。莫娜跟她学会了走路，还和她一起欢笑、玩耍，一起经历了数百件在幼年时伴随莫娜成长的细微小事。因此，柯莱特的神秘死亡对莫娜来说是一次剧烈的精神创伤。后来，外婆的安乐死又成了家庭的禁忌，全家人都很压抑。在她们的最后一次交流中，外婆给了莫娜一个吊坠。几十年来，这个吊坠作为吉祥物，一直护佑着柯莱特和亨利的婚姻。后来它转了手，或者说换了栖息地，挂在莫娜的脖子上，凝聚了这位猝然离世的外婆的所有能量。临别前，外婆说："孩子，忘掉一切消极的东西，让你的内心永葆光明。"潜意识里，小外孙女便把这束光安放在这个一钱不值的物体上：两个恋人在海滩上捡到的一个普普通通的贝壳。后来，10岁那年，创伤再次降临。有一天，莫娜写作业时，觉得吊坠有点碍事，便不假思索地把它摘了下来。结果，她毫无来由地陷入了黑暗。经诊断，她的眼睛没有任何器官方面的问题。那是什么原因呢？是大脑在大喊它所承受的隐形痛苦。第二次，在爸爸的旧货店里，吊坠断了，黑暗再一次降临。之后是第三次，当莫娜站在哈默修伊的作品前时，她条件反射地摘下吊坠，结果，同样的事情又发生了。医生推断：这是一种"系于一线"的病症。

"那么，"莫娜问道，"这是不是意味着，如果我现在摘下吊坠，我会再次失明？"

"不，不会。这么说吧，并不完全如此。"凡·奥斯特被这个问题弄得有些尴尬，"但最好不要……"

"孩子，你不能把它摘下来，"卡米耶打断医生的话，她担心得脸都红了。

"不能确定的话，就最好把它戴在脖子上，像是你的一部分……潜意识的力量非常强大。"凡·奥斯特指出。

"我会当心的。"莫娜答道。

停顿了很长时间。

"还有，莫娜，别忘了你拥有非凡的视力，几乎无人能及。你必须好好利用它，仔细观察并记录你所看到的一切。"

莫娜握着医生的手，思索着他刚说的话，脸上开始发光，因为她明白了外公带她去博物馆的原因。这就是一年来所有参观的意义所在，从一开始就是这样：外公给她挑选了美好的东西，她进行"自我存档"，把这些宝贵的东西存在脑海中，如果有一天她失明了，那里也将永葆色彩和欢乐……

*

自初次参观卢浮宫已经过去一年了。这段时间里，莫娜成熟了，以至于她都认不出亨利在波提切利的壁画前牵着的那个小女孩了。这两个莫娜距离如此之近，又如此之远，她们的和解只能在很久之后，在她们度过青春期之后才能实现。另一方面，她们在一个基本点上又是一致的：在她们的心中，这位外公似一座纪念碑矗立着，他是一盏信号灯，又像一块可敬的燧石。他站在那里，站在蓬皮杜艺术中心前，优雅得不可思议，在他满是伤痕的脸上，藏着一句痛苦的话。他把这句话说得掷地有声，仿佛不接受任何申诉的判决：

"这是最后一次了，莫娜。"

莫娜在心里已经知道了这一点，却不知道该说什么。然而，她不得不做出反应，不是为了消除并不存在的尴尬，而是因为——她确信——她应该采取一种态度。他们手牵着手，在蓬皮杜艺术中心四处游走，最后，来到皮埃尔·苏拉热的一幅画前，创作日期是 2002 年 4 月 22 日——这个时间也就成了画作的名字。这时，莫娜觉得自己找到了答案，她可以自信地回答外公那句让人不知所措的话了。

"既然这是最后一次，外公，该轮到我了。"她说。

这是一幅色调暗沉的抽象画，几乎呈正方形，高 2 米，宽 2.2 米，主要由 5 条深色的宽色带组成，色带有规律地横向排列在一块又大又薄的胶合板即木纤维板上，它们之间由 4 条浅色粉彩线隔开。胶合板叠在底板上——就像一幅画贴在另一幅画上——与底板等高，却没有底板那么宽，因此两边可见两条 10 厘米宽的竖直的边缝。底板的两侧各有一条黑色丙烯颜料涂抹的轮廓，与胶合板的边缝相接，左右两侧的白色和深色区域相互融合。简言之，能看到一些笔直或弯曲形状的线条，但大部分都被叠在上面的 5 条深色色带挡住了。这些色带绝对不是单色的，可以感受到木头不断变化的棕色调、纹理和凹凸，用布将一层几乎透明的油漆涂抹在胶合板上，散发着栗色的光芒和近似铁锈色的灰色烟雾。反射和光线由此产生。

亨利欣赏着这件作品。莫娜或许已经在他背后消失了，藏在博物

馆的某个角落里，或者打起了瞌睡，他不清楚，因为他扮演着观赏者
的角色，莫娜则扮演哨兵，负责侦查并传递信息。至于以前的那个小
女孩，她那绝对完美、动人的模特的形象已定格在记忆中，头发向后
拢起，举止前所未有地高傲，湮没在作品缥缈的群像中。她回想起俄
耳甫斯和欧律狄刻的神话，不禁自问，当外公转身看向她时，会不会
把她推向黑暗？不知道为什么，她想到自己有一天也会爱上一个人并
被这个人所爱，就像亨利和柯莱特彼此相爱一样。一个小时过去了，
准确地说是 63 分钟。老人转过身来，莫娜还在那里，既瘦小又高大。
她咽了咽口水，叹了口气，说：

“事实上，”她让自己显得像博学者那般镇定，“我们必须像以
前赏画那样来欣赏这幅画，它上面有无数的面孔。与我们所以为的相
反，苏拉热的作品充满了细节。这些细节，是材料的细节，是木板的
细节，是浮在表面的光线的细节，还有用粉彩画的四条白线，它们看
起来像四道光……这些是必须看到的。但是得当心。”

“我洗耳恭听。”

“必须看到自己想看到的东西……因为必须给每个人以自由。你
知道，很久以前，有人发明了一种测试，让人们对看到的墨迹做出反
应。墨迹看起来可能像心脏、蝴蝶或恐龙，但起作用的，其实是病人
脑子里的东西。”

“所以呢？”

“所以，在苏拉热的画中，有许多图像正在形成，但其实是在
每个人的脑海中形成的，这才是最重要的。”

莫娜匆忙做出的解释是对原作内涵的一种有益的丰富。亨利告诉
她，皮埃尔·苏拉热 1919 年生于法国南部的一个普通家庭，崇尚古
代（甚至是史前的）艺术和罗马建筑，小时候多画雪景。战后，他在
抽象艺术领域站稳了脚跟，比肩汉斯·哈同，并与美国的艺术家如弗
朗茨·克莱恩、罗伯特·马瑟韦尔和马克·罗斯科等人相提并论，他
们当时正在创造一种与苏拉热的风格相似的美学，这种美学由明暗之

间的强烈对比所构成，但使用的材料非常简单甚至贫乏，例如，用画笔把由青核桃皮制成的褐色染料涂抹在建筑物上，或把焦油涂在玻璃上。这种美学在 1979 年迎来了伟大的革新。苏拉热开始尝试他的"黑画"，即一种具有强荧光质量的黑色，其纹理一旦经过动态建模，就会产生更多的细微差别并闪闪发光。这种黑色其实根本就不是黑色。

"告诉我你看到的形状，莫娜。"亨利像个好奇的年轻人。

"你仔细看，外公，比如说，在顶部的第一条色带里，我看到库尔贝的《奥尔南的葬礼》，哭泣的村民队伍浩浩荡荡。你还记得吗？我看到了送葬的队伍。"

"那你在下面的第二条色带里看到了什么？"

"爸爸旧货店的里间，当我意识到一只小狗是我的生日礼物的那一刻。我看到了喜悦！"

"第三条呢？"

"我看到自己曾三次坐在你的肩膀上：在米开朗琪罗的《垂死的奴隶》前，在布朗库西的《空中之鸟》前，以及在奥赛博物馆前与你的合影。在这第三条色带中，我其实看到了（她一时没找到合适的词）……"

"……你看到了成长，莫娜。那第四条呢？"

"我看到大家在操场上起哄，看到自己被球砸中脸时的疼痛。我看到了暴力。"

"第五条呢？"

"我看到了字母，看到在凡·奥斯特医生诊所里我成功破译的文字。我远远地读出了贴在墙上的那则誓言（她忘记了那位希腊医学祖先的名字了）……"

"……《希波克拉底誓言》。"

"是的，是《希波克拉底誓言》！医生向我解释说，尽管我的眼睛有问题，但我的视力非常好，非常精准。在这第五条色带中，我看到了治愈。"

亨利全神贯注地盯着画中的条状的黑色，现在，他对这幅画有了更多的了解。莫娜赋予这幅画的每一部分以象征意义（哀悼、欢乐、成长、暴力和治愈），展示了它潜在的精神寓意。

"现在再看看侧面，"孩子继续说道，"我相信你注意到了，画家把他画着五条横纹的木板粘在底板上，因此作品的下面还有一张板子。但由于覆盖在上面的画板稍窄，因此左右两边都留有空白。现在看看这两条边，你看到了什么？下面的底板被涂上了白色的背景和黑色的影线，然后画家在画板上叠画了条纹。"

"这意味着什么？"

"外公，在想它是什么意思之前，应该先欣赏一下它的美！我喜欢这两道竖直的条纹，纯白和深黑的配色，它们与上面画板上的深色条纹形成了鲜明对比，深浅相间，与一目了然的色彩相去甚远（她为自己的表达方式感到骄傲，甚至有一种成年人的感觉）。但不管怎么说，我觉得这幅画除了漂亮，也有所寓意。"

"什么寓意，莫娜？"

"要看的东西永远比我们以为的多，这就意味着要学会看到一切，要处处看：从侧面和正中看，从上到下地看，也要从下到上、从左到右、从右到左地看，尤其必须看到……该怎么说呢？"

"说吧，莫娜……"

"好吧，必须看到超出你肉眼所见的东西，因为在木板下面，我们知道还有其他形状……它们被隐藏了，但又存在于某处，苏拉热让我们明白了这一点。"

"他让我们明白，那些我们没有看见的东西是存在的。那么，莫娜，有人说'黑色不是一种颜色'，你认为苏拉热会如何回答呢？"

"说起来很奇怪，因为如果把所有颜色都混合在一起，得到的当然是黑色！"

莫娜停了一下，然后换了一种新的语调。她似乎被轻轻地催眠了，语速慢了下来，目光在画布上来回游移，仿佛灵魂徜徉其间。

"外公，这幅画给我们的启示……就在这里……感谢皮埃尔·苏拉热。黑色是一种颜色，甚至是一种一望无际的颜色。"

尾 声

去冒险

　　有些假期其实根本算不上假期，因为所有东西似乎都关起来了。万圣节期间，白昼迅速变短，门窗紧闭，闲聊也少了，仿佛被弥漫着的哀悼和悲痛情绪封住了嘴。房子里，当暮色悄然降临，冰冷的窗户捕捉着微湿的空气，用浑浊的雾气掩盖了它亮丽透明的表面。一层泪膜形成了。周日的忧郁持续了整整一个星期。

　　保尔的旧货店已经寿终正寝，莫娜有一种被背叛的感觉。她和莉莉早就说好了，秋假期间要去罗马找她。但这个意大利式的承诺，伴着要坐飞机的激动，被一个"下次再说"推迟了，如此模棱两可的"下次"使得约定变得非常残酷。事实上，一想到女儿可能会弄丢挂在脖子上的护身符，爸爸妈妈就焦虑得无所适从，卡米耶甚至重新制作了一个用来加固的系扣，她无法接受女儿将远离他们。莫娜在自己的房间里做着白日梦，她躺在地上，抬头望着天花板。在新出现的潮湿斑块中，她觉得自己看到了未知大陆的地图，这些大陆分布在漂移的星球上。于是，她给国家和民族创造了名字，随心所欲地装扮它们，赋予它们怪诞的外表，侏儒或是巨人，然后想象惊涛骇浪中疯狂的征服、史诗般的战斗以及最终伟大的和解。她不知不觉地喊出内心的这些场面。

　　周围的一切都变了样。清理完童年剩下的东西，她便利用腾出的空间，将爸爸旧货店里的物品放了进去。房间里杂乱得一片欢快，到处是课本和衣服，但这里就像一个小小的藏宝室。杂物堆中，有保尔的点唱机，现在它属于莫娜了，她偶尔会在里面点一首弗朗丝·加尔的歌；还有她过去非常讨厌的那个刺猬形酒瓶架，现在她用一根跟她脖子上一样的鱼线把它挂了起来。几本旧书混进了她的书柜。更神奇的是，她还回收了一个尚未售出的韦尔蒂尼小铸像，那是一个正在拨弄琴弦的牧羊人，也许就是俄耳甫斯。墙壁上挂着修拉的海报，一个同学送给她的讽刺画——奥古斯特·罗丹的《沉思》的复制品，当然还有她和亨利在奥赛博物馆前的合影。

隔壁房间的电话响了。卡米耶接起电话，从她略带焦虑的不耐烦的声音中，莫娜意识到妈妈正在和外公通话。气氛一下子紧张起来。卡米耶在公寓里踱来踱去，斩钉截铁地说"不"。她在拒绝什么呢？莫娜通过一些简单的推理，明白了事情的原委。亨利在为他的外孙女争取权利，至少能离开蒙特勒伊几天的权利。她把身子靠在墙上，双手紧紧地抵着隔板。妈妈似乎妥协了。

"好吧，行，行。"她不停地这样说。

几分钟后，她挂断电话，大叫道："莫娜，我知道你躲在门后，都听到了吧！"

莫娜调皮的笑声飘进卧室。卡米耶跟了过去，是的：莫娜可以离开一段时间了。科斯莫斯可以和她一起去。卡米耶终于承认，只要亨利小心谨慎，女儿就没有危险。

"外公让我向你转述塞尚说过的这句话（她掏出了写着这句话的纸）：'必须经由自然走到卢浮宫，再经由卢浮宫回到大自然。'嗨，我一点都不明白，但他想带你去看看圣维克多山。"

"啊，妈妈，那里一定很漂亮。谢谢你，亲爱的妈妈！"

"你要非常小心。记住了吗？让我再看看你的扣子……"

尾　声

*

　　从此，亨利和莫娜将会怀念他们的秘密。在现实中嵌入另一个任何人都从未被邀请进入的现实，那是多么奇妙、多么美好啊。如果有一天不得不放弃这种双重生活，那又该多么痛苦啊。或许要进行一场必要的朝圣来向这些平行生活说"永别"？或许这就是此次出行的意义？或许吧。

　　在高铁上，莫娜注意到外公并没有在看书，相反，他在旅途中神情严肃，似乎一直在思考，莫娜想让他放松下来，所以给他看自己放在口袋里的一些东西。

　　她和外公用了 52 个星期的时间，探索了 52 件艺术作品。其间，她在生日那天收到了一套塑封卡牌，于是她着手在每张卡牌的背面贴上她和外公一起观赏的绘画、素描、雕塑、照片和装置艺术的图片……她随身携带的就是这 52 张卡牌。粘贴工作已经完成，她很想让亨利看看，但并没有直接递给他，而是把它们摊在她面前的小桌板上。这自然引起了老人的好奇。

　　"这是什么，莫娜？"

　　"外公，这就是我的卡牌，我已经把我们去看的所有作品都贴在背面了。"

　　"你是说，你给博物馆的 52 件作品都配上了与之相应的象征性卡片？"

　　"我想是的。"

　　记忆如潮水般涌上亨利的心头，但他小心翼翼，不让自己过于激动。莫娜真的履行了自己的诺言，把每件作品与其标牌和意义准确地联系了起来？她真的组成了一副完整的牌吗？他好奇地把它拿在手里，一张一张地看。真的，奇迹出现了。尽管他看得很慢，但外孙女制作出来的魔法物，就像是过去一年的成长小说。

"你做的这件事太了不起了，莫娜，再没有比这更好的东西来纪念我们共同度过的一年了。这副卡牌是一件真正的艺术品。"

"谢谢，"她骄傲地噘起了小嘴，害羞地答道，然后问，"那你呢，外公，你打算写一本关于外婆的书吗？"

"是的，我会写的。"

莫娜依偎着他，开心地尖叫了一声。几个乘客朝她转过头来，带着成年人的责备，他们不喜欢过于吵闹的孩子。她想对他们吐吐舌头，但旋即有了一个更好的主意。

"求你了，我们去酒吧车厢怎么样？你可以喝杯咖啡，我喝巧克力，你把关于外婆的一切都讲给我听，走吧，外公，求你了。"

亨利点了点头，带着莫娜走了。他们并排坐在大玻璃窗前的两张圆凳上。莫娜一口气喝完了巧克力，老人却几乎没动手中的咖啡。是时候松开神秘的虎钳了。这列火车正飞快地横穿法国，带着天和地，现在正是时候。于是他鼓起勇气，开始讲述。

柯莱特是第二次世界大战中一名天主教保皇党抵抗战士的女儿，她父亲被纳粹俘虏后，为了不在酷刑下揭发自己的战友，他在牢房里服用氰化物自杀了。他的孤女从这段英勇而悲惨的经历中吸取了两个教训：第一，信仰会给人巨大的力量；第二，自主选择死亡的方式很重要。于是，她成了安乐死的拥趸。

亨利和柯莱特疯狂地坠入了爱河，他们的结合热情而坚固，两人在沙滩上一起捡蟹守螺，柯莱特让亨利保证，如果有一天，她要选择死亡时，他一定不能阻止她。他答应了。在20世纪60、70年代，柯莱特成了推广安乐死的先驱。尽管她信教——她从未放弃过自己的信仰——但她遭到了保守派和教会的猛烈批评，新闻媒体也对她进行了令人发指的攻击。但柯莱特从不气馁，坚持不懈地斗争。令她困扰的是，医学本身已取得了值得称道的进步，但也导致了自相矛盾的情况。当我们逐渐找到延长生命的方法，将生命延长到90岁、100岁，甚至更长时，当我们逐渐击败人类自然属性的弱点时，神经退行性疾病却出现了，这些疾病会让一些人在高龄时承受难以忍受的痛苦。为了改变人们的认知，柯莱特·维耶曼一直在积极行动。她在比利时和瑞士等国取得了成功。在法国，这项工作进展得比较困难，但这并不妨碍她以她的仁慈和阳光，默默陪伴那些宁愿结束生命也不愿继续忍受痛苦的病人咽下最后一口气。

不得不说，柯莱特有着令人难以置信的乐观和无与伦比的幽默，她身边有很多朋友。她喜欢美酒，探戈舞跳得比谁都好。她有别人难以企及的、近乎强迫性的爱好，有时会心血来潮，开始收集各种不同寻常的物品：矿石、明信片、稀有织物、杯垫……还有著名的韦尔蒂尼小铸像。

冬日的一天，柯莱特刚过 70 岁，突然头痛得厉害，接着是不停的刺痛和触觉障碍。更糟糕的是，她开始无法控制自己的行动，有时会无缘无故地夹不住香烟。她四处求医。结果出来了，她患上了一种罕见的疾病，这种疾病正在逐渐侵蚀她的大脑系统，而且无法治愈：它介于阿尔茨海默病和帕金森病之间，以一位美国著名教授的名字命名。"啊！上帝把我踢到桌子底下，让我和他一起受难。"她这么说，以化解悲剧，但更重要的是，她真的这么认为。

于是，她开始用自己收集的小铸像来维持记忆。她给每个小铸像都起了名字，并写了一段简短的虚构传记。每天早上，她都会随手抓起一个，回忆自己虚构的故事，以此来测试大脑的抵抗力。起初，这不成问题。她可以从盒子里拿出一个小丑、一个步兵、一个浣衣女或一头孟加拉虎，总能讲出对应的故事，带着孩子般的新鲜感。是医生弄错了吗？

之后的一天早上，她在一个铸像的名字上犯了难，另一个的名字也想不起来了。接着，她把第三个与第四个混淆了。疾病赢了这一局。很快，危机袭来得更猛烈了，直到一次令人窒息的大发作。柯莱特拿着一个躺在长椅上的小男孩的铸像，感觉自己已经忘记了关于他的一切。这个铅制的小人、这条长椅、这个躺着的姿势、这些涂抹的颜色和这些形状，她都记不起该用什么词汇来表达了。语言瞬间枯竭，世界的意义也随之消失。大脑衰退，即将坠入混乱的深渊。不一会儿，恢复了清醒之后，柯莱特决定必须带着尊严结束这一切，一定要快，在她呼吸尚存但失去意识之前结束这一切。卡米耶反对这个决定，因为在她看来，母亲记忆衰退的迹象并不算太严重，她也因此一直对父亲耿耿于怀，怪他没有劝劝母亲，以阻止命运的脚步。亨利虽然绝望，但还是向他生命中的女人许下了诺言。一切以一顿情感热烈的大餐结束：朋友们围在柯莱特身边，为她的来世干杯。她容光焕发，毫无惧色，最后，还给外孙女留下这些话："孩子，忘掉一切消极的东西，让你的内心永葆光明。"然后，她去了一家诊所。亨利不愿记起这家诊所的名字。

火车静止不动，莫娜也一动不动。在外公讲述时，她一直觉得自己喘不过气来，仿佛已经石化，泪水忍不住地流淌。现在，亨利沉默了，她感觉泪水变成了洪流，奔向堤坝，要把它冲垮。但这股洪流戛然而止。因为莫娜听到了高铁沉重的关门声。她吓呆了，紧紧抓住自己的吊坠，向窗外望去。一个大大的牌子，上面写着"普罗旺斯地区艾克斯"。火车开动了。

"外公，外公，我们过站了，过站了！我们忘了下车！"

"别担心。"老人嘴角挂着笑，喃喃说道。

"外公，我们要去的是圣维克多山啊！"

"我们要去的地方更远一些……"

更远一些？那是哪儿？他们要去哪里？令人惊讶的是，这位老外公依然充满了冒险精神。有些人生活在直线上，有些人总走岔道，亨利至死都属于第二种人。圣维克多山可以再等一等，迎接他们的是另一个纪念地。

莫娜和亨利在往南大约 50 公里的地方停止了旅行。这一站是卡西斯。他们下了车，沿着一条小路前行。

＊

多么灿烂的阳光！正当下午，莫娜手搭凉棚，看到周围尽是巨大的伞状五针松。火车上的麻木已经随着大海的气息在珍珠般透明的空气中消散了，几条云带泛着淡紫色和黄褐色。莫娜奔向海浪。秋日的阳光令人心旷神怡，夏天离开之后，阳光也变得柔和了。她在奔跑中停顿了一下，等着科斯莫斯跟过来。莫娜双臂交叉，面向太阳站着。她看着太阳，眼睛一眨也不眨。

她发现地上有一根短棍。

"去拿过来，科斯莫斯！"

小狗突然加速，把木棍叼在嘴里，得意地扬了起来，不知道该怎么处理它。是把它带回女主人那里，还是静静地咀嚼它？犹豫了一下，它扭头看看莫娜，小跑着回到她身边，步伐有点迟疑。

"这才是我的好狗狗！"

可外公呢，他在哪里？他缩在后面。莫娜瞥到了他长长的侧影，看起来既像一个年轻人，又像一个幽灵。他走到她身边，蹲下来，看着她美丽的脖子，对她说：

"就是现在啦。我以世间的美起誓。现在……"

亨利话音刚落，一阵狂风便刮了过来。莫娜花了几秒钟才反应过来，随后皱起了眉头。她明白了。刚才在火车上即将流下的眼泪又涌了出来。她与之进行了搏斗，战胜了它们，然后点了点头。

60年前，亨利和柯莱特就是在这片海滩上许下了他们的诺言。这片海滩见证了他们一起捡普通的蟹守螺并制成护身符的身影。所以，就是现在啦……是时候冒险试一试了，让神物回到另一个生命的循环中，以获得解脱，找到归属。莫娜很害怕，害怕有人嘱咐你别做任何尝试，否则就会毁了一切。

除了这种原始的恐惧，还有另一种担忧让她猝不及防。"总有一天，外公也会死去。"将来有一天，他也会离开，因年老体衰而永远离开，前往另一个世界。她将失去他。

　　童年学到的，莫过于此：失去。从失去童年本身开始。失去童年，才知道童年是什么，也才知道会失去一切。我们也因此懂得了，失去是感受生命、体验当下的必要条件。人们认为，成长就是积累收获：收获经验、知识和物质。但这只是一种幻觉。成长就是失去。经历人生，就必须接受失去，就必须学会随时准备好说"再见"。

　　然而，莫娜无法理解这一切。即使能够，她的恐惧也不会消失。失明的威胁真真切切地摆在她面前；那是有形的、实实在在的存在，在这种时刻，大道理变得非常渺小、微不足道、无人想听，完全被必须防备的危险碾碎了。

　　"莫娜，去冒险吧。"

　　"好，外公。"

　　莫娜生平最后一次紧紧攥住吊坠，然后轻轻取下。一阵沉重的颤抖震撼着她，但她还是继续着她的动作。鱼线掠过她的下巴、嘴和耳朵，与她的头发混在一起，然后离开了她的头。

　　莫娜突然有一种苍蝇飞进眼睛里的可怕感觉。虫子越聚越多，形成了一个不断扩大的虫群。贝壳现在在她的右手掌心，手指松开后，看起来就像一个大理石匣子。黑暗不只降临在她的眼睛里，还以她的瞳孔为中心，形成一个旋涡。莫娜什么也看不见了，当周围的宇宙熄灭时，她的思想也随之倾覆。她头晕得厉害，发不出一点声音，甚至连一句抱怨都没有。在她脑海里的阴暗角落，一个深渊正在形成。她还有意识吗？她紧紧抓住一股流动的思想，就像溺水者抓住海浪中的一根浮木。"黑色是一种颜色。"她终于说出了这句话，它点亮了黑暗中的几个点。一个星座正在成形，越来越明显，出乎意料地从虚无中崛起。在支离破碎的混沌中，莫娜觉得又看到了朋友们的脸和隐藏在过去一年里她所看作品中的鼓舞人心的形状，直到一个光环清晰地固定住她最爱的人的形象。柯莱特就在那里。能这样感受到她，真是甜蜜得令人难以置信。莫娜想与她融为一体。在梦里就可以了。

柯莱特的身影消失了，她似乎在用无形的手势恳求孩子离开她所在的隧道，而且，让她永远不要回头。"外婆！嗨，留下来！外婆！外婆！嗨，留下来！留下来！留下来！"

莫娜眼前又漆黑一片，浑身颤抖。

她感到一股压力，外公好像将瘦削的手指放在她的锁骨上。她还感觉到一种粗粝的爱抚，似乎是狗狗在用舌头舔她的手掌。她挣扎着，努力让自己的眼睛转动起来。眼睛真的睁开了吗？可她还是什么都看不见。她努力着，尝试着，回到清醒的状态，但是，不行，还是什么都看不见……

这时，眼泪终于流了出来……小女孩的哭声，那么地克制，是成长过程中我们听话地学着安抚的泪，最终，童年任性的哭号爆发了，没有任何东西能够阻挡。它们涤清了莫娜身上所有的余烬、铁屑和灰尘。蓝色骤现！尽管只是斑斑点点，却是蓝色！黄色！哦，黄色！一闪而过，是的，但确实是黄色！红色，我的天，红色，成片的红色，不太真切，但肯定是红色！然后是它们的组合：莫娜捕捉到了一点绿色，些许淡紫色，一抹橙色。深浅浓淡纷纷加入这场欢宴：朱红、茜草红、洋红、珊瑚红、苋菜红、朱砂红、鹅莓红和胭脂红。线条出现了，很快连成了一片。世界的肌体在疯狂中诞生。

亨利一言不发，他的手一直没有离开莫娜的肩膀。至于科斯莫斯，它一阵阵地重复着它特有的双重吠叫，意思是"好的"。莫娜睁开眼睛，凝视着那枚又回到老家的蟹守螺，它就是在那里被挖出来的。她在上面撒了些沙子。视力恢复后，她可以看到数以百万计的微粒，就像星星汇聚成的浪潮，现在正掩埋贝壳。

圣殿已经完工。

她站起身，走了几步，呼吸了一大口空气，满心欢喜。她向前冲了几步，带起一阵旋风，然后开始旋转，非常缓慢，以360度自转，像陀螺，或者像灯塔的光束一样转圈。随着运动的加速，重心也随之分散。她看到了水边的岩石、松林的树荫、北面的山脉、东方的屋顶、海上的船只，然后又是岩石、松林、山脉、屋顶、船只、岩石、松林、山脉、屋顶、船只……她不停地旋转，岩石与松林融为一体，松林与山脉融为一体，山脉与屋顶融为一体，屋顶与船只融为一体，船只与岩石融为一体。她不停地旋转，身处旋转木马的中心，周围的世界蜕变成一个色彩鲜艳的地层，没有任何可辨认的东西。莫娜感到一阵眩晕，直到踉跄了几步，倒在沙滩上。

过了一会儿，她恢复了精神，直视前方。多美丽啊！琥珀色的小沙滩多么美丽，泡沫在上面不停地碰撞……碧绿的波浪多么美丽，在翱翔的白色海鸥下方翻涌……清澈的地平线多么美丽，在那儿，远远地，美妙的清晰的地平线……

亨利走近外孙女。莫娜转过身，仿佛维米尔《戴珍珠耳环的少女》中的少女，身影从包裹她的黑暗中抽出。亨利从她身上捕捉到了长途跋涉后归来的回声，朝她漂亮的圆脑袋伸出像宇宙一样宽广的双臂。她对他微微一笑，脚步有点摇晃，紧紧抱住了他。

"啊，外公……这一切太美了。太美了，世间的这一切。"